Sol e Tormenta

2ª reimpressão

LEIGH BARDUGO

SOL E TORMENTA

Trilogia Grisha
Vol. 2

Tradução
Eric Novello

Planeta minotauro

Título original: *Siege and Storm*

Revisão: Opus Editorial e Audrya de Oliveira
Diagramação: Marcela Badolatto
Mapa: Keith Thompson
Capa: adaptada do projeto original de Natalie C. Sousa e Ellen Duda

Dados Internacionais de Catalogação na Publicação (CIP)
Angélica Ilacqua CRB-8/7057

Bardugo, Leigh
Sol e tormenta/ Leigh Bardugo; tradução de Eric Novello. -- São Paulo: Planeta, 2021.
352 p. (Trilogia Grisha; vol. 2)

ISBN 978-65-5535-328-0
Título original: *Siege and Storm*

1. Ficção norte-americana I. Título II. Novello, Eric

21-0922 CDD 813.6

Índices para catálogo sistemático:
1. Ficção norte-americana

MISTO
Papel produzido a partir de fontes responsáveis
FSC® C019498
FSC
www.fsc.org

Ao escolher este livro, você está apoiando o manejo responsável das florestas do mundo

2021
Todos os direitos desta edição reservados à
Editora Planeta do Brasil Ltda.
Rua Bela Cintra, 986, 4º andar – Consolação
São Paulo – SP – 01415-002
www.planetadelivros.com.br
faleconosco@editoraplaneta.com.br

Para minha mãe, que acreditou
mesmo quando eu não acreditava.

A Ilha Errante
Leflin
Rota dos Osso
Jelka
Vilki
Novyi Zem
Weddle
Enseada de Reb
Mar Real
Enseada de Eames
Porto Shrift
Cabo de Eames
Cofton
Colônias do Sul
Ketterdam
Kerch
Pont de Ter
Ilustração do mapa por Keith Thompson

KENST HJERTE
ISENVEE
ELLING
OVERÜT
AVFALLE
FJERDA
ELBJEN
DJERHOLM
HALMHEND
PERMAFROST
ARKESK
ULENSK
CHERNAST
TSIBEYA
NÃO MAR
PETRAZOI
NOVO-KRIBIRSK
RYEVOST
RAVKA
BALAKIREV
KRIBIRSK
OS KERVO
OS ALTA
POLIZNAYA
SIKURSK
KERAMZIN
CARYEVA
SIKURZOI
KOBA
BHEZ JU
SHU HAN
AHMRAT JEN

AGRADECIMENTOS

O problema com agradecimentos é que eles rapidamente se transformam em uma longa lista de nomes que só dá para ler na diagonal. Mas muitas pessoas são necessárias para fazer um livro acontecer, e elas merecem reconhecimento; então, aguente firme. (Se ficar muito entediante, recomendo cantar em voz alta. Ache um amigo para fazer *beatbox* para acompanhar. Eu espero.)

Como autora iniciante, você logo descobre quanto vai contar com sua agente: você precisa que ela seja diplomata, terapeuta, defensora e, ocasionalmente, lutadora. Para minha sorte, encontrei todas essas coisas na notável Joanna Volpe. Muitos agradecimentos a toda a equipe da New Leaf Literary and Media, incluindo Pouya Shahbazian, Kathleen Ortiz e Danielle Barthel.

Minha editora, Noa Wheeler, é claramente uma mestra da Pequena Ciência. Ela empurra aqui, cutuca ali, faz as perguntas que você não quer ouvir e, no fim das contas, você vê sua história transformada em algo muito melhor. É quase como se fosse mágica.

Gostaria de agradecer a todos na Macmillan/Holt Children's. Adoro essa venerável, incrível e brilhante editora e tenho muito orgulho de fazer parte dela. Agradecimentos especiais a Jean Feiwel e Laura Godwin, que se esforçaram bastante por esta série, repetidas vezes. Ao intenso Angus Killick, à glamorosa Elizabeth Fithian, à sempre precisa Allison Verost e a Jon Yaged, que ainda é punk rock. Ksenia Winnicki, minha fã companheira, que trabalhou incansavelmente para chegar aos blogueiros. Lizzy Mason e Kate Lied, por colocarem a turnê Fierce Reads na estrada. Kathryn Bhirud e Karen Frangipane fizeram o lindo booktrailer para *Sombra e ossos* (é assim que se faz algo épico, filho). Agradeço a Rich Deas, April Ward, Ashley Halsey, Jen Wang e Keith Thompson, que transformam livros em arte, assim como a Mark von Bargen, Vannessa

Cronin e todo o incrível pessoal de vendas, que ajudaram a colocar meus livros nas mãos das pessoas.

Agora, vamos falar sobre meu exército: a linda e corajosa Michelle Chihara, do thisblueangel.com; Joshua Joy Kamensky, que me sustenta com música, humor e gentileza; Morgan Fahey, uma mulher de convicção que emite opiniões fortes – também uma leitora generosa e ótima conselheira de tempos de guerra; Sarah Mesle, do sunsetandecho.com, que entende de estrutura de história e emoções, e todos os jeitos de encaixá-las; e Liz Hamilton (também conhecida como Zenith Nadir do Darlings Are Dying), que trabalha de copista e prepara coquetéis como ninguém. Gamynne Guillote trouxe os acessórios Grisha à vida com paciência e um olhar preciso. Meus sinceros agradecimentos também a Peter Bibring, Brandon Harvey, Dan Braun, Jon Zerolnik, Michael Pessah, Heather Repenning, Corey Ellis, William Lexner e ao Brotherhood Without Banners (particularmente a Andi e Ben Galusha, Lady Narcissa, Katie Rask, Lee e Rachel Greenberg, X ray the Enforcer, Blackfyre, Adam Tesh e Mountain Goat); a Ann Kingman, do Books on the Nightstand, E. Aaron Wilson e Laura Recchi; Laurie Wheeler, Viviane Hebel, do HebelDesign.com, David Peterson, Aman Chaudhary, Tracey Taylor e Romi Cortier. Essas pessoas apoiaram a mim e à Trilogia Grisha em cada passo, e não consigo expressar em palavras quanto as valorizo e as adoro. Não poderia me esquecer, especialmente, de Rachel Tejada, Austin Wilkin e Ray Tejada, que me ajudaram a ampliar o universo Grisha com criatividade e apoio infinitos.

Certos supergênios ajudaram a tornar o impossível improvável: a graciosa Heather Joy Kamensky, que me auxiliou na logística dos pratos espelhados do David; John Williams, que me ajudou a construir o *Beija-flor*; e Davey Krieger, que me aconselhou sobre a abordagem e construção de navios e outras coisas náuticas (embora ele provavelmente tenha ficado horrorizado com as liberdades que tomei).

Muitos obrigadas às mulheres inspiradoras da Pub(lishing) Crawl – especialmente Amie Kaufman, Susan Dennard e Sarah J. Maas. E também a Jacob Clifton, Jenn Rush, Erica O'Rourke, Lia Keyes, Claire Legrand, Anna Banks (como ousa!), Emmy Laybourne e os Apocalypsies. Muitas escritoras extraordinárias apoiaram esta trilogia desde cedo e com entusiasmo: Veronica Roth, Cinda Williams Chima, Seanan McGuire, Alyssa

Rosenberg e a inigualável Laini Taylor. Finalmente, minha equipe em Los Angeles, especialmente Jenn Bosworth, Abby McDonald, Gretchen McNeil, Jessica Morgan, Julia Collard, Sarah Wilson Etienne, Jenn Reese e Kristen Kittscher. Senhoritas, sem vocês eu teria impulsos homicidas. Obrigada por manterem (a maior parte da) minha sanidade.

Dediquei este livro à minha mãe, mas ela também merece agradecimentos especiais aqui. Eu não teria sobrevivido além do primeiro rascunho de *Sol e Tormenta* sem ela para ler as páginas, me incentivar e me manter com salgadinhos de alga. Ela é uma mãe incrível e uma amiga ainda melhor. Irritável. Rabugenta. Rebelde. Essas são as nossas palavras.

Sou eternamente grata aos livreiros, bibliotecários e blogueiros incríveis que falaram bem de *Sombra e ossos* e o empurram para amigos, clientes e transeuntes distraídos.

E, finalmente, agradeço aos meus maravilhosos leitores: obrigada por cada e-mail, cada tuitada, cada gif. Serei eternamente grata.

OS GRISHAS

Soldados do Segundo Exército
Mestres da Pequena Ciência

CORPORALKI
(a ordem dos vivos e dos mortos)

Sangradores
Curandeiros

ETHEREALKI
(a ordem dos conjuradores)

Aeros
Infernais
Hidros

MATERIALKI
(a ordem dos fabricadores)

Durastes
Alquimistas

ANTES

MUITO TEMPO ATRÁS, o menino e a menina haviam sonhado com barcos, antes mesmo de conhecerem o Mar Real. Eram os navios de histórias, embarcações mágicas com mastros lavrados em cedro doce e velas tecidas por donzelas com fios de puro ouro. Suas tripulações eram ratos brancos que cantavam melodias e esfregavam os deques com suas caudas cor-de-rosa.

O *Verrhader* não era um navio mágico. Era um navio mercante kerch, com seu porão de carga cheio de painço e melaço. Ele fedia a corpos sujos e cebolas cruas que os marinheiros diziam ter o poder de prevenir o escorbuto. A tripulação cuspia, xingava e jogava por doses de rum. No pão que o menino e a menina recebiam brotavam carunchos, e sua cabine não passava de um armário apertado que eles eram forçados a dividir com dois outros viajantes e um barril de bacalhau salgado.

Eles não se importavam. Acostumaram-se ao ressoar dos sinos anunciando as horas, ao grasnado das gaivotas, à tagarelice ininteligível dos kerch. O navio era seu reino e o mar, um fosso vasto que mantinha seus inimigos a distância.

O garoto se adaptou à vida a bordo tão facilmente quanto se adaptava a tudo mais. Aprendeu a atar nós e remendar velas, e, enquanto seus ferimentos cicatrizavam, trabalhou nas cordas ao lado da tripulação. Abandonou os sapatos e escalou, descalço e sem medo, o cordame. Os marinheiros ficaram maravilhados com o jeito como ele avistava golfinhos, cardumes de arraias, peixes-tigre listrados e brilhantes; com o modo como sentia o lugar de onde uma baleia irromperia momentos antes de suas costas largas e granuladas quebrarem as ondas. Diziam que seriam ricos se tivessem pelo menos um pouco de sua sorte.

A garota os deixava nervosos.

Depois de três dias no mar, o capitão pediu a ela que permanecesse no andar inferior o máximo possível. Ele culpou a superstição da tripulação; disse que os homens acreditavam que ter mulheres a bordo de um navio poderia trazer maus ventos. Isso era verdade, mas os marinheiros poderiam ter dado as boas-vindas a uma garota feliz e risonha, uma garota que contasse piadas ou se arriscasse a tocar uma flauta doce.

A garota permanecia quieta e imóvel na balaustrada, apertando o lenço ao redor do pescoço, congelado como um acrostólio esculpido em madeira branca. Essa garota gritava em seus sonhos e acordava os homens que cochilavam na gávea.

Então a garota passava os dias assombrando a barriga escura do navio. Ela contava os barris de melaço, estudava os mapas do capitão. De noite, abrigava-se nos braços do menino enquanto ficavam juntos no convés, escolhendo constelações da vasta imensidão de estrelas: o Caçador, o Sábio, os Três Filhos Tolos, os raios brilhantes da Roda de Tear, o Palácio do Sul, com suas seis torres tortas.

Ela o mantinha lá tanto quanto conseguisse, contando histórias, fazendo perguntas. Porque sabia que, quando dormisse, sonharia. Às vezes sonhava com esquifes quebrados, com velas negras e deques escorregadios de sangue, com pessoas gritando na escuridão. Mas ainda piores eram os sonhos com um príncipe pálido que pressionava os lábios no pescoço dela, colocava as mãos no colar que lhe circulava a garganta e evocava seu poder na forma de uma explosão de luz brilhante do sol.

Quando sonhava com ele, acordava tremendo, o eco de seu poder ainda vibrando dentro dela, a sensação de que a luz permanecia morna em sua pele.

O garoto a segurava com força e murmurava palavras gentis para embalá-la.

— É só um pesadelo — ele sussurrava. — Os sonhos vão parar.

Ele não entendia. Agora os sonhos eram o único lugar seguro para usar seus poderes, e ela ansiava por eles.

No dia em que o *Verrhader* aportou, o garoto e a garota permaneceram na balaustrada juntos, vendo a costa de Novyi Zem se aproximar.

Eles chegaram ao porto, passando por uma floresta de mastros gastos e velas recolhidas. Havia chalupas elegantes e pequenos juncos das costas rochosas de Shu Han, navios de guerra armados e escunas de passeio, mercadores gordos e baleeiros fjerdanos. Uma galé-prisão abarrotada, de partida para as colônias do sul, içou o estandarte de ponta vermelha que alertava sobre a presença de assassinos a bordo. Enquanto flutuavam, a garota podia jurar que ouvia o tilintar de correntes.

O *Verrhader* encontrou seu ancoradouro. A passarela foi baixada. Os trabalhadores da doca e a tripulação gritaram seus cumprimentos, ataram cordas, prepararam o carregamento.

O garoto e a garota espiaram as docas, procurando na multidão por um sinal do carmesim dos Sangradores ou do azul dos Conjuradores, pelo lampejo de luz do sol nas armas ravkanas.

Havia chegado a hora. O garoto segurou a mão dela. Sua palma estava áspera e calosa dos dias passados em que trabalhara nas cordas. Quando seus pés tocaram as tábuas do cais, o chão pareceu resistir e rolar por baixo deles.

Os marinheiros riram.

— Adeus, *fentomen*! *Vaarwel*! — gritaram.

O garoto e a garota seguiram adiante e deram seus primeiros passos no novo mundo.

Por favor, a garota rezou silenciosamente para qualquer Santo que pudesse ouvi-la, *que estejamos seguros aqui. Que nos sintamos em casa.*

Capítulo 1

ESTÁVAMOS EM COFTON havia duas semanas e eu ainda me perdia. A cidade ficava no interior, a oeste da costa de Novyi Zem, longe do porto onde descemos. Em breve avançaríamos mais, para dentro dos confins da fronteira zemeni. Talvez, então, começássemos a nos sentir seguros.

Verifiquei um pequeno mapa que tinha desenhado para mim e recalculei meus passos. Maly e eu nos encontrávamos todo dia após o trabalho para caminhar juntos de volta para a pensão, mas hoje eu tinha ficado completamente desorientada quando desviara do caminho para comprar o jantar. O vitelo e as tortas de repolho foram enfiados na minha bolsa e exalavam um cheiro muito peculiar. O dono da loja disse que eram iguarias zemeni, mas eu tinha minhas dúvidas. Isso não importava muito. Ultimamente, tudo tinha gosto de cinzas para mim.

Maly e eu tínhamos vindo a Cofton para encontrar um trabalho que pudesse financiar nossa viagem para oeste. A cidade ficava no centro da rota da *jurda*, cercada de campos com as pequenas flores laranja que as pessoas mascavam em grande quantidade. O estimulante era considerado um luxo em Ravka, mas alguns dos marinheiros a bordo do *Verrhader* o tinham usado para se manterem acordados em vigílias longas. Os homens zemenis gostavam de comprimir as pétalas secas entre os lábios e a gengiva, e até mesmo as mulheres as carregavam em algibeiras bordadas que pendiam de seus pulsos. A vitrine de cada loja pela qual eu passava anunciava marcas diferentes: Folha Brilhante, Sombra, Dhoka, Nodosa. Vi uma menina belamente vestida com anáguas se inclinar e cuspir um jato de suco cor de ferrugem direto em uma das escarradeiras de latão que ficavam do lado de fora de todas as lojas. Quase engasguei de nojo. Ali estava um costume zemeni com o qual eu não planejava me acostumar.

Com um suspiro de alívio, virei-me para a via principal da cidade. Pelo menos agora sabia onde estava. Cofton ainda não parecia exatamente real para mim. Havia algo bruto e inacabado nela. A maioria das ruas não era pavimentada, e eu sempre tinha a sensação de que as construções de telhados planos, com suas paredes frágeis de madeira, iam desabar a qualquer minuto. E, ainda assim, todas tinham janelas de vidro. As mulheres se vestiam de veludo e rendas. As vitrines das lojas estavam repletas de doces, bugigangas e todo tipo de ornamentos em vez de rifles, facas e panelas. Aqui, até os mendigos usavam sapatos. Era essa a aparência de um país quando não estava sob cerco.

Quando passei por uma loja de gim, percebi com o canto do olho um flash de carmesim. Corporalki. Recuei na mesma hora, encolhendo-me no espaço escuro entre duas construções, o coração ribombando, minha mão já procurando a pistola na cintura.

Adaga primeiro, eu me lembrei, deslizando a lâmina da minha manga. *Tente não chamar atenção. Pistola, se precisar. Usar o poder somente em último caso*. Não pela primeira vez, senti falta das luvas feitas pelos Fabricadores que eu havia deixado para trás, em Ravka. Elas eram revestidas de espelhos que me permitiam cegar oponentes com facilidade em uma luta mano a mano, além de serem uma boa alternativa para dividir alguém ao meio com o Corte. Mas, se fosse localizada por um Sangrador Corporalnik, eu poderia não ter escolha. Eles eram os soldados favoritos do Darkling e podiam parar meu coração ou esmagar meus pulmões sem acertar um soco.

Esperei, a mão escorregadia no punho da adaga. Então, finalmente me atrevi a espiar em volta da parede. Vi um carrinho com uma pilha alta de barris. O condutor havia parado para conversar com uma mulher cuja filha dançava impaciente atrás dela, balançando e girando em sua saia vermelho-escura.

Apenas uma menininha. Nenhum Corporalnik à vista. Eu me afundei de volta no espaço entre as casas e respirei fundo, tentando me acalmar.

Não será assim para sempre, disse a mim mesma. *Quanto mais tempo permanecer livre, mais fácil ficará.*

Um dia eu acordaria de uma noite de sono sem pesadelos, caminharia pela rua sem medo. Até lá, manteria minha adaga frágil por perto e desejaria o peso firme do aço Grisha na minha mão.

Retomei meu caminho pela rua movimentada e segurei o lenço em volta do pescoço, apertando-o mais. Aquele tinha se tornado um hábito nervoso. Sob o lenço estava o colar de Morozova, o mais poderoso amplificador já conhecido, e o único modo de me identificarem. Sem ele, eu era apenas mais uma refugiada ravkana, suja e malnutrida.

Eu não tinha certeza do que faria quando o clima mudasse. Não poderia andar por ali vestindo cachecóis e casacos de gola alta quando o verão chegasse. Mas, até lá, com alguma sorte, Maly e eu estaríamos longe de cidades populosas e perguntas indesejadas. Estaríamos por nossa própria conta pela primeira vez desde que fugíramos de Ravka. O pensamento me fez tremer de nervoso.

Atravessei a rua, desviando de carroças e cavalos, ainda vasculhando a multidão com a certeza de que a qualquer momento veria uma tropa de Grishas ou *oprichniki* descendo na minha direção. Ou talvez fossem os mercenários shu han, ou assassinos fjerdanos, ou os soldados do Rei ravkano, ou quem sabe o próprio Darkling. Tantas pessoas poderiam estar nos caçando. Ou melhor, *me caçando*. Se não fosse por mim, Maly ainda seria um rastreador do Primeiro Exército, e não um desertor fugindo para sobreviver.

Uma lembrança veio espontaneamente à minha mente: cabelos negros, olhos de ardósia, o rosto triunfante do Darkling enquanto liberava o poder da Dobra. Antes que eu arrancasse a vitória dele.

Era fácil conseguir notícias em Novyi Zem, mas nenhuma delas era boa. Havia rumores de que o Darkling tinha, de algum modo, sobrevivido à batalha na Dobra, que se recolhera para reunir suas forças antes de tentar conquistar o trono ravkano novamente. Eu não queria acreditar que isso fosse possível, mas sabia que era melhor não o subestimar. As outras histórias eram igualmente perturbadoras: a Dobra tinha começado a transbordar em suas margens, empurrando refugiados para leste e oeste; havia surgido um culto para uma Santa que podia conjurar o sol. Eu não queria pensar nisso. Maly e eu tínhamos uma nova vida agora. Tínhamos deixado Ravka para trás.

Apressei o passo e logo estava no quarteirão onde me encontrava com Maly toda noite. Eu o vi inclinado na beira de uma fonte, falando com um amigo zemeni que ele conhecera ao trabalhar no armazém. Não conseguia me lembrar do nome dele… Jep, talvez? Jef?

Alimentada por quatro enormes torneiras, a fonte era mais útil que decorativa, uma enorme bacia aonde as meninas e as serviçais domésticas vinham para lavar roupas. Apesar disso, nenhuma das lavadeiras estava prestando muita atenção na roupa. Todas babavam por Maly. Era difícil não se embasbacar com ele. Seu cabelo tinha crescido além do corte curto militar e começava a encaracolar na nuca. A água borrifada da fonte umedecera sua camisa, que havia colado em sua pele bronzeada devido aos longos dias no mar. Ele jogou a cabeça para trás, rindo de algo que seu amigo tinha dito, parecendo alheio aos sorrisos manhosos lançados para ele.

Provavelmente está tão acostumado que nem os nota mais, pensei irritada.

Quando me viu, seu rosto se abriu em um sorriso e ele acenou. As lavadeiras se viraram para olhar e trocaram olhares de descrença. Eu sabia o que elas viam: uma garota magricela com o cabelo castanho pegajoso e sem brilho, bochechas pálidas, dedos manchados de laranja de empacotar *jurda*. Eu nunca tinha sido do tipo que chama atenção, e passar semanas sem usar meu poder tinha cobrado seu preço. Não estava nem comendo nem dormindo direito, e os pesadelos não ajudavam. O rosto das mulheres diziam todos a mesma coisa: o que um cara como Maly estava fazendo com uma garota como eu?

Endireitei a coluna e tentei ignorá-las enquanto Maly passava seu braço ao meu redor e me puxava para perto.

—Onde você esteve? — perguntou ele. — Estava ficando preocupado.

— Fui interceptada por uma gangue de ursos raivosos — murmurei na altura do ombro dele.

— Se perdeu de novo?

— Não sei de onde você tira essas ideias.

— Você se lembra do Jes, não é? — disse ele, indicando o amigo.

— Como está? — perguntou Jes em um ravkano desajeitado, esticando a mão. Sua expressão parecia excessivamente solene.

— Muito bem, obrigada — respondi em zemeni. Ele não retribuiu meu sorriso, mas acariciou minha mão de um modo gentil. Jes era definitivamente um cara estranho.

Nós conversamos um pouco mais, mas dava para notar que Maly sabia que eu estava ficando ansiosa. Eu não gostava de ficar em áreas abertas muito tempo. Nós nos despedimos e, antes de Jes partir, ele me lançou outro olhar sombrio e se inclinou para sussurrar algo a Maly.

— O que ele disse? — perguntei enquanto o víamos andar com calma pela praça.

— Humm? Nada. Sabia que tem pólen nas suas sobrancelhas? — Ele esticou a mão para limpá-las, gentilmente.

— Talvez eu queira o pólen aí.

— Foi mal.

Quando nos afastamos do chafariz, uma das lavadeiras se inclinou para a frente, praticamente se derramando de seu vestido.

— Se você algum dia se cansar de pele e ossos — ela gritou para Maly —, tenho algo para tentá-lo.

Eu enrijeci. Maly olhou por cima do ombro. Vagarosamente, fitou-a dos pés à cabeça. — Não — disse sem empolgação. — Não tem.

O rosto da garota enrubesceu com um vermelho feio quando as outras zombaram e gargalharam, jogando água nela. Tentei manter uma expressão arrogante, mas foi difícil conter o sorriso bobo surgindo nos cantos da minha boca.

— Obrigada — murmurei enquanto atravessávamos o quarteirão rumo à nossa pensão.

— Pelo quê?

Revirei os olhos.

— Por defender a minha honra, seu bronco.

Ele me puxou para baixo de um toldo sombreado. Tive um pânico momentâneo pensando que ele havia identificado algum problema, mas então seus braços estavam ao meu redor e seus lábios pressionavam os meus.

Quando ele finalmente recuou, minhas bochechas estavam quentes e minhas pernas, bambas.

— Só pra deixar claro — disse ele —, não estou realmente interessado em defender sua honra.

— Entendido — falei, com a esperança de não ter soado ridiculamente suspirante.

— Além disso — acrescentou —, preciso aproveitar cada minuto que possa antes de voltarmos ao Poço.

O Poço, era assim que Maly chamava a nossa pensão. Ela era lotada e suja, e não nos permitia ter nenhuma privacidade, mas era barata. Ele sorriu, convencido como sempre, e me puxou de volta para o fluxo de pessoas na rua. Apesar do cansaço, meus passos com certeza pareciam mais leves. Eu ainda não havia me acostumado com a ideia de estarmos juntos. Outro tremor passou por mim. Na fronteira não haveria pensionistas curiosos ou interrupções indesejadas. Meu pulso deu um pequeno salto. Se era de nervoso ou de ânimo, eu não sabia dizer.

— O que o Jes falou? — perguntei de novo, quando meu cérebro se sentiu um pouco menos revolvido.

— Ele disse que eu devia cuidar bem de você.

— Só isso?

Maly pigarreou.

— E… disse que rezaria para o Deus do Trabalho curar sua aflição.

— Minha *o quê*?

— Talvez eu tenha dito a ele que você tem bócio.

Eu cambaleei.

— Como é que é?

— Bem, eu tinha que explicar por que você sempre andava agarrada nesse lenço.

Eu soltei a mão. Estava fazendo isso de novo sem nem mesmo perceber. — Então você disse a ele que eu tenho bócio? — sussurrei, incrédula.

— Bem, eu tinha que dizer alguma coisa. E isso te torna uma figura bastante trágica. Garota bonita, crescimento gigante, você sabe.

Eu o soquei forte no braço.

— Ei! Em alguns países, papadas são consideradas de muito bom gosto.

— Eles também gostam de eunucos? Porque eu posso conseguir um.

— Tão sanguinária!

— Meu bócio me deixa de mau humor.

Maly riu, mas notei que ele mantinha a mão em sua pistola. O Poço se localizava em uma das partes menos favorecidas de Cofton, e estávamos carregando um bocado de moedas, os salários economizados para começarmos uma nova vida. Só mais alguns dias e teríamos o suficiente para deixar a cidade para trás – o barulho do ar cheio de pólen, o medo constante. Estaríamos seguros em um lugar onde ninguém se importava com o que acontecia em Ravka, onde Grishas eram raros e ninguém tinha ouvido falar da Conjuradora do Sol.

E ninguém precisa de uma. O pensamento azedou meu humor, mas era cada vez mais frequente nos últimos tempos. Para que eu serviria nesse país estrangeiro? Maly podia caçar, rastrear, manusear uma arma. Eu só era boa em ser uma Grisha. Eu sentia falta de evocar luz, e ficava mais fraca e pálida a cada dia sem usar meu poder. Só de andar ao lado de Maly eu já ficava sem fôlego e lutava sob o peso da minha bolsa. Estava tão frágil e desastrada que mal conseguia manter meu emprego empacotando *jurda* em uma das casas de campo. Isso só me rendia algumas moedas, mas eu insistia em trabalhar, em tentar ajudar. Sentia-me do mesmo jeito de quando éramos crianças: o Maly útil e a Alina inútil.

Afastei o pensamento. Podia não ser mais a Conjuradora do Sol, mas tampouco era a garotinha triste. Eu encontraria um modo de ser útil.

A visão de nossa pensão não me animou, exatamente. Ela tinha dois andares e precisava muito de uma demão de tinta fresca. A placa na janela anunciava banhos quentes e camas sem carrapatos em cinco idiomas. Depois de ter uma amostra da banheira e da cama, eu sabia que a placa mentia, seja lá como você a traduzisse. Ainda assim, com Maly ao meu lado, o lugar não parecia tão ruim.

Nós subimos os degraus do alpendre bambo e entramos na taverna que ocupava a maior parte do piso inferior da casa. Ela estava fresca e quieta apesar do alarido poeirento da rua. A essa hora, geralmente havia alguns trabalhadores nas mesas esburacadas bebendo seus pagamentos do dia, mas hoje a pensão estava vazia, exceto pelo dono de aparência ranzinza de pé atrás do bar.

Ele era um imigrante kerch, e eu tinha a ligeira impressão de que não gostava de ravkanos. Ou talvez só pensasse que éramos ladrões. Tínhamos aparecido duas semanas antes, esfarrapados e sujos, sem nenhuma bagagem e sem nada para pagar pela hospedagem além de um único grampo de cabelo de ouro que ele provavelmente pensava que havíamos roubado. Mas isso não o tinha impedido de arrematá-lo em troca de duas camas em um quarto que dividíamos com seis outros pensionistas.

Enquanto nos aproximávamos do bar, ele bateu a chave do quarto no balcão e a jogou em nossa direção sem que precisássemos pedir. Ela estava amarrada a um pedaço esculpido de osso de galinha. Outro toque encantador.

No kerch capenga que tinha aprendido a bordo do *Verrhader*, Maly solicitou um jarro de água quente para se lavar.

— Extra — grunhiu o proprietário. Ele era um homem corpulento, com queda de cabelo e manchas alaranjadas nos dentes surgidas do hábito de mascar *jurda*. Estava suando, notei. Embora o dia não estivesse particularmente quente, gotas de suor brotavam acima de seu lábio superior.

Olhei de novo para ele enquanto íamos para a escada no outro lado da taverna deserta. O homem continuava nos observando, braços cruzados sobre o peito, seus olhos pequenos estreitados. Havia algo na expressão dele que deixava meus nervos à flor da pele.

Hesitei no início dos degraus.

— Aquele cara realmente não gosta da gente — eu disse.

Maly já tinha subido a escada.

— Não, mas gosta bastante do nosso dinheiro. E iremos embora em alguns dias.

Eu me livrei do nervosismo. Havia me sentido tensa a tarde inteira.

— Certo — resmunguei enquanto o seguia. — Mas, para eu estar preparada, como digo "você é um idiota" em kerch?

— *Jer ven azel.*

— Sério?

Maly riu.

— A primeira coisa que os marinheiros te ensinam é como xingar.

O segundo andar da pensão estava em um estado consideravelmente pior que os cômodos públicos abaixo. O tapete era desbotado e surrado, e o corredor escuro fedia a repolho e tabaco. As portas para os quartos privativos estavam todas fechadas, e nenhum som veio dos cômodos enquanto passávamos. O silêncio era estranho. Talvez todas as pessoas estivessem passando o dia fora.

A única luz vinha de uma solitária janela encardida no fim do corredor. Enquanto Maly se atrapalhava com as chaves, olhei pelo vidro manchado para as carroças e carruagens bramindo lá embaixo. Do outro lado da rua, havia um homem de pé embaixo de uma varanda, olhando para a pensão. Ele puxou a gola e as mangas, como se as roupas fossem novas e não se ajustassem muito bem. Os olhos dele encontraram os meus pela janela e se desviaram rapidamente.

Senti uma repentina pontada de medo.

— Maly — sussurrei, alcançando-o.

Mas era tarde demais. A porta foi aberta com força.

— Não! — gritei. Estiquei as mãos e a luz explodiu pelo corredor em uma cascata cegante. Então mãos ásperas me agarraram, puxando meus braços para trás das costas. Fui arrastada para o quarto, chutando e me debatendo.

— Calminha aí — disse uma voz fria de algum lugar no canto. — Eu odiaria ter que degolar seu amigo tão cedo.

O tempo pareceu desacelerar. Vi o quarto surrado, de teto baixo, o lavatório rachado em cima da mesa avariada, partículas de poeira girando em um feixe fino de luz solar, a borda brilhante da lâmina pressionada na garganta de Maly. O homem que o segurava tinha um sorriso de escárnio familiar. *Ivan*. Havia mais gente, homens e mulheres. Todos vestiam os casacos e calças justos de comerciantes e trabalhadores zemeni, mas reconheci alguns dos rostos da minha época no Segundo Exército. Eles eram Grishas.

Atrás deles, envolto em sombras, descansando em uma cadeira bamba como se ela fosse um trono, estava o Darkling.

Por um momento, tudo no quarto ficou silencioso e imóvel. Eu podia ouvir a respiração de Maly, a mudança de peso de um pé para o outro. Ouvi um homem gritar um *oi* lá embaixo na rua. Eu não conseguia parar de olhar para as mãos do Darkling, seus longos dedos brancos repousando casualmente nos braços da cadeira. Tive o pensamento tolo de que nunca o tinha visto em roupas comuns.

Então me dei conta da realidade. Era *assim* que terminava? Sem uma luta? Sem nem mesmo alguém disparar um tiro ou levantar a voz? Um soluço de pura raiva e frustração irrompeu livre da minha garganta.

— Pegue a pistola dela e procure outras armas — disse o Darkling, suavemente. Senti o peso reconfortante da minha arma de fogo ser tirado do meu quadril, o punhal ser puxado da bainha em meu pulso. — Direi a eles para soltá-la — disse ele quando terminaram —, com a consciência de que, se sequer levantar as mãos, Ivan matará o rastreador. Demonstre que me entendeu.

Eu assenti uma vez com a cabeça.

Ele levantou um dedo, e os homens me soltaram. Tropecei para a frente e então congelei no centro da sala, minhas mãos cerradas em punhos.

Eu poderia cortar o Darkling em dois com o meu poder. Poderia rachar ao meio todo este maldito lugar. Mas não antes de Ivan abrir a garganta de Maly.

— Como nos encontrou? — perguntei ríspida.

— Vocês deixaram uma trilha bastante cara — disse ele, e jogou preguiçosamente algo em cima da mesa. O objeto caiu tilintando sobre o lavatório. Eu reconheci um dos pinos de ouro que Genya tinha colocado no meu cabelo muitas semanas atrás. Tínhamos usado os pinos para pagar a passagem pelo Mar Real, a carroça para Cofton e nossas miseráveis camas não tão livres assim de carrapatos.

O Darkling se levantou, e uma estranha trepidação crepitou pela sala. Foi como se cada Grisha tivesse prendido a respiração e estivesse aguardando. Eu podia sentir o medo vindo deles, e aquilo me transmitiu uma pontada de alerta. Os subordinados do Darkling sempre o trataram com reverência e respeito, mas isso era algo novo. Mesmo Ivan parecia um pouco aflito.

O Darkling caminhou para a luz, e eu vi um leve arabesco de cicatrizes em seu rosto. Elas haviam sido curadas por um Corporalnik, mas ainda eram visíveis. Então os volcras tinham deixado sua marca. *Ótimo*, pensei com uma pontinha de satisfação. Era um conforto pequeno, mas pelo menos ele não era mais tão perfeito quanto antes.

Ele parou, me estudando.

— O que tem achado dessa vida de ficar se escondendo, Alina? Você não parece muito bem.

— Nem você — disse eu. Não eram apenas as cicatrizes. Ele vestia seu cansaço como um manto elegante, mas ainda estava lá. Havia manchas tênues abaixo de seus olhos, e os sulcos das maçãs marcadas de seu rosto haviam afundado um pouco mais.

— Um pequeno preço a pagar — disse ele, seus lábios se curvando em um meio sorriso.

Um arrepio percorreu minha espinha. *Pelo quê?*

Ele esticou a mão, e precisei de toda a minha força de vontade para não recuar. Mas tudo que ele fez foi pegar uma das pontas do meu lenço. Ele o puxou gentilmente, e a lã áspera deslizou livre por meu pescoço e flutuou para o chão.

— Pelo visto, você voltou a fingir ser menos do que é. O fingimento não cai bem em você.

Senti uma onda de desconforto. Eu não havia acabado de ter um pensamento similar alguns minutos atrás? — Obrigada por se preocupar — murmurei.

Ele deixou os dedos percorrem o colar.

— Ele é tão meu quanto seu, Alina.

Afastei a mão dele com um tapa, e os Grishas deixaram escapar um farfalhar ansioso.

— Então não deveria tê-lo colocado em meu pescoço — rebati. — O que você quer?

É claro que eu já sabia. Ele queria tudo – Ravka, o mundo, o poder da Dobra. A resposta dele não importava. Eu só precisava mantê-lo falando. Sabia que esse momento chegaria e havia me preparado para isso. Não iria deixá-lo me capturar novamente. Olhei para Maly, com a esperança de que ele entendesse minha intenção.

— Quero lhe agradecer — disse o Darkling.

Eu não esperava por isso.

— Me agradecer?

— Pelo presente que me deu.

Meus olhos voaram para as cicatrizes em sua bochecha pálida.

— Não — disse ele com um sorriso discreto —, não esse presente. Mas elas são um bom lembrete.

— Do quê? — perguntei, sem conseguir conter a curiosidade.

Seu olhar era de uma dureza cinzenta.

— De que todo homem pode ser feito de tolo. Não, Alina, o presente que você me deu é muito maior.

Ele se virou. Lancei outro olhar para Maly.

— Ao contrário de você — disse o Darkling —, eu entendo o que é gratidão e desejo expressá-la.

Ele ergueu as mãos. A escuridão caiu sobre a sala.

— Agora! — gritei.

Maly deu uma cotovelada nas costelas de Ivan. No mesmo momento, estiquei as mãos e a luz explodiu, cegando os homens ao nosso redor. Concentrei meu poder, afiando-o em uma foice de pura luz. Eu só tinha um objetivo. Não deixaria o Darkling de pé. Olhei para a escuridão em ebulição, tentando encontrar meu alvo. Mas havia algo errado.

Eu já tinha visto o Darkling usar seu poder inúmeras vezes antes. Isso era diferente. As sombras espiralavam e se curvavam em torno do meu círculo de luz, girando mais rapidamente, uma nuvem convulsiva que estalava e zumbia como uma nuvem de insetos famintos. Forcei meu poder contra elas, mas elas se torceram e contorceram, chegando ainda mais perto.

Maly estava ao meu lado. De algum modo tinha pegado a faca de Ivan.

— Fique perto de mim — eu disse. Melhor tentar a sorte e abrir um buraco no chão do que ficar ali de pé sem fazer nada. Eu me concentrei e senti o poder do Corte vibrar em mim. Ergui meu braço e... algo se destacou da escuridão.

É um truque, pensei quando a coisa veio em nossa direção. *Só pode ser algum tipo de ilusão.*

Era uma criatura feita de sombras, seu rosto branco e desprovido de traços. Seu corpo parecia tremer e obscurecer, e então se formar novamente: braços, pernas, mãos longas que terminavam em uma sugestão sutil de garras, costas largas com asas no topo que se turvavam e mudavam à medida que se expandiam como uma mancha negra. Era quase como um volcra, mas sua forma era mais humana. E ela não temia a luz. Não me temia.

É um truque, minha mente em pânico insistiu. *Não é possível.* Era uma violação de tudo que eu sabia sobre o poder Grisha. Nós não podíamos criar matéria. Não podíamos criar vida. Mas a criatura continuava vindo em nossa direção, e os Grishas do Darkling estavam se encolhendo contra a parede em um terror muito real. Era isso que tanto os havia assustado.

Controlei meu medo e reconcentrei meu poder. Balancei o braço, descendo-o em um arco brilhante e inescapável. A luz cortou a criatura. Por um momento, pensei que ela simplesmente continuaria vindo. Então a criatura vacilou, brilhando como uma nuvem iluminada por um raio, e explodiu sem deixar vestígios. Tive tempo para a mais básica onda de alívio antes de o Darkling erguer a mão e outro monstro assumir o lugar do anterior, seguido de outro e mais outro.

— Foi esse o presente que você me deu — disse o Darkling. — O dom que ganhei da Dobra. — Seu rosto estava vivo com poder e um tipo de júbilo terrível. Mas eu também podia notar seu esforço. O que quer que estivesse fazendo, aquilo tinha um custo para ele.

Maly e eu saímos pela porta enquanto as criaturas nos seguiam de perto. De repente, uma delas disparou em nossa direção com uma velocidade impressionante. Maly a cortou com sua faca. A coisa parou, hesitou um pouco, então o agarrou e o jogou de lado como um boneco. Aquilo não era uma ilusão.

— Maly! — gritei.

Ataquei com o Corte e a criatura queimou e desapareceu, mas o monstro seguinte me alcançou em segundos. Ele me agarrou, e a repulsa fez meu corpo estremecer. Sua garra era como milhares de insetos rastejantes enxameando sobre meus braços.

Ela me ergueu do chão, e percebi quanto estava errada. A coisa tinha mesmo uma boca, um buraco escancarado e retorcido que se abriu para revelar várias fileiras de dentes. Senti todos eles quando a coisa mordeu fundo meu ombro.

Eu nunca havia sentido uma dor como aquela. A sensação ecoou dentro de mim, multiplicando-se sobre si mesma, abrindo-me e raspando meu osso. Ao longe, ouvi Maly chamar meu nome. Ouvi meu próprio grito.

A criatura me soltou. Caí no chão em um amontoado sem força. Eu estava de costas, a dor ainda reverberando por mim em ondas intermináveis. Podia ver o teto manchado de água, a criatura de sombras se agigantando acima de mim, o rosto pálido de Maly quando ele se ajoelhou ao meu lado. Vi seus lábios articularem meu nome, mas não pude ouvi-lo. Eu já estava desmaiando. A última coisa que ouvi foi a voz do Darkling. Tão clara, como se ele estivesse deitado ao meu lado, seus lábios pressionados contra meu ouvido sussurrando de modo que só eu pudesse escutá-lo: *Obrigado*.

Capítulo 2

ESCURIDÃO NOVAMENTE. *Algo se agita dentro de mim. Eu procuro a luz, mas ela está fora do meu alcance.*

— Beba.

Eu abro os olhos. O rosto emburrado de Ivan entra em foco. — Tente você — ele resmunga para alguém.

Então Genya se inclina sobre mim, mais bonita do que nunca, mesmo que em um kefta vermelho esfarrapado. Estou sonhando?

Ela pressiona algo em meus lábios. — Beba, Alina.

Tento afastar o copo, mas não posso mover as mãos.

Meu nariz é apertado, minha boca forçada a se abrir. Algum tipo de caldo desliza pela minha garganta. Eu tusso e cuspo.

— Onde estou? — tento dizer.

Ouço outra voz, fria e pura:

— Ponham-na de volta para dormir.

ESTOU NA CARROÇA DE PÔNEI, *voltando para a vila com Ana Kuya. Seu cotovelo ossudo acerta minha costela enquanto sacudimos até a estrada que nos levará de volta para casa em Keramzin. Maly está ao lado dela, rindo e apontando para tudo que vemos.*

O pequeno pônei gorducho caminha com dificuldade, sacudindo a crina desgrenhada enquanto subimos a última colina. Na metade da subida, passamos por um homem e uma mulher do outro lado da estrada. Ele assovia enquanto seguem, balançando seu cajado em sincronia com a música. A mulher caminha com dificuldade ao seu lado, cabeça curvada, um bloco de sal amarrado nas costas.

— Eles são muito pobres? — pergunto a Ana Kuya.

— Não tanto quanto os outros.

— Então por que ele não compra um burro?

— Ele não precisa de um burro — diz Ana Kuya. — Ele tem uma esposa.

— Eu vou casar com a Alina — fala Maly.

A carroça passa suavemente. O homem tira o quepe e grita uma saudação animada.

Maly lhe responde alegremente, acenando e sorrindo, quase saltando do seu assento.

Olho para trás por sobre o ombro, esticando o pescoço para ver a mulher caminhando penosamente atrás do marido. Na verdade, ela é apenas uma menina, mas seus olhos são velhos e abatidos.

Ana Kuya não deixa passar nada.

— Aquilo é o que acontece com meninas camponesas que não têm o favor da benevolência do Duque. É por isso que você deve ser agradecida e mantê-lo todas as noites em suas orações.

O TILINTAR DE CORRENTES.

O rosto preocupado de Genya.

— Não é seguro continuar fazendo isso com ela.

— Não me diga como fazer meu trabalho — Ivan rebate.

O Darkling, de preto, de pé nas sombras. O ritmo do mar abaixo de mim. A percepção do que acontecia me acerta como um soco: estamos em um navio.

Por favor, que eu esteja sonhando.

ESTOU NA ESTRADA, *novamente a caminho de Keramzin, vendo o pescoço inclinado do pônei enquanto ele se esforça para subir a colina. Quando olho para trás, a garota lutando sob o peso do bloco de sal tem o meu rosto. Baghra está sentada atrás de mim na carroça. "O boi sente o jugo", diz ela, "mas será que o pássaro sente o peso de suas asas?"*

Seus olhos são de azeviche negro. Seja grata, dizem eles. Seja grata. Ela agarra as rédeas.

— BEBA. *— Mais caldo. Dessa vez eu não luto. Não quero engasgar de novo. Caio para trás, deixo minhas pálpebras descerem, vou me afastando, fraca demais para lutar.*

Uma mão na minha bochecha.

— Maly — consigo resmungar.

A mão recua. Só resta o vazio.

— ACORDE. — *Desta vez, não reconheço a voz. — Acordem-na.*

Minhas pálpebras se abrem num tremor. Ainda estou sonhando? Um garoto se inclina sobre mim: cabelo avermelhado, nariz quebrado. Ele me lembra uma raposa esperta demais, outra das histórias de Ana Kuya, esperta o suficiente para escapar de uma armadilha, mas tola demais para perceber que não escaparia de uma segunda. Há outro garoto de pé atrás dele, mas esse é um gigante, uma das maiores pessoas que já vi. Seus olhos dourados têm o caimento shu.

— Alina — diz a raposa. Como ele sabe meu nome?

A porta se abre e vejo outro rosto estranho, uma garota com cabelo negro e curto e o mesmo olhar dourado do gigante.

— Eles estão vindo — fala ela.

A raposa xinga.

— Adormeça-a de novo. — O gigante se aproxima.

A escuridão sangra para dentro de mim.

— Não, por favor...

Tarde demais. O escuro me envolve.

SOU UMA GAROTA ESCALANDO UMA COLINA. *Minhas botas golpeiam ruidosas a lama e minhas costas doem com o peso do sal sobre elas. Quando acho que não conseguirei dar outro passo, sinto-me ser suspensa do solo. O sal escorrega dos meus ombros, e vejo-o se despedaçar na estrada. Flutuo cada vez mais alto. Abaixo, posso ver uma carroça de pônei, os três passageiros olhando para mim, as bocas abertas de surpresa. Posso ver minha sombra passar por eles, passar pela estrada e pelos campos áridos do inverno, a forma negra de uma garota, elevada por suas próprias asas que se abrem.*

A PRIMEIRA COISA QUE PERCEBI SER REAL foi o balanço do navio, os rangidos do cordame, as batidas da água no casco.

Quando tentei me virar, uma pontada de dor atravessou meu ombro. Engoli em seco e me ergui num sacolejo, os olhos se abrindo de repente, o coração acelerado, completamente desperta. Senti uma onda de náusea e tive que piscar para me livrar das estrelas que voavam em minha visão. Eu estava na cabine arrumada de um navio, deitada em uma cama estreita. A luz do dia passava por uma escotilha lateral.

Genya estava sentada na borda da minha cama. Então eu não tinha sonhado com ela. Ou estava sonhando agora? Tentei sacudir as teias de aranha da minha mente e fui recompensada por outra onda de náusea. O cheiro desagradável no ar não estava ajudando a estabilizar meu estômago. Forcei-me a respirar de maneira longa e trêmula.

Genya vestia um *kefta* vermelho bordado de azul, uma combinação que eu não tinha visto em nenhum outro Grisha. A vestimenta estava suja e um pouco gasta, mas seu cabelo seguia arrumado em cachos perfeitos, e ela parecia mais adorável que qualquer rainha. Ela levou uma caneca de lata aos meus lábios.

— Beba — disse ela.

— O que é? — perguntei, cautelosa.

— É só água.

Tentei pegar a caneca, mas percebi que meus pulsos estavam acorrentados. Levantei as mãos desajeitadamente. A água tinha um gosto metálico choco, mas eu estava seca. Tomei um gole, tossi, depois bebi com avidez.

— Devagar — disse ela, sua mão retirando o cabelo do meu rosto —, ou passará mal.

— Quanto tempo? — perguntei, olhando para Ivan, que se recostou na porta me observando. — Quanto tempo fiquei desmaiada?

— Pouco mais de uma semana — disse Genya.

— Uma *semana*?

Fui tomada pelo pânico. Uma semana com Ivan desacelerando meus batimentos cardíacos para me manter inconsciente.

Tentei ficar de pé e o sangue correu para a minha cabeça. Eu teria caído se Genya não tivesse se esticado para me apoiar. Sacudi a tontura para longe, afastei-me dela, depois cambaleei para a escotilha lateral e espiei pelo círculo embaçado de vidro. Nada. Nada além de mar azul.

Nenhum porto. Nenhuma costa. Já fazia tempo que Novyi Zem ficara para trás. Lutei contra as lágrimas que brotaram em meus olhos.

— Onde está Maly? — perguntei. Como ninguém respondeu, eu me virei. — Onde está Maly? — perguntei a Ivan.

— O Darkling quer ver você — disse ele. — Tem força suficiente para caminhar ou terei de carregá-la?

— Dê um minuto a ela — disse Genya. — Deixe-a comer algo, lavar o rosto pelo menos.

— Não. Pode me levar até ele.

Genya franziu a testa.

— Estou bem — insisti. Na verdade, eu me sentia fraca, tonta e apavorada. Mas não ia me deitar de novo naquela cama. Precisava de respostas, não de comida.

Quando deixamos a cabine, fomos envolvidos por uma nuvem malcheirosa, não o cheiro habitual de um navio, a mistura de esgoto, peixes e corpos que me lembrava da nossa viagem a bordo do *Verrhader*, mas algo muito pior. Quase vomitei e fechei a boca. De repente, estava feliz de não ter comido.

— O que é isso?

— Sangue, ossos, banha derretida — disse Ivan. Estávamos a bordo de um navio baleeiro. — Você acaba se acostumando — disse ele.

— *Você* acabou se acostumando — retrucou Genya, torcendo o nariz.

Eles me levaram a um alçapão que dava para o convés logo acima. Ivan subiu pela escada, e eu me apressei atrás dele, ansiosa para sair das entranhas escuras do navio e me livrar daquele fedor de podridão. Foi difícil subir com as mãos presas em correntes, e Ivan logo perdeu a paciência. Ele enganchou meus pulsos para me puxar pela distância restante. Aspirei grandes goles de ar frio e pisquei diante da luz brilhante.

O baleeiro movia-se pesado com as velas totalmente abertas, impulsionado por três Grishas Aeros, de pé perto dos mastros com os braços estendidos, seus *keftas* azuis sacudindo em torno das pernas. Eles eram Etherealki, a Ordem dos Conjuradores. Poucos meses antes, eu tinha sido um deles.

A tripulação do navio vestia um tecido rudimentar, e muitos estavam descalços, a melhor opção para se firmar no piso escorregadio do navio. Nenhum uniforme, notei. Então eles não eram militares, e o navio não portava nenhum estandarte que eu pudesse ver.

Era fácil reconhecer o restante dos Grishas do Darkling entre a tripulação, não só devido aos *keftas* de cores brilhantes, mas porque ficavam sem fazer nada na balaustrada, olhando o mar ou conversando enquanto os marujos de verdade trabalhavam. Vi até uma Fabricadora vestindo seu *kefta* roxo, encostada em um rolo de corda, lendo.

Enquanto passávamos por duas enormes caldeiras de ferro fundido embutidas no convés, recebi uma lufada do fedor tão forte quanto a do andar de baixo.

— Os potes de processamento — disse Genya. — Onde processam o óleo. Não foram usados nesta viagem, mas o cheiro nunca desaparece.

Tanto os Grishas quanto a tripulação se viraram para nos observar enquanto caminhávamos pela extensão do navio. Ao passarmos embaixo do mastro da mezena, vi a garota e o garoto de cabelos negros do meu sonho empoleirados acima de nós. Estavam pendurados no cordame como duas aves de rapina, observando-nos com seus olhos dourados.

Então aquilo não tinha sido um sonho, no fim das contas. Eles haviam entrado na minha cabine.

Ivan me levou para a proa da embarcação, onde o Darkling me aguardava. Ele estava de costas para nós, olhando o horizonte azul sobre o gurupés, seu *kefta* preto ondulando ao redor como uma bandeira escura de guerra.

Genya e Ivan fizeram suas mesuras e nos deixaram.

— Onde está Maly? — falei de modo áspero, minha garganta ainda rouca.

O Darkling não se virou, mas balançou a cabeça e disse:

— Pelo menos você é previsível.

— Desculpe entediá-lo. Onde ele está?

— Como sabe que ele não está morto?

Meu estômago deu um nó.

— Porque conheço você — falei com mais confiança do que sentia.

— E se ele estivesse? Você se jogaria no mar?

— Só se conseguisse levar você comigo. Onde ele está?

— Olhe para trás.

Eu me virei. Bem no fim do convés principal, pelo emaranhado de cordas e cordames, eu vi Maly. Estava cercado por guardas Corporalki, seu olhar fixo em mim. Estava observando, esperando que eu me virasse. Dei um passo para a frente. O Darkling segurou meu braço.

— Não tão longe — disse ele.

— Deixe-me falar com ele — implorei. Eu odiava o desespero na minha voz.

— Nem pensar. Vocês dois têm o péssimo hábito de agir como idiotas e chamar isso de ato heroico.

O Darkling ergueu a mão, e os guardas de Maly começaram a levá-lo embora.

— Alina! — ele gritou, e depois resmungou quando um guarda socou seu rosto.

— Maly! — gritei enquanto ele se debatia, sendo arrastado para a área abaixo do deque. — Maly!

Eu me afastei das mãos do Darkling, minha raiva engasgada na garganta.

— Se você machucá-lo…

— Não vou machucá-lo — ele disse. — Pelo menos não enquanto ele me for útil.

— Não quero que ele seja ferido.

— Ele está seguro por enquanto, Alina. Mas não me teste. Se um de vocês sair da linha, o outro sofrerá. Eu disse o mesmo a ele.

Fechei os olhos, tentando controlar a fúria e a desesperança que sentia. Estávamos de volta ao ponto inicial. Assenti uma vez.

Mais uma vez, o Darkling balançou a cabeça.

— Vocês dois tornam isso muito fácil. Eu furo ele, você sangra.

— E você nem consegue começar a entender isso, não é?

Ele tocou o colar de Morozova, deixando os dedos passearem pela pele do meu pescoço. Mesmo aquele toque leve abriu uma conexão entre nós, e uma onda de energia vibrou dentro de mim como um sino sendo tocado.

— Entendo o suficiente — disse ele, suavemente.

— Quero vê-lo — exigi. — Todos os dias. Quero saber que ele está a salvo.

— É claro. Não sou cruel, Alina. Apenas cauteloso.

Eu quase ri.

— Foi por isso que mandou um de seus monstros me morder?

— Não foi por isso — ele disse, seu olhar firme. Olhou para o meu ombro. — Está doendo?

— Não — menti.

A sugestão sutil de um sorriso percorreu seus lábios.

— Vai melhorar — disse. — Mas a ferida nunca será totalmente curada. Nem mesmo por um Grisha.

— Essas criaturas...

— Os *nichevo'ya*.

Os *nada*. Estremeci, lembrando-me do rastejar, do farfalhar que produziam, dos buracos no lugar das bocas. Meu ombro latejou.

— O que elas são?

Os lábios dele se inclinaram. O rendilhado sutil de cicatrizes em seu rosto era quase invisível, como o fantasma de um mapa. Uma delas passava perigosamente perto de seu olho direito. Ele quase o tinha perdido. Ele segurou meu rosto com a mão, e, quando falou, sua voz saiu praticamente carinhosa.

— Elas são apenas o começo — sussurrou.

Ele me deixou em pé na proa, minha pele ainda viva com o toque de seus dedos, minha cabeça borbulhando de perguntas.

Antes que pudesse começar a correr atrás dele, Ivan apareceu e me puxou de volta pelo convés principal.

— Calma aí — protestei, mas ele apenas deu outro puxão na minha manga. Perdi o equilíbrio e caí para a frente. Meus joelhos bateram dolorosamente no convés, e mal tive tempo de esticar as palmas acorrentadas para impedir a queda. Estremeci quando uma lasca perfurou minha carne.

— Mexa-se — Ivan ordenou. Consegui ficar de joelhos. Ele me cutucou com a ponta da bota, e meu joelho escorregou embaixo de mim, mandando-me de volta para o convés com um barulho alto. — Eu disse *mexa-se*.

Então, uma mão enorme me puxou para cima e me pôs gentilmente de pé. Quando me virei, fiquei surpresa de ver o gigante e a garota de cabelos pretos.

— Você está bem? — ela perguntou.

— Isso não é da sua conta — disse Ivan, com raiva.

— Ela é uma prisioneira de Sturmhond — respondeu a garota. — Deve ser tratada de acordo. — Sturmhond. O nome era familiar. Esse navio era dele, então? E sua tripulação? Eu havia escutado a respeito desse homem no *Verrhader*. Era um traficante e corsário ravkano, famoso por furar o bloqueio fjerdano e pela fortuna que tinha feito capturando navios inimigos. Mas ele não havia hasteado a bandeira com a águia dupla.

— Ela é prisioneira do *Darkling* — disse Ivan — e uma traidora.

— Talvez em terra — a garota disparou de volta.

Ivan resmungou algo em shu que eu não entendi. O gigante apenas riu.

— Você fala shu como um turista — disse ele.

— E nós não recebemos ordens sua em nenhuma língua — a garota completou.

Ivan sorriu.

— Não? — Sua mão se contraiu, e a garota agarrou o peito, caindo sobre um joelho.

Antes que eu pudesse piscar, o gigante tinha uma lâmina perversamente curvada na mão e avançava na direção de Ivan. De um jeito preguiçoso, Ivan suspendeu a outra mão, e o gigante fez uma careta. Mesmo assim, ele continuou a avançar.

— Deixe-os em paz — protestei, puxando minhas correntes em desespero. Eu podia evocar luz com os pulsos atados, mas não conseguiria concentrá-la.

Ivan me ignorou. Sua mão se fechou em um punho. O gigante parou no caminho, e a espada caiu de seus dedos. Suor brotou de sua sobrancelha quando Ivan espremeu a vida em seu coração.

— Não vamos sair da linha, *ye zho* — Ivan o repreendeu.

— Você o está matando! — falei, agora em pânico. Bati meu ombro no flanco de Ivan, tentando derrubá-lo.

Nesse momento, um tilintar duplo soou alto.

Ivan congelou, seu sorriso evaporando. Atrás dele estava um garoto alto mais ou menos da minha idade, talvez uns anos mais velho: cabelo avermelhado, nariz quebrado. A raposa esperta.

Ele tinha uma pistola engatilhada na mão, o cano pressionado no pescoço de Ivan.

— Sou um excelente anfitrião, sangrador. Mas toda casa tem suas regras.

Anfitrião. Então esse devia ser Sturmhond. Ele parecia jovem demais para ser capitão de qualquer coisa.

Ivan baixou as mãos.

O gigante resfolegou em busca de ar. A garota ficou de pé, ainda pressionando o peito. Os dois respiravam com dificuldade, e seus olhos queimavam de ódio.

— Esse é um bom companheiro — disse Sturmhond a Ivan. — Agora, levarei a prisioneira de volta aos aposentos dela e você pode correr e fazer… o que quer que você faça enquanto todo mundo está trabalhando.

Ivan franziu a testa.

— Não pensei que…

— Claramente não pensou. Por que começar agora?

O rosto de Ivan ficou vermelho de raiva.

— Você não…

Sturmhond se inclinou para mais perto, a risada sumindo de sua voz, seu comportamento tranquilo substituído por algo afiado como uma espada.

— Não me importa quem você é em terra. Neste navio, você não é nada além de peso morto. A menos que eu o jogue para fora. Nesse caso, você seria isca de tubarão. Eu gosto de tubarões. São difíceis de cozinhar, mas é bom variar o cardápio. Lembre-se disso da próxima vez que pensar em ameaçar alguém dentro desta embarcação. — Ele se afastou, seu jeito alegre restaurado. — Agora vá, isca de tubarão. Corra de volta para seu mestre.

— Não esquecerei isso, Sturmhond — Ivan resmungou.

O capitão revirou os olhos.

— É essa a ideia.

Ivan virou de costas e saiu batendo os pés.

Sturmhond embainhou sua arma e se virou para mim com um sorriso agradável.

— Incrível quão rápido um navio parece lotado, não? — Ele deu um tapinha no ombro do gigante e um no ombro da garota. — Vocês agiram corretamente — disse, tranquilo.

Eles ainda prestavam atenção em Ivan. Os punhos da garota estavam cerrados.

— Não quero problemas — alertou o capitão. — Entenderam?

Os dois se entreolharam e então assentiram com a cabeça, de má vontade.

— Ótimo — disse Sturmhond. — Agora voltem ao trabalho. Eu a levarei para baixo. — Eles assentiram de novo. Então, para minha surpresa, cada um deles esboçou uma rápida mesura para mim antes de se retirar.

— Eles são parentes? — perguntei, observando-os partir.

— Gêmeos — disse ele. — Tolya e Tamar.

— E você é Sturmhond.

— Nos meus bons dias — respondeu ele. Vestia calça de couro, com um par de pistolas preso no quadril, e uma sobrecasaca azul-esverdeada brilhante com botões dourados e pomposos e punhos enormes. Aquilo cabia melhor em um salão de baile ou em um palco de ópera do que no convés de um navio.

— O que um pirata está fazendo em um navio baleeiro? — perguntei.

— Corsário — ele me corrigiu. — Tenho vários navios. O Darkling queria um baleeiro, então consegui um para ele.

— Você quer dizer que roubou um.

— Adquiri um.

— Você esteve na minha cabine.

— Muitas mulheres sonham comigo — disse ele, despreocupado, enquanto me conduzia para o porão do convés.

—Eu vi você quando acordei — insisti. — Eu preciso…

Ele levantou a mão.

— Não gaste seu fôlego, gracinha.

— Mas você nem sabe o que eu ia dizer.

— Você estava prestes a defender sua posição, a dizer que precisa da minha ajuda, que não pode me pagar, mas seu coração é honesto, o de sempre.

Eu pisquei. Era exatamente o que eu ia dizer.

— Mas…

— Desperdício de fôlego, desperdício de tempo, desperdício de uma bela tarde — disse ele. — Não gosto de ver prisioneiros sendo maltratados, mas é só até aí que vai o meu interesse.

— Você...

Ele balançou a cabeça.

— Sou conhecido por ser imune a histórias de infortúnios. Então, a menos que a sua envolva um cachorro falante, eu não quero escutá-la. Sua história tem um?

— Tem o quê?

— Um cachorro falante.

— Não — respondi. — Mas fala do futuro de um reino e de todos que vivem nele.

— Que pena — disse ele, e me pegou pelo braço, levando-me para o alçapão perto da popa.

— Pensei que você trabalhasse para Ravka — falei com raiva.

— Trabalho para quem tem a bolsa mais opulenta.

— Então venderia seu país ao Darkling por um pouco de ouro?

— Não, por *muito* ouro — disse ele, jovialmente. — Garanto a você que não custo barato. Ele apontou para o alçapão. — Depois de você.

Com a ajuda de Sturmhond, voltei para minha cabine, onde dois guardas Grishas aguardavam para me trancar lá dentro. O capitão acenou com a cabeça e me deixou sem dizer mais nada. Sentei-me na cama e repousei a cabeça nas mãos.

Sturmhond podia bancar o inocente quanto quisesse. Eu sabia que ele havia estado na cabine, e tinha de haver uma razão. Ou talvez eu estivesse me agarrando a qualquer pontinha de esperança. Quando Genya me trouxe a bandeja do jantar, encontrou-me curvada na cama encarando a parede.

— Você devia comer — disse ela.

— Deixe-me em paz.

— Ficar amuada te deixa com rugas.

— E mentir te dá verrugas — disse eu, irônica. Ela riu, depois entrou e deixou a bandeja. Passou pela escotilha lateral e encarou seu reflexo no vidro. — Talvez eu devesse ficar loira — acrescentou. — Vermelho Corporalki destoa horrivelmente do meu cabelo.

Lancei um olhar por sobre o ombro.

— Você sabe que poderia vestir barro cozido e ainda ofuscaria cada garota dos dois continentes.

— É verdade — disse ela com um sorriso irônico.

Eu não retribuí o sorriso. Genya suspirou e olhou para a ponta das botas.

— Senti sua falta — disse ela.

Fiquei surpresa com quanto aquelas palavras me machucaram. Sentia falta dela, também. E me sentia uma idiota por isso.

— Você foi minha amiga em algum momento? — perguntei.

Ela se sentou na beira da cama.

— Isso faria alguma diferença?

— Gostaria de saber quanto eu fui estúpida.

— Eu adorava ser sua amiga, Alina. Mas não me arrependo do que fiz.

— Mesmo depois de tudo que ele fez?

— Sei que você pensa que ele é um monstro, mas está tentando fazer o que é certo por Ravka e por todos nós.

Dei impulso para ficar apoiada nos cotovelos. Tinha vivido ciente das mentiras do Darkling por tanto tempo que era fácil para mim esquecer que poucas pessoas sabiam o que ele realmente era.

— Genya, ele criou a Dobra.

— O Herege Negro...

— Não existe Herege Negro — eu disse, revelando a verdade que Baghra tinha me contado meses antes no Pequeno Palácio. — Ele culpou um ancestral pela Dobra, mas só existiu um Darkling, e ele só se importa com poder.

— Impossível. O Darkling passou a vida inteira tentando libertar Ravka da Dobra.

— Como você pode dizer isso depois do que ele fez em Novokribirsk? — O Darkling tinha usado o poder do Não Mar para destruir uma cidade inteira, uma demonstração de força para acuar seus inimigos e marcar o começo de seu governo. E eu havia tornado aquilo possível.

— Eu sei que houve um... acidente.

— Um acidente? Ele matou centenas de pessoas, talvez milhares.

— E as pessoas que estavam no esquife? — disse ela, calmamente.

Inspirei o ar pesadamente e me deitei de volta. Por um longo momento, estudei as tábuas acima de mim. Não queria perguntar, mas sabia que ia acabar fazendo isso. A pergunta tinha me assombrado ao longo de semanas e quilômetros de oceano.

— Houve... houve outros sobreviventes?

— Além do Ivan e do Darkling?

Eu assenti, esperando.

— Dois Infernais que os ajudaram a escapar — disse ela. — Alguns soldados do Primeiro Exército conseguiram voltar, e uma Aeros chamada Nathalia escapou, mas morreu pouco depois por causa dos ferimentos.

Fechei os olhos. Quantas pessoas tinham morrido a bordo daquele esquife terrestre? Trinta? Quarenta? Eu me senti nauseada. Podia ouvir seus gritos, os bramidos dos volcras. Podia sentir o cheiro de pólvora e sangue. Havia sacrificado aquelas pessoas pela vida de Maly e por minha liberdade, mas, no final, elas haviam morrido por nada. Havíamos voltado para as mãos do Darkling e ele estava mais poderoso do que nunca.

Genya pousou a mão sobre a minha.

— Você fez o que tinha de fazer, Alina.

Deixei escapar um ganido ríspido de risada e puxei minha mão.

— Foi o que o Darkling te disse, Genya? Isso torna as coisas mais fáceis?

— Não, na verdade não. — Ela olhou para o próprio colo, dobrando e desdobrando as dobras de seu *kefta*. — Ele me libertou, Alina — ela disse. — O que eu deveria fazer? Correr de volta para o palácio e voltar para o Rei? — Ela sacudiu a cabeça com força. — Não. Eu fiz a minha escolha.

— E os outros Grishas? — perguntei. — Eles não podem ter ficado todos do lado do Darkling. Quantos permaneceram em Ravka?

Genya se enrijeceu.

— Não acho que deveria falar sobre isso com você.

— Genya...

— Coma, Alina. Tente descansar um pouco. Estaremos no gelo em breve.

No gelo. Então não estávamos voltando para Ravka. Devíamos estar viajando para o norte.

Ela se levantou e espanou o pó de seu *kefta*. Podia brincar a respeito da cor, mas eu sabia quanto isso significava para ela. Genya tinha provado que era uma verdadeira Grisha – protegida, favorecida, não mais uma serviçal. Eu me lembrei da doença misteriosa que enfraquecera o Rei um pouco antes do golpe do Darkling. Genya era uma das poucas

Grishas com acesso à família real. Ela havia usado aquele acesso para conquistar o direito de vestir-se de vermelho.

— Genya — falei quando ela chegou à porta. — Só mais uma pergunta.

Ela parou, sua mão no ferrolho.

Parecia um assunto tão sem importância, tão bobo para ser mencionado depois de todo aquele tempo. Mas era algo que havia me incomodado por um bom tempo.

— As cartas que escrevi para Maly lá no Pequeno Palácio. Ele disse que nunca as recebeu.

Ela não se virou de volta para mim, mas vi seus ombros arquearem.

— Elas nunca foram enviadas — ela sussurrou. — O Darkling disse que você precisava deixar sua antiga vida para trás.

Ela fechou a porta, e ouvi o clique do ferrolho cerrando. Todas aquelas horas passadas conversando e rindo com Genya, bebendo chá e experimentando vestidos. Ela havia mentido para mim o tempo inteiro. A pior parte disso era saber que o Darkling tinha razão. Se eu continuasse me agarrando a Maly e às memórias do amor que sentia por ele, nunca teria dominado meu poder. Mas Genya não sabia disso. Ela apenas tinha seguido ordens e deixado meu coração se partir. Eu não sabia como chamar aquilo, mas não era amizade.

Virei-me de lado, sentindo a agitação suave do navio embaixo de mim. Será que era essa a sensação de ser embalada nos braços de uma mãe? Não conseguia me lembrar. Ana Kuya costumava cantarolar às vezes, em voz baixa, quando ia apagar as lamparinas e fechar os dormitórios de Keramzin à noite. Aquilo tinha sido o mais próximo que Maly e eu havíamos chegado de uma canção de ninar.

Em algum lugar lá em cima, ouvi um marinheiro gritar algo ao vento. O sino tocou avisando a mudança de guarda. *Estamos vivos*, lembrei a mim mesma. *Escapamos dele antes. Podemos escapar novamente*. Mas isso não adiantou nada, e finalmente desisti e deixei as lágrimas descerem. Sturmhond tinha sido comprado. Genya escolhera o Darkling. Maly e eu estávamos sozinhos como sempre, sem amigos ou aliados, cercados de nada além de um mar impiedoso. Desta vez, mesmo que escapássemos, não havia para onde fugir.

Capítulo 3

MENOS DE UMA SEMANA DEPOIS, vimos os primeiros campos de gelo. Estávamos longe, ao norte, onde o mar escurecia e o gelo surgia de suas profundezas em pontas perigosas. Embora fosse o começo do verão, o vento castigava nossa pele. De manhã, as cordas estavam duras, congeladas.

Passei horas andando na cabine e fitando o mar infinito. A cada manhã eu era levada para o deque, onde me davam a oportunidade de alongar as pernas e ver Maly a distância. O Darkling estava sempre na balaustrada, analisando o horizonte, procurando por algo. Sturmhond e sua tripulação mantinham distância.

No sétimo dia, passamos entre duas ilhas de ardósia que reconheci dos meus tempos de cartógrafa: Jelka e Vilki, o Garfo e a Faca. Havíamos entrado na Rota dos Ossos, a longa extensão de água negra onde inúmeros navios naufragaram nas ilhas sem nome que apareciam e desapareciam em suas brumas. Nos mapas, a região era marcada por caveiras de marinheiros, monstros de bocas enormes, sereias de cabelo branco como o gelo e pelos olhos profundamente negros das focas. Só os caçadores fjerdanos mais experientes entravam ali, procurando peles, arriscando a vida para reivindicar prêmios valiosos. Mas que prêmio nós procurávamos?

Sturmhond ordenou que as velas fossem ajustadas, e nosso ritmo diminuiu enquanto seguíamos à deriva pela névoa. Um silêncio desconfortável cobriu o navio. Analisei os escaleres do baleeiro, as prateleiras de arpões com ponta de aço Grisha. Não foi difícil imaginar para o que eles serviriam. O Darkling estava atrás de algum tipo de amplificador. Analisei as fileiras de Grishas e me perguntei quem teria sido escolhido para outro dos "presentes" do Darkling. Mas uma suspeita terrível se enraizou dentro de mim.

Isso é loucura, disse a mim mesma. *Ele não se atreveria a fazer isso.* O pensamento me trouxe pouco conforto. Ele sempre se atrevia.

NO DIA SEGUINTE, o Darkling ordenou que me levassem até ele.

— Para quem é isso? — perguntei assim que Ivan me colocou na balaustrada a estibordo.

O Darkling apenas olhava para as ondas. Considerei empurrá-lo do parapeito. É claro que ele tinha centenas de anos, mas será que sabia nadar?

— Diga-me que não está pensando em fazer o que eu acho que está — falei. — Diga-me que o amplificador é para alguma outra garota ingênua e estúpida.

— Uma menos teimosa? Menos egoísta? Menos obcecada pela vida de um rato? Acredite em mim — ele disse —, bem que eu gostaria.

Eu me senti enojada.

— Um Grisha só pode ter um amplificador. Você mesmo me disse isso.

— Os amplificadores de Morozova são diferentes.

Olhei para ele boquiaberta.

— Existe outro como o cervo?

— Eles foram feitos para serem usados juntos, Alina. São únicos, assim como nós dois.

Pensei nos livros de teoria Grisha que havia lido. Todos diziam a mesma coisa: o poder Grisha não foi feito para ser ilimitado. Ele precisa ser mantido sob controle.

— Não — eu disse. — Eu não quero isso. Quero...

— Você quer — o Darkling escarneceu. — Quero ver o seu rastreador morrer vagarosamente com minha faca no coração dele. Quero deixar o mar engolir vocês dois. Mas nossos destinos estão conectados agora, Alina, e não há nada que nenhum de nós possa fazer a respeito.

— Você está louco.

— Sei que te agrada pensar assim — ele disse. — Mas os amplificadores precisam ser usados juntos. Se tivermos alguma esperança de controlar a Dobra...

— Você não pode *controlar* a Dobra. Ela tem que ser destruída.

— Cuidado, Alina — disse ele, com um sorriso sutil. — Tive o mesmo pensamento sobre você. — Ele apontou para Ivan, que estava esperando a uma distância respeitosa. — Traga-me o garoto.

Meu coração pulou na garganta.

— Espere — falei. — Você me disse que não o machucaria.

Ele me ignorou. Como uma idiota, olhei em volta. Como se alguém neste maldito navio pudesse ouvir meu apelo. Sturmhond estava no timão nos assistindo, seu rosto impassível.

Agarrei a manga do Darkling.

— Nós tínhamos um acordo. Eu não fiz nada. Você disse...

O Darkling olhou para mim com seus olhos frios de quartzo, e as palavras morreram nos meus lábios.

Um momento depois, Ivan apareceu com Maly a reboque e o conduziu à balaustrada. Ele parou diante de nós, apertando os olhos sob a luz do sol, mãos amarradas. Aquilo era o mais perto que havíamos chegado um do outro em semanas. Embora parecesse cansado e pálido, ele não estava machucado. Vi a dúvida em sua expressão cautelosa, mas eu não tinha a resposta.

— Tudo bem, rastreador — disse o Darkling. — Rastreie.

Maly olhou do Darkling para mim e de volta para ele.

— Rastrear o quê? Estamos no meio do oceano.

— Alina uma vez me disse que você pode fazer brotar coelhos de rochas. Eu mesmo perguntei à tripulação do *Verrhader* e eles disseram que você também consegue fazer isso no mar. Eles pareciam pensar que você poderia tornar algum capitão sortudo muito rico com seu conhecimento.

Maly franziu a testa.

— Você quer que eu cace baleias?

— Não — disse o Darkling. — Quero que você cace o açoite do mar.

Nós olhamos para ele em choque. Eu quase ri.

— Você está procurando um dragão? — perguntou Maly, descrente.

— O dragão de gelo — disse o Darkling. — Rusalye.

Rusalye. Nas histórias, o açoite do mar era um príncipe amaldiçoado, forçado a assumir a forma de uma serpente marinha e guardar as águas geladas da Rota dos Ossos. Aquele era o segundo amplificador de Morozova?

— Ele é só um conto de fadas — disse Maly, verbalizando meus pensamentos. — Uma história infantil. Ele não existe de verdade.

— Há anos pessoas dizem ter visto o açoite do mar nestas águas — disse o Darkling.

— E também sereias e silkies brancas. Ele é um mito.

O Darkling arqueou uma sobrancelha.

— Como o cervo?

Maly olhou para mim. Eu fiz um movimento ínfimo de cabeça dizendo não. O que quer que o Darkling estivesse fazendo, não iríamos ajudá-lo.

Maly olhou para as ondas.

— Eu não saberia nem por onde começar.

— Pelo bem dela, espero que isso não seja verdade. — O Darkling puxou uma faca fina das dobras de seu *kefta*. — Porque a cada dia que você não encontrar o açoite do mar, esfolarei um pedaço da pele de Alina. Bem devagar. Então Ivan vai curá-la e no dia seguinte faremos tudo de novo.

Eu senti o sangue sumir do meu rosto.

— Você não vai machucá-la — disse Maly, mas eu podia ouvir o medo em sua voz.

— Não *quero* machucá-la — retrucou o Darkling. — Quero que você faça o que estou pedindo.

— Levei meses para encontrar o cervo — disse Maly, desesperado. — Ainda não sei como conseguimos.

Sturmhond deu um passo à frente. Estava tão concentrada em Maly e no Darkling que quase tinha me esquecido dele.

— Não terei uma garota torturada no meu navio — disse ele.

O Darkling virou seu olhar gelado para o corsário.

— Você trabalha para mim, Sturmhond. Você fará seu trabalho, ou receber o pagamento será a menor de suas preocupações.

Uma onda desagradável de inquietação passou pelo navio. A tripulação de Sturmhond estava avaliando os Grishas, e suas expressões não eram amigáveis. Genya pressionou a mão contra a boca, mas não disse uma palavra.

— Dê algum tempo ao rastreador — disse Sturmhond, calmamente. — Uma semana. Pelo menos alguns dias.

O Darkling deslizou os dedos pelo meu braço, puxando a manga para revelar minha carne nua.

— Devo começar pelo braço? — perguntou. Ele soltou a manga, depois deslizou as juntas dos dedos na minha bochecha. — Ou pelo rosto? — Ele assentiu para Ivan. — Segure-a.

Ivan agarrou a parte de trás da minha cabeça. O Darkling ergueu a faca. Eu a vi brilhando com o canto do olho. Tentei recuar, mas Ivan me segurou. A lâmina encontrou minha bochecha. Eu engasguei, assustada.

— Pare! — gritou Maly.

O Darkling esperou.

— Eu… eu consigo.

— Maly, não — falei, com mais coragem do que sentia.

Maly engoliu em seco e disse:

— Manobre para sudoeste. De volta por onde viemos.

Fiquei totalmente quieta. Ele tinha visto algo? Ou só estava tentando evitar que me machucassem?

O Darkling inclinou a cabeça para um lado e o estudou.

— Acho que você sabe que não é uma boa ideia brincar comigo, rastreador.

Maly deu um aceno firme de cabeça.

— Eu consigo. Posso encontrá-lo. Só… Só me dê algum tempo.

O Darkling embainhou a faca. Suspirei devagar e tentei suprimir um arrepio.

— Você tem uma semana — ele disse, virando-se e desaparecendo no alçapão. —Traga-a — ele ordenou a Ivan.

— Maly… — falei, enquanto Ivan agarrava meu braço.

Maly suspendeu suas mãos amarradas na minha direção. Seus dedos roçaram nos meus levemente, então Ivan me puxou de volta para o alçapão.

Minha mente estava frenética quando descemos para o bojo úmido do navio. Eu tropeçava logo atrás de Ivan, tentando entender o que acabara de acontecer. O Darkling tinha dito que não machucaria Maly enquanto precisasse dele. Eu havia suposto que ele só queria usá-lo para me manter na linha, mas agora estava claro que era mais do que isso. Maly realmente achava que conseguiria encontrar o açoite do mar ou estava ganhando tempo? Eu não tinha certeza de qual das duas opções queria que fosse verdade. Não gostava da ideia de ser torturada, mas... e se encontrássemos o dragão de gelo? O que um segundo amplificador significaria?

Ivan me puxou para uma cabine espaçosa que parecia ser os aposentos do capitão. Sturmhond devia ter sido espremido com o resto da sua tripulação. Uma cama fora empurrada para um canto, e a parede de trás, profundamente curvada, tinha uma fileira de janelas de vidros grossos. Elas derramavam luz aquosa em uma mesa atrás da qual se encontrava o próprio Darkling.

Ivan fez uma mesura e saiu rapidamente da sala, fechando a porta atrás dele.

— Ele mal pode esperar para se afastar de você — eu disse, perto da porta. — Ele tem medo do que você se tornou. Todos eles têm.

— Você tem medo de mim, Alina?

— É isso o que você quer, não é?

O Darkling deu de ombros.

— O medo é um aliado poderoso — ele disse. — E leal.

Ele me observava daquele jeito avaliador e frio que sempre me dava a impressão de que estava me lendo como palavras em uma página, seus dedos se movendo sobre o texto, captando algum conhecimento secreto que eu só poderia imaginar. Tentei não me inquietar, mas as correntes nos meus pulsos me enervavam.

— Eu gostaria de libertá-la — ele disse, calmamente.

— Me libertar, me esfolar. Tantas opções. — Eu ainda podia sentir a pressão de sua faca no meu rosto.

Ele suspirou.

— Aquilo foi uma ameaça, Alina. Ela cumpriu seu objetivo.

— Então você não teria me cortado?

— Eu não disse isso. — Ele falou de modo agradável e realista, como sempre. Poderia estar ameaçando me partir em pedaços ou pedindo o jantar.

Na penumbra, eu só conseguia decifrar os finos traços de suas cicatrizes. Sabia que devia ficar quieta, forçá-lo a falar primeiro, mas a minha curiosidade era muito grande.

— Como você sobreviveu?

Ele passou a mão pela linha destacada de sua mandíbula.

— Parece que o volcra não gostou do sabor da minha carne — disse, quase como se jogasse conversa fora. — Já percebeu que eles não se alimentam uns dos outros?

Estremeci. Eram criações dele, assim como a coisa que tinha enterrado os dentes no meu ombro. A pele ainda pulsava no local.

— Os semelhantes se atraem.

— Não é uma experiência que eu gostaria de repetir. Já tive minha cota de piedade dos volcras. E sua.

Cruzei a sala, ficando diante da mesa.

— Então, por que me dar um segundo amplificador? — perguntei desesperada, ávida por um argumento que, de algum modo, fizesse sentido para ele. — Caso você tenha esquecido, eu tentei matá-lo.

— E falhou.

— Aqui está a segunda chance. Por que me tornar mais forte?

Outra vez, ele deu de ombros.

— Sem os amplificadores de Morozova, Ravka está perdida. É seu destino possuí-los, assim como é o meu destino governar. Não tem como ser de outra maneira.

— Que conveniente para você.

Ele ergueu uma sobrancelha.

— Você tem sido tudo, menos conveniente, Alina.

— Você não pode combinar amplificadores. Todos os livros dizem a mesma coisa...

— Nem *todos* os livros.

Eu queria gritar de frustração.

— Baghra me alertou. Ela disse que você era arrogante e estava cego de ambição.

— Ela disse isso mesmo? — A voz dele saiu gélida. — E que outra traição ela sussurrou no seu ouvido?

— Que ela o amava — falei com raiva. — E que acreditava que você poderia se redimir.

Ele desviou o olhar, mas não antes que eu visse um lampejo de dor em seu rosto. O que ele tinha feito a ela? E o que isso tinha custado a ele?

— Redenção — ele murmurou. — Salvação. Penitência. As ideias exóticas de minha mãe. Talvez eu devesse ter prestado mais atenção. — Ele se esticou sobre a mesa e puxou um livro vermelho e fino. Quando o ergueu, a luz refletiu nas letras douradas de sua capa: *Istorii Sankt'ya*.

— Sabe o que é isso?

Franzi a testa. *A vida dos santos*. Uma lembrança vaga voltou à minha mente. O Apparat havia me dado uma cópia do livro meses atrás no Pequeno Palácio. Eu o havia jogado na gaveta da minha penteadeira e não cheguei a olhá-lo novamente.

— É um livro infantil — falei.

— Você o leu?

— Não — admiti, de repente desejando ter lido. O Darkling me observava muito atentamente. O que podia ser tão importante em uma velha coleção de desenhos religiosos?

— Superstição — disse ele, olhando para a capa. — Propaganda camponesa. Ou assim eu pensava. Morozova era um homem estranho. Ele era um pouco como você, atraído pelo que há de comum e de fraco.

— Maly não é fraco.

— Ele tem um dom, isso eu garanto, mas não é um Grisha. Nunca será seu igual.

— Ele é meu igual e mais que isso — rebati.

O Darkling balançou a cabeça. Se eu não o conhecesse tão bem, teria confundido o olhar em seu rosto com pena.

— Você acha que encontrou uma família nele. Acha que encontrou um futuro. Mas seu poder aumentará, e ele envelhecerá. Ele viverá sua curta vida de *otkazat'sya* e você vai vê-lo morrer.

— Cale a boca.

Ele sorriu.

— Prossiga, bata o pé, lute contra sua verdadeira natureza. Enquanto isso, seu país sofre.

— Por sua causa!

— Porque confiei em uma garota que não é capaz de lidar com a ideia de seu próprio potencial. — Ele se levantou e contornou a mesa. Apesar da minha raiva, recuei um passo, batendo na cadeira atrás de mim.

— Sei o que você sente quando está com o rastreador — ele disse.

— Duvido muito.

Ele deu um aceno desdenhoso.

— Não, não o desejo absurdo que você ainda tem de superar. Conheço a verdade em seu coração. A solidão. O crescente entendimento de sua própria diferença. — Ele se inclinou mais para perto. — Quanto isso dói.

Tentei esconder o choque de reconhecimento que passou por mim.

— Não sei do que você está falando — eu disse, mas as palavras soaram falsas em meus ouvidos.

— O sentimento nunca diminuirá, Alina. Ele ficará cada vez pior, não importa atrás de quantos lenços você se esconda nem que mentiras venha a contar, não importa para quão longe ou quão rápido você fuja.

Tentei me virar, mas ele se esticou e segurou meu queixo, forçando-me a olhar para ele. Estava tão perto que eu podia sentir sua respiração.

— Não há outros como nós, Alina — ele sussurrou. — E nunca haverá.

Eu me afastei dele numa guinada, derrubando a cadeira e quase perdendo o equilíbrio. Bati na porta com os punhos acorrentados chamando por Ivan enquanto o Darkling observava.

Ele não veio até o próprio Darkling dar a ordem.

Senti vagamente a mão de Ivan às minhas costas, o fedor do corredor, um marinheiro nos deixando passar e, em seguida, o silêncio da minha cabine apertada, a porta sendo trancada atrás de mim, a cama embutida, o raspão do tecido áspero conforme pressionava meu rosto nas cobertas tremendo, tentando tirar as palavras do Darkling da cabeça. A morte de Maly. A longa vida diante de mim. A dor da alteridade que nunca amainaria. Cada medo afundou dentro de mim, uma garra farpada cavando profundamente em meu coração.

Eu sabia que ele era um mentiroso experiente. Ele podia fingir qualquer emoção, jogar com qualquer falha humana. Mas eu não podia negar o que havia sentido em Novyi Zem, nem a verdade que o Darkling tinha me mostrado: minha própria tristeza, minha própria longevidade, refletidas para mim em seus olhos cinza sem vida.

O ÂNIMO TINHA MUDADO a bordo do baleeiro. A tripulação estava inquieta e atenta, a insignificância de seu capitão ainda na mente deles. Os Grishas murmuravam entre si, seus nervos desgastados pelo nosso progresso lento pelas águas da Rota dos Ossos.

A cada dia, o Darkling me trazia ao convés para ficar atrás dele na proa. Maly era mantido cercado por guardas na outra ponta do navio. Às vezes, eu o ouvia gritar coordenadas para Sturmhond ou o via apontar para o que pareciam arranhões profundos logo acima da superfície da água ou das grandes crostas de gelo pelas quais passávamos.

Olhei para os sulcos irregulares. Poderiam ser marcas de garras. Ou poderiam não ser nada. Ainda assim, eu tinha visto do que Maly era capaz em Tsibeya. Quando estávamos na trilha do cervo, ele tinha me mostrado galhos quebrados, grama pisoteada, sinais que pareciam óbvios depois que ele os apontava, mas que eram invisíveis momentos antes. A tripulação parecia cética. Os Grishas desdenhavam completamente.

Ao anoitecer, quando outro dia tinha começado e terminado, o Darkling me conduziria pela plataforma e pelo alçapão, bem na frente de Maly. Nós não tínhamos permissão para nos falarmos. Eu tentava encontrar seu olhar, dizer a ele silenciosamente que estava bem, mas podia ver sua fúria e seu desespero crescendo, e eu estava impotente para tranquilizá-lo.

Uma vez, quando tropecei pela escotilha, o Darkling me segurou contra o corpo. Ele poderia ter me soltado, mas se demorou e, antes que eu pudesse me afastar, deixou os dedos deslizarem pela minha cintura.

Maly avançou, e apenas a força dos guardas Grishas o impediu de enfrentar o Darkling.

— Mais três dias, rastreador.

— Deixe-a em paz — Maly rosnou.

— Eu cumpri minha parte do acordo. Ela continua inteira. Mas talvez não seja disso que você tem medo, não é?

Maly parecia instável a ponto de explodir. Seu rosto estava pálido, a boca era uma linha tensa, os músculos de seus braços, tesos enquanto lutava contra suas amarras. Eu não podia aguentar.

— Estou bem — eu disse calmamente, arriscando-me a experimentar a faca do Darkling. — Ele não pode me machucar. — Era mentira, mas soou bem em meus lábios.

O Darkling olhou de mim para Maly, e vislumbrei aquele abismo deserto e imenso dentro dele.

— Não se preocupe, rastreador. Você saberá quando nosso trato terminar. — Ele me empurrou para baixo, mas não antes de eu ouvir suas palavras de despedida para Maly: — Vou me certificar de que você possa ouvir quando eu a fizer gritar.

A SEMANA SEGUIA, e no sexto dia Genya me acordou cedo. Reuni minhas forças e percebi que mal era madrugada. O medo me percorreu. Talvez o Darkling tivesse decidido encurtar meu alívio e pôr em prática suas ameaças.

Mas Genya estava radiante.

— Ele encontrou algo! — ela comemorou, saltando sobre as solas dos pés, praticamente dançando enquanto me ajudava a sair da cama. — O rastreador disse que estamos perto!

— O nome dele é Maly — resmunguei, afastando-me dela. Ignorei seu olhar ferido.

Será verdade?, perguntei-me enquanto Genya me levava para cima. Ou Maly simplesmente esperava ganhar mais tempo para mim?

Saímos sob a sombria luz cinzenta da madrugada. O convés estava cheio de Grishas olhando para a água, enquanto os Aeros produziam os ventos e a tripulação de Sturmhond ajustava as velas no alto.

A névoa estava mais pesada que no dia anterior. Flutuava espessa sobre a água e se arrastava em filamentos úmidos sobre o casco do navio. O silêncio só era quebrado pelas orientações de Maly e pelas ordens gritadas por Sturmhond.

Quando entramos em uma faixa ampla e aberta de mar, Maly se virou para o Darkling e disse:

— Acho que estamos perto.

— Você *acha*?

Maly assentiu com um único aceno de cabeça.

O Darkling refletiu. Se Maly estava enrolando, seus esforços estavam condenados a não durar muito, e o preço seria alto.

Após o que pareceu uma eternidade, o Darkling assentiu para Sturmhond.

— Ajustem as velas — ordenou o corsário, e os homens no alto moveram-se para obedecê-lo.

Ivan bateu no ombro do Darkling e apontou para o horizonte ao sudeste.

— Um navio, *moi soverenyi*.

Olhei para a pequena mancha.

— Eles hastearam alguma bandeira? — o Darkling perguntou a Sturmhond.

— Provavelmente são pescadores — disse Sturmhond. — Mas vou ficar de olho na embarcação, por via das dúvidas. — Ele deu um sinal para um membro de sua tripulação, que foi correndo para o mastro real com uma luneta comprida na mão.

Os escaleres foram preparados e, em questão de minutos, baixados à estibordo, carregados com os homens de Sturmhond e abarrotados de arpões. Os Grishas do Darkling se agruparam na balaustrada para ver o progresso dos barcos. A névoa parecia ampliar a batida constante de seus remos contra as ondas.

Dei um passo na direção de Maly. A atenção de todos estava voltada para os homens na água. Apenas Genya me observava. Ela hesitou, então se virou deliberadamente e se juntou aos outros na balaustrada.

Maly e eu olhávamos para a frente, mas estávamos perto o suficiente para nossos ombros se tocarem.

— Diga-me que você está bem — ele murmurou, com a voz rouca.

Assenti, engolindo o nó na garganta.

— Estou bem — falei suavemente. — Ele está lá fora?

— Não sei. Talvez. Havia momentos, quando eu rastreava o cervo, em que pensava que estávamos perto e... Alina, se eu estiver errado...

Eu me virei, sem me importar com que alguém nos visse ou com qual punição receberia. A névoa estava se projetando da água agora, rastejando ao longo do convés. Olhei para ele, absorvendo cada detalhe de seu rosto: o azul brilhante de suas íris, a curva de seu lábio, a cicatriz que percorria sua mandíbula. Atrás dele, vislumbrei Tamar escalando rapidamente o cordame, com uma lanterna nas mãos.

— Nada disso é sua culpa, Maly. Nada disso.

Ele baixou a cabeça, apoiando a testa na minha.

— Não vou deixar que ele a machuque.

Ambos sabíamos que não havia como impedir isso, mas a verdade era muito dolorosa, então eu apenas disse:

— Eu sei.

— Você só está querendo me agradar — disse ele, com um sorriso sutil.

— Você precisa de um monte de mimos.

Ele pressionou os lábios no topo da minha cabeça.

— Encontraremos um jeito de sair dessa, Alina. Sempre encontramos.

Repousei as mãos acorrentadas em seu peito e fechei os olhos. Estávamos sozinhos em um mar congelado, prisioneiros de um homem que podia literalmente criar monstros e, mesmo assim, de alguma maneira, ainda acreditei em Maly. Inclinei-me na direção dele e pela primeira vez em dias me permiti ter esperanças.

Um grito ecoou:

— Dois pontos de distância da proa a estibordo!

Como se fôssemos um só, nossas cabeças se viraram, e eu fiquei imóvel. Algo se movia na névoa, uma forma branca ondulante e cintilante.

— Pelos Santos — Maly ofegou.

Nesse momento, as costas da criatura romperam as ondas, seu corpo cortando a água em um arco sinuoso, arco-íris faiscando das escamas iridescentes no seu dorso.

Rusalye.

Capítulo 4

RUSALYE ERA UMA HISTÓRIA POPULAR, um conto de fadas, uma criatura de sonhos que vivia nas bordas dos mapas. Mas não havia dúvida. O dragão de gelo era real, e Maly o tinha encontrado, assim como encontrara o cervo. Aquilo parecia errado, como se tudo estivesse acontecendo rápido demais, como se estivéssemos correndo na direção de algo que não entendíamos.

Um grito vindo dos escaleres atraiu minha atenção. Um homem no barco mais próximo do açoite do mar se levantou com um arpão na mão, mirando. Mas a cauda branca do dragão se deslocou rapidamente pelo mar, dividiu as ondas e desceu como um tapa, enviando uma parede de água que rolou contra o casco do barco. O homem com o arpão caiu sentado quando o escaler empinou precariamente, mas se ajeitou no último momento.

Ótimo, pensei. *Lute contra eles*.

Então o outro barco disparou seus arpões. O primeiro foi longe demais e caiu na água sem causar danos. O segundo alojou-se na couraça do açoite do mar.

O dragão resistiu, a cauda dando chicotadas para a frente e para trás, e se ergueu como uma serpente, lançando o corpo fora da água. Por um momento, ficou suspenso no ar: barbatanas translúcidas em forma de asas, escamas brilhantes e olhos vermelhos coléricos. Pingos de água voaram de sua crina e mandíbulas enormes se abriram, revelando uma língua rosa e fileiras de dentes brilhantes. Ele desceu sobre o barco mais próximo com um som alto de madeira se despedaçando. O barco estreito se partiu em dois, e os homens caíram no mar. A boca da criatura se fechou sobre as pernas de um marinheiro e ele desapareceu, gritando, entre as ondas. Com golpes furiosos, o restante da tripulação nadou pela água manchada de sangue em direção ao que restava do barco, onde eles foram içados pela lateral.

Olhei para trás, para o cordame do baleeiro. Os topos dos mastros agora estavam envoltos em névoa, mas eu ainda podia ver a luz da lanterna de Tamar queimando constantemente no cume do mastro real.

Outro arpão encontrou seu alvo e o açoite do mar começou a cantar, um som mais amável que tudo que eu já havia escutado, um coro de vozes elevado em uma música lamuriosa e sem palavras. *Não*, percebi, *não é uma música*. O açoite do mar estava chorando, contorcendo-se e rolando nas ondas enquanto os escaleres o perseguiam, lutando para se livrar da ponta dos arpões. *Lute*, implorei silenciosamente. *Depois que ele tiver você, nunca o deixará partir*.

Mas eu já podia ver o dragão diminuindo o ritmo, seus movimentos cada vez mais lentos enquanto seu choro fraquejava, agora triste; sua música, desolada e desaparecendo.

Parte de mim queria que o Darkling terminasse de uma vez com aquilo. Por que ele não fazia isso? Por que não usar o Corte no açoite do mar e me conectar a ele como tinha feito com o cervo?

— Redes! — gritou Sturmhond. Mas a névoa tinha ficado tão densa que eu mal podia dizer de onde vinha a voz. Ouvi uma série de batidas em algum lugar perto da balaustrada a estibordo.

— Afastem a névoa — ordenou o Darkling. — Estamos perdendo o escaler.

Ouvi os Grishas chamando uns aos outros e então senti a onda dos ventos dos Aeros balançando a bainha do meu casaco.

A névoa se ergueu, e eu fiquei boquiaberta. O Darkling e seus Grishas permaneciam de pé a estibordo, com a atenção concentrada no escaler que agora parecia estar remando para longe do baleeiro. Mas a bombordo outro navio tinha aparecido como se vindo do nada, uma escuna elegante com mastros reluzentes e estandartes sacolejantes: um cão vermelho em um campo azul-escuro e, abaixo dele, a águia dupla ravkana em azul-claro e dourado.

Ouvi outra série de batidas e vi garras metálicas cravando-se na balaustrada na face de ancoragem do baleeiro. *Arpéus*, percebi.

E então tudo pareceu acontecer de uma vez. Um uivo veio de algum lugar, como um lobo cantando para a lua. Homens surgiram como um enxame sobre a balaustrada no convés do baleeiro, pistolas presas ao peito, espadas na mão, berrando e latindo como uma matilha de cães selvagens. Vi o Darkling se virar, confusão e raiva em seu rosto.

— O que diabos está acontecendo? — disse Maly, vindo para a minha frente enquanto avançávamos discretamente para a proteção deficiente do mastro da mezena.

— Não sei — respondi. — Algo muito bom ou muito, muito ruim.

Ficamos de costas um para o outro, minhas mãos ainda presas nas correntes, as dele ainda atadas, incapazes de nos defendermos enquanto a luta irrompia no convés. Tiros de pistola soaram. O ar ganhou vida com o fogo dos Infernais.

— Venham comigo, cães! — Sturmhond gritou e entrou em ação, um sabre em suas mãos.

Homens latindo e rosnando desceram sobre os Grishas do Darkling de todos os lados, não apenas da balaustrada da escuna, mas também do cordame do próprio baleeiro. Os homens de *Sturmhond*. Sturmhond estava se voltando contra o Darkling.

O corsário claramente tinha endoidado. Sim, os Grishas estavam em menor número, mas número não importava em uma luta contra o Darkling.

— Veja! — gritou Maly.

Embaixo, na água, os homens no escaler restante traziam o açoite do mar se debatendo a reboque. Eles tinham levantado uma vela e um vento forte os impulsionava, não para o baleeiro, mas diretamente para a escuna. A brisa constante que os levava parecia vir do nada. Olhei mais de perto. Um tripulante estava de pé no escaler, braços erguidos. Não havia dúvida: Sturmhond tinha um Aeros trabalhando para ele.

De repente, um braço me agarrou pela cintura e fui erguida. O mundo pareceu virar de cabeça para baixo, e eu gritei ao ser jogada sobre um ombro enorme.

Ergui a cabeça, lutando contra o braço que me segurava como uma tira de aço, e vi Tamar correndo na direção de Maly, uma faca brilhando nas mãos dela.

— Não! — eu gritei. — Maly!

Ele ergueu a mão para se defender, mas tudo que ela fez foi cortar suas amarras.

— Vá! — ela gritou, jogando a faca para ele e desembainhando uma espada presa em sua cintura.

Tolya me segurou mais apertado enquanto corria pelo convés. Tamar e Maly vieram logo atrás.

— O que você está fazendo? — gritei, minha cabeça batendo em solavancos nas costas do gigante.

— Apenas corra! — Tamar respondeu, batendo em um Corporalnik que se atirou em seu caminho.

— Não posso correr — gritei de volta. — O idiota do seu irmão me jogou nos ombros dele como um presunto!

— Você quer ser salva ou não?

Não tive tempo de responder.

— Segure firme — disse Tolya. — Vamos pular.

Apertei os olhos, preparando-me para cair na água gelada. Mas Tolya não deu mais do que alguns passos antes de soltar um gemido súbito e cair sobre um joelho, liberando-me. Caí no convés e rolei sem jeito de lado. Quando olhei para cima, vi Ivan e um Infernal de manto azul sobre nós.

A mão de Ivan estava estendida. Ele esmagava o coração de Tolya e, dessa vez, Sturmhond não se encontrava ali para impedi-lo. O Infernal avançou sobre Tamar e Maly, pederneira na mão, o braço já se movendo em um arco de fogo. *Terminado antes mesmo de começar*, pensei miseravelmente. Mas no momento seguinte o Infernal parou e engasgou. Suas chamas morreram no ar.

— O que você está esperando? — disse Ivan de modo ríspido.

A única resposta do Infernal foi um assovio sufocado. Seus olhos incharam. Ele agarrou a garganta.

Tamar mantinha a espada na mão direita, mas seu punho esquerdo estava cerrado.

— Bom truque — disse ela, jogando para longe a pederneira do Infernal paralisado. — Conheço um bom truque também. — Ela ergueu a lâmina e, enquanto o Infernal permanecia de pé, indefeso e desesperado por ar, ela o atravessou com um impulso feroz.

O Infernal tombou no convés. Ivan olhou confuso para Tamar em cima do corpo sem vida, sua espada pingando sangue. Ele devia ter perdido a concentração, porque, nesse momento, Tolya se ergueu com um rugido aterrorizante.

Ivan cerrou o punho, reconcentrando seus esforços. Tolya fez uma careta, mas não caiu. Então o gigante estendeu a mão, e o rosto de Ivan se contorceu de dor e espanto.

Olhei de Tolya para Tamar, entendendo o que acontecia. Eles eram Grishas. Sangradores.

— Você gosta disso, homenzinho? — perguntou Tolya enquanto andava na direção de Ivan. Em desespero, Ivan esticou a outra mão. Ele tremia, e eu podia ver que lutava para respirar.

Tolya balançou um pouco, mas continuou avançando.

— Agora descobriremos quem tem o coração mais forte — ele rosnou.

O gigante caminhou lentamente para a frente, como se estivesse andando contra um vento forte, o rosto coberto de suor, os dentes à mostra com uma alegria bestial. Perguntei-me se ele e Ivan cairiam mortos, juntos.

Então, os dedos estendidos de Tolya se fecharam em um punho. Ivan entrou em convulsão. Seus olhos se reviraram. Uma bolha de sangue brotou de seus lábios e estourou. Ele desabou no convés.

Eu estava vagamente consciente do caos se espalhando ao meu redor. Tamar lutava com um Aeros. Dois outros Grishas tinham saltado sobre Tolya. Ouvi um tiro e percebi que Maly tinha pegado uma pistola. Mas tudo que eu conseguia ver era o corpo sem vida de Ivan.

Ele estava morto. O braço direito do Darkling. Um dos mais poderosos Sangradores do Segundo Exército. Ele tinha sobrevivido à Dobra das Sombras e aos volcras, e agora estava morto. Um pequeno soluço me puxou de volta do meu devaneio.

Genya olhava para Ivan, as mãos tapando a boca.

— Genya… — eu disse.

— Pare eles! — O grito veio do outro lado do convés. Virei-me e vi o Darkling às voltas com um marinheiro armado.

Genya tremia. Ela enfiou a mão no bolso de seu *kefta* e sacou uma pistola. Tolya pulou na direção dela.

— Não! — eu disse, ficando entre eles. Não iria vê-lo assassinar Genya.

A pistola pesada tremeu na mão dela.

— Genya — falei calmamente —, você vai mesmo atirar em mim? — Ela olhou ao redor, freneticamente, incerta de onde mirar. Pousei a mão em sua manga. Ela estremeceu e virou o cano para mim.

Um estalo semelhante a um trovão cortou o ar, e eu soube que o Darkling havia se libertado. Olhei para trás e vi uma onda de escuridão rolando em nossa direção. *Acabou*, eu pensei. *Chegou o nosso fim*. Mas no momento seguinte vi um estouro brilhante e ouvi um tiro. A expansão de escuridão se dissipou, e vi o Darkling segurar o braço, o rosto contorcido de fúria e dor. Descrente, percebi que ele havia levado um tiro.

Sturmhond corria em nossa direção, pistolas em mãos.

— Corram! — ele gritou.

— Venha, Alina! — gritou Maly, tentando agarrar meu braço.

— Genya — falei desesperada —, venha conosco. — A mão dela tremia tanto que pensei que ela deixaria a pistola cair. Lágrimas desciam por seu rosto.

— Não posso — ela soluçou de modo intermitente. E baixou a arma. — Vá, Alina — disse ela. — Apenas vá embora.

No instante seguinte, Tolya me jogou por sobre o ombro de novo. Bati inutilmente em suas costas largas.

— Não — gritei. — Espere!

Mas ninguém me deu a mínima. Tolya pegou impulso e saltou sobre a balaustrada. Gritei enquanto despencávamos em direção à água gelada, preparando-me para o impacto. Em vez disso, fomos recolhidos pelo que só podia ser o vento de um Aeros e colocados com um baque de osso duro no convés da escuna que nos atacava. Tamar e Maly nos seguiram, com Sturmhond logo atrás deles.

— Dê o sinal — Sturmhond gritou, pondo-se de pé.

Um assovio perfurante soou.

— Privyet — ele falou para um tripulante que não reconheci —, quantos ainda temos?

— Oito baixas — respondeu Privyet. — Quatro permanecem no baleeiro. Carga a caminho.

— Pelos Santos — Sturmhond praguejou. Ele olhou para o baleeiro, lutando consigo mesmo. — Mosqueteiros — gritou para os homens no topo principal da escuna —, deem-lhes cobertura!

Os mosqueteiros começaram a atirar com seus rifles no convés do baleeiro. Tolya jogou um rifle para Maly, então pendurou outro nas costas. Saltou para o cordame e começou a escalar. Tamar sacou uma pistola do quadril. Eu ainda estava estatelada no convés em um emaranhado indigno, minhas mãos inúteis presas em correntes.

— O açoite do mar está seguro, *kapitan*! — gritou Privyet.

Mais dois homens de Sturmhond se arremessaram sobre a balaustrada do baleeiro e voaram pelo ar, os braços sacudindo freneticamente, para cair em um amontoado no convés da escuna. Um deles sangrava bastante devido a uma ferida no braço.

Então aconteceu de novo, o estrondo de um trovão.

— Ele está de pé! — gritou Tamar.

A escuridão caiu sobre nós, envolvendo a escuna, apagando tudo em seu caminho.

— Liberte-me! — pedi. — Deixe-me ajudar!

STURMHOND JOGOU AS CHAVES para Tamar e gritou:

— Solte-a!

Tamar alcançou meus pulsos, atrapalhada com as chaves enquanto a escuridão nos engolia.

Estávamos cegos. Ouvi alguém gritar. Então a tranca se abriu. As correntes caíram de meus pulsos e acertaram o convés com uma batida pesada.

Ergui as mãos e a luz brilhou pela escuridão, empurrando o negrume de volta para o baleeiro. A tripulação de Sturmhond celebrou, mas a comemoração morreu em seus lábios quando outro som preencheu o ar: um grito rangente, perfurante em sua iniquidade, o estalido de uma porta sendo aberta, uma porta que deveria permanecer para sempre fechada. A ferida em meu ombro pulsou cortante. *Nichevo'ya*.

Eu me virei para Sturmhond.

— Temos de dar o fora daqui — disse. — *Agora*.

Ele hesitou, lutando contra si mesmo. Dois de seus homens continuavam a bordo do baleeiro. Sua expressão endureceu.

— Homens no topo, içar velas — ele gritou. — Aeros, levem-nos para o leste!

Vi uma fileira de marinheiros de pé perto dos mastros erguer os braços e ouvi um barulho quando as lonas sobre nós se abriram com um vento forte. Quantos Grishas o corsário tinha em sua tripulação?

Mas os Aeros do Darkling tinham se ajeitado no convés do baleeiro e estavam enviando seus próprios sopros para nos golpear. A escuna balançou, instável.

— Armas de bombordo! — Sturmhond rugiu. — Atirem em sequência. Ao meu sinal!

Ouvi dois assovios estridentes soarem. Uma explosão ensurdecedora sacudiu o navio, então outra e mais outra, enquanto as armas da escuna abriam um buraco enorme no casco do baleeiro. Um grito de pânico veio do navio do Darkling. Os Aeros de Sturmhond aproveitaram a vantagem e a escuna seguiu adiante.

Quando a fumaça dos canhões clareou, vi uma silhueta de preto adiantar-se na balaustrada do baleeiro incapacitado. Outra onda de escuridão correu em nossa direção, mas essa era diferente. Ela se contorcia sobre a água como se avançasse arranhando seu caminho, e com ela vieram os estalidos esquisitos de milhares de insetos irritados.

A escuridão espumava como uma onda quebrando sobre uma rocha e começou a se dividir, ganhando forma. Ao meu lado, Maly sussurrou uma oração e ergueu seu rifle sobre o ombro. Concentrei meu poder e o liberei com o Corte, queimando através da nuvem negra, tentando destruir os *nichevo'ya* antes que pudessem assumir sua forma completa. Mas não consegui parar todos eles. Vieram em uma horda gemente de garras e dentes negros.

A tripulação de Sturmhond abriu fogo.

Os *nichevo'ya* alcançaram os mastros da escuna, espiralando ao redor das velas, colhendo marinheiros do cordame como frutas. Em seguida, eles deslizaram sobre o convés. Maly atirou de novo, enquanto a tripulação puxava seus sabres, mas balas e lâminas pareciam apenas retardar os monstros. Seus corpos de sombras se espalhavam e se reagrupavam, e eles continuavam avançando. A escuna continuou a seguir adiante, ampliando a distância entre ela e o baleeiro. Mas não rápido o suficiente. Ouvi aquele gemido estremecedor, e outra onda de escuro deslizante e inconstante veio em nossa direção, já se separando em corpos alados, reforços para os soldados de sombras.

Sturmhond a viu também. Apontou para um dos Aeros ainda conjurando vento para as velas.

— Relâmpagos — ele gritou.

Eu recuei. Ele não podia estar falando sério. Aeros nunca tinham permissão de conjurar relâmpagos. Era muito imprevisível, muito perigoso. Imagine fazer isso em mar aberto? Com navios de madeira? Mas os Grishas de Sturmhond não hesitaram. Os Aeros uniram as mãos, esfregando-as para a frente e para trás. Meus ouvidos estalaram conforme a pressão despencava. O ar retumbou com a corrente.

Nós só tivemos tempo de nos lançarmos no convés enquanto raios irregulares de luz ziguezagueavam pelo céu. A nova onda de *nichevo'ya* se espalhou em uma confusão momentânea.

— Vão! — Sturmhond bramiu. — Aeros ao máximo! — Maly e eu fomos jogados contra a balaustrada quando a escuna foi impulsionada para a frente. O navio elegante parecia voar pelas ondas.

Vi outra elevação negra ondular na lateral do baleeiro. Fiquei de pé e me preparei, reunindo força para outra investida.

Mas ela não aconteceu. Pelo visto, o poder do Darkling tinha um limite. Estávamos fora de seu alcance.

Eu me inclinei sobre a balaustrada. O vento e o borrifo do mar pinicavam minha pele enquanto o navio do Darkling e seus monstros desapareciam do meu campo de visão. Algo entre uma risada e um soluço sufocaram meu peito.

Maly jogou os braços ao meu redor, e eu o segurei firme, sentindo a pressão úmida de sua camisa contra meu rosto, ouvindo as batidas de seu coração, percebendo a verdade inacreditável de que ainda estávamos vivos.

Então, apesar do sangue derramado e dos amigos perdidos, a tripulação da escuna começou a comemorar. Eles gritaram, latiram e rosnaram. No cordame, Tolya ergueu seu rifle com uma mão e jogou a cabeça para trás, soltando um uivo de triunfo que arrepiou os pelos de meus braços.

Maly e eu nos separamos, olhando para a tripulação comemorando e rindo ao nosso redor. Eu sabia que nós dois pensávamos a mesma coisa: em que havíamos nos metido?

Capítulo 5

DESCEMOS ENCOSTADOS no corrimão e deslizamos para baixo até estarmos sentados um ao lado do outro, exaustos e confusos. Tínhamos escapado do Darkling, mas estávamos em um navio estranho, cercados por um monte de Grishas lunáticos vestidos de marinheiro e uivando como cães malucos.

— Você está bem? — perguntou Maly.

Assenti. A ferida no meu ombro queimava, mas eu estava ilesa e meu corpo inteiro vibrava por ter usado meu poder de novo.

— E você? — perguntei.

— Nem um arranhão — disse Maly, descrente.

O navio cavalgou as ondas a uma velocidade aparentemente impossível, impulsionado pelos Aeros e pelo que percebi serem Hidros. Quando o terror e a emoção da batalha abrandaram, notei que estava ensopada. Meus dentes começaram a bater. Maly passou o braço ao meu redor e, em algum momento, um dos membros da tripulação jogou uma coberta sobre nós.

Por fim, Sturmhond ordenou que parassem e recolhessem as velas. Os Aeros e os Hidros desceram os braços e caíram uns contra os outros, completamente exaustos. O poder tinha deixado seus rostos brilhando, seus olhos acesos.

A escuna diminuiu o ritmo até balançar gentilmente no que, de repente, parecia ser um silêncio esmagador.

— Fique de guarda — ordenou Sturmhond, e Privyet mandou um marinheiro subir na arreigada com uma longa luneta. Maly e eu nos levantamos lentamente.

Sturmhond caminhou pela fileira de Etherealki exaustos, batendo nas costas de Aeros e Hidros e dizendo palavras tranquilas para alguns deles. Enviou os marinheiros machucados para o interior do navio, onde, supus, devia haver um cirurgião ou Curandeiro Corporalki. O corsário parecia ter todo tipo de Grishas trabalhando para ele.

Então Sturmhond caminhou na minha direção e puxou uma faca do cinto. Ergui as mãos e Maly foi para a minha frente, nivelando seu rifle com o peito de Sturmhond. No mesmo instante, ouvi espadas sendo desembainhadas e pistolas engatilhando ao nosso redor enquanto a tripulação sacava suas armas.

— Calminha, Oretsev — disse Sturmhond, seus passos ficando mais lentos. — Tive um bocado de trabalho e gastei muito dinheiro para colocar vocês no meu navio. Seria uma pena deixá-los cheios de buracos agora. — Ele virou a faca, oferecendo o cabo para mim. — Isso é para a besta.

O açoite do mar. No fervor da batalha, quase tinha me esquecido dele.

Maly hesitou, então baixou cautelosamente seu rifle.

— Baixem as armas — Sturmhond instruiu sua tripulação. Eles guardaram as pistolas e embainharam as espadas.

Sturmhond assentiu para Tamar com a cabeça.

— Traga-o para dentro.

Seguindo ordens de Tamar, um grupo de marinheiros se inclinou sobre a balaustrada a estibordo e soltou uma rede complexa de cordas. Eles a ergueram e, lentamente, içaram o corpo do açoite do mar sobre a lateral da escuna. O dragão caiu no convés, ainda lutando debilmente nos contornos prateados da rede. Ele deu uma batida feroz, seus dentes enormes estalando. Todos nós pulamos para trás.

— Pelo que entendo disso, tem de ser você — disse Sturmhond, estendendo a faca para mim mais uma vez. Olhei para o corsário, perguntando-me quanto ele sabia sobre amplificadores, e sobre esse amplificador em particular.

— Prossiga — disse ele. — Temos de continuar. O navio do Darkling está avariado, mas não permanecerá assim.

A lâmina na mão de Sturmhond brilhou fosca sob o sol. Aço Grisha. De algum modo, não fiquei surpresa.

Ainda assim, hesitei.

— Acabei de perder treze homens bons — disse Sturmhond, calmamente. — Não me diga que isso tudo foi em vão.

Olhei para o açoite do mar. Ele se contorcia no convés, o ar vibrando por suas brânquias, seus olhos vermelhos nublados, mas ainda cheios de raiva. Eu me lembrei do olhar fixo e escuro do cervo, do pânico calmo de seus momentos finais.

O cervo tinha vivido por tanto tempo na minha imaginação que, quando finalmente saiu das árvores e foi para a clareira nevada, era-me quase familiar, conhecido. O açoite do mar era um estranho, mais mito que realidade, apesar da verdade triste e sólida de seu corpo partido.

— De qualquer maneira, ele não sobreviverá — disse o corsário.

Segurei o punho da faca. Ele pareceu pesado em minha mão. *Seria piedade?* Certamente não a mesma piedade que eu havia dedicado ao cervo de Morozova.

Rusalye. O príncipe amaldiçoado, guardião da Rota dos Ossos. Nas histórias, ele atraía donzelas solitárias para suas costas e as levava, rindo, sobre as ondas, até que estivessem muito longe da praia para pedir ajuda. Então ele afundava, arrastando-as para baixo da superfície em direção ao seu palácio submerso. As garotas definhavam por não haver nada para comer além de corais e pérolas. Rusalye chorava e cantava sua canção triste sobre os corpos, depois voltava à superfície para reivindicar outra rainha.

Apenas histórias, disse a mim mesma. *Ele não é um príncipe, apenas um animal sofrendo.*

As laterais do açoite do mar se ergueram. Ele bateu suas mandíbulas inutilmente no ar. Dois arpões se projetavam de suas costas, sangue aquoso escorrendo das feridas. Ergui a faca, incerta do que fazer, de onde enfiar a lâmina. Meus braços tremeram. Açoite do mar deu um suspiro ruidoso e sofrido, um eco fraco daquele coro mágico.

Maly avançou.

— Termine com isso, Alina — disse ele, rouco. — Pelo amor dos Santos.

Ele puxou a faca da minha mão e a soltou no convés. Pegou minhas mãos e as fechou sobre o cabo de um dos arpões. Com um impulso eficiente, nós o lançamos.

O açoite do mar estremeceu e então ficou quieto, seu sangue empoçando no convés.

Maly olhou para as mãos, limpou-as em sua camisa rasgada e se afastou.

Tolya e Tamar se aproximaram. Meu estômago revirou. Eu sabia o que viria a seguir. *Isso não é verdade*, disse uma voz na minha cabeça. *Você pode ir embora. Deixe isso para lá*. Novamente, tive a sensação de que as coisas estavam acontecendo rápido demais. Mas não podia simplesmente jogar um amplificador como esse de volta no mar. O dragão já tinha desistido da vida. E pegar o amplificador não significava necessariamente que eu iria usá-lo.

As escamas do açoite do mar tinham um branco iridescente que brilhava como um arco-íris sutil, exceto por uma única tira que começava entre seus grandes olhos e percorria o cume de seu crânio até sua crina macia, que tinha as bordas douradas.

Tamar puxou uma adaga do cinto e, com a ajuda de Tolya, liberou as escamas. Eu não me permiti desviar os olhos. Quando terminaram, eles me passaram sete escamas perfeitas, ainda molhadas de sangue.

— Vamos reverenciar os homens que perdemos hoje — disse Sturmhond. — Bons marinheiros. Bons soldados. Que o mar os carregue para um porto seguro, e que os Santos os recebam em uma praia mais brilhante.

Ele repetiu a Oração do Marinheiro em kerch. Depois Tamar murmurou as palavras em shu. Por um momento, permanecemos no navio bamboleante, de cabeça abaixada. Um nó se formou na minha garganta.

Mais homens mortos e outra criatura mágica e ancestral extinta, seu corpo profanado pelo aço Grisha. Coloquei a mão no couro brilhante do açoite do mar. Ele estava gelado e lustroso sob meus dedos. Seus olhos vermelhos, nublados e vazios. Peguei as escamas douradas na palma da mão, sentindo as pontas afundarem na minha carne. Que Santos esperavam por criaturas como essas?

Um longo minuto se passou e então Sturmhond murmurou:

— Que os Santos os recebam.

— Que os Santos os recebam — repetiu a tripulação.

— Precisamos seguir em frente — disse Sturmhond, calmamente. — O casco do baleeiro rachou, mas o Darkling tem Aeros e um ou dois Fabricadores. E pelo que sei, aqueles monstros dele podem ser treinados para usar martelo e pregos. Não vamos nos arriscar. — Ele se virou para Privyet. — Dê aos Aeros alguns minutos para descansar e me traga um relatório de danos. Depois disso, navegue.

— *Da, kapitan* — Privyet respondeu decidido. Ele hesitou. — *Kapitan*... talvez as pessoas paguem um bom dinheiro pelas escamas do dragão, não importa a cor.

Sturmhond franziu o cenho, mas então assentiu de modo sucinto.

— Pegue o que quiser, depois limpe o convés e nos ponha em movimento. Você tem nossas coordenadas.

Diversos tripulantes cercaram o corpo do açoite do mar e cortaram suas escamas. Isso eu não conseguiria olhar. Eu lhes dei as costas, minhas entranhas se revirando.

Sturmhond parou ao meu lado.

— Não os julgue tão severamente — disse, olhando por sobre o ombro.

— Não os estou julgando — falei. — Você é o capitão.

— E eles têm bolsas para encher, pais e irmãos para alimentar. Acabamos de perder quase metade de nossa tripulação e não conseguimos nenhum grande prêmio para amenizar o golpe. Não que vocês não sejam encantadores.

— O que estou fazendo aqui? — perguntei. — Por que nos ajudou?

— Tem certeza de que ajudei?

— Responda à pergunta, Sturmhond — disse Maly, juntando-se a nós. — Por que caçar o açoite do mar se você só queria entregá-lo à Alina?

— Eu não estava caçando o açoite do mar. Estava caçando você.

— Foi por isso que levantou um motim contra o Darkling? — perguntei. — Para me pegar?

— Você não pode exatamente armar um *motim* em seu próprio navio.

— Chame como quiser — eu disse, desesperada. — Apenas se explique.

Sturmhond se inclinou para trás e apoiou os cotovelos na balaustrada, analisando o convés.

— Como eu teria explicado ao Darkling se ele tivesse se dado ao trabalho de perguntar… O que, ainda bem, ele não fez… O problema de se contratar um homem que vende a própria honra é que alguém pode cobrir a oferta.

Fiquei boquiaberta.

— Você traiu o Darkling por dinheiro?

— "Trair" parece uma palavra forte. Eu mal conhecia o sujeito.

— Você é louco — eu disse. — Sabe o que ele pode fazer. Nenhum pagamento vale isso.

Sturmhond deu um sorriso irônico.

— Isso nós vamos ver.

— O Darkling vai caçá-lo pelo resto de sua vida.

— Bem, então nós temos algo em comum, não é mesmo? Além disso, gosto de ter inimigos poderosos. Faz eu me sentir importante.

Maly cruzou os braços e contemplou o corsário.

— Não consigo decidir se você é louco ou estúpido.

— Tenho tantas boas qualidades — disse Sturmhond —, que pode ser difícil escolher uma só.

Balancei a cabeça. O corsário estava maluco.

— Se cobriram a oferta do Darkling, então quem o contratou? Para onde está nos levando?

— Primeiro me responda uma coisa — disse Sturmhond, colocando a mão dentro de sua sobrecasaca. Ele tirou um pequeno volume vermelho do bolso e o passou para mim. — Por que o Darkling carregava isso com ele? Ele não me parece ser do tipo religioso.

Eu peguei o volume e o virei, mas já sabia o que era. Suas letras douradas brilharam no sol.

— Você roubou isso? — perguntei.

— E muitos outros documentos da cabine dele. Embora, mais uma vez, não tenho certeza de que possa chamar isso de roubo, já que, tecnicamente, era a *minha* cabine.

— *Tecnicamente* — observei irritada —, a cabine pertence ao capitão do baleeiro de quem você roubou o navio.

— É justo — Sturmhond admitiu. — Se toda essa coisa de Conjuradora do Sol não der certo, você pode considerar uma carreira como advogada. Você parece ter a disposição crítica necessária. Mas devo observar que isso pertence a você, na verdade.

Ele pegou o livro e o abriu. Meu nome estava escrito por dentro da capa: *Alina Starkov*.

Tentei não transparecer nada, mas, de repente, minha mente se agitou. Aquele era meu *Istorii Sankt'ya*, a cópia que o Apparat tinha me dado meses antes na biblioteca do Pequeno Palácio. O Darkling devia ter mandado revistar meu quarto depois que fugi de Os Alta, mas por que pegar esse livro? E por que estivera tão preocupado em saber se eu o tinha lido?

Folheei as páginas. O livro era belamente ilustrado, mas, considerando que havia sido feito para crianças, era horrivelmente macabro. Alguns dos Santos eram retratados fazendo milagres ou em atos de caridade: Sankt Feliks entre os ramos de macieira. Sankta Anastasia livrando Arkesk da praga da tísica. Mas a maioria das páginas mostrava os Santos em seus martírios: Sankta Lizabeta sendo arrastada e esquartejada; a decapitação de Sankt Lubov; Sankt Ilya acorrentado. Eu congelei. Desta vez não pude disfarçar minha reação.

— Interessante, não? — disse Sturmhond. Ele tocou na página com um dedo longo. — A menos que eu esteja muito enganado, essa é a criatura que acabamos de capturar.

Não havia como esconder isso: atrás de Sankt Ilya, agitando-se nas ondas de um lago ou de um oceano, aparecia a forma distinta do açoite do mar. Mas isso não era tudo. De algum modo, impedi que minha mão vagasse para o colar no meu pescoço.

Fechei o livro e dei de ombros.

— Apenas mais uma história.

Maly me lançou um olhar perplexo. Eu não sabia se ele tinha visto o que havia naquela página.

Não queria devolver o *Istorii Sankt'ya* a Sturmhond, mas ele já estava desconfiado o suficiente. Obriguei-me a entregar, com a esperança de que ele não notasse o tremor em minha mão.

Sturmhond me estudou, depois se endireitou e sacudiu suas mangas.

— Fique com ele. É seu mesmo, afinal. Como tenho certeza de que você notou, tenho um profundo respeito por bens pessoais. Além disso, você precisará de algo para mantê-la ocupada até chegarmos a Os Kervo.

Maly e eu nos sobressaltamos.

— Você está nos levando para Ravka Oeste? — perguntei.

— Estou levando-os para conhecer meu cliente, e isso é tudo que realmente posso lhes contar.

— Quem é ele? O que ele quer de mim?

— Tem certeza de que é um "ele"? Talvez eu a esteja levando para a Rainha fjerdana.

— E está?

— Não. Mas é sempre sábio ter uma mente aberta.

Suspirei frustrada.

— Você alguma vez responde a uma pergunta diretamente?

— É difícil dizer. Ih, veja só, fiz de novo.

Eu me virei para Maly, de punhos cerrados.

— Vou matar esse cara.

— Responda à pergunta, Sturmhond — Maly grunhiu.

Sturmhond ergueu uma sobrancelha.

— Duas coisas que vocês devem saber — disse ele, e dessa vez ouvi um tom duro em sua voz. — Primeira, capitães não gostam de receber ordens em seus próprios navios. Segunda, quero propor um acordo a vocês.

Maly bufou.

— Por que deveríamos confiar em você?

— Vocês não têm muita escolha — disse Sturmhond, de modo agradável. — Tenho plena consciência de que você poderia afundar este navio e nos enviar para águas profundas, mas espero que se arrisque com meu cliente. Ouça o que ele tem a dizer. Se você não gostar da proposta, juro que os ajudo a escapar. Levarei vocês a qualquer lugar do mundo.

Eu não podia acreditar no que ouvia.

— Então, você trapaceou com o Darkling e agora vai dar uma guinada e trair seu novo cliente também?

— De jeito nenhum — disse Sturmhond, genuinamente afrontado. — Meu cliente me pagou para *levá-los* a Ravka, não para *mantê-los* lá. Isso custaria um extra.

Olhei para Maly, que ergueu um ombro e disse:

— Ele é um mentiroso e provavelmente maluco, mas também está certo. Não temos muita escolha.

Esfreguei minhas têmporas. Sentia uma dor de cabeça se aproximando. Estava cansada e confusa, e Sturmhond tinha um jeito de falar que me dava vontade de atirar em alguém. De preferência nele. Mas ele havia nos libertado do Darkling, e assim que Maly e eu saíssemos de seu navio, encontraríamos nossa própria maneira de escapar. Por ora, eu não conseguia pensar muito além disso.

— Tudo bem — falei.

Ele sorriu.

— É ótimo saber que você não vai afundar todos nós. — Ele acenou para um marinheiro que pairava nas proximidades. — Encontre Tamar e diga que ela dividirá seus aposentos com a Conjuradora — ele instruiu. Então apontou para Maly. — Ele pode ficar com Tolya.

Antes que Maly pudesse abrir a boca para protestar, Sturmhond se antecipou.

— É assim que as coisas funcionam neste navio. Estou dando a vocês uma carona gratuita no *Volkvolny* até chegarmos a Ravka, mas imploro que não brinquem com minha natureza generosa. O navio tem regras, e eu tenho limites.

— Tanto você quanto eu — disse Maly, entre dentes trincados.

Repousei a mão no braço de Maly. Eu me sentiria mais segura se ficássemos juntos, mas esse não era o momento de jogar com o corsário.

— Deixe isso pra lá — falei. — Ficarei bem.

Maly fez uma careta, depois se virou e atravessou o convés, desaparecendo em meio ao caos ordenado de corda e vela. Dei um passo atrás dele.

— Talvez ele queira ficar sozinho — disse Sturmhond. — Tipos como ele precisam de um certo tempo para ruminar as coisas e se autorrecriminar. Caso contrário, ficam mal-humorados.

— Você leva alguma coisa a sério?

— Não se eu puder evitar. Isso tornaria a vida tão entediante.

Balancei a cabeça.

— Esse cliente...

— Não se dê ao trabalho de perguntar. Nem preciso dizer que tenho várias ofertas. A demanda por você está muito alta desde que desapareceu na Dobra. É claro que a maioria das pessoas pensa que você está morta. Isso tende a baixar o preço. Tente não levar para o lado pessoal.

Olhei pelo convés para o local onde a tripulação havia erguido o cadáver do açoite do mar sobre a amurada do navio. Içando-o, eles o empurraram para fora, pela lateral da escuna. O corpo bateu na água com um barulho alto. Rapidamente, Rusalye foi embora, engolido pelo mar.

Um assovio longo soou. A tripulação se espalhou em seus postos, e os Aeros assumiram seus lugares. Segundos depois, as velas cresceram como grandes flores brancas, e a escuna seguiu mais uma vez em seu caminho para o sudeste de Ravka, para casa.

— O que você vai fazer com aquelas escamas? — perguntou Sturmhond.

— Não sei.

— Não? Apesar do meu visual deslumbrante, não sou exatamente o tolo que pareço ser. O Darkling queria que você vestisse as escamas do açoite do mar.

Então por que ele não o matou? Quando o Darkling tinha assassinado o cervo e colocado o colar de Morozova em volta do meu pescoço, ele nos unira para sempre. Eu tremi, lembrando-me do modo como ele alcançara essa conexão, apoderando-se do meu poder enquanto eu ficava lá, impotente. As escamas do dragão dariam a ele o mesmo controle? E, se sim, por que não o usar?

— Já tenho um amplificador — eu disse.

— Um poderoso, se as histórias forem verdadeiras.

O amplificador mais poderoso que o mundo havia conhecido. Assim o Darkling tinha me contado, assim eu tinha acreditado. Mas e se houvesse mais que isso? E se eu só tivesse tocado a superfície do poder do cervo? Sacudi a cabeça. Isso era loucura.

— Amplificadores não podem ser combinados.

— Eu li o livro — ele respondeu. — Parece que eles podem, sim.

Senti o peso do *Istorii Sankt'ya* no bolso. Teria o Darkling ficado com medo de que eu aprendesse os segredos de Morozova nas páginas de um livro infantil?

— Você não entende o que está dizendo — falei para Sturmhond. — Nenhum Grisha jamais teve um segundo amplificador. Os riscos...

— Aí está uma palavra que é melhor não usar perto de mim. Tenho uma tendência a me afeiçoar demais por riscos.

— Não desse tipo — eu disse, sombria.

— Que pena — ele murmurou. — Se o Darkling nos alcançar, duvido que esta embarcação ou nossa tripulação sobreviva a outra batalha. Um segundo amplificador poderia equilibrar as chances. Ainda melhor, poderia nos dar uma vantagem. Eu odiaria ter de lutar uma luta justa.

— Ou poderia me matar, ou afundar o navio, ou criar outra Dobra das Sombras, ou pior.

— Você tem uma quedinha por coisas terríveis.

Meus dedos deslizaram no bolso, procurando as pontas úmidas das escamas. Eu possuía tão pouca informação, e meu conhecimento de teoria Grisha era superficial, na melhor das hipóteses. Mas essa regra sempre tinha parecido bastante clara: um Grisha, um amplificador. Eu me lembrei das palavras de um dos textos enrolados de filosofia que haviam me pedido para ler: *Por que um Grisha só pode ter um amplificador? Em vez desta pergunta, eu responderei outra: O que é infinito? O Universo e a ambição dos homens.* Eu precisava de tempo para pensar.

— Você manterá sua palavra? — falei, finalmente. — Vai nos ajudar a escapar? — Não sei por que me dei ao trabalho de perguntar. Se ele quisesse nos trair, certamente não diria.

Esperei que ele respondesse com algum tipo de piada, então fiquei surpresa quando ele disse:

— Está tão ansiosa assim para deixar seu país para trás novamente?

Congelei. *Enquanto isso, seu país sofre.* O Darkling tinha me acusado de abandonar Ravka. Ele estava enganado sobre um monte de coisas, mas eu não podia deixar de pensar que ele estava certo sobre isso. Eu havia deixado meu país à mercê da Dobra das Sombras, de um rei fraco e tiranos gananciosos como o Darkling e o Apparat. Agora, se podíamos acreditar nos rumores, a Dobra estava se expandindo e Ravka, se despedaçando. Por causa do Darkling. Do colar. E de mim.

Ergui o rosto para o sol, sentindo o sopro do ar marinho na pele, e disse:

— Estou ansiosa para ser livre.

— Enquanto o Darkling viver, você nunca será livre. Nem o seu país. Você sabe disso.

Eu havia considerado a possibilidade de Sturmhond ser ganancioso ou burro, mas não me ocorreu que ele pudesse ser realmente um patriota. Ele era ravkano, no fim das contas, e mesmo que seus feitos lhe tivessem enchido os bolsos, provavelmente tinham ajudado mais seu país do que todas as realizações da fraca marinha ravkana.

— Quero ter a opção — eu disse.

— Você terá — ele respondeu. — Eu te dou minha palavra como um mentiroso e degolador. — Ele partiu pelo convés, mas se virou para mim. — Você está certa sobre uma coisa, Conjuradora. O Darkling é um inimigo poderoso. Talvez você queira pensar sobre arranjar alguns amigos poderosos.

EU SÓ QUERIA PUXAR O EXEMPLAR do *Istorii Sankt'ya* do bolso e passar uma hora estudando a ilustração de Sankt Ilya, mas Tamar já estava esperando para me escoltar até seus aposentos.

A escuna de Sturmhond não se parecia em nada com o navio mercante resistente que tinha levado a mim e a Maly para Novyi Zem, nem com o baleeiro desajeitado que havíamos acabado de deixar para trás. Era elegante, fortemente armada e belamente construída. Tamar me disse que seu capitão havia capturado a escuna de um pirata zemeni que estava abatendo navios ravkanos perto dos portos da costa sudeste. Sturmhond tinha gostado tanto da embarcação que tomara posse dela, hasteara sua própria bandeira e a rebatizara de *Volkvolny*, Lobo das Ondas.

Lobos. *Stormhound*. O cão vermelho na bandeira do navio. Pelo menos eu sabia por que a tripulação estava sempre uivando e latindo.

Cada centímetro de espaço da escuna era utilizado. A tripulação dormia no convés das armas. Em caso de batalha, suas redes de dormir poderiam ser rapidamente arrumadas e o canhão, encaixado no lugar. Eu estava certa sobre o fato de que, com Corporalki a bordo, não havia necessidade de um cirurgião *otkazat'sya*. Os aposentos médicos e a sala de suprimentos haviam sido transformados na cabine de Tamar. O compartimento era apertado, com espaço suficiente apenas para duas redes de dormir e um baú. Armários cheios de pomadas e unguentos não utilizados, pó de arsênico e tintura de antimônio de chumbo revestiam as paredes.

Equilibrei-me com cuidado em uma das redes, os pés descansando no chão, perfeitamente consciente do livro vermelho enfiado em meu casaco, enquanto observava Tamar escancarar a tampa de sua arca e começar a se livrar das armas: o par de pistolas cruzadas sobre o peito, dois machados delgados de seu cinto, uma adaga de sua bota e outra da bainha firmada ao redor da coxa. Ela era um arsenal ambulante.

— Sinto muito por seu amigo — ela disse enquanto puxava o que parecia ser uma meia cheia de esferas de rolamento de um de seus bolsos. O objeto bateu no fundo do baú com um barulho alto.

— Por quê? — perguntei, fazendo um círculo nas tábuas com a ponta da bota.

— Meu irmão ronca como um urso bêbado.

Eu ri.

— O Maly ronca também.

— Então eles podem fazer um dueto. — Ela desapareceu e voltou um momento depois com um balde. — Os Hidros encheram os barris de chuva — disse ela. — Sinta-se à vontade para se banhar, se quiser. — Água fresca geralmente era um luxo a bordo de um navio, mas imaginei que, com Grishas na tripulação, não haveria necessidade de racionamento.

Ela enfiou a cabeça no balde e torceu o cabelo curto e escuro.

— Ele é bonito, o rastreador.

Revirei os olhos.

— Não me diga.

— Não é meu tipo, mas é bonito.

Ergui as sobrancelhas. De acordo com a minha experiência, Maly era o tipo de todo mundo. Mas não ia começar a fazer perguntas pessoais a Tamar. Se Sturmhond não era confiável, sua tripulação também não era, e eu não queria formar laços com nenhum deles. Tinha aprendido minha lição com Genya, e uma amizade destruída era suficiente. Em vez disso, falei:

— Tem kerches na tripulação de Sturmhond. Eles não são supersticiosos quanto a ter uma garota a bordo?

— Sturmhond faz as coisas do jeito dele.

— E eles não... incomodam você?

Tamar sorriu, seus dentes brancos reluzindo contra a pele bronzeada. Ela bateu no dente brilhante de tubarão pendurado em seu pescoço, e percebi que era um amplificador.

— Não — disse ela, simplesmente.

— Ah.

Mais rápido do que eu poderia piscar, ela puxou outra faca da manga.

— Isto aqui vem bem a calhar também — disse ela.

— Como você escolhe? — respirei com fraqueza.

— Depende do meu humor. — Ela virou a faca sobre a mão e a ofereceu a mim. — Sturmhond deu ordens para que não a incomodassem, mas, caso alguém fique bêbado e desmemoriado... Sabe cuidar de si mesma?

Assenti. Não andava por aí com trinta facas escondidas no corpo, mas não era uma total incompetente.

Ela mergulhou a cabeça novamente, depois disse:

— Eles estão jogando dados acima do convés, e eu estou pronta pra ganhar minha ração. Você pode vir, se quiser.

Eu não me importava muito com jogar por rum, mas fiquei tentada. Meu corpo inteiro estalava com a sensação de usar de novo meu poder contra os *nichevo'ya*. Estava exausta e realmente faminta pela primeira vez em semanas. Mas sacudi a cabeça.

— Não, obrigada.

— Fique à vontade. Tenho dívidas a cobrar. Privyet apostou que não conseguiríamos voltar. Juro que ele parecia estar de luto em um funeral quando nos viu passar sobre a amurada.

— Ele apostou que vocês seriam mortos? — perguntei, horrorizada.

Ela riu.

— Eu não o culpo. Ficar contra o Darkling e seus Grishas? Todo mundo sabia que seria suicídio. A tripulação acabou tirando no palitinho para ver quem teria a honra.

— E você e seu irmão deram azar?

— Nós? — Tamar parou na soleira. Seu cabelo estava molhado, e a lamparina brilhava em seu sorriso de Sangradora. — Nós não tiramos nada — disse ela enquanto passava pela porta. — Nós nos voluntariamos.

EU NÃO TIVE CHANCE DE FALAR com Maly sozinha até tarde da noite. Fôramos convidados para jantar com Sturmhond em seus aposentos, e aquela tinha sido uma ceia estranha. A refeição foi servida pelo mordomo, um servo de modos impecáveis, vários anos mais velho do que qualquer outra pessoa no navio. Comemos melhor do que havíamos conseguido em semanas: pão fresco, hadoque assado, rabanetes em conserva e um vinho doce gelado que fez minha cabeça girar depois de alguns goles.

Meu apetite estava descontrolado, como sempre acontecia depois de eu usar meu poder, mas Maly comeu pouco e falou menos ainda até Sturmhond mencionar o carregamento de armas que estava levando de volta a Ravka. Então ele pareceu se animar e passou o resto da refeição falando sobre armas, granadas e modos excitantes de fazer as coisas explodir. Eu não conseguia prestar atenção. Enquanto se empolgavam falando dos rifles de repetição usados na fronteira zemeni, eu só conseguia pensar nas escamas no meu bolso e no que planejava fazer com elas.

Ousaria reivindicar para mim um segundo amplificador? Havia tirado a vida do açoite do mar, e isso significava que o poder dele me pertencia. Logo, se as escamas funcionassem como o colar de Morozova, eu também podia outorgar o poder do dragão. Poderia dar as escamas para um dos Sangradores de Sturmhond, talvez até mesmo para Tolya, para tentar controlá-lo da mesma maneira que o Darkling havia me controlado uma vez. Poderia ser capaz de forçar o corsário a nos levar de volta a Novyi Zem. Mas tinha de admitir que não era isso que eu queria.

Tomei outro gole de vinho. Precisava falar com Maly.

Para me distrair, cataloguei a decoração da cabine de Sturmhond. Tudo era feito de madeira brilhante e latão polido. A mesa estava cheia de mapas, peças de um sextante desmembrado e desenhos estranhos do que parecia ser a asa articulada de um pássaro mecânico. A mesa cintilava com porcelana e cristal kerch. Os vinhos tinham rótulos em uma língua que não reconheci. *Tudo pilhagem*, eu me dei conta. Sturmhond tinha feito bem a si mesmo.

Quanto ao capitão, aproveitei a oportunidade para, de fato, olhá-lo pela primeira vez. Ele provavelmente era quatro ou cinco anos mais velho do que eu, e havia algo muito excêntrico em seu rosto. Seu queixo era pontudo demais. Os olhos eram de um verde turvo, e o cabelo tinha um tom peculiar de vermelho. Seu nariz parecia ter sido quebrado e mal consertado várias vezes. Em determinado momento, ele me pegou estudando-o, e pude jurar que afastou o rosto da luz.

Quando finalmente deixamos a cabine de Sturmhond, já passava da meia-noite. Conduzi Maly para cima do convés e o levei a um lugar isolado perto da proa do navio. Sabia que havia homens de vigília na gávea do traquete acima de nós, mas não sabia quando teria outra chance de estar com ele a sós.

— Gosto dele — Maly estava dizendo, um pouco cambaleante por causa do vinho. — Quer dizer, ele fala muito, e provavelmente rouba os botões de suas botas, mas não é um cara ruim, e parece saber muito sobre...

— Quer calar a boca? — sussurrei. — Quero te mostrar uma coisa.

Maly olhou para mim confuso.

— Não precisa ser rude.

Eu o ignorei e puxei o livro vermelho do bolso.

— Olhe — falei, mantendo a página aberta e conjurando luminosidade sobre o rosto exultante de Sankt Ilya.

Maly ficou paralisado.

— O cervo — disse ele. — E Rusalye. — Eu o observei examinando a ilustração e vi o momento em que se deu conta. — Pelos Santos — ele suspirou. — Existe um terceiro.

Capítulo 6

SANKT ILYA ESTAVA DESCALÇO na beira de um mar escuro. Usava os restos esfarrapados de um manto púrpura e mantinha os braços estendidos, a palma das mãos voltadas para cima. Seu rosto tinha a expressão plácida e abençoada que os Santos sempre pareciam ter em pinturas, geralmente antes de serem assassinados de algum jeito horrível. Em volta do pescoço, usava um colar de ferro que já fora ligado por correntes grossas aos grilhões pesados em torno de seus pulsos. Agora as correntes balançavam quebradas em seus flancos.

Atrás de Sankt Ilya, uma serpente branca sinuosa batia-se contra as ondas.

Havia um cervo branco deitado aos seus pés, olhando para a frente com olhos escuros fixos.

Mas nenhuma dessas criaturas chamou nossa atenção. Montanhas preenchiam o fundo atrás do ombro direito do Santo, e lá, pouco visível ao longe, um pássaro circundava um arco de pedra imponente.

O dedo de Maly deslizou sobre as penas do rabo, desenhadas em branco e no mesmo ouro pálido que iluminava o halo de Sankt Ilya.

— Não pode ser — disse.

— O cervo era real.

— O açoite do mar também.

— Mas isso é… diferente.

Ele estava certo. O pássaro de fogo não pertencia a uma história, mas a milhares. Estava no centro de cada mito ravkano, a inspiração de incontáveis peças e baladas, romances e óperas. Dizia-se que as fronteiras de Ravka haviam sido traçadas pelo voo do pássaro de fogo; que rios se formaram com as lágrimas do pássaro de fogo. Diziam que sua capital tinha sido fundada onde uma pena do pássaro de fogo caíra na terra. Um jovem guerreiro havia pegado a pena e a levado para a batalha.

Nenhum exército fora capaz de enfrentá-lo, e ele se tornou o primeiro rei de Ravka. Ou assim dizia a lenda.

O pássaro de fogo *era* Ravka. Não estava destinado a ser derrubado pela flecha de um rastreador, nem seus ossos a ser usados para a glória maior de alguma órfã arrivista.

— Sankt Ilya — disse Maly.

— Ilya Morozova.

— Um Santo Grisha?

Toquei com a ponta do dedo a página, o colar, os dois grilhões nos pulsos de Morozova.

— Três amplificadores. Três criaturas. E nós temos dois deles.

Maly sacudiu a cabeça com firmeza, provavelmente tentando se livrar da tontura causada pelo vinho. De modo abrupto, ele fechou o livro. Por um segundo, pensei que ia jogá-lo no mar, mas então o devolveu para mim.

— O que devemos fazer com isso? — ele falou. Soou quase raivoso.

Eu havia pensado nisso durante a tarde toda, a noite toda, durante todo aquele jantar interminável, meus dedos escapulindo para as escamas do açoite do mar a cada instante, como se eu ansiasse por senti-los.

— Maly, Sturmhond tem Fabricadores em sua tripulação. Ele acha que eu devia usar as escamas, e penso que ele pode estar certo.

A cabeça de Maly virou de um lado para o outro.

— O quê?

Engoli em seco, nervosa, e segui em frente.

— O poder do cervo não é suficiente. Não para enfrentar o Darkling. Não para destruir a Dobra.

— E a sua resposta para isso é um segundo amplificador?

— Por enquanto.

— *Por enquanto*? — Ele passou a mão pelo cabelo. — Pelos Santos — ele praguejou. — Você quer os três. Quer caçar o pássaro de fogo.

De repente, eu me senti gananciosa, tola, e até um pouco ridícula.

— A gravura…

— É só uma imagem, Alina — ele sussurrou, furioso. — O desenho de algum monge morto.

— Mas e se for mais do que isso? O Darkling disse que os amplificadores de Morozova eram diferentes, que tinham sido feitos para ser usados juntos.

— Quer dizer que agora você vai aceitar conselhos de assassinos?

— Não, mas…

— Você criou algum outro plano com o Darkling enquanto estavam entocados juntos no interior do navio?

— Não estávamos entocados juntos — falei categoricamente. — Ele só estava tentando te afetar.

— Bem, funcionou. — Ele agarrou a balaustrada do navio, os nós dos dedos brancos, flexionando. — Um dia acertarei uma flecha no pescoço daquele bastardo.

Ouvi o eco da voz do Darkling. *Não existem outros como nós*. Afastei o pensamento e repousei a mão sobre o braço de Maly.

— Você encontrou o cervo e encontrou o açoite do mar. Talvez seu destino seja encontrar o pássaro de fogo também.

Ele deu uma gargalhada, um som triste, mas fiquei aliviada ao ouvir o tom amargo ir embora.

— Sou um bom rastreador, Alina, mas não tão bom. Precisamos de um lugar para começar. O pássaro de fogo poderia estar em qualquer canto do mundo.

— Você consegue. Sei que sim.

Finalmente, ele suspirou e cobriu minha mão com a dele.

— Não me lembro de nada sobre Sankt Ilya.

Isso não era surpresa. Havia centenas de Santos, um para cada pequena vila e lugar ermo em Ravka. Além disso, em Keramzin, religião era considerada preocupação de camponeses. Nós íamos à igreja apenas uma ou duas vezes por ano. Pensei no Apparat. Ele havia me dado o *Istorii Sankt'ya*, mas eu não tinha como saber o que ele pretendia com isso, ou se ele ao menos conhecia o segredo que o livro continha.

— Nem eu — falei. — Mas aquele arco deve significar algo.

— Você o reconhece?

Quando olhei pela primeira vez para a ilustração, o arco me pareceu quase familiar. Mas eu havia olhado para incontáveis livros de mapas durante meu treinamento como cartógrafa. Minha memória era um borrão de vales e monumentos de Ravka e das terras além. Sacudi a cabeça.

— Não.

— É claro que não. Isso seria fácil demais. — Ele soltou uma longa lufada, então me puxou para perto, estudando meu rosto na luz da lua.

Tocou o colar no meu pescoço. — Alina — disse ele —, como sabemos o que essas coisas farão com você?

— Não sabemos — admiti.

— Mas você as quer de qualquer modo. O cervo. O açoite do mar. O pássaro de fogo.

Pensei na onda de júbilo que experimentara ao usar meu poder na batalha contra a horda do Darkling, na maneira como meu corpo fervilhara e vibrara enquanto eu executava o Corte. Qual seria a sensação de duplicar aquele poder? E triplicar? O pensamento me deixou tonta.

Olhei para o céu repleto de estrelas. A noite era um veludo negro coberto de joias. De repente, a fome me atacou. *Quero os amplificadores*, pensei. Toda aquela luz, todo aquele poder. *Quero tudo isso.*

Um arrepio inquieto me percorreu. Passei o polegar pela lombada do *Istorii Sankt'ya*. Minha ganância estava me fazendo ver o que eu queria ver? Talvez fosse a mesma ganância que havia impulsionado o Darkling tantos anos antes, a ganância que o havia transformado no Herege Negro e partido Ravka em duas. Mas não podia negar o fato de que, sem os amplificadores, eu não seria páreo para ele. Maly e eu tínhamos poucas opções.

— Precisamos deles — falei. — Dos três. Se quisermos parar de fugir um dia. Se quisermos ser livres.

Maly contornou a linha da minha garganta, a curva da minha bochecha, e por todo o caminho manteve o olhar fixo no meu. Tive a sensação de que ele estava procurando uma resposta, mas, quando finalmente falou, disse apenas:

— Tudo bem.

Ele me beijou uma vez, gentilmente, e, embora eu tentasse ignorar, havia algo pesaroso no roçar de seus lábios.

EU NÃO SABIA SE ESTAVA ANSIOSA ou simplesmente com medo de perder a coragem, mas ignoramos o avanço das horas e fomos falar com Sturmhond naquela noite. O corsário saudou nosso pedido com seu habitual bom humor, e Maly e eu voltamos para o convés e aguardamos sob o mastro da mezena. Poucos minutos depois, o capitão apareceu com uma Materialnik a reboque. Com os cabelos trançados e bocejando como uma criança sonolenta, ela não parecia muito impressionante, mas, se Sturmhond dizia que ela era sua melhor Fabricadora, eu tinha de acreditar em sua palavra. Tolya e Tamar vieram logo atrás, carregando lanternas para ajudar a Fabricadora em seu trabalho. Se sobrevivêssemos ao que viria a seguir, todos a bordo do *Volkvolny* saberiam a respeito do segundo amplificador. Eu não gostava da ideia, mas não havia nada a ser feito sobre isso.

— Boa noite a todos — disse Sturmhond, batendo as mãos, aparentemente alheio ao nosso humor sombrio. — Noite perfeita para abrir um buraco no Universo, não é?

Fiz uma careta para ele e tirei as escamas do bolso. Eu as havia lavado em um balde de água do mar, e elas brilharam douradas sob a luz do lampião.

— Você sabe o que fazer? — perguntei à Fabricadora.

Ela me fez virar e lhe mostrar a parte de trás do colar. Eu só o vislumbrava no espelho, mas sabia que a superfície devia ser quase perfeita. Certamente, meus dedos nunca tinham sido capazes de detectar nenhuma emenda onde David juntara os dois pedaços de chifre.

Passei as escamas a Maly, que entregou uma à Fabricadora.

— Tem certeza de que isso é uma boa ideia? — a Grisha perguntou. Ela mordia o lábio com tanta força que pensei que tiraria sangue.

— Claro que não — disse Sturmhond. — Tudo que vale a pena ser feito sempre começa como uma má ideia.

A Fabricadora tirou a escama dos dedos de Maly e a repousou em meu pulso, depois esticou a mão para pegar outra. Inclinou-se e começou a trabalhar.

Primeiro senti o calor irradiando das escamas enquanto suas bordas começavam a se separar e se reformar. Uma após a outra, elas se fundiram em uma fileira sobreposta conforme a pulseira crescia em torno do meu pulso. A Fabricadora trabalhou em silêncio, suas mãos se movendo em graus infinitesimais. Tolya e Tamar mantiveram as lâmpadas firmes, seus rostos tão quietos e solenes que eles mesmos poderiam ser imagens sacras. Até Sturmhond havia se calado.

Por fim, as duas pontas da algema estavam quase se tocando e só faltava uma escama. Maly olhou para ela, segura em sua palma.

— Maly? — falei.

Ele não olhou para mim, mas tocou com um dedo a pele nua do meu punho, o lugar onde havia pulsação, onde a pulseira se fecharia. Então, ele passou a última escama para a Fabricadora.

Em questão de segundos, estava acabado.

Sturmhond espiou a pulseira brilhante de escamas.

— Hum — ele murmurou. — Achei que o fim do mundo seria mais excitante.

— Afastem-se — falei.

O grupo se espalhou pela murada.

— Você também — disse a Maly. Relutante, ele concordou. Vi Privyet nos espiando de seu lugar no timão. Acima de nós, as cordas estalaram enquanto os homens de guarda esticavam o pescoço para conseguir uma visão melhor.

Respirei fundo. Tinha de ser cuidadosa. Nada de calor. Apenas luz. Enxuguei a palma das mãos úmidas no casaco e estiquei os braços. Um instante antes de conjurá-la, a luz já estava vindo para mim.

Ela vinha de todas as direções, de milhões de estrelas, de um sol ainda escondido abaixo da linha do horizonte. Vinha com velocidade implacável e intenção furiosa.

— Pelos Santos — tive tempo de sussurrar. Então a luz brilhou através de mim e a noite se desfez. O céu explodiu em ouro cintilante. A superfície da água reluziu como um enorme diamante, refletindo fragmentos brancos e perfurantes de luz do sol. Apesar de minhas melhores intenções, o ar se aqueceu um pouco.

Fechei os olhos para me proteger da claridade, tentando me concentrar e retomar o controle. Ouvi a voz de Baghra na minha cabeça, exigindo que eu confiasse em meu poder: *Ele não é um animal que foge de você ou escolhe se virá ou não quando chamado.* Mas isso não se parecia com nada que eu tivesse sentido antes. Era um animal, uma criatura de fogo infinito que respirava com a força do cervo e o fantasma do açoite do mar. Ele me percorreu, deixando-me sem ar, quebrando-me, dissolvendo minhas fronteiras, até que tudo que eu conhecia virasse luz.

Luz demais, pensei desesperada. E, ao mesmo tempo, só conseguia pensar numa coisa: *Mais*.

De algum lugar distante, ouvi vozes gritando. Senti o calor ondulando ao meu redor, levantando o meu casaco, chamuscando os pelos dos meus braços. Eu não me importava.

— Alina!

Senti o navio balançar enquanto o mar começava a se abrir e assoviar.

— Alina! — De repente, os braços de Maly estavam ao meu redor, puxando-me de volta. Ele me segurou com uma força esmagadora, os olhos fechados para se proteger do incêndio que nos rodeava. Senti o cheiro de sal marinho e suor e, subjacente a isso, seu odor familiar – Keramzin, grama da pradaria, o fundo verde-escuro dos bosques.

Eu me lembrei de meus braços, de minhas pernas, da pressão das costelas, enquanto ele me segurava mais apertado, me recompondo. Reconheci meus lábios, meus dentes, minha língua, meu coração, e as novas peças que agora eram parte de mim: o colar e a pulseira. Eram osso e alento, músculo e carne. Eram minhas.

O pássaro sente o peso de suas asas?

Inspirei o ar, percebi os sentidos voltarem. Não precisava me apossar do poder. Ele se agarrava a mim, como se estivesse grato por estar em casa. Em uma única explosão gloriosa, liberei a luz. O céu reluzente se partiu deixando a noite retornar e, à nossa volta, faíscas caíram como fogos de artifício se apagando, um sonho de pétalas brilhantes de mil flores arrastadas pelo vento.

O calor cedeu. O mar se acalmou. Juntei os últimos traços de luz e os teci em um reflexo suave que pulsava sobre o convés do navio.

Sturmhond e os demais haviam se agachado perto da amurada, de boca aberta no que podia ser admiração ou medo. Maly me esmagou contra o peito, seu rosto pressionado em meu cabelo, sua respiração vindo em suspiros pesados.

— Maly — falei calmamente. Ele me agarrou com mais força. Eu chiei. — Maly, não consigo respirar.

Devagar, ele abriu os olhos e olhou para mim. Eu soltei as mãos e a luz desapareceu por completo. Só então ele afrouxou o abraço.

Tolya acendeu uma lamparina e os outros ficaram de pé. Sturmhond espanou as dobras berrantes de seu casaco azul-esverdeado. A Fabricadora parecia nauseada, mas foi mais difícil ler as expressões dos gêmeos. Seus olhos dourados estavam acesos com algo que eu não podia nomear.

— Bem, Conjuradora — disse Sturmhond, com uma ligeira oscilação na voz —, você certamente sabe dar um show.

Maly enquadrou meu rosto em suas mãos. Beijou minhas sobrancelhas, meu nariz, meus lábios, meus cabelos, e então me apertou junto a ele mais uma vez.

— Você está bem? — perguntou. Sua voz saiu áspera.

— Sim — respondi.

Mas isso não era exatamente verdade. Eu sentia o colar na garganta, a pressão da pulseira no punho. Meu outro braço continuava nu. Eu me sentia incompleta.

STURMHOND ACORDOU SUA TRIPULAÇÃO, e estávamos bem adiantados em nosso caminho quando amanheceu. Não tínhamos certeza de quão longe a luz que eu havia criado podia ter se alongado, mas havia uma boa chance de ter entregado a nossa localização. Precisávamos nos mover mais rápido.

Cada membro da tripulação quis dar uma olhada no segundo amplificador. Alguns desconfiados, outros apenas curiosos, mas Maly era o único preocupado. Ele me observava constantemente, como se tivesse medo de que a qualquer momento eu pudesse perder o controle. Quando a noite caiu e descemos para o interior do navio, encurralei-o em uma das passagens estreitas.

— Estou bem — falei. — Sério.

— Como você sabe?

— Apenas sei. Posso sentir.

— Você não viu o que eu vi. Foi como…

— O poder escapou do meu controle. Eu não sabia o que esperar.

Ele balançou a cabeça.

— Foi como se você fosse uma estranha, Alina. Linda — disse ele. — Terrível.

— Não acontecerá de novo. A pulseira é parte de mim agora, como meus pulmões ou meu coração.

— Seu coração — disse ele, secamente.

Peguei a mão dele e a pressionei contra meu peito.

— Continua sendo o mesmo coração, Maly. Continua sendo seu.

Ergui a outra mão e conjurei uma onda suave de luz do sol sobre seu rosto. Ele recuou. *Ele nunca poderia entender o seu poder, e, mesmo se conseguisse, só teria medo de você.* Afastei a voz do Darkling da minha cabeça. Maly tinha todo direito de estar com medo.

— Eu posso fazer isso — falei gentilmente.

Ele fechou os olhos e virou o rosto na direção da luz do sol que irradiava da minha mão. Então inclinou a cabeça, repousando sua bochecha na minha palma. A luz brilhou quente em sua pele.

Nós ficamos desse jeito, em silêncio, até o sino de alerta soar.

Capítulo 7

Os ventos se aqueceram, e as águas foram do cinza ao azul conforme o *Volkvolny* nos levava pelo sudeste para Ravka. A tripulação de Sturmhond era composta de marinheiros e Grishas fugitivos que trabalhavam juntos para manter a embarcação funcionando harmoniosamente. Apesar das histórias que haviam se espalhado sobre o poder do segundo amplificador, eles não prestavam muita atenção em mim ou em Maly, embora ocasionalmente viessem me ver praticando na popa da escuna. Fui cuidadosa, nunca forçando demais, sempre evocando à tarde, quando o sol estava alto no céu e não havia chances de meus esforços serem identificados. Maly ainda estava desconfiado, mas eu havia falado a verdade: o poder do açoite do mar era parte de mim agora. Ele me emocionava. Deixava-me para cima. Eu não o temia.

Eu estava fascinada com os fugitivos. Todos tinham histórias diferentes. Um fora levado embora por uma tia para não ser entregue ao Darkling. Outro tinha desertado do Segundo Exército. Uma havia sido escondida em um porão quando os Examinadores Grishas chegaram para testá-la.

— Minha mãe disse a eles que a febre que havia se espalhado por nossa vila na primavera tinha me matado — disse a Hidro. — Os vizinhos cortaram meu cabelo e fingiram que eu era seu filho *otkazat'sya* morto, até eu ter idade suficiente para partir.

A mãe de Tolya e Tamar era uma Grisha posicionada na fronteira sudeste de Ravka quando conheceu o pai deles, um mercenário de Shu Han.

— Quando morreu — explicou Tamar —, ela fez meu pai prometer que não deixaria que nos arrastassem para o Segundo Exército. Partimos para Novyi Zem no dia seguinte.

A maioria dos Grishas fugitivos terminara em Novyi Zem. Além de Ravka, esse era o único lugar onde não precisavam temer servir de experimentos nas mãos dos médicos shu ou ser queimados pelos caçadores de bruxas fjerdanos. Mesmo assim, precisavam ser cautelosos quanto a exibirem seu poder. Grishas eram escravos valiosos, e era sabido que comerciantes kerches menos escrupulosos os cercavam e os vendiam em leilões secretos.

Essas eram as principais ameaças que levavam tantos Grishas a se refugiarem em Ravka e se juntarem ao Segundo Exército, para começo de conversa. Mas os fugitivos pensavam de modo diferente. Para eles, era preferível passar a vida olhando por sobre os ombros e mudando de lugar para não serem descobertos a servir ao Darkling e ao rei ravkano. Uma escolha que eu compreendia.

Após alguns dias monótonos na escuna, Maly e eu perguntamos a Tamar se ela poderia nos mostrar algumas técnicas de combate zemeni. Isso ajudou a amenizar o tédio da vida na embarcação e a terrível ansiedade de voltar a Ravka Oeste.

A tripulação de Sturmhond havia confirmado os rumores perturbadores que ouvimos em Novyi Zem. As travessias pela Dobra tinham praticamente cessado, e os refugiados fugiam de suas margens em expansão. O Primeiro Exército estava perto de uma revolta, e o Segundo Exército encontrava-se em frangalhos. Fiquei muito assustada com a notícia de que o culto do Apparat à Santa do Sol estava crescendo. Ninguém sabia como ele havia conseguido escapar do Grande Palácio depois do golpe fracassado do Darkling, mas o homem ressurgira em algum ponto da rede de mosteiros espalhados por Ravka.

Ele fazia circular a história de que eu havia morrido na Dobra e ressuscitado como uma Santa. Parte de mim queria rir, mas, ao passear pelas páginas sangrentas do *Istorii Sankt'ya* tarde da noite, não consegui conjurar nem uma risada. Lembrei-me do cheiro do Apparat, aquela combinação desagradável de incenso e mofo, e apertei mais o casaco ao meu redor. Ele tinha me dado o livro vermelho. Eu precisava descobrir o motivo.

Apesar dos hematomas e inchaços, meus treinos com Tamar ajudaram a aliviar a tensão da minha preocupação constante. As moças eram colocadas ao lado dos rapazes no Exército do Rei quando alcançavam a idade certa, então eu tinha visto um monte de meninas lutar e havia treinado com elas. Mas nunca tinha visto ninguém, homem ou mulher, lutar como Tamar. Ela possuía a graça de um dançarino e um instinto aparentemente infalível para saber o que seu oponente faria em seguida. Suas armas preferidas eram dois machados de corte duplo que empunhava em conjunto, as lâminas piscando como luz na água, mas a garota era quase tão perigosa usando um sabre, uma pistola ou com as mãos nuas. Somente Tolya se equiparava a ela. E quando eles lutavam toda a tripulação parava para assistir.

O gigante falava pouco e gastava a maior parte do tempo trabalhando nas cordas ou andando ao redor com um olhar ameaçador. Entretanto, ocasionalmente, ele aparecia para nos ajudar em nossas aulas. Não tinha muito jeito para professor. "Mova-se mais rápido" era praticamente tudo que conseguíamos arrancar dele. Tamar era uma instrutora muito melhor, mas as minhas aulas ficaram menos desafiadoras quando Sturmhond nos flagrou treinando na proa.

— Tamar — repreendeu Sturmhond —, por favor, não danifique o carregamento.

Imediatamente, Tamar bateu continência e falou rapidamente:

— *Da, kapitan*.

Eu o olhei de modo atravessado.

— Não sou um carregamento que você está transportando, Sturmhond.

— É uma pena — disse ele, passando por nós. — Pacotes não falam e continuam no lugar onde você os coloca.

Mas quando Tamar começou a usar floretes e sabres, até Sturmhond se juntou a nós. Maly melhorava dia a dia, embora Sturmhond continuasse o derrotando facilmente a cada luta. Ainda assim, Maly não parecia se importar. Ele levava suas quedas com um tipo de bom humor que eu era incapaz de demonstrar. Perder me deixava irritada; Maly simplesmente ria de tudo.

— Como você e Tolya aprenderam a usar seus poderes? — perguntei a Tamar numa tarde enquanto víamos Maly e Sturmhond lutar no convés com espadas sem corte. Ela tinha me trazido um espicha e, quando não estava me batendo, tentava me ensinar a fazer nós e emendas.

— Mantenha os ombros alinhados! — Sturmhond gritou para Maly. — Pare de sacudi-los como uma galinha.

Maly soltou um cacarejo perturbadoramente convincente.

Tamar ergueu uma sobrancelha.

— Seu amigo parece estar se divertindo.

Dei de ombros.

— Maly é sempre assim. Você poderia jogá-lo em um campo cheio de assassinos fjerdanos e ele voltaria carregado nos ombros deles. Ele simplesmente colhe tudo que planta.

— E você?

— Sou mais do tipo erva daninha — eu disse secamente.

Tamar sorriu. Em combate, ela era um fogo frio e silencioso, mas, quando não estava lutando, sorria facilmente.

— Gosto de ervas daninhas — disse ela, dando impulso para se afastar da balaustrada e recolhendo sua corda espalhada. — Elas são sobreviventes.

Peguei-me retribuindo seu sorriso e rapidamente voltei a trabalhar no nó que estava tentando amarrar. O problema é que eu gostava de estar a bordo do navio de Sturmhond. Gostava de Tolya, de Tamar e do resto da tripulação. Gostava de comer com eles e do som cadenciado de tenor do Privyet. Gostava das tardes em que treinávamos pontaria, enfileirando garrafas vazias de vinho para derrubá-las da murada traseira do navio, fazendo apostas inofensivas.

Era um pouco como estar no Pequeno Palácio, mas sem nada das políticas confusas e da constante disputa por status. Os tripulantes tinham um jeito tranquilo e aberto uns com os outros. Todos eram jovens, pobres, e tinham passado a maior parte da vida se escondendo. No navio, encontraram um lar, e nele receberam a mim e a Maly sem maiores problemas.

Eu não sabia o que nos esperava em Ravka Oeste e tinha razoável certeza de que era loucura voltarmos. Mas a bordo do *Volkvolny*, com o vento soprando e as velas brancas cortando as linhas nítidas em um aberto céu azul, eu podia esquecer o futuro e meu medo.

E, tinha de admitir, passara a gostar de Sturmhond também. Ele era arrogante e impetuoso, e sempre usava dez palavras quando bastariam duas, mas fiquei impressionada com o modo como conduzia a sua tripulação. Ele não se dava ao trabalho de usar nenhum dos truques que eu tinha visto o Darkling empregar, mas seus homens o seguiam sem hesitação. Ele tinha o respeito deles, não o medo.

— Qual o verdadeiro nome do Sturmhond? — perguntei a Tamar. — Seu nome ravkano.

— Nem faço ideia.

— Você nunca perguntou?

— Por que perguntaria?

— Mas ele veio de que parte de Ravka?

Ela olhou para o céu.

— Aceita mais uma rodada de luta com sabres? — perguntou. — Temos tempo antes de meu turno de guarda começar.

Ela sempre mudava de assunto quando eu falava de Sturmhond.

— Ele não caiu dos céus em um navio, Tamar. Você não se interessa em saber de onde ele veio?

Tamar pegou as espadas e as passou para Tolya, que atuava como Mestre de Armas do navio.

— Não especificamente. Ele nos deixa navegar e lutar.

— E não nos obriga a vestir seda vermelha e fazer papel de cachorrinho da realeza — disse Tolya, abrindo o baú com a chave que trazia no pescoço.

— Você seria um péssimo cachorrinho. — Tamar riu.

— Qualquer coisa é melhor do que seguir ordens de algum trouxa pomposo vestido de preto — Tolya grunhiu.

— Você segue as ordens de Sturmhond — destaquei.

— Só quando ele sente que deve.

Eu pulei. Sturmhond estava parado exatamente atrás de mim.

— Tente dizer a esse touro o que fazer e veja o que acontece — disse o corsário.

Tamar bufou, e ela e Tolya começaram a arrumar o restante das armas.

Sturmhond se inclinou e murmurou:

— Se quiser saber algo a meu respeito, minha querida, é só me perguntar.

— Só me perguntava de onde você é — falei na defensiva. — Só isso.

— De onde *você* é?

— De Keramzin. Você sabe disso.

—Mas de onde você é?

Algumas memórias obscuras passaram por minha mente. Um prato raso de beterrabas cozidas, a sensação escorregadia delas entre meus dedos enquanto manchavam minhas mãos de vermelho. O cheiro de mingau com ovo. Ser carregada nos ombros de alguém, talvez nos de meu pai, por uma estrada de terra. Em Keramzin, mencionar os pais era considerado traição à gentileza do Duque e um sinal de ingratidão.

Tínhamos sido ensinados a nunca falar de nossa vida de antes da chegada à propriedade, e, no fim, a maioria das memórias acabou desaparecendo.

— De lugar nenhum — falei. — A vila onde nasci era muito pequena para merecer um nome. Agora, e você, Sturmhond? De onde você é?

O corsário deu um sorriso irônico. Mais uma vez, fui tomada pela sensação de que havia algo que não se encaixava em seus traços.

— Minha mãe era uma ostra — ele disse com uma piscada. — E eu sou a pérola.

Ele se afastou, assoviando uma melodia desafinada.

DUAS NOITES DEPOIS, acordei com Tamar pairando sobre mim, sacudindo meu ombro sadio.

— Hora de ir — ela disse.

— Agora? — perguntei com a visão embaçada. — Que horas são?

— Quase três badaladas.

— Da manhã? — Bocejei e joguei as pernas sobre a lateral da minha rede de dormir. — Onde estamos?

— A vinte e quatro quilômetros da costa de Ravka Oeste. Venha, Sturmhond está esperando. — Ela estava vestida e trazia sua sacola de lona pendurada no ombro.

Eu não tinha pertences para juntar, então calcei as botas, tateei o bolso interno do casaco para me certificar de que trazia o livro vermelho e a segui pela porta.

No convés, encontrei Maly de pé perto da amurada a estibordo do navio com um pequeno grupo de tripulantes. Fiquei confusa por um momento quando percebi que Privyet estava vestindo a sobrecasaca azul-esverdeada berrante de Sturmhond. Não teria reconhecido o próprio Sturmhond se ele não estivesse dando ordens. Estava enrolado em um casaco volumoso, de gola levantada, com um chapéu de lã puxado para baixo cobrindo as orelhas.

Um vento gelado soprava. As estrelas brilhavam no céu, e uma lua minguante pairava baixa no horizonte. Olhei as ondas iluminadas pelo clarão da lua, ouvindo o suspiro constante do mar. Se havia terra firme por perto, eu não conseguia vê-la.

Maly tentou levar algum calor aos meus braços, esfregando-os.

— O que está havendo? — perguntei.

— Vamos para terra firme. — Eu pude ouvir a cautela em sua voz.

— No meio da noite?

— O *Volkvolny* erguerá a bandeira com minhas cores perto da costa fjerdana — disse Sturmhond. — O Darkling ainda não precisa saber que você voltou às terras de Ravka.

Enquanto Sturmhond inclinava a cabeça conversando com Privyet, Maly me levou para a balaustrada a bombordo.

— Tem certeza disso?

— Nem um pouco — admiti.

Ele pousou as mãos nos meus ombros e disse:

— Existe uma boa chance de eu ser preso se formos encontrados, Alina. Você pode ser a Conjuradora do Sol, mas sou apenas um soldado que desafiou ordens.

— Ordens *do Darkling*.

— Talvez isso não importe.

— Farei com que importe. Além disso, não seremos encontrados. Vamos entrar em Ravka Oeste, encontrar o cliente de Sturmhond e decidir o que queremos fazer.

Maly me puxou para mais perto.

— Você sempre deu tanto trabalho?

— Gosto de pensar em mim como alguém deliciosamente complexa.

Quando ele se inclinou para me beijar, a voz de Sturmhond cortou a escuridão.

— Podemos deixar o chamego para depois? Quero que estejamos em terra firme antes do alvorecer.

Maly suspirou.

— Mais cedo ou mais tarde, vou dar um soco nele.

— E eu te apoiarei nessa tentativa.

Ele me deu a mão e nós voltamos para o grupo.

Sturmhond entregou a Privyet um envelope selado com uma gota de cera azul-clara, depois lhe deu um tapinha nas costas. Talvez fosse a luz da lua, mas o primeiro marinheiro parecia que ia chorar. Tolya e Tamar deslizaram para fora da balaustrada, segurando firme na pesada escada presa à escuna.

Espiei por cima da lateral. Esperava encontrar um escaler comum, então fiquei surpresa com a pequena embarcação que vi boiando junto do *Volkvolny*. Ela era diferente de todos os barcos que eu conhecia. Seus dois cascos pareciam um par de sapatos ocos, mantidos juntos por um convés com um buraco gigantesco no centro.

Maly desceu, e eu o segui, pisando com cuidado em um dos cascos curvos da embarcação. Seguimos nosso caminho ao longo dele e descemos no convés central, onde uma cabine afundada ficava aninhada entre dois mastros. Sturmhond saltou atrás de nós. Depois girou em cima de uma plataforma elevada por trás da cabine e assumiu o seu lugar no timão do navio.

— Que coisa é esta? — perguntei.

— Eu a chamo de *Beija-flor* — disse ele, consultando algum tipo de mapa que eu não podia ver. — Mas estou pensando em rebatizá-la de *Pássaro de Fogo*. — Eu inspirei no susto, mas Sturmhond apenas riu e ordenou: — Cortar a âncora e soltar!

Tamar e Tolya desataram os nós dos arpéis que nos prendiam ao *Volkvolny*. A corda da âncora deslizou como uma cobra viva pela popa do *Beija-flor*, a ponta escorregando silenciosamente para dentro do mar. Passou-me pela cabeça que precisaríamos de uma âncora quando chegássemos ao porto, mas imaginei que Sturmhond devia saber o que fazia.

— Içar as velas — gritou Sturmhond.

As velas se desdobraram. Embora os mastros do *Beija-flor* fossem consideravelmente mais curtos que aqueles a bordo da escuna, suas velas duplas eram enormes, retangulares, e precisaram de dois tripulantes cada uma para posicioná-las.

Uma brisa suave atingiu as lonas, e nos afastamos do *Volkvolny*. Olhei para cima e vi Sturmhond observando a escuna deslizar para longe. Não podia ver seu rosto, mas tive a ligeira impressão de que estava se despedindo. Ele se sacudiu, depois gritou:

— Aeros!

Havia um Grisha posicionado em cada casco. Eles levantaram os braços e o vento aumentou ao nosso redor, inflando as velas. Sturmhond ajustou nosso curso e pediu mais velocidade. Os Aeros obedeceram, e o barquinho estranho avançou.

— Peguem isso — disse Sturmhond. Ele largou um par de óculos no meu colo e jogou outro para Maly. Eram similares aos usados por Fabricadores nas oficinas do Pequeno Palácio. Olhei em volta. Além de Sturmhond, toda a tripulação parecia usá-los. Nós os puxamos sobre nossas cabeças.

Fiquei agradecida por tê-los, segundos depois, quando Sturmhond pediu ainda mais velocidade. As velas sacudiram no cordame acima de nós, e senti uma pontada de nervosismo. Por que ele tinha tanta pressa?

O *Beija-flor* acelerou pela água, seus cascos rasos duplos deslizando de onda em onda, parecendo mal tocar a superfície do mar. Segurei firme no assento, meu estômago pulando a cada sacudida.

— Muito bem, Aeros — comandou Sturmhond —, levem-nos para cima. Marinheiros para as asas, ao meu comando.

Eu me virei para Maly.

— O que isso significa, "levem-nos para cima"?

— Cinco! — gritou Sturmhond.

A tripulação começou a se mover no sentido anti-horário, puxando as cordas.

— Quatro!

Os Aeros abriram mais as mãos.

— Três!

Uma explosão aconteceu entre os dois mastros, e as velas deslizaram ao longo de seu comprimento.

— Dois!

— Subir! — gritaram os marinheiros. Os Aeros ergueram os braços em uma arremetida geral.

— Um! — gritou Sturmhond.

As velas se esticaram para cima e para fora, estalando ao se encaixar muito acima do convés como duas asas gigantescas. Meu estômago revirou, e o impensável aconteceu: o *Beija-flor* voou. Agarrei meu assento, murmurando orações antigas enquanto resfolegava, apertando os olhos conforme o vento me acertava o rosto e subíamos pelo céu noturno.

Sturmhond ria como um lunático. Os Aeros gritavam uns para os outros numa algazarra, certificando-se de manter a corrente de ar constante. Pensei que meu coração atravessaria o peito.

Pelos Santos, pensei nauseada. *Isso não pode estar acontecendo.*

— Alina — gritou Maly sobre a corrente de vento.

— O quê? — forcei a palavra por meus lábios firmemente cerrados.

— Alina, abra os olhos. Você tem que ver isso.

Dei uma sacudida curta de cabeça. Isso era exatamente o que eu *não* tinha de fazer.

A mão de Maly alcançou a minha, envolvendo meus dedos congelados.

— Apenas tente.

Respirei trêmula e forcei as pálpebras a se abrirem. Estávamos cercados de estrelas. Acima de nós, lonas brancas se esticavam em dois arcos amplos, como as curvas tensas da arma de um arqueiro.

Eu sabia que não devia, mas não pude deixar de esticar o pescoço sobre a borda da cabine. O rugido do vento era ensurdecedor. Abaixo, muito abaixo de nós, as ondas reluziam com a luz da lua e ondulavam como as escamas brilhantes de uma serpente de movimentos lentos. Se caíssemos, eu sabia que nos espatifaríamos em suas costas.

Uma pequena risada, algo entre a euforia e a histeria, explodiu dentro de mim. Estávamos voando. *Voando*.

Maly apertou minha mão e deixou escapar um grito exultante.

— Isto é impossível — gritei.

Sturmhond comemorou.

— Quando as pessoas dizem impossível, geralmente querem dizer improvável. — Com a luz da lua refletida nas lentes de seus óculos e o casaco sacudindo ao seu redor, ele parecia um completo maluco.

Tentei respirar. O vento estava ficando constante. Os Aeros e a tripulação pareciam concentrados, mas calmos. Devagar, bem devagar, o nó em meu peito afrouxou, e comecei a relaxar.

— De onde veio esta coisa? — gritei para Sturmhond.

— Eu a projetei. E a construí. E quebrei alguns protótipos.

Engoli em seco. *Quebrar* era a última palavra que eu queria ouvir.

Maly se inclinou sobre a borda da cabine, tentando ter uma visão melhor das armas gigantescas posicionadas nos pontos mais à frente dos cascos.

— Aquelas armas — ele disse. — Elas possuem múltiplos cilindros.

— E são alimentadas pela gravidade. Não é preciso parar para recarregar. Atiram duzentas vezes por minuto.

— Isso é…

— Impossível? O único problema é o superaquecimento, que não é tão ruim neste modelo. Tenho um armeiro zemeni tentando trabalhar nas falhas. Pequenos bastardos bárbaros, mas sabem como lidar com uma arma. Os assentos na popa giram para que você possa disparar de qualquer ângulo.

— E atirar sobre o inimigo — Maly gritou quase vertiginosamente. — Se Ravka tivesse uma frota dessas…

— Seria uma vantagem e tanto, não? Mas o Primeiro e o Segundo Exércitos teriam de trabalhar juntos.

Pensei no que o Darkling me dissera muito tempo atrás. *A era do poder Grisha está chegando ao fim*. Sua resposta tinha sido transformar a Dobra em uma arma. Mas, e se o poder Grisha pudesse ser transformado por homens como Sturmhond? Olhei sobre o convés do *Beija-flor*, para marinheiros e Aeros trabalhando lado a lado, para Tolya e Tamar sentados atrás daquelas armas assustadoras. Não era impossível.

Ele era um corsário, lembrei a mim mesma. *E viraria alguém que lucraria com a guerra em um segundo*. As armas de Sturmhond poderiam dar uma vantagem a Ravka, mas aquelas armas também poderiam ser facilmente utilizadas pelos inimigos de Ravka.

Fui tirada de meus pensamentos por uma luz brilhante a bombordo. O grande farol da Baía de Alkhem. Estávamos perto agora. Se eu esticasse o pescoço, poderia identificar as torres luminosas do porto de Os Kervo.

Sturmhond não seguiu diretamente para ele. Em vez disso, virou para sudoeste. Supus que pararíamos em algum lugar no mar. O pensamento de desembarcar me deixou enjoada. Decidi manter os olhos fechados para isso, independentemente do que Maly me dissesse.

Logo perdi o brilho do farol de vista. Quão distante ao sul Sturmhond pretendia nos levar? Ele dissera que queria alcançar a costa antes do amanhecer, e isso não levaria mais que uma hora ou duas.

Meus pensamentos vagaram, perdidos nas estrelas ao nosso redor e nas nuvens correndo pelo céu amplo. O vento noturno pinicou minhas bochechas e pareceu passar direto pelo tecido fino do meu casaco.

Olhei para baixo e engoli um grito. Não sobrevoávamos mais a água. Sobrevoávamos o solo, terra firme e implacável.

Puxei a manga de Maly e apontei freneticamente para o campo abaixo de nós, pintado em tons de preto e prata iluminados pela lua.

— Sturmhond! — gritei em pânico. — O que você está fazendo?

— Você disse que nos levaria para Os Kervo — gritou Maly.

— Eu disse que os levaria para encontrar meu cliente.

— Esqueça isso — choraminguei. — Onde vamos aterrissar?

— Não se preocupe — disse Sturmhond. — Tenho um pequeno e adorável lago em mente.

— Pequeno quanto? — chiei. Mas então vi que Maly estava saindo da cabine, seu rosto furioso. — Maly, sente-se!

— Seu ladrão mentiroso…

— Eu ficaria aí onde você está. Não acho que queira estar encrencado quando entrarmos na Dobra.

Maly congelou. Sturmhond começou a assoviar a mesma melodia desafinada, que foi abafada pelo vento.

— Você não pode estar falando sério — eu disse.

— Geralmente não — disse Sturmhond. — Tem um rifle preso em seu assento, Oretsev. Talvez você queira segurá-lo. Só por via das dúvidas.

— Você não pode levar esta coisa para a Dobra! — Maly berrou.

— Por que não? Até onde sei, estou viajando com a única pessoa que pode nos garantir uma passagem segura.

Cerrei os punhos, a raiva de repente tirando o medo da minha mente.

— Talvez eu deixe o volcra pegar você e sua tripulação para um lanchinho noturno!

Sturmhond manteve uma mão na roda do leme e consultou seu relógio.

— Está mais para um café da manhã antecipado. Realmente estamos atrasados. Além disso — disse ele —, é um longo caminho até lá embaixo. Mesmo para uma Conjuradora do Sol.

Olhei para Maly e vi que sua fúria devia estar espelhada em meu rosto.

A paisagem ia passando abaixo de nós em um ritmo assustador. Eu me ergui, tentando ter uma ideia de onde estávamos.

— Pelos Santos — praguejei.

Atrás de nós havia estrelas, a luz da lua, a civilização. À nossa frente, nada. Ele realmente faria isso. Estava nos levando para a Dobra.

— Atiradores, em seus postos — gritou Sturmhond. — Aeros, mantenham-se firmes.

— Sturmhond, eu vou te matar! — gritei. — Dê meia-volta agora mesmo!

— Quem dera eu pudesse obedecer. Temo que, se você quiser me matar, terá de esperar até aterrissarmos. Pronta?

— Não — reclamei.

Mas no momento seguinte estávamos na escuridão. Não era igual a nenhuma noite conhecida – uma escuridão perfeita, profunda, antinatural, que parecia se fechar ao nosso redor em um aperto sufocante. Estávamos na Dobra.

Capítulo 8

NO MOMENTO em que entramos no Não Mar, eu soube que algo havia mudado.

Depressa, firmei os pés no convés e estendi as mãos, lançando uma ampla faixa dourada de luz do sol em torno do *Beija-flor*. Apesar de furiosa com Sturmhond, não deixaria um bando de volcras nos derrubarem só para mostrar que estava certa.

Com o poder dos dois amplificadores, eu mal precisava pensar para conjurar a luz. Testei seus limites com cuidado, sem sentir nada daquele rompimento selvagem que havia me tomado da primeira vez que usei a pulseira. Mas algo estava muito errado. A Dobra parecia diferente. Disse a mim mesma que era apenas a minha imaginação, mas parecia que a escuridão tinha uma textura. Quase podia senti-la movendo-se sobre a minha pele. As bordas da ferida no meu ombro começaram a coçar e pulsar, como se a carne estivesse inquieta.

Eu havia estado no Não Mar duas vezes, e em ambas me senti uma estranha, uma intrusa vulnerável em um mundo antinatural e perigoso que não me queria lá. Mas agora era como se a Dobra viesse até mim, dando-me boas-vindas. Eu sabia que não fazia sentido. A Dobra era um lugar morto e vazio, não uma coisa viva.

Ela me conhece, pensei. *Os similares se atraem*.

Eu estava sendo ridícula. Limpei a mente e empurrei a luz para mais longe, deixando a energia pulsar quente e reconfortante ao meu redor. Era isso que eu era. Não a escuridão.

— Eles estão vindo — disse Maly, atrás de mim. — Ouça.

Por sobre o sussurro do vento, ouvi o eco lamurioso pela Dobra, e então a batida constante das asas dos volcras. Eles haviam nos encontrado rapidamente, atraídos pelo cheiro de presa humana.

Suas asas batiam o ar em torno do círculo de luz que eu havia criado, empurrando a escuridão de volta para nós em ondulações esvoaçantes. Com as travessias pela Dobra interrompidas, eles haviam ficado tempo demais sem comida. O apetite os tornara corajosos.

Estiquei os braços, deixando a luz explodir mais brilhante, empurrando-os de volta.

— Não — disse Sturmhond. — Traga-os mais perto.

— O quê? Por quê? — perguntei. Os volcras eram predadores natos. Não podíamos brincar com eles.

— Eles nos caçam — falou ele, aumentando a voz para que todos pudessem ouvi-lo. — Talvez seja hora de os caçarmos.

Um grito de guerra tomou a equipe, seguido por uma série de latidos e uivos.

— Faça a luz recuar — disse-me Sturmhond.

— Ele está louco — falei para Maly. — Diga a esse homem que ele perdeu o juízo.

Mas Maly hesitou.

— Bem...

— Bem *o quê*? — perguntei, incrédula. — Caso tenha se esquecido, uma dessas coisas tentou comê-lo!

Ele deu de ombros e um sorriso irônico passou por seus lábios.

— Talvez por isso eu queria ver o que essas armas são capazes de fazer.

Sacudi a cabeça. Não gostava da ideia. De nada disso.

— Só por um instante — pressionou Sturmhond. — Delicie-me.

Deliciá-lo. Como se estivesse me pedindo outra fatia de bolo.

A tripulação aguardava. Tolya e Tamar estavam debruçados sobre os canos salientes de suas armas. Pareciam insetos com carapaça de couro.

— Tudo bem — falei. — Mas não digam que não avisei.

Maly ergueu o rifle em seu ombro.

— Lá vamos nós — murmurei. Curvei os dedos. O círculo de luz se contraiu, diminuindo em torno da embarcação.

Os volcras tremeram de excitação.

— Todos a postos! — ordenou Sturmhond.

Trinquei os dentes de frustração, então fiz o que ele havia me pedido. A Dobra ficou escura.

Ouvi um ruído de asas. Os volcras mergulharam.

— Agora, Alina! — gritou Sturmhond. — Amplie a luz!

Não pensei duas vezes. Lancei a luz em uma onda ardente. Ela mostrou o terror ao nosso redor na luz áspera e implacável do sol de meio-dia. Havia volcras em todos os cantos, suspensos no ar em torno da embarcação, uma massa de corpos cinza contorcidos e alados, com olhos cegos e leitosos, e mandíbulas cheias de dentes. Sua semelhança com os *nichevo'ya* era óbvia, e ainda assim eram muito mais grotescos, muito mais desajeitados.

— Fogo! — gritou Sturmhond.

Tolya e Tamar abriram fogo. Eu nunca havia escutado um som como aquele, um trovão implacável de partir a cabeça que agitou o ar ao nosso redor e sacudiu meus ossos.

Foi um massacre. Os volcras despencaram dos céus ao nosso redor, peitos arrombados, asas arrancadas de seus corpos. Os cartuchos gastos pingavam no convés do navio. O cheiro acentuado de pólvora queimada tomou o ar.

Duzentas vezes por minuto. Então era isso que um exército moderno poderia fazer.

Os monstros não pareciam saber o que acontecia. Eles giravam e debatiam no ar, induzidos a uma agitação de sede de sangue, fome e medo, rasgando uns aos outros em sua confusão e desejo de escapar. Seus gritos... Certa vez, Baghra me disse que os ancestrais dos volcras eram humanos. Podia jurar que ouvia isso em seus gritos.

Os tiros cessaram. Meus ouvidos zumbiam. Olhei para cima e vi manchas de sangue negro e pedaços de carne nas velas. Suor frio brotou em minha testa. Pensei que ia enjoar.

A quietude durou apenas alguns momentos antes de Tolya jogar a cabeça para trás e dar um uivo triunfante. O resto da tripulação se juntou a ele, latindo e ladrando. Eu queria gritar para todos calarem a boca.

— Acha que podemos atrair outro bando? — perguntou um dos Aeros.

— Talvez — disse Sturmhond. — Mas provavelmente devêssemos seguir para leste. Está quase amanhecendo e não quero que nos localizem.

Sim, pensei. *Vamos para o leste. Vamos sair daqui*. Minhas mãos tremiam. A ferida em meu ombro queimava e latejava. O que havia de errado comigo? Os volcras eram monstros. Eles teriam nos destroçado sem pensar duas vezes. Eu sabia disso. E, mesmo assim, ainda podia ouvir seus gritos.

— Há mais deles — disse Maly, de repente. — Muito mais.

— Como você sabe? — perguntou Sturmhond.

— Eu só sei.

Sturmhond hesitou. Entre seus óculos, seu chapéu e sua gola alta, era impossível ler sua expressão.

— Onde? — perguntou, finalmente.

— Um pouco mais para o norte — disse Maly. — Naquela direção. — Apontou para o escuro, e tive uma súbita vontade de bater na mão dele. Só porque *podia* rastrear os volcras, não quer dizer que devesse fazer isso.

Sturmhond deu as coordenadas. Meu coração se apertou.

O *Beija-flor* mergulhou suas asas e se virou enquanto Maly gritava orientações e Sturmhond corrigia nosso curso. Tentei me concentrar na luz, na presença reconfortante do meu poder; tentei ignorar o enjoo nas minhas entranhas.

Sturmhond nos levou para baixo. Minha luz brilhou sobre a areia incolor da Dobra e tocou a estrutura sombria de um esquife de areia destruído.

Um tremor me percorreu quando nos aproximamos. O esquife tinha sido cortado ao meio. Um dos mastros estava dividido em dois, e eu mal conseguia ver os restos de três velas negras rasgadas. Maly tinha nos levado para as ruínas do esquife do Darkling.

A pouca calma que eu tinha conseguido reunir desapareceu.

O *Beija-flor* afundou ainda mais. Nossa sombra passou pelo convés destroçado.

Senti um pouquinho de alívio. Era um raciocínio ilógico, mas esperava ver os corpos dos Grishas que havia deixado para trás espalhados pelo convés, os esqueletos dos emissários do Rei e os embaixadores estrangeiros amontoados em um canto. Mas, é claro, eles haviam sumido há muito tempo, servidos de alimento para os volcras, seus ossos espalhados pela amplitude estéril da Dobra.

O *Beija-flor* se inclinou a estibordo. Minha luz perfurou as profundezas obscuras do casco quebrado. Os gritos começaram.

— Pelos Santos — Maly praguejou, erguendo o rifle.

Três grandes volcras se encolheram abaixo do casco do esquife, de costas para nós, suas asas abertas. Mas era o que eles estavam tentando proteger com seus corpos que gerou um tremor de medo e repulsa em mim: um mar de formas retorcidas se contorcendo, braços miúdos e cintilantes, pequenas costas divididas pelas membranas transparentes de asas semiformadas. Elas choramingavam e gemiam, deslizando umas sobre as outras, tentando fugir da luz.

Tínhamos descoberto um ninho.

A tripulação ficou em silêncio. Não havia latidos e uivos agora.

Sturmhond deu a volta com a embarcação em outro arco baixo. Então gritou:

— Tolya, Tamar, *grenatki*.

Os gêmeos trouxeram duas granadas de ferro fundido e as posicionaram sobre a borda da balaustrada.

Outra onda de pavor passou por mim. *Eles são volcras*, disse a mim mesma. *Olhe para eles. São monstros*.

— Aeros, ao meu sinal — Sturmhond disse de modo sombrio. — Detonadores — ele gritou, e depois: — Atiradores, vão com tudo!

No instante em que as granadas foram soltas, Sturmhond rugiu:

— Agora! — e girou o timão do navio com força para a direita.

Os Aeros ergueram os braços, e o *Beija-flor* disparou para o céu.

Um segundo de silêncio se passou, então uma explosão enorme soou abaixo de nós. O calor e a força da explosão atingiram o *Beija-flor* em uma poderosa rajada.

— Firmes! — Sturmhond bramiu.

A pequena embarcação afundou sem controle, balançando como um pêndulo sob suas asas de lona. Maly plantou uma mão de cada lado do meu corpo, protegendo-o com o dele enquanto eu lutava para manter o equilíbrio e manter a luz viva ao nosso redor.

Finalmente, o barco parou de balançar e se moveu em um arco harmonioso, traçando um círculo amplo bem acima dos destroços queimados do esquife.

Eu tremia muito. O ar fedia a carne carbonizada. Parecia que meus pulmões haviam sido chamuscados, e cada respiração queimava meu peito. A tripulação de Sturmhond estava uivando e latindo de novo.

Maly se juntou a eles, erguendo seu rifle para o ar em comemoração. Acima da gritaria, podia ouvir os gritos dos volcras, indefesos e humanos aos meus ouvidos, o lamento de mães em luto por seus filhos.

Fechei os olhos. Era tudo que podia fazer para não levar as mãos aos ouvidos e me dobrar sobre o convés.

— Chega — sussurrei. Ninguém pareceu me ouvir. — Por favor — implorei. — Maly…

— Você se tornou uma assassina e tanto, Alina.

Aquela voz fria. Meus olhos se abriram.

O Darkling estava de pé diante de mim, seu *kefta* preto ondulando sobre o convés do *Beija-flor*. Engasguei e recuei, olhando freneticamente ao redor, mas ninguém estava olhando. Eles comemoravam e gritavam, olhando fixamente para as chamas.

— Não se preocupe — o Darkling disse de modo gentil. — Fica mais fácil com o tempo. Quer ver? Vou te mostrar.

Ele puxou uma faca da manga de seu *kefta*, e antes que eu pudesse gritar, cortou na direção do meu rosto. Ergui as mãos para me defender, um grito rasgando minha garganta. A luz desapareceu, e o navio mergulhou na escuridão. Caí de joelhos, encolhendo-me no convés, pronta para sentir a pontada perfurante do aço Grisha.

Ela não veio. As pessoas gritavam na escuridão ao meu redor. Sturmhond gritava meu nome. Ouvi o gemido de um volcra ecoando. *Perto. Perto demais.*

Alguém gritou e o navio se inclinou bruscamente. Ouvi a batida de botas enquanto a tripulação lutava para manter o equilíbrio.

— Alina! — Era a voz de Maly dessa vez.

No escuro, senti-o tateando atrapalhado na minha direção. Uma ponta de razão retornou. Joguei a luz de volta em uma cascata brilhante.

O volcra que havia descido sobre nós berrou e deu meia-volta para as trevas, mas um dos Aeros sangrava no convés, com o braço quase arrancado de seu corpo. A vela acima dele balançava inutilmente. O *Beija-flor* se inclinou para estibordo, rapidamente perdendo altitude.

— Tamar, ajude-o! — ordenou Sturmhond. Mas Tolya e Tamar já escalavam pelos cascos na direção do Aeros caído.

A outra Aeros manteve as duas mãos para o alto, seu rosto rígido de tensão enquanto tentava conjurar uma corrente forte o suficiente para nos manter no ar. A embarcação sacudiu e oscilou. Sturmhond segurou firme no timão, gritando ordens aos tripulantes que trabalham nas velas.

Meu coração bateu forte. Olhei freneticamente pelo convés, dividida entre o terror e a confusão. Eu tinha visto o Darkling. Tinha *visto*.

— Você está bem? — Maly perguntava ao meu lado. — Está machucada?

Eu não conseguia olhar para ele. Tremia tanto que pensei que poderia me despedaçar. Concentrei todos os meus esforços em manter a luz brilhando ao nosso redor.

— Ela está machucada? — gritou Sturmhond.

— Apenas nos tire daqui! — Maly respondeu.

— Ah é? É *isso* o que eu devia estar tentando fazer? — gritou de volta Sturmhond.

Os volcras gemiam e guinchavam, batendo no círculo de luz. Eles podiam ser monstros, mas me perguntei se entendiam de vingança. O *Beija-flor* balançou e tremeu. Olhei para baixo e vi areia cinza correndo ao nosso encontro.

E, então, de repente, estávamos fora da escuridão, rompendo os últimos vestígios negros da Dobra enquanto disparávamos pela luz azul do amanhecer.

O chão se aproximava abaixo de nós assustadoramente.

— Apague a luz! — ordenou Sturmhond.

Baixei as mãos e me agarrei desesperada à murada da cabine. Podia ver um longo trecho da estrada, as luzes de uma cidade brilhando a distância, e lá, além de picos baixos de colinas, um esbelto lago azul, a luz da manhã brilhando sobre sua superfície.

— Só mais um pouco! — gritou Sturmhond.

A Aeros deixou escapar um soluço de esforço, seus braços tremendo.

As velas mergulharam. O *Beija-flor* continuou a cair. Galhos arranharam o casco enquanto deslizávamos pela copa das árvores.

— Todo mundo se abaixe e segure firme! — gritou Sturmhond. Maly e eu nos agachamos na cabine de comando, braços e pernas contra as paredes, de mãos dadas. O pequeno navio sacudiu e balançou.

— Não vamos conseguir — grunhi.

Ele não disse nada, apenas apertou mais os meus dedos.

— Preparem-se! — Sturmhond gritou.

No último segundo, ele se atirou para dentro da cabine em um emaranhado de braços e pernas. Só teve tempo de dizer "Bem, isso é aconchegante", antes de atingirmos a terra com um solavanco de tremer os ossos.

Maly e eu fomos jogados no bico da cabine quando o navio se chocou no chão, fazendo barulho e batendo, seu casco se estilhaçando em pedaços. Houve um estrondo de mergulho e, inesperadamente, estávamos deslizando pela água. Ouvi um terrível som e soube que um dos cascos havia se soltado. Quicamos com força na superfície da água e então, por um milagre, paramos de repente.

Tentei me reorientar. Estava apoiada sobre as costas, pressionada contra a lateral da cabine. Alguém respirava pesadamente ao meu lado.

Eu me virei devagar. Levara uma pancada forte na cabeça e tinha um corte aberto em ambas as palmas, mas parecia estar inteira.

A água entrava pela porta, inundando a cabine. Ouvi pessoas chapinhando, chamando umas às outras.

— Maly? — arrisquei, minha voz saindo como um guincho trêmulo.

— Estou bem — ele respondeu. Estava em algum lugar à minha esquerda. — Precisamos sair daqui.

Olhei em volta, mas Sturmhond não estava em nenhum lugar que eu pudesse ver.

Enquanto escalávamos para fora da cabine, a embarcação quebrada começou a se inclinar de modo alarmante. Ouvimos um rangido, e um dos mastros cedeu, mergulhando no lago sob o peso de suas velas.

Nós nos jogamos na água, batendo os pés com força enquanto o lago tentava nos sugar junto com a embarcação.

Um dos tripulantes estava embolado nas cordas. Maly mergulhou para ajudar a soltá-lo, e quase chorei de alívio ao vê-los irromper na superfície.

Vi Tolya e Tamar remando livres, seguidos de outros tripulantes. Tolya trazia a Aeros ferida a reboque. Sturmhond nadava logo atrás sob o braço do marinheiro inconsciente, oferecendo-lhe apoio. Nós seguimos para a costa.

Eu sentia meus braços e pernas machucados pesarem com as roupas encharcadas, mas finalmente alcançamos a margem. Nós nos arrastamos para fora da água, caminhando pesadamente por trechos de juncos viscosos, e jogamos nossos corpos na ampla crescente de praia.

Fiquei lá ofegante, ouvindo os sons estranhamente comuns do início da manhã: grilos na grama, pássaros cantando em algum lugar na floresta, o coaxar baixo e hesitante de um sapo. Tolya atendia à Aeros ferida, terminando de curar seu braço, instruindo-a a flexionar os dedos, dobrar o cotovelo. Ouvi Sturmhond vir para terra e entregar o último marinheiro aos cuidados de Tamar.

— Ele não está respirando — disse Sturmhond —, e não sinto seu pulso.

Eu me forcei a me sentar. O sol nascia atrás de nós, aquecendo minhas costas, dourando o lago e as bordas das árvores. Tamar pressionava as mãos no peito do marinheiro, usando seu poder para drenar a água de seus pulmões e impulsionar a vida de volta ao seu coração. Os minutos pareciam se alongar enquanto o marinheiro permanecia imóvel na areia. Então ele engasgou. Seus olhos se abriram de repente, e ele cuspiu a água do lago em cima de sua camisa.

Soltei um suspiro de alívio. Menos uma morte na minha consciência.

Outro tripulante segurava seu flanco, testando se havia quebrado alguma costela. Maly tinha um corte horrível na testa. Mas estávamos todos lá. Tínhamos conseguido.

Sturmhond voltou para a água. Ele se ajoelhou no fundo, contemplando a superfície lisa do lago, o sobretudo flutuando atrás dele. Fora uma faixa torcida de terra ao longo da costa, não havia qualquer sinal de que o *Beija-flor* houvesse existido um dia.

A Aeros curada se virou para mim.

— O que aconteceu lá atrás? — ela disparou. — Kovu quase morreu. Todos nós quase morremos!

— Eu não sei — falei, repousando a cabeça nos joelhos.

Maly passou o braço ao meu redor, mas eu não queria conforto. Queria uma explicação para o que tinha visto.

— Você não sabe? — disse ela, incrédula.

— Não sei — repeti, surpresa com a onda de raiva que acompanhou as palavras. — Não pedi para ser enfiada na Dobra. Não fui eu quem saiu querendo briga com os volcras. Por que não pergunta ao seu capitão o que aconteceu?

— Ela está certa — disse Sturmhond, marchando para fora da água em nossa direção, pela praia, enquanto tirava suas luvas destruídas. — Eu devia ter dado mais tempo a ela e não devia ter ido atrás do ninho.

De alguma maneira, o fato de ele estar concordando comigo me deixou com mais raiva ainda. Então Sturmhond removeu seu chapéu e os óculos, e minha raiva desapareceu, substituída por espanto total e absoluto.

Maly ficou de pé num instante.

— Que droga é essa? — disse ele, sua voz baixa e perigosa.

Fiquei paralisada, a dor e a exaustão eclipsadas pela estranha visão na minha frente. Não sabia para o que olhava, mas fiquei feliz de que Maly o visse também. Depois do que aconteceu na Dobra, não confiava em mim mesma.

Sturmhond suspirou e passou a mão pelo rosto – o rosto de um estranho.

Seu queixo tinha perdido a ponta avantajada. O nariz estava um pouco torto, mas nada como a protuberância socada que tinha sido antes. O cabelo não era mais castanho avermelhado, mas loiro-escuro, perfeitamente cortado no comprimento militar, e aqueles estranhos olhos verdes turvos agora eram de um mel limpo e brilhante. Ele parecia completamente diferente, mas era Sturmhond, sem dúvida nenhuma.

E ele é bonito, pensei com uma pontada desconcertante de ressentimento.

Maly e eu éramos os únicos olhando. Ninguém da tripulação de Sturmhond parecia remotamente surpreso.

— Você tem um Artesão — eu disse.

Sturmhond estremeceu.

— Eu *não sou* um Artesão — disse Tolya com raiva.

— Não, Tolya, seus dons abrangem outras áreas — disse Sturmhond, calmamente. — Principalmente as célebres áreas de matar e mutilar.

— Por que você faria uma coisa dessas? — perguntei, tentando me adaptar à experiência dissonante de a voz de Sturmhond sair da boca de uma pessoa diferente.

— Era fundamental que o Darkling não me reconhecesse. Ele não me vê desde os catorze anos, mas eu não podia me arriscar.

— Quem é você? — perguntou Maly, furioso.

— Essa é uma pergunta complicada.

— Na verdade, ela é bem direta — falei, ficando de pé. — Mas ela exige que você conte a verdade. Algo que é completamente incapaz de fazer.

— Ah, eu sei dizer a verdade — disse Sturmhond, tirando água de suas botas. — Só não sou muito bom nisso.

— Sturmhond — Maly bufou, avançando sobre ele. — Tem exatamente dez segundos para se explicar, ou Tolya terá de construir uma cara nova inteira para você.

Tamar saltou e ficou de pé.

— Alguém está vindo.

Todos nós nos calamos, ouvindo. Os sons vinham de algum lugar além da floresta em torno do lago: batidas de cascos – muitos deles, o estalido e farfalhar de galhos quebrados enquanto homens se moviam em nossa direção entre as árvores.

Sturmhond resmungou. — Eu sabia que tínhamos sido vistos. Passamos tempo demais na Dobra. — Ele deu um suspiro irregular. — Um navio naufragado e uma tripulação que parece um bando de gambás afogados. Não era isso o que eu tinha em mente.

Eu queria saber exatamente o que ele tinha em mente, mas não havia tempo de perguntar.

As árvores se abriram e um grupo de homens montados tomou a praia. Dez, vinte, trinta soldados do Primeiro Exército. Homens do Rei fortemente armados. De onde todos eles tinham vindo?

Após a matança dos volcras e do acidente, não pensei que tivesse sobrado algum medo, mas me enganei. Pânico me percorreu enquanto me lembrava do que Maly havia dito sobre desertar de seu posto. Nós seríamos presos como traidores? Meus dedos crisparam. Não seria levada como prisioneira de novo.

— Calminha aí, Conjuradora — sussurrou o corsário. — Deixe- me lidar com isso.

— Já que você lidou com o resto tão bem, não é, Sturmhond?

— Talvez fosse sábio não me chamar por esse nome por um tempo.

— E por quê? — falei irritada.

— Porque esse não é o meu nome.

Os soldados pararam à nossa frente, a luz da manhã brilhando em seus rifles e sabres. Um jovem capitão sacou sua espada.

— Em nome do Rei de Ravka, joguem suas armas.

Sturmhond deu um passo adiante, colocando-se entre o inimigo e sua tripulação ferida. Ele ergueu as mãos em um gesto de rendição.

— Nossas armas estão no fundo do lago. Estamos desarmados.

Sabendo o que sabia a respeito de Sturmhond e dos gêmeos, eu duvidava seriamente disso.

— Diga seu nome e o que veio fazer aqui — ordenou o jovem capitão.

Devagar, Sturmhond tirou seu sobretudo ensopado dos ombros e o passou a Tolya.

Uma agitação desconfortável percorreu a fileira de soldados. Sturmhond vestia uniforme militar ravkano. Estava molhado até a alma, mas não havia como confundir os botões de latão e o tecido grosso verde-oliva do Primeiro Exército ravkano, nem a águia dupla de ouro que indicava a hierarquia de um oficial. Que jogo o corsário jogava?

Um homem mais velho destacou-se da fileira de soldados, girando seu cavalo para confrontar Sturmhond. De sobressalto, reconheci o Coronel Raevsky, o comandante do acampamento militar em Kribirsk. Tínhamos caído tão perto assim da cidade? Isso explicaria como os soldados haviam chegado ali tão depressa.

— Explique-se, rapaz! — ordenou o coronel. — Diga seu nome e o que veio fazer aqui antes que eu o tire desse uniforme e o enforque em uma árvore alta.

Sturmhond não parecia preocupado. Quando falou, sua voz tinha uma característica que eu não havia percebido antes.

— Meu nome é Nikolai Lantsov, Major do Vigésimo Segundo Regimento, Soldado do Exército do Rei, Grande Duque de Udova, e segundo filho de sua Majestade Imperial, Rei Alexandre Terceiro, Governante do Trono da Águia Dupla, que sua vida e seu reino sejam longos.

Meu queixo caiu. O choque passou como uma onda pela linha de soldados. Um risinho nervoso surgiu em algum lugar das fileiras. Eu não sabia que piada aquele maluco pensava estar contando, mas Raevsky não pareceu se divertir. Ele saltou de seu cavalo, passando as rédeas para um soldado.

— Ouça aqui, seu filhote desrespeitoso — disse ele, a mão já no punho da espada, o rosto enrugado com linhas de fúria enquanto caminhava diretamente para Sturmhond. — Nikolai Lantsov serviu sob meu comando na fronteira nordeste e…

Sua voz desapareceu. Ele estava a centímetros do corsário agora, mas Sturmhond não piscou. O coronel abriu a boca, depois a fechou. Deu um passo para trás e analisou o rosto de Sturmhond. Vi sua expressão mudar de desdém para descrença, e depois para o que só podia ser reconhecimento.

De maneira abrupta, ele desceu um joelho no chão e inclinou a cabeça.

— Perdoe-me, *moi tsarevich* — disse ele, o olhar fixo no chão à sua frente. — Seja bem-vindo.

Os soldados trocaram olhares confusos.

Sturmhond direcionou um olhar frio e expectante a eles. Ele irradiava comando. Um pulso pareceu correr as fileiras de soldados. Então, um a um, eles desceram de seus cavalos e ficaram de joelhos, cabeças inclinadas.

Pelos Santos.

— Você só pode estar brincando — Maly murmurou.

Eu tinha caçado um cervo mágico. Usava as escamas de um dragão do gelo assassinado em volta do meu pulso. Tinha visto uma cidade inteira engolida pela escuridão. Mas essa era a coisa mais estranha que já havia testemunhado. Aquilo tinha de ser mais uma artimanha de Sturmhond, uma que com certeza nos mataria.

Olhei para o corsário. Isso era mesmo possível? Não consegui fazer minha mente funcionar. Estava cansada demais, esgotada pelo medo e pelo pânico. Percorri minha memória procurando o pouco que sabia sobre os dois filhos do rei ravkano. Tinha conhecido o mais velho rapidamente no Pequeno Palácio, mas o mais novo não era visto há anos na corte. Ele supostamente estava por aí em algum lugar, vivendo como aprendiz de armeiro ou estudando construção naval.

Ou talvez tivesse feito as duas coisas.

Eu me senti atordoada. *Sobachka*, assim Genya tinha chamado o príncipe. Filhote. *Ele insistiu em prestar seu serviço militar na infantaria.*

Sturmhond. *Storm hound*, cão da tempestade. Lobo das Ondas.

Sobachka. Não podia ser. Simplesmente não podia.

— Levantem-se — ordenou Sturmhond, ou quem quer que ele fosse. Seu porte inteiro parecia ter mudado.

Os soldados ficaram de pé e de prontidão.

— Faz tempo que não venho para casa — soltou o corsário. — Mas não voltei de mãos vazias.

Ele deu um passo para o lado, então esticou o braço, apontando para mim. Todos os rostos se viraram ansiosos, aguardando.

— Irmãos — disse ele —, eu trouxe a Conjuradora do Sol de volta para Ravka.

Não consegui me segurar. Levantei-me e enfiei um soco na cara dele.

Capítulo 9

Você tem sorte de não ter sido fuzilada — disse Maly com raiva.

Ele andava para lá e para cá em uma tenda mobiliada de um jeito simples, uma das poucas a restar no acampamento Grisha perto de Kribirsk. O glorioso pavilhão de seda negra do Darkling tinha sido derrubado. Tudo que havia restado era uma faixa ampla de grama morta com pregos fincados e os vestígios quebrados do que tinha sido um piso de madeira polida.

Eu me sentei à mesa talhada de maneira bruta e olhei para fora, onde Tolya e Tamar flanqueavam a entrada para a tenda. Se estavam nos protegendo ou nos impedindo de escapar, eu não tinha certeza.

— Valeu a pena — respondi. — Além disso, ninguém atiraria na Conjuradora do Sol.

— Você socou um príncipe, Alina. Acho que podemos adicionar mais um ato de traição à nossa lista.

Sacudi a mão dolorida. Minhas articulações doíam profundamente.

— Primeiro de tudo, temos certeza de que ele realmente é um príncipe? E, segundo, você só está com ciúme.

— É claro que estou com ciúme. Achei que eu é que iria socá-lo. A questão não é essa.

O caos havia irrompido após minha explosão, e somente a conversa rápida de Sturmhond e algum controle bastante agressivo de Tolya sobre a multidão impediram que eu fosse levada presa ou algo pior.

Sturmhond tinha nos escoltado por Kribirsk até o acampamento militar. Quando nos deixou na tenda, disse calmamente:

— Tudo que peço é que fiquem o suficiente para me deixar explicar. Se não gostarem do que vão ouvir, estarão livres para partir.

— Simples assim? — escarneci.

— Confie em mim.

— Toda vez que diz "confie em mim", eu confio um pouco menos — reclamei.

Mas Maly e eu ficamos, incertos de qual seria nosso próximo passo. Sturmhond não tinha nos prendido nem nos colocado sob guarda pesada. Tinha nos fornecido roupas limpas e secas. Se quiséssemos, podíamos tentar passar por Tolya e Tamar e escapar de volta pela Dobra. Não era exatamente como se alguém fosse nos seguir. Poderíamos sair para qualquer lugar que quiséssemos ao longo da costa oeste. Mas para onde iríamos depois disso? Sturmhond havia mudado, nossa situação, não. Não tínhamos dinheiro nem aliados, e ainda éramos caçados pelo Darkling. E não estava morrendo de vontade de voltar à Dobra, não depois do que havia acontecido a bordo do *Beija-flor*.

Engoli uma risada triste. Se estava de fato pensando em me abrigar no Não Mar é porque as coisas estavam realmente ruins.

Um serviçal entrou com uma bandeja larga. Ele deixou uma jarra de água, um frasco de *kvas* e copos, e várias pequenos pratos de *zakuski*. Cada prato era bordeado em ouro e adornado com a águia dupla.

Analisei a comida: arenques defumados no pão preto, beterraba marinada, ovos recheados. Não fazíamos uma refeição desde a noite anterior a bordo do *Volkvolny*, e usar meu poder tinha me deixado faminta, mas eu estava nervosa demais para comer.

— O que aconteceu lá atrás? — Maly perguntou assim que o serviçal foi embora.

Sacudi minhas articulações novamente. — Só perdi a calma.

— Não foi isso o que eu quis dizer. O que aconteceu na Dobra?

Estudei um pequeno pote de manteiga com ervas, virando o prato nas mãos. *Eu o vi.*

— Eu estava apenas cansada — falei despreocupadamente.

— Você usou muito mais de seu poder quando escapamos dos *nichevo'ya*, e nunca vacilou. É a pulseira?

— A pulseira me deixa mais forte — falei, puxando a borda da manga sobre as escamas do açoite do mar. Além disso, eu já a vestia há semanas. Não havia nada de errado com meu poder, mas podia haver algo de errado comigo. Tracei um padrão invisível sobre a mesa. — Quando estávamos lutando contra os volcras, eles pareceram diferentes para você? — perguntei.

— Diferentes como?

— Mais… humanos?

Maly franziu a testa.

— Não, tinham a mesma aparência de sempre. Monstros querendo nos comer. — Ele pousou sua mão sobre a minha. — O que aconteceu, Alina?

Eu o vi.

— Eu já disse: estava cansada. Perdi o foco.

Ele recuou.

— Se quer mentir para mim, vá em frente. Mas não vou fingir que acredito em você.

— Por que não? — perguntou Sturmhond, entrando na tenda. — É apenas uma cortesia comum.

No mesmo instante, estávamos de pé, prontos para lutar.

Sturmhond parou no lugar e ergueu as mãos em um gesto de paz. Tinha trocado de roupa e vestido um uniforme seco. Um machucado começava a se formar em sua bochecha. Com cautela, removeu sua espada e a pendurou em um poste perto da aba da tenda.

— Só vim aqui falar com vocês — disse ele.

— Então fale — Maly replicou. — Quem é você e o que está planejando?

— Nikolai Lantsov, mas, por favor, não me faça recitar os títulos outra vez. Não é divertido para ninguém e o único importante é "príncipe".

— E Sturmhond? — perguntei.

— Também sou Sturmhond, comandante do *Volkvolny*, flagelo do Mar Real.

— Flagelo?

— Bem, no mínimo sou irritante.

Sacudi a cabeça.

— Impossível.

— Improvável.

— Este *não* é o momento de tentar ser engraçado.

— Por favor — disse ele em um tom conciliatório. — Sentem-se. Não sei vocês, mas acho tudo mais fácil de entender quando se está sentado. Algo sobre circulação, imagino. Deitar seria o ideal, é claro, mas não acho que já tenhamos esse tipo de intimidade.

Eu não me movi. Maly cruzou os braços.

— Tudo bem, então. Vou me sentar. Interpretar o papel de herói que volta para casa é uma tarefa cansativa, e estou totalmente exausto. — Ele seguiu para a mesa, serviu-se de um copo de *kvas*, e sentou em uma cadeira com um suspiro de satisfação. Deu um gole e sorriu. — Que bebida terrível — ele disse. — Nunca fez bem ao meu estômago.

— Então peça um pouco de conhaque, *Vossa Alteza* — eu disse, irritada. — Tenho certeza de que trarão tudo que quiser.

O rosto dele se iluminou.

— É verdade. Imagino que poderia me banhar em uma banheira disso. Bem que eu poderia.

Maly jogou as mãos para o alto, em desespero, e caminhou até a aba da tenda para olhar para o acampamento.

— Honestamente, você não pode esperar que acreditemos nisso — eu disse.

Sturmhond serpeou os dedos para exibir melhor o anel.

— Tenho o selo real.

Eu bufei.

— Você provavelmente o roubou do verdadeiro Príncipe Nikolai.

— Eu servi com o Raevsky. Ele me conhece.

— Talvez você tenha roubado o rosto do príncipe também.

Ele suspirou.

— Você precisa entender, o único lugar onde é seguro revelar minha identidade é aqui em Ravka. Só os membros mais confiáveis da minha tripulação sabem quem eu realmente sou: Tolya, Tamar, Privyet e alguns Etherealki. O resto, bem, eles são bons homens, mas também são mercenários e piratas.

— Então você enganou sua própria tripulação? — perguntei.

— Nos mares, Nikolai Lantsov é mais valioso como refém do que como capitão. É difícil comandar um navio quando se está constantemente preocupado em levar uma pancada na cabeça tarde da noite, para que peçam resgate ao seu papai real.

Sacudi a cabeça.

— Nada disso faz sentido. O Príncipe Nikolai devia estar em algum lugar estudando navios ou…

— Fui aprendiz de um construtor naval fjerdano. E de um armeiro zemeni. E de um engenheiro civil da província Han, de Bolh. Me arrisquei na poesia por um tempo. Os resultados foram… infelizes. Atualmente, ser Sturmhond consome a maior parte do meu tempo.

Maly se apoiou no poste da tenda, de braços cruzados.

— Então, um dia você decidiu abandonar sua vida de luxo e tentar a sorte bancando o pirata?

— Corsário — disse ele. — E não estava *bancando* nada. Sabia que podia fazer mais por Ravka como Sturmhond do que ficando de bobeira na corte.

— E onde o Rei e a Rainha pensam que você está? — perguntei.

— Na universidade de Ketterdam — ele respondeu. — Lugar adorável. Muito pomposo. Há um copista extremamente bem pago assistindo às minhas aulas de Filosofia enquanto conversamos. Tira notas passáveis, responde por Nikolai, bebe copiosamente e com frequência, então ninguém acha suspeito.

Isso não terminaria nunca?

— Por quê?

— Eu tentei, realmente tentei. Mas nunca fui bom em ficar parado. Deixava a minha babá louca. Bem, babás. Existia quase um exército delas, se me lembro bem.

Eu devia tê-lo acertado com mais força.

— Quero dizer, por que passar por toda essa farsa?

— Sou o segundo na linha de sucessão ao trono ravkano. Praticamente tive de fugir para entrar no serviço militar. Não acho que meus pais aprovariam meus ataques a piratas zemenis e quebras de bloqueios fjerdanos. Eles têm Sturmhond em grande apreço, por outro lado.

— Certo — disse Maly da porta. — Você é um príncipe. Você é um corsário. Você é um idiota. O que quer de nós?

Sturmhond tentou tomar outro gole de *kvas* e estremeceu.

— Sua ajuda — disse ele. — O jogo mudou. A Dobra está se expandindo. O Primeiro Exército está muito próximo de um completo motim. O golpe do Darkling pode ter falhado, mas ele rachou o Segundo Exército, e Ravka está à beira de um colapso.

Senti um aperto.

— E deixe-me adivinhar: você é o único que pode consertar as coisas, certo?

Sturmhond inclinou-se para a frente.

— Você conheceu o meu irmão, Vasily, quando esteve na corte? Ele se importa mais com seus cavalos e com o próximo trago de uísque do que com seu povo. Meu pai nunca teve mais que um interesse passageiro em governar Ravka, e os relatos dizem que até isso ele perdeu. Este país está se partindo. Alguém precisa reuni-lo de novo antes que seja tarde.

— Vasily é o herdeiro — observei.

— Acho que ele pode ser convencido a sair do caminho.

— Foi por isso que nos arrastou até aqui? — falei com desgosto. — Porque você quer ser o Rei?

— Eu a arrastei até aqui porque o Apparat praticamente a transformou em uma Santa viva, e as pessoas a amam. Eu a arrastei até aqui porque seu poder é a chave para a sobrevivência de Ravka.

Bati as mãos na mesa.

— Você me arrastou de volta para que pudesse fazer uma entrada triunfal com a Conjuradora do Sol e assim roubar o trono de seu irmão!

Sturmhond inclinou-se para trás.

— Não vou me desculpar por ser ambicioso. Isso não muda o fato de que sou o homem mais indicado para a tarefa.

— Claro que é.

— Volte para Os Alta comigo.

— Por quê? Para você me exibir como algum tipo de cabra premiada?

— Sei que não confia em mim. Você não tem razão para confiar. Mas cumprirei o que prometi a você a bordo do *Volkvolny*. Ouça o que tenho a oferecer. Se continuar sem interesse, o navio de Sturmhond irá levá-la a qualquer lugar do mundo. Eu acho que você ficará. Acho que posso te dar algo que ninguém mais pode.

— Espero que isso seja bom — murmurou Maly.

— Posso te dar a chance de mudar Ravka — disse Sturmhond. — Posso te dar a chance de levar esperança às pessoas.

— Oh, isso é tudo? — eu disse, ironicamente. — E como espera que eu faça isso?

— Me ajudando a unir o Primeiro e o Segundo Exércitos. Tornando-se minha Rainha.

Antes que eu pudesse piscar, Maly tinha jogado a mesa de lado e grudado em Sturmhond, tirando-o do chão e batendo-o contra o poste da tenda. Sturmhond fez cara de dor, mas não demonstrou intenção de revidar.

— Calminha, agora. É melhor não sujar meu uniforme de sangue. Deixe-me explicar…

— Tente explicar com meu punho em sua boca.

Sturmhond se virou e, num movimento rápido, escapou da pegada de Maly. Uma faca apareceu na sua mão, puxada de algum lugar da manga.

— Para trás, Oretsev. Estou mantendo a calma por causa dela, mas poderia te estripar como uma carpa com muita facilidade.

— Então tente — Maly rosnou.

— Chega! — Lancei uma lâmina brilhante de luz que cegou os dois. Eles ergueram as mãos contra o brilho, distraídos por um momento. — Sturmhond, baixe a arma, ou você é que será estripado. Maly, acalme-se.

Esperei Sturmhond guardar a faca, e então deixei a luz se apagar lentamente.

Maly baixou as mãos, seus punhos ainda fechados. Eles olharam cautelosos um para o outro. Algumas horas atrás, eram amigos. É claro que Sturmhond tinha sido uma pessoa completamente diferente até então.

Sturmhond endireitou as mangas de seu uniforme.

— Não estou propondo uma união amorosa, seu imbecil apaixonado, só uma aliança política. Se você parar e pensar um minuto, verá que faz todo o sentido para o país.

Maly deixou escapar uma risada áspera.

— Quer dizer que faz todo o sentido para você.

— E as duas coisas não podem ser verdadeiras? Eu servi no exército. Entendo de guerra, entendo de armamento. Sei que o Primeiro Exército me seguirá. Posso ser o segundo na linha de sucessão, mas tenho direito de sangue ao trono.

Maly enfiou o dedo na cara de Sturmhond.

— Você não tem direito a ela.

Parte da compostura de Sturmhond pareceu abandoná-lo.

— O que achou que aconteceria? Achou que poderia simplesmente carregar uma das Grishas mais poderosas do mundo como alguma camponesinha que encontrou em uma taverna? É assim que acha que essa história termina? Estou tentando ajudar um país a não se desmantelar, não roubar sua garota preferida.

— Já basta — falei calmamente.

— Você pode ficar no palácio — prosseguiu Nikolai. — Talvez como capitão da guarda pessoal dela? Não seria o primeiro acordo desse tipo.

Um músculo pulou no maxilar de Maly.

— Você me dá nojo.

Sturmhond deu um aceno desdenhoso.

— Sou um monstro depravado, eu sei. Agora pense por um momento no que estou dizendo.

— Não preciso pensar nisso — Maly gritou. — E nem ela. Isso não vai acontecer.

— Seria um casamento de aparências — insistiu Sturmhond. Então, como se não pudesse se aguentar, ele lançou um sorrisinho sarcástico para Maly. — Exceto no que se refere a produzir herdeiros.

Maly avançou abruptamente e Sturmhond pegou sua faca, mas percebi o que iria acontecer e fiquei no meio deles.

— Parem! — gritei. — Apenas parem. E parem de falar de mim como se eu não estivesse aqui!

Maly soltou um grunhido de frustração e começou a andar de novo para lá e para cá. Sturmhond pegou uma cadeira que havia caído e a recolocou no lugar, fazendo um grande show ao esticar as pernas e se servir de mais um copo de *kvas*.

Aspirei o ar.

— Vossa Alteza...

— Nikolai — ele corrigiu. — Mas também respondo se me chamarem de "querido" ou "lindão".

Maly se exaltou, mas eu o silenciei com um olhar suplicante.

— Você tem de parar com isso agora mesmo, *Nikolai* — disse a ele. — Ou eu mesma acertarei esses seus dentes principescos.

Nikolai passou a mão no hematoma escurecido.

— Sei que você é boa nisso.

— Eu sou — disse com firmeza. — E não vou me casar com você.

Maly soltou a respiração, e parte da tensão abandonou seus ombros. Irritava-me o fato de ele pensar que havia alguma possibilidade de eu aceitar a oferta de Nikolai, e eu sabia que ele não iria gostar do que eu diria em seguida.

Eu me preparei e disse:

— Mas voltarei para Os Alta com você.

Maly ergueu a cabeça.

— Alina…

— Maly, sempre dissemos que arrumaríamos um jeito de voltar a Ravka, que encontraríamos um jeito de ajudar. Se não fizermos nada, talvez não haja uma Ravka para voltarmos. — Ele sacudiu a cabeça, mas eu me virei para Nikolai e prossegui. — Voltarei para Os Alta com você e considerarei ajudá-lo a fazer uma oferta pelo trono. — Respirei profundamente. — Mas quero o Segundo Exército.

A tenda ficou bastante silenciosa. Eles olhavam para mim como se eu fosse louca. E, para dizer a verdade, eu não me sentia completamente sã. Mas estava cansada de ser levada pelo Mar Real e por metade de Ravka por pessoas tentando usar meu poder e a mim.

Nikolai riu de nervoso.

— As pessoas te amam, Alina, mas eu estava pensando em um título mais simbólico…

— Não sou um símbolo — rebati. — E estou cansada de ser uma marionete.

— Não — disse Maly. — É muito perigoso. Seria como pintar um alvo nas suas costas.

— Eu já tenho um alvo nas minhas costas — falei. — E nenhum de nós estará seguro até que o Darkling seja derrotado.

— Você pelo menos já ocupou algum cargo de comando? — perguntou Nikolai.

Uma vez eu havia liderado um seminário de cartógrafos juniores, mas não acho que era isso o que ele queria dizer.

— Não — admiti.

— Você não tem experiência, não tem precedentes, não tem direito — disse ele. — O Segundo Exército tem sido liderado pelos Darklings desde a sua fundação.

Por um Darkling. Mas não era hora de explicar isso.

— Idade e direito de nascença não importam para os Grishas. Eles só se importam com poder. Sou a única Grisha a ter usado dois amplificadores. Sou a única Grisha viva com poder suficiente para derrotar o Darkling e seus soldados sombrios. Ninguém mais pode fazer isso.

Tentei imprimir confiança na voz, embora não tivesse certeza do que me dera na cabeça. Só sabia que estava cansada de viver com medo.

Cansada de fugir. E para que Maly e eu tivéssemos alguma chance de localizar o pássaro de fogo, precisávamos de respostas. Talvez o Pequeno Palácio fosse o único lugar para encontrá-las.

Por um longo momento, nós três apenas ficamos de pé, parados.

— Bem — disse Nikolai. — Bem.

Ele bateu os dedos na mesa, considerando a proposta. Então se levantou e estendeu a mão para mim.

— Tudo bem, Conjuradora — disse ele. — Ajude-me a conquistar o povo e os Grishas são seus.

— Sério? — deixei escapar.

Nikolai riu.

— Se planeja liderar um exército, é melhor aprender a agir de acordo. A resposta adequada é: "Sabia que você seria razoável".

Apertei a mão dele. Era asperamente calejada. A mão de um pirata, não de um príncipe. Nós nos cumprimentamos.

— E quanto a minha proposta? — ele começou.

— Não force a sua sorte — eu disse, puxando a mão de volta. — Eu disse que iria com você para Os Alta, e é isso.

— E para onde eu vou? — disse Maly, calmamente.

Ele permanecia com os braços cruzados, nos observando com seus olhos azuis imóveis. Havia sangue na sua sobrancelha, da colisão do *Beija-flor*. Ele parecia cansado e muito, muito distante.

— Eu… eu pensei que iria comigo — gaguejei.

— Como o quê? — ele perguntou. — O capitão de sua guarda pessoal?

Eu corei.

Nikolai pigarreou.

— Bem, por mais que fosse adorar ver como isso termina, tenho alguns arranjos a fazer. A menos, é claro…

— Caia fora — Maly ordenou.

— Tudo bem, então. Vou deixá-los em paz. — Ele se apressou, parando apenas para recuperar sua espada.

O silêncio na tenda pareceu se esticar e se expandir.

— Onde tudo isso vai dar, Alina? — perguntou Maly. — Lutamos para sair deste lugar maldito e agora estamos afundando diretamente no pântano, de novo.

Eu me abaixei na cama e repousei a cabeça nas mãos. Estava exausta, e cada osso do meu corpo doía.

— O que eu devia ter feito? — perguntei. — O que está acontecendo aqui, o que está acontecendo em Ravka... Parte da culpa é minha.

— Isso não é verdade.

Dei uma risada fraca.

— Ah, é sim. Se não fosse por mim, a Dobra não estaria crescendo. Novokribirsk ainda estaria de pé.

— Alina — disse Maly, agachando-se na minha frente e repousando as mãos nos meus joelhos —, mesmo com todos os Grishas e milhares de armas de Sturmhond, você ainda não é forte o suficiente para impedi-lo.

— Se tivéssemos o terceiro amplificador...

— Mas não temos!

Segurei suas mãos.

— Teremos.

Ele sustentou meu olhar.

— Chegou a passar alguma vez pela sua cabeça que eu pudesse dizer não?

Meu estômago se apertou. Não. Nunca tinha passado pela minha cabeça que Maly poderia recusar, e me senti repentinamente envergonhada. Ele tinha desistido de tudo para estar comigo, mas não significava que estivesse feliz com isso. Talvez ele tivesse tido sua cota de luta, medo e incerteza. Talvez estivesse cheio de mim.

— Eu pensei... Pensei que nós dois queríamos ajudar Ravka.

— É isso o que nós dois queremos? — ele perguntou.

Maly se levantou e virou de costas para mim. Eu engoli em seco, forçando para baixo a dor súbita na minha garganta.

— Então você não vai para Os Alta?

Ele parou na entrada da tenda.

— Você queria usar o segundo amplificador. Você o tem. Você quer ir para Os Alta? Tudo bem, nós iremos. Você disse que precisa do pássaro de fogo. Encontrarei um jeito de consegui-lo para você. Mas quando isso tudo acabar, Alina, me pergunto se ainda irá me querer.

Eu me levantei.

— É claro que irei! Maly...

O que quer que eu fosse dizer, ele não esperou para ouvir. Saiu sob a luz do sol e foi embora.

Pressionei a base das mãos contra os olhos, tentando conter as lágrimas que ameaçavam descer. O que eu estava fazendo? Eu não era uma rainha. Não era uma santa. E certamente não sabia como liderar um exército.

Eu me vislumbrei em um espelho de barbear de soldado que tinha sido colocado na mesa da cabeceira. Afastei meu casaco e a camisa para o lado, expondo a ferida no meu ombro. As marcas de perfuração do *nichevo'ya* se destacavam, enrugadas e negras contrastando com a minha pele. O Darkling havia dito que elas nunca cicatrizariam por completo.

Que ferida não poderia ser curada pelo poder Grisha? Uma ferida causada por algo que nunca deveria ter existido, para começar.

Eu o vi. O rosto do Darkling, belo e pálido, o corte da faca. Aquilo tinha sido tão real. O que havia acontecido na Dobra?

Voltar para Os Alta, assumir o controle do Segundo Exército, era tão eficiente quanto uma declaração de guerra. O Darkling saberia onde me encontrar, e quando estivesse forte o suficiente, viria me procurar. Prontos ou não, nossa única escolha seria nos defendermos. Esse era um pensamento assustador, mas fiquei surpresa ao perceber que ele também me trouxe algum alívio.

Eu iria enfrentá-lo. E de um jeito ou de outro, isso chegaria ao fim.

Capítulo 10

NÓS NÃO PARTIMOS para Os Alta de imediato. Passamos os três dias seguintes transportando carregamentos de mercadorias pela Dobra. Operávamos a partir do que havia restado do acampamento militar em Kribirsk. A maioria dos soldados havia sido retirada quando a Dobra começou a se expandir. Uma nova torre de observação havia sido erguida para monitorar as margens negras do Não Mar, e somente uma equipe básica permaneceu para operar as docas secas.

Nem um único Grisha permaneceu no acampamento. Após a tentativa do Darkling de dar o golpe e destruir Novokribirsk, Ravka e os soldados do Primeiro Exército foram tomados por uma onda de sentimento antigrisha. Não fiquei surpresa com isso. Uma cidade inteira tinha desaparecido, sua população servido de comida para monstros. Ravka não esqueceria tão cedo. Nem eu.

Alguns Grishas tinham ido para Os Alta pedir a proteção do Rei. Outros passaram a se esconder. Nikolai suspeitava que a maioria havia procurado o Darkling e desertado para o lado dele. Mas, com a ajuda dos Aeros fugitivos de Nikolai, conseguimos fazer duas viagens pela Dobra no primeiro dia, três no segundo e quatro no último. Esquifes de areia viajaram para Ravka Oeste vazios e voltaram com cargas enormes de rifles zemenis, caixas cheias de munição, peças para armas repetidoras semelhantes às que Nikolai tinha usado a bordo do *Beija-flor*, e algumas toneladas de açúcar e *jurda*, tudo cortesia do contrabando de Sturmhond.

— Subornos — disse Maly ao ver soldados tontos correrem para uma carga sendo descarregada no cais, comemorando e apreciando a coleção reluzente de armas.

— Presentes — Nikolai o corrigiu. — Você verá que as balas funcionam, independentemente dos meus motivos. — Ele se virou para mim. — Acho que podemos encaixar mais uma viagem hoje. Aceita?

Eu não queria, mas assenti.

Ele sorriu e me deu um tapinha nas costas.

— Darei as ordens.

Pude ver Maly me observando enquanto me virava para olhar a escuridão dinâmica da Dobra. O incidente ocorrido a bordo do *Beija-flor* não havia se repetido. O que quer que tivesse visto naquele dia – uma visão, alucinação, algo que eu não sabia nomear – não acontecera novamente. Ainda assim, passava cada momento no Não Mar alerta e preocupada, tentando esconder o quanto realmente me encontrava assustada.

Nikolai queria que usássemos as travessias para caçar volcras, mas me recusei. Disse a ele que ainda me sentia fraca e que não tinha certeza de que meu poder garantiria nossa segurança. Meu medo era real, mas o resto, uma mentira. Meu poder estava mais forte do que nunca. Ele fluía por mim em ondas puras e vibrantes, radiante com a força do cervo e das escamas. Mas eu não podia suportar o pensamento de ouvir aqueles gritos de novo. Firmava a luz em um domo amplo e brilhante em torno dos esquifes, e embora os volcras guinchassem e batessem suas asas, eles mantinham distância.

Maly nos acompanhou em todas as travessias, ficando ao meu lado, rifle preparado. Eu sabia que ele percebia minha ansiedade, mas não me pressionava por uma explicação. Na verdade, ele não tinha falado muito desde a nossa discussão na tenda. Temia que quando começasse a falar, eu não fosse gostar muito do que ele tinha para dizer. Eu não havia mudado de ideia sobre voltar para Os Alta, mas estava preocupada com a possibilidade de ele mudar.

Na manhã em que levantamos acampamento para ir para a capital, procurei por ele na multidão, com medo de que decidisse não aparecer. Fiz uma pequena oração de agradecimento quando o vi, reto e silencioso em sua sela, esperando para se juntar à coluna de cavaleiros.

Partimos antes do amanhecer, uma procissão esquisita de cavalos e carroças que seguia para fora do acampamento e tomava a estrada conhecida como Vy. Nikolai havia conseguido um *kefta* azul liso para mim, mas a peça foi enfiada na bagagem. Até que tivéssemos mais de seus próprios homens para me proteger, eu era apenas mais um soldado no séquito do príncipe.

Quando o sol se firmou no topo da horizonte, senti uma pequena vibração de esperança. A ideia de tentar tomar o lugar do Darkling, de tentar reunir os Grishas e comandar o Segundo Exército, ainda soava incrivelmente intimidante, mas, pelo menos, eu estava fazendo alguma coisa em vez de apenas fugir do Darkling ou esperar que ele me abocanhasse. Eu possuía dois amplificadores de Morozova e seguia para um lugar onde poderia encontrar respostas que me levariam ao terceiro. Maly estava infeliz, mas, ao ver a luz da manhã surgir sobre a copa das árvores, tive certeza de que poderia engajá-lo.

Meu humor não sobreviveu à jornada por Kribirsk. Passamos pela cidade portuária em ruínas após o acidente no lago, mas eu estava muito abalada e distraída para realmente me dar conta de como o lugar tinha mudado. Desta vez, foi inevitável.

Embora Kribirsk nunca tivesse sido muito conhecida por sua beleza, as calçadas fervilhavam de viajantes e comerciantes, homens do Rei e estivadores. Suas ruas movimentadas eram tomadas de lojas lotadas, prontas para atender a expedições para a Dobra, juntamente com bares e bordéis que saciavam os soldados do acampamento. Mas essas ruas estavam quietas e praticamente vazias. A maioria das pousadas e lojas tinha sido lacrada.

A verdadeira revelação veio quando chegamos à igreja. Lembrava-me dela como uma construção asseada, coberta por domos azuis brilhantes. Agora, as paredes caiadas de branco estavam cobertas de inscrições, fileira após fileira, de nomes escritos em tinta vermelha que tinha secado e adquirido cor de sangue. Os degraus estavam tomados por montes de flores murchas, pequenos ícones pintados, tocos derretidos de velas de oração. Vi garrafas de *kvas*, pilhas de doces, o corpo abandonado de uma boneca infantil. Presentes para os mortos.

Passei os olhos pelos nomes:

STEPAN RUSCHKIN, 57
ANYA SIRENKA, 13
MIKAH LASKY, 45
REBEKA LASKY, 44
PETYR OZEROV, 22
MARINA KOSKA, 19
VALENTIN YOMKI, 72
SASHA PENKIN, 8 MESES

A lista seguia e seguia. Meus dedos se apertaram nas rédeas enquanto um punho gélido se fechava sobre o meu coração. Memórias voltaram a mim espontaneamente: uma mãe correndo com uma criança em seus braços; um homem tropeçando enquanto a escuridão o engolia, sua boca aberta em um grito; uma velha, confusa e assustada, tragada pela multidão em pânico. Eu havia testemunhado tudo aquilo. Havia tornado aquilo possível.

Esses eram os moradores de Novokribirsk, a cidade que ficava bem em frente a Kribirsk, no outro lado da Dobra. Uma cidade irmã cheia de parentes, amigos e parceiros comerciais. Pessoas que trabalhavam nas docas e tripulavam os esquifes, algumas delas deviam ter sobrevivido a diversas travessias. Haviam morado na fronteira do terror, pensando que estavam seguras em suas próprias casas, andando pelas ruas de sua pequena cidade portuária. E agora todos haviam partido porque eu não havia conseguido parar o Darkling.

Maly trouxe seu cavalo para o lado do meu.

— Alina — disse ele, calmamente. — Venha comigo.

Sacudi a cabeça. Queria me lembrar. *Tasha Stol*, *Andrei Bazin*, *Shura Rychenko*. Tantos quanto eu pudesse. Eles haviam sido assassinados pelo Darkling. Será que assombravam os sonhos dele como assombravam os meus?

— Temos de pará-lo, Maly — falei rouca. — Temos de encontrar um jeito.

Não sei o que esperava que ele dissesse, mas Maly continuou em silêncio. Algo me dizia que não queria me fazer mais nenhuma promessa.

Finalmente, ele seguiu adiante, mas eu me forcei a ler cada um dos nomes, e só então me virei para partir, guiando meu cavalo de volta para a rua deserta.

Um pedacinho de vida pareceu retornar a Kribirsk conforme nos afastávamos da Dobra. Algumas poucas lojas estavam abertas, e ainda havia comerciantes anunciando suas mercadorias no trecho de Vy conhecido como Caminho dos Mascates. Mesas frágeis se enfileiravam na estrada, suas superfícies cobertas por panos de cores vivas e com um amontoado de mercadorias espalhadas: botas e xales de oração, brinquedos de madeira, facas de má qualidade em bainhas artesanais. Muitas das mesas estavam cheias do que pareciam ser pedaços de pedra e ossos de galinha.

— *Provin'ye osti!* — gritavam os mercadores. — *Autchen'ye osti!* Osso real. Osso genuíno.

Enquanto me inclinava sobre a cabeça do meu cavalo para ver melhor, um senhor gritou:

— Alina!

Olhei, surpresa. Ele me conhecia?

De repente, Nikolai estava ao meu lado. Ele puxou seu cavalo para perto do meu e agarrou minhas rédeas, dando um puxão firme nelas para me afastar da mesa.

— *Net, spasibo* — disse ele para o velho.

— Alina! — gritou o mercador. — *Autchen'ye* Alina!

— Espere — falei, virando-me na sela, tentando ver melhor o rosto do velho. Ele arrumava o mostruário de sua mesa. Sem a possibilidade de uma venda, pareceu ter perdido completamente o interesse em nós.

— *Espere* — insisti. — Ele me conhecia.

— Não conhecia, não.

— Ele sabia meu nome — falei com raiva, puxando as rédeas de volta.

— Ele estava tentando vender relíquias a você. Ossos de dedos. Da genuína Sankta Alina.

Congelei, um arrepio profundo passando por mim. Meu cavalo, absorto, mantido em movimento.

— A genuína Alina — repeti entorpecida.

Nikolai se mexeu desconfortável.

— Há rumores de que você morreu na Dobra. Pessoas têm vendido partes do seu corpo por toda Ravka e Ravka Oeste há meses. Você é um amuleto de sorte e tanto.

— Aqueles eram para ser *meus dedos*?

— Articulações, dedos, fragmentos de costela.

Senti-me enjoada. Olhei em volta, esperando ver Maly, precisando ver algo familiar.

— É claro — Nikolai prosseguiu —, se metade daqueles ossos fossem realmente dos seus dedos, você teria cerca de cem pés. Mas superstição é algo poderoso.

— E também a fé — disse uma voz atrás de mim. Quando me virei, fiquei surpresa de ver Tolya lá, montado em um enorme cavalo negro de guerra, seu rosto largo solene.

Aquilo tudo foi demais. O otimismo que havia sentido uma hora atrás desapareceu. De repente, parecia que o céu me pressionava para baixo, fechando-se como uma armadilha. Coloquei meu cavalo para trotar. Sempre fui desajeitada para montar, mas segurei com firmeza e não parei até Kribirsk estar bem para trás e eu não ouvir mais o barulho de ossos.

NAQUELA NOITE, permanecemos em uma pousada na pequena vila de Vernost, onde nos encontramos com um grupo fortemente armado de soldados do Primeiro Exército. Logo aprendi que muitos deles eram do Vigésimo Segundo, o regimento no qual Nikolai servira e que, em determinado momento, ajudou a liderar na campanha do nordeste. Aparentemente, o príncipe queria estar cercado de amigos ao entrar em Os Alta. Não poderia culpá-lo.

Ele parecia relaxar na presença deles e, mais uma vez, notei seu comportamento mudar. Havia transitado sem esforço do papel de aventureiro lisonjeiro para o de príncipe arrogante, e agora se tornava um comandante amável, um soldado que ria facilmente com seus companheiros e sabia o nome de cada cidadão.

Os soldados traziam uma carruagem luxuosa a reboque. Era laqueada de azul-claro ravkano e levava o emblema da águia dupla do Rei em um dos lados. Nikolai havia solicitado a adição de um sol dourado do outro lado, combinado com um conjunto de seis cavalos brancos. Quando a geringonça brilhante retumbou no pátio da pousada, tive de revirar os olhos, lembrando-me dos excessos do Grande Palácio. Talvez ele tivesse herdado o mau gosto.

Eu tinha esperanças de jantar sozinha com Maly em meu quarto, mas Nikolai insistiu que jantássemos juntos na área comunitária da pousada. Assim, em vez de relaxar em paz perto da fogueira, ficamos espremidos em uma mesa barulhenta cheia de oficiais, batendo os cotovelos uns nos outros. Maly não disse uma palavra durante toda a refeição, mas Nikolai falou o suficiente por nós três.

Enquanto começava um prato de rabada assada, ele percorreu uma lista aparentemente interminável de lugares em que pretendia parar no caminho para Os Alta. Eu me desgastei só de ouvi-lo falar.

— Não tinha percebido que "conquistar as pessoas" significava conhecer cada uma delas — resmunguei. — Não estamos com pressa?

— Ravka precisa saber que a Conjuradora do Sol voltou.

— E seu príncipe genioso?

— Ele também. A fofoca fará mais do que os pronunciamentos reais. O que me lembra… — ele disse, baixando a voz. — Daqui em diante, você precisa se comportar como se estivesse sendo observada a cada minuto. — Ele apontou para mim e para Maly com seu garfo. — O que você faz em particular é problema seu. Apenas seja discreta.

Quase engasguei com o vinho.

— O quê? — balbuciei.

— Uma coisa é você estar envolvida com um príncipe real; outra, bem diferente, é as pessoas pensarem que você está caída por um camponês.

— Eu não… Isso não é da conta de ninguém! — sussurrei furiosa. Lancei um olhar para Maly. Seus dentes estavam cerrados, e ele estava apertando a faca um pouco demais.

— O poder está nas alianças — disse Nikolai. — É da conta de todo mundo. — Ele tomou outro gole de vinho enquanto eu o olhava, incrédula. — E você devia vestir suas próprias cores.

Balancei a cabeça, tonta com a mudança de assunto.

— Agora você vai escolher as minhas roupas? — Eu vestia o *kefta* azul, mas era evidente que Nikolai não estava satisfeito.

— Se você pretende liderar o Segundo Exército e tomar o lugar do Darkling, precisa parecer adequada.

— Conjuradores vestem azul — falei, irritada.

— Não subestime o poder do gesto grandioso, Alina. As pessoas gostam de espetáculo. O Darkling entendia isso.

— Vou pensar a respeito.

— Posso sugerir dourado? — prosseguiu Nikolai. — Bem a cara da realeza, bem apropriado…

— Bem cafona?

— Preto e dourado seria excelente. O simbolismo perfeito e…

— Nada de preto — disse Maly. Ele se afastou da mesa e, sem dizer mais nada, desapareceu pelo ambiente lotado.

Soltei meu garfo.

— Não consigo saber se está arrumando encrenca de propósito ou se é só um imbecil.

O príncipe deu mais uma mordida em seu jantar.

— Ele não gosta de preto?

— É a cor do homem que tentou matá-lo e que frequentemente me toma como refém. Meu inimigo jurado?

— Mais uma razão para reivindicar a cor como sua.

Estiquei o pescoço para ver aonde Maly tinha ido. Pelo corredor, vi-o pegar um lugar perto do bar.

— Não — disse eu. — Nada de preto.

— Como preferir — respondeu Nikolai. — Mas escolha algo para você e para os guardas.

Suspirei.

— Preciso mesmo de guardas?

Nikolai inclinou-se para trás em sua cadeira e me estudou, seu rosto ficando sério de repente.

— Sabe como consegui o nome Sturmhond? — ele perguntou.

— Pensei que era algum tipo de brincadeira, um trocadilho com *Sobachka*.

— Não — disse ele. — Foi um nome que ganhei. O primeiro navio inimigo que abordei era um navio mercante fjerdano fora de Djerholm. Quando disse para o capitão baixar a espada, ele riu na minha cara e falou para eu correr para a minha mãe. Disse que homens fjerdanos faziam pão com ossos de garotos ravkanos magrelos.

— E você o matou?

— Não. Eu disse a ele que velhos capitães tolos não eram a comida adequada para homens ravkanos. Então cortei os dedos dele fora e dei para os meus cachorros comerem enquanto ele olhava.

— Você… O quê?

A área estava cheia de soldados desordeiros cantando, gritando, contando histórias, mas tudo ficou distante enquanto eu olhava para Nikolai em um silêncio atordoado. Era como se o visse se transformar de novo, como se a máscara charmosa tivesse mudado para revelar um homem muito perigoso.

— Você me ouviu. Meus inimigos entendiam a brutalidade. Minha tripulação também. Quando aquilo acabou, bebi com meus homens e dividi o espólio. Então voltei pra minha cabine, vomitei o jantar refinado que o mordomo tinha preparado e chorei até dormir. Mas foi nesse dia que me tornei um verdadeiro corsário, e foi nesse dia que Sturmhond nasceu.

— Bastante para um "filhote" — falei, sentindo-me um pouco nauseada.

— Eu era um garoto tentando liderar uma tripulação indisciplinada de ladrões e mentirosos contra inimigos que eram mais velhos, sábios e resistentes. Precisava que me temessem. Todos eles. E se não tivessem me temido, mais pessoas teriam morrido.

Empurrei meu prato.

— Você está me dizendo para cortar os dedos de quem?

— Estou dizendo que, se você quiser ser uma líder, é hora de começar a pensar e agir como uma.

— Eu já ouvi isso antes, sabia? Do Darkling e de seus apoiadores. Seja brutal. Seja cruel. Mais vidas serão poupadas no longo prazo.

— Você acha que sou como o Darkling?

Eu o estudei: o cabelo dourado, o uniforme austero, aqueles olhos cor de mel espertos demais.

— Não — falei devagar. — Não acho que seja. — Eu me levantei para me juntar a Maly. — Mas já me enganei antes.

A JORNADA PARA OS ALTA foi mais um desfile lento e excruciante do que uma marcha. Paramos em cada cidade ao longo do Vy, nas fazendas, escolas, igrejas e leiterias. Cumprimentamos dignitários locais e caminhamos por enfermarias de hospitais. Jantamos com veteranos de guerra e aplaudimos corais de meninas.

Era difícil não perceber que as vilas eram principalmente habitadas pelos muito jovens e pelos muito velhos. Cada homem capaz tinha sido arrastado para servir no Exército do Rei e lutar nas guerras sem fim de Ravka. Os cemitérios eram tão grandes quanto as cidades.

Nikolai entregava moedas de ouro e sacas de açúcar. Aceitava apertos de mão de mercadores e beijos na bochecha de matronas enrugadas que o chamavam de Sobachka, e encantava qualquer um que chegasse a meio metro dele. Ele nunca parecia se cansar nem desanimar. Não importava quantos quilômetros tivéssemos percorrido ou quantas pessoas tivéssemos conhecido, ele estava pronto para conhecer outra.

Sempre parecia saber o que as pessoas queriam dele – quando ser o garoto sorridente, o príncipe dourado, o soldado fatigado. Imaginei que isso ocorresse devido à formação de alguém nascido na realeza e criado na corte, mas ainda era enervante de olhar.

Ele não estava brincando quando falou de espetáculo. Sempre tentava programar nossa chegada junto com o amanhecer ou o anoitecer, ou parava nossa procissão nas sombras profundas de uma igreja ou de uma praça da cidade, tudo para exibir melhor a Conjuradora do Sol.

Quando me flagrava revirando os olhos, ele apenas piscava e dizia: "Todos pensam que você está morta, minha querida. É importante fazer uma boa demonstração".

Então cumpri minha parte do acordo e desempenhei meu papel. Sorri graciosamente e conjurei uma luz para brilhar sobre telhados e campanários, banhando de calor cada rosto apavorado. As pessoas choravam. Mães me traziam seus bebês para serem beijados, e senhores se inclinavam sobre a minha mão, suas bochechas úmidas de lágrimas. Sentia-me como uma fraude completa e disse isso para Nikolai.

— O que você quer dizer? — ele perguntou, genuinamente intrigado. — As pessoas a amam.

— Amam a sua cabra premiada, você quer dizer — resmunguei enquanto saíamos de uma cidade.

— Você já ganhou algum prêmio de fato?

— Isso não é engraçado — sussurrei, furiosa. — Você viu o que o Darkling é capaz de fazer. Essas pessoas enviarão seus filhos e filhas para lutar contra os *nichevo'ya* e não serei capaz de salvá-los. Você os está alimentando com uma mentira.

— Estamos dando esperança a eles. É melhor que nada.

— Falou como um homem que nunca teve "nada" — eu disse, afastando meu cavalo.

RAVKA NO VERÃO mostrava sua faceta mais adorável. Seus campos se espessavam com dourado e verde, o ar ficava perfumado e doce, com aroma de feno quente. Apesar dos protestos de Nikolai, insisti em abrir mão dos confortos da carruagem. Meu traseiro estava dolorido e minhas coxas gritavam quando eu saía da sela todas as noites, mas sentar no meu próprio cavalo significava ar puro e a chance de procurar Maly nos passeios diários. Ele não falava muito, mas parecia ter ficado um pouco mais à vontade.

Nikolai tinha feito circular a história de como o Darkling havia tentado executar Maly na Dobra. Isso tinha garantido a Maly confiança instantânea entre os soldados, e até uma pequena dose de celebridade. De vez em quando, ele patrulhava com os rastreadores da unidade, e estava tentando ensinar Tolya a caçar, embora o Grisha grandão não tivesse muito jeito para espreitar silenciosamente na floresta.

Na estrada, saindo de Sala, estávamos passando por um bosque de olmos brancos quando Maly pigarreou e disse:

— Eu estive pensando...

Eu me endireitei e prestei toda a atenção nele. Era a primeira vez que ele puxava uma conversa desde a nossa partida de Kribirsk.

Ele se moveu na sela, sem olhar para mim.

— Estive pensando em quem poderíamos chamar para compor a guarda.

Franzi a testa.

— A guarda?

Ele pigarreou.

— Para protegê-la. Alguns homens de Nikolai parecem adequados, e acho que Tolya e Tamar devem ser considerados. Eles são shu, mas são Grishas, então isso não seria um problema. E pensei em... Bem, em mim.

Acho que nunca tinha visto Maly corar.

Sorri.

— Está dizendo que quer ser o capitão da minha guarda pessoal?

Maly olhou para mim, seus lábios se curvando em um sorriso.

— Vou ter de usar um chapéu extravagante?

— O mais extravagante de todos — eu disse. — E provavelmente uma capa.

— Haverá plumas?

— Ah, sim. Diversas plumas.

— Então eu topo.

Eu queria deixar por isso mesmo, mas não consegui me conter.

— Pensei que quisesse voltar para a sua unidade, ser um rastreador novamente.

Maly estudou os nós em suas rédeas.

— Não posso voltar. Com alguma esperança, Nikolai pode impedir que eu seja enforcado…

— Com alguma esperança? — guinchei.

— Eu desertei de meu posto, Alina. Nem mesmo o Rei pode me tornar um rastreador novamente.

A voz de Maly soou firme, imperturbável.

Ele *se adapta*, pensei. Mas sabia que alguma parte dele sempre sentiria falta da vida à qual havia sido destinado, a vida que poderia ter tido sem mim.

Ele acenou com a cabeça apontando para o lugar onde as costas de Nikolai apareciam ligeiramente entre a coluna de cavaleiros.

— E nem pensar em te deixar sozinha com o Príncipe Perfeito.

— Então não confia que eu seja capaz de resistir ao charme dele?

— Não confio nem em mim mesmo. Nunca vi ninguém lidar com uma multidão do jeito que ele faz. Tenho certeza de que as pedras e as árvores estão se preparando para jurar fidelidade a ele.

Eu ri e me inclinei para trás. Senti o sol aquecer minha pele pela sombra salpicada dos galhos das árvores acima de nós. Toquei na pulseira feita com as escamas do açoite do mar, escondida em segurança sob minha manga. Por enquanto, queria manter o segundo amplificador em segredo. Os Grishas de Nikolai tinham jurado ficar em silêncio, e tudo que eu podia fazer era ter esperanças de que segurassem a língua.

Meus pensamentos se desviaram para o pássaro de fogo. Alguma parte minha ainda não conseguia acreditar que ele era real. Será que teria a mesma aparência das páginas do livro vermelho, suas penas forjadas em branco e dourado? Será que a ponta de suas asas teria fogo? E que tipo de monstro lançaria uma flecha e o derrubaria?

Eu havia me recusado a tirar a vida do cervo, e um número incontável de pessoas tinha morrido por causa disso: os cidadãos de Novokribirsk, os Grishas e soldados que eu havia abandonado no esquife do Darkling. Pensei nos muros altos da igreja cobertos com os nomes dos mortos.

O cervo de Morozova. Rusalye. O pássaro de fogo. Lendas ganhavam vida diante dos meus olhos, apenas para morrerem na minha frente. Lembrei-me do açoite do mar arfando, o assovio fraco de seus últimos suspiros. Ele estava à beira da morte, e ainda assim eu hesitei.

Não quero ser uma assassina. Mas misericórdia talvez não fosse um dom com o qual a Conjuradora do Sol pudesse arcar. Eu me arranquei desses pensamentos. Primeiro tínhamos de encontrar o pássaro de fogo. Até lá, todas as nossas esperanças repousavam nos ombros de um príncipe desleal.

NO DIA SEGUINTE, os primeiros peregrinos apareceram. Pareciam-se com quaisquer outras pessoas da cidade, esperando perto da estrada para ver a procissão real passar. Mas eles vestiam braçadeiras e carregavam faixas estampadas com um sol nascente. Sujos pelos longos dias de viagem, erguiam sacolas e sacos com seus poucos pertences e, quando me viram no meu *kefta* azul, o colar do cervo no meu pescoço, rumaram para o meu cavalo, murmurando *Sankta, Sankta*, e tentando pegar na minha manga ou bainha. Às vezes eles se ajoelhavam, e eu tinha de ser cuidadosa para não correr o risco de o meu cavalo atropelar um deles.

Pensei que me acostumaria a toda aquela atenção, mesmo com estranhos mexendo em mim, mas isso era diferente. Não gostava de ser chamada de "Santa", e havia algo de faminto em seus rostos que me deixava com os nervos à flor da pele.

Conforme seguíamos ainda mais para o interior de Ravka, as multidões cresciam. Elas vinham de todas as direções, cidades e portos. Agrupavam-se em quarteirões de vilas e às margens do Vy, homens e mulheres, velhos e jovens, alguns a pé, outros montados em burros ou amontoados em carroças de feno. Onde quer que fôssemos, gritavam por mim.

Às vezes eu era Sankta Alina, às vezes Alina, a Justa, ou o Brilho da Misericórdia. Filha de Keramzin, eles gritavam, Filha de Ravka. Filha da Dobra. *Rebe Dva Stolba*, assim me chamavam, Filha dos Dois Moinhos, por conta do vale onde ficava o vilarejo sem nome onde eu havia nascido. Eu tinha uma vaga lembrança das ruínas que davam nome ao vale, duas colunas rochosas ao lado de uma estrada de terra. O Apparat estivera ocupado revirando meu passado, vasculhando escombros para construir a história de uma Santa.

A expectativa dos peregrinos me assustava. Até onde sabiam, eu tinha vindo para libertar Ravka de seus inimigos, da Dobra das Sombras, do Darkling, da pobreza, da fome, dos pés doloridos, dos mosquitos e de tudo mais que os perturbasse. Eles me imploravam para abençoá-los, para curá-los, mas eu só podia evocar ondas de luz, deixar que tocassem minha mão. Aquilo tudo era parte do show de Nikolai.

Os peregrinos não tinham vindo apenas para me ver, mas para me seguir. Eles se uniam à procissão real, e suas fileiras esfarrapadas aumentavam a cada dia. Seguiam em nosso rastro de cidade em cidade, acampando em áreas não cultivadas, mantendo vigílias para rezar por minha segurança e pela salvação de Ravka. Estavam perto de superar o número de soldados de Nikolai.

— É isso que o Apparat está fazendo — reclamei para Tamar uma noite no jantar.

Estávamos alojados em uma casa na beira da estrada para passar a noite. Pelas janelas, eu podia ver as luzes das fogueiras dos peregrinos, ouvi-los cantar músicas de camponeses.

— Essas pessoas deviam estar em casa, trabalhando em seus campos e cuidando de suas crianças, não seguindo alguma falsa Santa.

Tamar empurrou um pedaço de batata muito cozida pelo seu prato e disse:

— Minha mãe me disse que o poder Grisha era um dom divino.

— E você acreditou nela?

— Não tenho uma explicação melhor.

Soltei meu garfo.

— Tamar, não temos um dom divino. O poder Grisha é apenas algo que nasce com a pessoa. É como ter pés grandes ou uma voz boa para cantar.

— Era nisso que os shu acreditavam. Que é algo físico, enterrado em seu coração ou em seu baço, algo que pode ser isolado e dissecado. — Ela olhou para o acampamento de peregrinos do lado de fora da janela. — Não acho que essas pessoas concordariam.

— Por favor, não diga que acha que eu sou uma Santa.

— Não importa o que você é. Importa o que pode fazer.

— Tamar…

— Essas pessoas acham que você pode salvar Ravka — disse ela. — Obviamente você também pensa assim, ou não estaria indo para Os Alta.

— Estou indo para Os Alta para reconstruir o Segundo Exército.

— E encontrar o terceiro amplificador?

Quase deixei o garfo cair.

— Fale baixo — balbuciei.

— Nós vimos o *Istorii Sankt'ya*.

Então Sturmhond não tinha mantido o livro em segredo.

— Quem mais sabe? — perguntei, tentando me recompor.

— Não diremos a ninguém, Alina. Sabemos o que está em jogo. — O copo de Tamar tinha deixado um círculo úmido na mesa. Ela o percorreu com o dedo e disse: — Você sabe, algumas pessoas acreditam que todos os primeiros Santos eram Grishas.

Franzi a testa.

— Que pessoas?

Tamar deu de ombros.

— Pessoas cujos líderes foram excomungados. Alguns foram até queimados na fogueira.

— Nunca ouvi isso.

— Foi há muito tempo. Não entendo por que essa ideia deixa as pessoas com tanta raiva. Mesmo se os Santos fossem Grishas, isso não torna o que faziam menos miraculoso.

Eu me contorci na cadeira.

— Não quero ser uma Santa, Tamar. Não estou tentando salvar o mundo. Só quero encontrar um modo de derrotar o Darkling.

Tamar ergueu uma sobrancelha.

— Reconstrua o Segundo Exército. Derrote o Darkling. Destrua a Dobra. Liberte Ravka. Chame essas ações do que quiser, mas tudo isso me soa como salvar o mundo.

Bem, quando ela colocava dessa maneira, o plano parecia um pouco ambicioso. Tomei um gole de vinho. Era uma coisa azeda se comparado com as safras a bordo do *Volkvolny*.

— Maly vai pedir que você e Tolya sejam membros da minha guarda pessoal.

O rosto de Tamar se abriu em um belo sorriso.

— Sério?

— Vocês praticamente já ocupam essa função agora, de qualquer modo. Mas se vão me proteger dia e noite, você precisa me prometer uma coisa.

— Qualquer coisa — disse ela, radiante.

— Chega desse papo de Santos.

Capítulo 11

CONFORME A MULTIDÃO de peregrinos crescia, ficou mais difícil de controlá-la, e logo fomos forçados a andar na carruagem. Alguns dias Maly me acompanhava, mas geralmente escolhia cavalgar do lado de fora, protegendo o veículo com Tolya e Tamar. Por mais que desejasse sua companhia, sabia que isso era o melhor a ser feito. Ficar preso na caixinha de joias laqueada sempre parecia deixá-lo de mau humor.

Nikolai só se juntava a mim na chegada ou partida de cada vila, para que fôssemos vistos juntos nessas ocasiões. Ele falava constantemente. Estava sempre pensando em algo novo para construir: uma engenhoca para pavimentar as ruas, um novo sistema de irrigação, um barco que remasse sozinho. Fazia um esboço em qualquer pedaço de papel que encontrasse, e cada dia parecia ter um novo modo de aprimorar a próxima versão do *Beija-flor*.

Por mais que isso me deixasse nervosa, ele também adorava falar sobre o terceiro amplificador e sobre o Darkling. Ele não havia reconhecido o arco de pedra na ilustração, e não importava por quanto tempo olhássemos para a página, Sankt Ilya não entregava seus segredos. Mas isso não impediu Nikolai de especular infinitamente sobre os possíveis lugares para começar a caçar o pássaro de fogo, ou de me perguntar sobre o novo poder do Darkling.

— Estamos prestes a ir para a guerra juntos — disse ele. — Caso você tenha esquecido, o Darkling não é exatamente apaixonado por mim. Quero que tenhamos cada vantagem que conseguirmos.

Havia tão pouco que eu pudesse dizer. Eu mesma mal entendia o que o Darkling estava fazendo.

— Os Grishas só podem usar e alterar o que já existe. A criação de verdade é um tipo diferente de poder. Baghra chamava isso de "criação no coração do mundo".

— E você acha que é disso que o Darkling está indo atrás?

— Talvez. Não sei. Todos temos limites; quando os pressionamos, ficamos cansados. Mas, no longo prazo, usar nosso poder nos torna mais fortes. É diferente quando o Darkling evoca os *nichevo'ya*. Isso tem um custo para ele. — Descrevi a tensão que havia transparecido no rosto do Darkling, sua fadiga. — O poder não está alimentando-o. Está se alimentando *dele*.

— Bem, isso explica — disse Nikolai, seus dedos tamborilando em sua coxa, sua mente já produzindo possibilidades.

— Explica o quê?

— Que ainda estejamos vivos, que meu pai ainda esteja sentado no trono. Se o Darkling pudesse simplesmente criar um exército de sombras, já teria marchado contra nós. Isso é bom — disse ele, com firmeza. — Isso nos dá tempo.

A questão era: quanto tempo? Pensei novamente no desejo que senti ao olhar para as estrelas a bordo do *Volkvolny*. A fome de poder havia corrompido o Darkling. Até onde eu sabia, podia ter corrompido Morozova também. Juntar os amplificadores poderia liberar misérias de um tipo que o mundo jamais havia presenciado.

Esfreguei os braços, tentando me livrar dos arrepios que tinham se espalhado por mim. Eu não compartilhava esses pensamentos com Nikolai, e Maly já estava relutante o suficiente sobre o caminho que havíamos escolhido.

— Você sabe o que estamos enfrentando — falei. — Tempo pode não bastar.

— Os Alta é fortemente protegida. Fica perto da base de Poliznaya e, mais importante, longe das fronteiras norte e sul.

— Isso nos ajuda?

— O alcance do Darkling é limitado. Quando mutilamos seu navio, ele não foi capaz de enviar os *nichevo'ya* para nos perseguir. Isso significa que ele precisará entrar em Ravka com seus monstros. As montanhas ao leste são intransponíveis, e ele não pode atravessar a Dobra sem você, então terá de vir a nós a partir de Fjerda ou Shu Han. Seja qual for a opção, teremos inúmeros avisos.

— E o Rei e a Rainha permanecerão?

— Se meu pai deixar a capital agora, seria como entregar o país nas mãos do Darkling. Além disso, não sei se ele está forte o suficiente para viajar.

Pensei no *kefta* vermelho de Genya.

— Ele ainda não se recuperou?

— Eles mantiveram a pior parte longe das fofocas, mas não, ele não se recuperou e duvido que se recupere. — Nikolai cruzou os braços e inclinou a cabeça para o lado. — Sua amiga é estonteante. Para uma envenenadora.

— Ela não é minha amiga — falei, embora as palavras soassem infantis em meus ouvidos e parecessem uma traição.

Eu culpava Genya por um monte de coisas, mas não pelo que ela tinha feito ao Rei. O príncipe parecia ter espiões por toda parte. Perguntei-me se ele sabia que tipo de homem seu pai realmente era.

— E duvido que tenha usado veneno.

— Bem, ela fez algo com ele. Nenhum médico consegue achar uma cura, e minha mãe não deixará um Curandeiro Corporalki chegar perto dele.

Após um momento, Nikolai falou:

— Foi um movimento inteligente, de fato.

Ergui as sobrancelhas.

— Tentar matar seu pai?

— O Darkling poderia ter matado meu pai facilmente, mas ele se arriscaria a um motim completo dos camponeses e do Primeiro Exército. Com o Rei vivo e mantido isolado, ninguém sabia exatamente o que estava acontecendo. O Apparat estava lá, bancando o conselheiro confiável, dando suas ordens. Vasily estava fora, em algum lugar comprando cavalos e prostitutas. — Ele parou, olhou pela janela, passou o dedo pela borda dourada. — Eu estava no mar. Não soube de nada até semanas depois de tudo ter acontecido.

Esperei, sem saber se devia falar. Seus olhos permaneciam fixos no cenário que passava, mas sua expressão estava distante.

— Quando as notícias do massacre em Novokribirsk e do desaparecimento do Darkling se espalharam, o caos se instaurou. Um grupo de ministros reais e a guarda do palácio forçaram caminho até o Grande Palácio e exigiram ver o Rei. Sabe o que encontraram? Minha mãe encolhida em seu salão, segurando aquele cachorrinho funguento. E o Rei de Ravka, Alexander Terceiro, sozinho em seu dormitório, quase não respirando, deitado em sua própria sujeira. Eu deixei isso acontecer.

— Você não tinha como saber o que o Darkling planejava, Nikolai. Ninguém tinha.

Ele não pareceu me ouvir.

— Os Grishas e *oprichniki* que guardavam o palácio seguindo ordens do Darkling foram capturados na cidade baixa, tentando escapar. Eles foram executados.

Tentei conter um estremecimento.

— E o Apparat? — O sacerdote havia conspirado com o Darkling e ainda podia estar trabalhando para ele. Mas havia tentado falar comigo antes do golpe, e sempre suspeitei que estivesse jogando um jogo mais complexo.

— Escapou. Ninguém sabe como. — Sua voz saiu dura. — Mas ele pagará por isso quando chegar a hora.

Mais uma vez, vislumbrei a ponta cruel que se escondia sob o comportamento elegante. Aquele era o Nikolai Lantsov real? Ou apenas outro disfarce?

— Você deixou Genya escapar — falei.

— Ela era uma marionete. Você, o prêmio. Precisava me manter concentrado. — Então ele sorriu, e seu humor sombrio desapareceu como se nunca tivesse existido. — Além disso — disse ele com uma piscada —, ela era muito bonita para os tubarões.

VIAJAR NA CARRUAGEM me deixou inquieta e frustrada com o ritmo que Nikolai estava impondo, além de ansiosa para chegar ao Pequeno Palácio. Ainda assim, isso deu a ele uma chance de me ajudar a me preparar para a nossa chegada a Os Alta. Nikolai apostava consideravelmente no meu sucesso como líder do Segundo Exército e sempre parecia ter algum novo conhecimento a transmitir. Isso era opressivo, mas eu não podia me dar ao luxo de ignorar seu conselho e comecei a me sentir de volta à biblioteca do Pequeno Palácio, enchendo a cabeça de teoria Grisha.

Quanto menos você disser, mais peso suas palavras terão.

Não discuta. Não se dê ao trabalho de negar. Receba insultos com risadas.

— Você não riu do capitão fjerdano — observei.

— Aquilo não foi um insulto. Foi um desafio — disse ele. — Saiba a diferença.

Fraqueza é um disfarce. Use-o quando eles precisarem saber que você é humana, mas nunca quando se sentir fraca.

Não deseje tijolos quando pode construir com pedras. Use o que ou quem estiver na sua frente.

Ser um líder significa ter alguém sempre de olho em você.

Faça-os seguir as pequenas ordens e eles seguirão as grandes.

Tudo bem ignorar expectativas, mas nunca os decepcione.

— Como você quer que eu me lembre de tudo isso? — perguntei desesperada.

— Não pense muito a respeito, apenas faça.

— É fácil para você falar. Você tem sido preparado para isso desde o dia em que nasceu.

— Fui preparado para jogar tênis na grama e festas regadas a champanhe — disse Nikolai. — O restante veio com a prática.

— Não tenho tempo para a prática!

— Você se sairá bem — disse ele. — Basta ficar calma.

Grunhi de frustração. Queria tanto estrangulá-lo que meus dedos coçaram.

— Ah, e o jeito mais fácil de deixar alguém furioso é dizer a ele que se acalme.

Eu não sabia se ria ou se atirava meu sapato nele.

Do lado de fora da carruagem, o comportamento de Nikolai estava ficando mais e mais enervante. Ele sabia que não deveria insistir em sua proposta de casamento, mas era claro que queria que as pessoas pensassem que havia algo entre nós. A cada parada ele ficava mais ousado, permanecendo mais perto, beijando minha mão, colocando meu cabelo atrás da orelha quando era levado por uma brisa.

Em Tashta, Nikolai acenou para a enorme multidão de aldeões e peregrinos que havia se formado perto de uma estátua do fundador da cidade. Enquanto me ajudava a voltar para a carruagem, passou o braço em torno da minha cintura.

— Por favor, não me bata — sussurrou. Em seguida, me puxou firme contra seu peito e pressionou os lábios nos meus.

A multidão explodiu em comemorações desenfreadas, suas vozes caindo sobre nós como um rugido de alegria. Antes que eu pudesse reagir, Nikolai me enfiou no interior escuro da carruagem e entrou logo depois. Ele bateu a porta atrás de si, mas eu ainda podia ouvir os cidadãos comemorando do lado de fora. Junto com os gritos de "Nikolai!" e "Sankta Alina!" havia um novo canto: *Sol Koroleva*, eles gritavam. Rainha do Sol.

Eu conseguia ver Maly pela janela da carruagem. Ele estava no dorso do cavalo, lidando com as pessoas na borda da multidão, certificando--se de que ficassem fora da estrada. Estava claro pela expressão colérica que tinha visto tudo.

Virei-me para Nikolai e o chutei com força na canela. Ele gritou, mas aquilo nem chegou perto de ser satisfatório. Chutei-o novamente.

— Sente-se melhor? — ele perguntou.

— Da próxima vez que tentar algo assim, não vou chutá-lo — falei furiosa. — Vou cortá-lo ao meio.

Ele espanou um montinho de fiapo de sua calça.

— Não sei se isso seria sábio. Temo que as pessoas não aprovariam muito um regicídio.

— Você ainda não é rei, *Sobachka* — eu disse, sarcástica. — Então não me tente.

— Não entendo por que você está tão irritada. As pessoas amaram.

— Mas *eu* não.

Ele ergueu uma sobrancelha.

— Nem odiou.

Chutei-o novamente. Dessa vez sua mão serpenteou com velocidade e segurou meu tornozelo. Se fosse inverno, eu estaria de botas, mas eu estava de chinelos de verão e seus dedos se fecharam sobre a minha perna nua. Minhas bochechas coraram.

— Prometa que não me chutará de novo e prometerei não a beijar novamente — disse ele.

— Só chutei você porque me beijou!

Tentei puxar a perna de volta, mas ele manteve a mão firme.

— Prometa — repetiu.

— Tudo bem — disparei. — Eu prometo.

— Então temos um acordo.

Ele soltou meu pé, e eu o puxei de volta para baixo do *kefta*, desejando que ele não pudesse ver meu rubor idiota.

— Ótimo — falei. — Agora saia.

— É a minha carruagem.

— O acordo só inclui chutes. Ele não proíbe bater, socar, morder ou *cortá-lo ao meio*.

Ele sorriu.

— Com medo de que Oretsev esteja se perguntando sobre o que andamos aprontando?

Era exatamente com isso que eu me preocupava.

— Estou preocupada com o fato de que, se for forçada a passar outro minuto com você, acabarei vomitando no meu *kefta*.

— É uma atuação, Alina. Quanto mais forte for a nossa aliança, melhor ela será para nós dois. Sinto muito se isso deixa uma pulga atrás da orelha de Maly, mas é uma necessidade.

— Aquele beijo não era necessário.

— Eu estava improvisando — disse ele. — E me deixei levar.

— Você *nunca* improvisa — falei com raiva. — Tudo que faz é calculado. Você muda de personalidade como quem muda de roupa. E sabe do que mais? Isso é assustador. Você nunca é você mesmo?

— Sou um príncipe, Alina. Não posso me dar ao luxo de ser eu mesmo.

Soltei um suspiro irritado.

Ele ficou em silêncio por um momento e disse:

— Eu... Você realmente acha que sou assustador?

Era a primeira vez que ele soava menos seguro de si. Apesar do que tinha feito, na verdade, senti um pouco de pena dele.

— De vez em quando — admiti.

Ele esfregou a mão na parte de trás do pescoço, parecendo claramente desconfortável. Então suspirou e deu de ombros.

— Sou o filho mais novo, muito provavelmente um bastardo, e estive longe da corte por quase sete anos. Farei todo o possível para aumentar minhas chances de chegar ao trono, e se isso significar cortejar uma nação inteira ou olhá-la com desejo, então eu farei isso.

Arregalei os olhos para ele. Na verdade, não tinha escutado nada depois da palavra "bastardo." Genya tinha dado a entender que havia rumores sobre a paternidade de Nikolai, mas fiquei chocada de que ele tivesse conhecimento disso.

Ele riu.

— Você nunca sobreviverá na corte se não aprender a esconder um pouquinho melhor o que está pensando. Parece que acabou de se sentar em uma tigela de mingau frio. Feche a boca.

Fechei a boca num estalo e tentei suavizar meus traços em uma expressão agradável. Aquilo só fez Nikolai rir ainda mais.

— Agora parece que você bebeu vinho demais.

Desisti e me larguei de volta no assento.

— Como você pode brincar com um assunto desses?

— Ouço comentários desde criança. Não é algo que eu queira repetir do lado de fora da carruagem – e negarei se você o fizer –, mas não poderia me importar menos em saber se tenho ou não o sangue dos Lantsov. Na verdade, diante de toda a consanguinidade real, ser um bastardo provavelmente é um ponto a meu favor.

Sacudi a cabeça. Ele era completamente desconcertante. Era difícil saber o que levar a sério vindo de Nikolai.

— Por que a coroa é tão importante para você? — perguntei. — Por que passar por tudo isso?

— É tão difícil assim acreditar que eu possa realmente me importar com o que acontece neste país?

— Honestamente? Sim.

Ele estudou a ponta de suas botas polidas. Eu nunca entenderia por que ele as mantinha tão brilhantes.

— Acho que gosto de consertar coisas — disse ele. — Sempre gostei.

Isso não era exatamente uma resposta, mas, de algum modo, soou verdadeira.

— Você acredita de fato que seu irmão deixará o caminho livre?

— Espero que sim. Ele sabe que o Primeiro Exército me seguirá, e não acho que tenha estômago para uma guerra civil. Além disso, Vasily herdou a aversão de nosso pai ao trabalho duro. Assim que perceber o que é realmente necessário para governar um país, duvido que será capaz de fugir da capital rápido o suficiente.

— E se ele não desistir com tanta facilidade?

— É simplesmente uma questão de encontrar o incentivo correto. Pobre ou príncipe, todo homem pode ser comprado.

Mais sabedoria vinda da boca de Nikolai Lantsov. Olhei pela janela, para fora da carruagem. Podia ver Maly alto em sua sela, enquanto acompanhava o ritmo da carruagem.

— Nem todo homem — murmurei.

Nikolai seguiu meu olhar.

— Sim, Alina, até seu campeão fiel tem um preço. — Ele se virou para mim, seus olhos castanhos pensativos. — E suspeito que esteja olhando para esse preço neste momento.

Eu me mexi desconfortável no banco.

— Você tem tanta certeza de tudo — falei, amarga. — Talvez eu decida que quero o trono e sufoque você enquanto dorme.

Nikolai apenas sorriu.

— Finalmente — disse ele —, você está pensando como um político.

NO FIM, Nikolai cedeu e vagou a carruagem, mas isso foi horas antes de nossa parada noturna. Não precisei procurar Maly do lado de fora. Quando a porta da carruagem se abriu, ele estava lá, oferecendo a mão para me ajudar a descer. A praça estava cheia de peregrinos e outros viajantes, todos esticando o pescoço para ver melhor a Conjuradora do Sol, mas eu não tinha certeza de quando teria outra chance de falar com ele.

— Está com raiva? — sussurrei enquanto ele me conduzia pelos paralelepípedos. Podia ver Nikolai na outra ponta da praça, já conversando com um grupo de dignitários locais.

— De você? Não. Mas Nikolai e eu teremos uma conversa quando ele não estiver cercado por uma guarda armada.

— Eu chutei a canela dele, se isso faz você se sentir melhor.

Maly riu.

— Chutou?

— Duas vezes. Isso ajuda?

— Na verdade, sim.

— Pisarei no pé dele hoje à noite, no jantar. — Aquilo cabia bem fora da proibição de chutar.

— Então, nenhum batimento acelerado ou desmaio, mesmo nos braços do príncipe real?

Ele estava brincando, mas percebi incerteza por trás de suas palavras.

— Acho que sou imune — respondi. — E, por sorte, sei qual seria a sensação de um beijo *verdadeiro*.

Deixei-o parado no meio da praça. Eu me acostumaria facilmente a deixá-lo ruborizado.

NA NOITE ANTERIOR à nossa entrada em Os Alta, ficamos na *datcha* de um nobre menor que vivia a poucos quilômetros dos muros da cidade. O lugar me lembrava um pouco Keramzin: os grandes portões de ferro, o caminho longo e reto para a casa graciosa com suas duas alas amplas de tijolos pálidos. O Conde Minkoff aparentemente era conhecido por cultivar árvores frutíferas anãs, e os corredores da *datcha* estavam cercados de pequenas topiarias jeitosas que enchiam os quartos com o cheiro doce de pêssegos e ameixas.

Eu recebi um dormitório elegante no segundo andar. Tamar ocupou o quarto contíguo, e Tolya e Maly ficaram no outro lado do saguão. Uma caixa larga me esperava na minha cama e, dentro dela, encontrei o *kefta* que finalmente tinha aceitado e pedido na semana anterior. Nikolai enviara ordens ao Pequeno Palácio, e reconheci o trabalho dos Fabricadores Grishas na seda azul-escura raiada por fios dourados. Imaginei que o sentiria pesado em minhas mãos, mas o trabalho dos Materialki tinha deixado o tecido praticamente sem peso. Quando o deslizei sobre minha cabeça, ele brilhou e mudou como a luz vislumbrada através da água. Os colchetes eram pequenos sóis dourados. Era lindo e um pouco vistoso. Nikolai aprovaria.

A dona da casa havia enviado uma criada para fazer meu cabelo. Ela me sentou à penteadeira, matraqueando e remexendo meu cabelo emaranhado enquanto prendia meus cachos em um coque frouxo. Tinha a mão bem mais gentil que Genya, mas os resultados não eram nem de perto tão espetaculares. Eu limpei o pensamento da minha mente. Não gostava de pensar em Genya, no que teria acontecido com ela após deixarmos o baleeiro, ou quão solitário o Pequeno Palácio seria sem ela.

Agradeci à criada e, antes de deixar meu quarto, peguei a bolsa de veludo preta que viera na caixa do meu *kefta*. Coloquei-a no bolso, verifiquei se a pulseira estava escondida sob minha manga e depois desci.

A conversa no jantar girou em torno das últimas movimentações, do possível paradeiro do Darkling e dos acontecimentos em Os Alta. A cidade havia sido inundada por refugiados. Os recém-chegados estavam sendo mandados de volta ainda no portão, e havia rumores de distúrbios por conta de comida na cidade baixa. Isso parecia acontecer incrivelmente longe deste lugar reluzente.

O conde e sua esposa, uma senhora rechonchuda com cachos grisalhos e um decote exibido de modo alarmante, tinham armado uma mesa generosa. Comemos sopa fria servida em tigelas decoradas no formato de abóboras, cordeiro assado lambuzado com geleia de groselha, cogumelos assados em creme, e um prato que só belisquei e que descobri mais tarde ser cuco no conhaque. Cada prato e copo era bordeado em prata e trazia o escudo de Minkoff. Mas o mais impressionante era a peça central que percorria o comprimento da mesa: uma floresta viva em miniatura feita em detalhes elaborados, completada com bosques de pequenos pinheiros, uma trepadeira de trombeta-chinesa com flores menores que uma unha, e uma pequena cabana que escondia o saleiro.

Sentei-me entre Nikolai e o Coronel Raevsky, ouvindo enquanto os convidados nobres riam, conversaram e brindavam uma vez após a outra ao retorno do jovem príncipe e à saúde da Conjuradora do Sol. Pedi a Maly que se juntasse a nós, mas ele se recusou, preferindo patrulhar a área com Tamar e Tolya. Por mais que eu tentasse manter a mente na conversa, continuava olhando para a varanda, na esperança de vê-lo.

Nikolai deve ter notado, porque sussurrou:

— Você não precisa prestar atenção, mas precisa parecer que está prestando atenção.

Fiz o meu melhor, embora não tivesse muito que dizer. Mesmo vestida em um *kefta* brilhante e sentada ao lado de um príncipe, continuava sendo uma camponesa de uma cidade sem nome. Não pertencia a esse grupo, e realmente não queria pertencer. Ainda assim, orei em silêncio para agradecer à Ana Kuya por ter ensinado aos órfãos como se sentar a uma mesa e que garfo usar para comer caracóis.

Após o jantar, fomos levados a um salão onde o conde e a condessa cantaram um dueto acompanhados por sua filha na harpa. A sobremesa foi colocada na mesa lateral: mousse de mel, uma compota de melão e nozes e uma torre de bolos coberta por nuvens de algodão-doce que não tinham sido feitas para serem comidas, apenas apreciadas. Houve mais vinho, mais fofoca. Pediram-me para evocar luz, e eu conjurei uma luz quente sobre o teto artesonado, ganhando aplausos entusiasmados. Quando alguns dos convidados se sentaram para jogar cartas, argumentei que sentia dor de cabeça e escapei discretamente.

Nikolai me pegou na porta para a varanda.

— Você devia ficar — disse ele. — Este é um bom lugar para treinar para a monotonia da corte.

— Os Santos precisam descansar.

— Está planejando dormir sob uma roseira? — perguntou ele, olhando para o jardim lá embaixo.

— Tenho sido um bom urso dançarino, Nikolai. Tenho feito todos os meus truques, e agora é hora de dizer boa-noite.

Nikolai suspirou.

— Talvez só deseje ir com você. A condessa não para de apertar meu joelho sob a mesa de jantar, e odeio jogar cartas.

— Pensei que você fosse o político completo.

— Falei que tenho dificuldade de ficar parado.

— Então é só pedir à condessa para dançar com você — disse com um sorriso e fugi para o ar noturno.

Enquanto descia a escada da varanda, olhei para trás por sobre o ombro. Nikolai ainda pairava na porta. Vestia uniforme militar completo, uma faixa azul-clara no peito. A luz do salão refletia em suas medalhas e nas pontas de seu cabelo dourado. Estava no papel de príncipe elegante esta noite. Mas, parado lá, ele parecia apenas um garoto solitário que não queria voltar para uma festa sozinho.

Eu me virei e desci pela escada espiralada até o jardim rebaixado.

Não levei muito tempo para encontrar Maly. Ele estava apoiado no tronco de um imenso carvalho, analisando os jardins bem-cuidados.

— Alguém espreitando no escuro? — perguntei.

— Apenas eu.

Parei ao lado dele, apoiada no tronco.

— Você devia ter se juntado a nós no jantar.

Maly bufou.

— Não, obrigado. Até onde pude ver, você parecia completamente infeliz, e Nikolai não parecia estar muito mais contente. Além disso — ele acrescentou olhando para o meu *kefta* —, o que eu vestiria?

— Você o odeia?

— Ele é adorável. Um acréscimo perfeito a seu enxoval de noiva. — Antes que pudesse revirar os olhos, ele agarrou minha mão. — Não tive a intenção — disse ele. — Você está linda. Vinha esperando para dizer isso desde a primeira vez que te vi esta noite.

Corei.

— Obrigada. Usar meu poder todo dia ajuda.

— Você estava bonita em Cofton, com pólen de *jurda* nas sobrancelhas.

Puxei uma mecha do meu cabelo, constrangida.

— Este lugar me lembra de Keramzin — falei.

— Um pouco. É minucioso demais. Qual é exatamente o objetivo de minifrutas?

— É para pessoas com minimãos. Faz com que se sintam melhores sobre si mesmas.

Ele riu, uma risada verdadeira. Eu enfiei a mão no bolso e remexi dentro da bolsa de veludo preto.

— Tenho algo para você — falei.

— O que é?

Estendi a mão fechada.

— Adivinhe — falei. Era um jogo que jogávamos quando crianças.

— Bem, obviamente, é um suéter.

Sacudi a cabeça.

— Um pônei de exposição?

— Não.

Ele pegou minha mão, virou-a para cima e desdobrou gentilmente meus dedos.

Esperei por sua reação.

Sua boca se curvou para cima em um canto quando ele tirou um sol de ouro da minha mão. O roçar áspero de seus dedos contra minha palma enviou um arrepio pela minha coluna.

— Para o capitão da sua guarda pessoal? — perguntou ele.

Pigarreei, nervosa.

— Eu… eu não queria uniformes. Não queria nada que parecesse com os *oprichniki* do Darkling.

Por um longo momento, ficamos em silêncio enquanto Maly olhava para o sol. Então ele me devolveu. Meu coração afundou, mas tentei esconder minha decepção.

— Poderia colocá-lo em mim? — ele pediu.

Deixei escapar um suspiro aliviado. Peguei o broche entre meus dedos e pressionei-o entre as dobras do lado esquerdo de sua camisa. Precisei de algumas tentativas para prendê-lo. Quando terminei e dei um passo para trás, ele pegou minha mão e a pressionou sobre o sol dourado, sobre o seu coração.

— É só isso? — disse ele.

Estávamos juntos agora, sozinhos no escuro morno do jardim. Era o primeiro momento que tínhamos só para nós em semanas.

— Só? — repeti. Minha voz foi um pouco mais que uma respiração.

— Achei que tinham me prometido uma capa e um chapéu extravagante.

— Compensarei você por isso — eu disse.

— Você está flertando comigo?

— Estou negociando com você.

— Ótimo — disse ele. — Pegarei o primeiro pagamento agora.

Seu tom era leve, mas quando seus lábios encontraram os meus, não havia nada de jocoso em seu beijo. Tinha gosto de calor e peras recém-amadurecidas do jardim do duque. Senti fome na inclinação dura de sua boca, um toque desconhecido de sua necessidade que enviou faíscas inquietas queimando através de mim.

Fiquei na ponta dos pés, passando meus braços em torno de seu pescoço, sentindo o comprimento do meu corpo se fundir ao dele. Ele tinha a força de um soldado, e eu podia senti-la nas laterais firmes de seus braços, na pressão de seus dedos enquanto seu punho se fechava na seda sobre minha cintura e ele me puxava contra seu corpo. Havia algo de feroz e quase desesperado no modo como me segurava, como se não pudesse me manter perto o suficiente. Minha cabeça girava. Meus pensamentos tinham ficado lentos e líquidos, mas ouvi passos vindos de algum lugar. No momento seguinte, Tamar chegou acelerando o passo pelo caminho.

— Temos companhia — disse ela.

Maly se afastou de mim e sacou seu rifle em um único e rápido movimento.

— Quem é?

— Tem um grupo de pessoas no portão pedindo para entrar. Elas querem ver a Conjuradora do Sol.

— Peregrinos? — perguntei, tentando colocar meu cérebro viciado em beijos para funcionar adequadamente.

Tamar balançou a cabeça.

— Falaram que são Grishas.

— Aqui?

Maly colocou uma mão no meu braço.

— Alina, espere lá dentro, pelo menos até vermos do que se trata.

Hesitei. Parte de mim reagia diante da sugestão de fugir e me esconder, mas eu também não queria ser burra. Um grito veio de algum lugar perto dos portões.

— Não — eu disse, soltando-me de Maly. — Se eles realmente são Grishas, vocês podem precisar de mim.

Nem Tamar nem Maly pareceram contentes, mas assumiram suas posições ao meu lado e nós nos apressamos pela trilha de cascalho.

Uma multidão havia se reunido nos portões de ferro da *datcha*. Foi fácil identificar Tolya, destacando-se acima dos demais. Nikolai estava na frente, cercado de soldados com as armas sacadas, bem como de lacaios armados da casa do Conde. Um pequeno grupo de pessoas se reunia do outro lado das barras, mas eu não conseguia ver mais que isso. Alguém chacoalhou o portão com raiva, e eu ouvi um clamor de vozes se erguer.

— Deixem-me passar — falei. Tamar olhou para Maly preocupada. Ergui o queixo. Se iam ser meus guardas, tinham de seguir minhas ordens. — *Agora*. Preciso ver o que está acontecendo antes que as coisas saiam de controle.

Tamar fez sinal para Tolya, e o gigante veio para a nossa frente, abrindo caminho facilmente pela multidão até os portões. Eu sempre tinha sido pequena. Espremida entre Maly e os gêmeos, com soldados impacientes nos empurrando de cada lado, de repente pareceu difícil respirar. Controlei meu pânico, olhando além de corpos e costas e vendo Nikolai discutir com alguém no portão.

— Se quiséssemos falar com o lacaio do Rei, estaríamos nas portas do Grande Palácio — disse uma voz impaciente. — Viemos ver a Conjuradora do Sol.

— Mostre algum respeito, sangrador — bramiu um soldado que não reconheci. — Você está falando com um Príncipe de Ravka e um oficial do Primeiro Exército.

As coisas não estavam indo bem. Cheguei mais perto da frente da multidão, mas parei quando vi o Corporalnik de pé do outro lado das barras de ferro.

— Fedyor?

Seu rosto longo se abriu em um sorriso, e ele fez uma mesura profunda.

— Alina Starkov — disse ele. — Tinha esperanças de que os rumores fossem verdadeiros.

Estudei Fedyor com cautela. Ele estava cercado por um grupo de Grishas em *keftas* cobertos de pó, a maioria em vermelho Corporalki, alguns em azul Etherealki, e um punhado em roxo Materialki.

— Você o conhece? — perguntou Nikolai.

— Sim — eu disse. — Ele salvou a minha vida. — Uma vez, Fedyor tinha se colocado entre mim e uma horda de assassinos fjerdanos.

Ele inclinou a cabeça novamente.

— Foi uma grande honra.

Nikolai não pareceu impressionado.

— Ele é de confiança?

— Ele é um desertor — disse o soldado ao lado de Nikolai.

Houve burburinho em ambos os lados do portão.

Nikolai apontou para Tolya.

— Afaste todos e certifique-se de que não passe pela cabeça de nenhum desses seguranças começar a atirar. Suspeito que sintam falta de algum furor aqui no meio das árvores frutíferas. — Ele se virou de volta para o portão. — Fedyor, certo? Dê-nos um momento. — Ele me afastou uma curta distância da multidão e disse discretamente: — Bem, podemos confiar nele?

— Não sei. — A última vez que vira Fedyor tinha sido em uma festa no Grande Palácio, apenas algumas horas antes de descobrir os planos do Darkling e fugir dentro de uma carroça. Quebrei a cabeça, tentando me lembrar do que ele havia me dito na época. — Acho que estavam na fronteira sul. Ele era um Sangrador de alta patente, mas não um dos favoritos do Darkling.

— Nevsky está certo — disse ele, apontando para o soldado raivoso. — Grishas ou não, devem primeiro ser leais ao Rei. Eles abandonaram seus postos. Tecnicamente, são desertores.

— Isso não os torna traidores.

— A verdadeira pergunta é se eles são ou não espiões.

— Então, o que fazemos com eles?

— Podemos prendê-los, interrogá-los.

Franzi a testa, pensando.

— Fale comigo — disse Nikolai.

— Não queremos que os Grishas voltem? — perguntei. — Se prendermos todos os que voltarem, não teremos um grande exército para liderar.

— Lembre-se — disse ele —, você comerá com eles, trabalhará com eles, dormirá sob o mesmo teto.

— E todos eles podem estar trabalhando para o Darkling. — Olhei por sobre o ombro para Fedyor esperando pacientemente no portão. — O que você acha?

— Não acho que esses Grishas sejam mais ou menos confiáveis do que aqueles que estão esperando no Pequeno Palácio.

— Isso não é encorajador.

— Depois que estivermos atrás dos muros do palácio, todas as comunicações serão monitoradas de perto. É difícil entender como o Darkling pode usar espiões sem manter contato com eles.

Resisti à urgência de tocar as cicatrizes se formando no meu ombro. Inspirei.

— Tudo bem — falei. — Abra os portões. Falarei com Fedyor e somente com ele. O restante pode acampar do lado de fora da *datcha* durante a noite e se juntar a nós amanhã em nosso caminho para Os Alta.

— Tem certeza?

— Duvido de que teremos certeza de alguma coisa novamente, mas o meu exército precisa de soldados.

— Muito bem — disse ele com uma curta mesura de cabeça. — Apenas tenha cuidado ao escolher em quem confiar.

Lancei um olhar certeiro para ele.

— Terei.

Capítulo 12

FEDYOR E EU CONVERSAMOS noite adentro, embora nunca ficássemos sozinhos. Maly, Tolya ou Tamar estavam sempre lá, nos observando.

Fedyor tinha servido perto de Sikursk, na fronteira sudoeste. Quando as informações sobre a destruição de Novokribirsk chegaram ao posto avançado, os soldados do rei voltaram-se contra os Grishas, colocando-os para fora de suas camas no meio da noite e montando inquéritos falsos para determinar sua lealdade. Fedyor tinha ajudado a liderar uma fuga.

— Nós poderíamos ter matado todos eles — disse ele. — Em vez disso, pegamos os Grishas feridos e fugimos.

Alguns Grishas não tinham sido tão indulgentes. Houve massacres em Chernast e Ulensk quando os soldados de lá tentaram atacar os membros do Segundo Exército. Enquanto isso, Maly e eu estávamos a bordo do *Verrhader*, navegando para oeste, protegidos do caos que tínhamos ajudado a criar.

— Poucas semanas atrás — disse ele —, começaram a circular histórias de que você havia voltado a Ravka. Mais Grishas virão procurá-la, pode esperar.

— Quantos?

— Não há como saber.

Assim como Nikolai, Fedyor acreditava que alguns Grishas haviam se escondido, esperando a ordem ser restaurada. Mas suspeitava de que a maioria deles havia procurado o Darkling.

— Ele é força — disse Fedyor. — Ele é segurança. É o que eles entendem.

Ou talvez eles apenas pensem que escolheram o lado vencedor, pensei friamente. Mas eu sabia que era mais que isso. Havia sentido a atração do poder do Darkling. Não era por isso que os peregrinos se arrebanhavam em torno de uma falsa Santa? Que o Primeiro Exército ainda marchava por um rei incompetente? Às vezes, é mais fácil seguir.

Quando Fedyor terminou sua história, pedi para que lhe dessem jantar e avisei que ele deveria estar pronto para viajar para Os Alta de madrugada.

— Não sei que tipo de recepção podemos esperar — alertei-o.

— Estaremos prontos, *moi soverenyi* — disse ele, fazendo uma mesura.

Eu me sobressaltei ao ouvir o título. Na minha mente, ainda pertencia ao Darkling.

— Fedyor... — comecei enquanto o levava para a porta. Então, hesitei. Não podia acreditar no que estava prestes a dizer, mas, aparentemente, Nikolai estava conseguindo me influenciar, para melhor ou para pior. — Sei que você esteve viajando, mas arrume-se um pouco antes de partir amanhã. É importante causarmos boa impressão.

Ele nem sequer piscou, apenas fez outra mesura e respondeu *"Da, soverenyi"* antes de desaparecer pela noite.

Ótimo, pensei. *Uma ordem dada, algumas milhares por vir.*

NA MANHÃ SEGUINTE, vesti-me com meu *kefta* elaborado e desci a escada da *datcha* com Maly e os gêmeos. O sol dourado brilhava em seus peitos, mas eles ainda vestiam roupas simples camponesas. Nikolai podia não gostar disso, mas eu queria apagar as linhas que haviam sido criadas entre os Grishas e o restante do povo de Ravka.

Embora tivéssemos sido avisados de que Os Alta estava cheia de refugiados e peregrinos, pela primeira vez Nikolai não insistiu para que eu viajasse dentro da carruagem. Queria que eu fosse vista entrando na cidade. Mas isso não significava que ele não ia dar o seu show. Meus guardas e eu estávamos todos montados em belos cavalos brancos, e os homens de seu regimento ladeavam-nos em ambos os lados, cada um deles carregando a águia dupla ravkana e bandeiras estampadas com sóis dourados.

— Sutil, como sempre — suspirei.

— A discrição é superestimada — respondeu ele ao montar um cavalo cinza malhado. — Agora, podemos visitar meu exótico lar de infância?

Era uma manhã quente, e as bandeiras da nossa procissão erguiam-se vacilantes no ar parado enquanto viajávamos vagarosamente ao longo do Vy rumo à capital. Em uma época comum, a família real teria passado os meses quentes em seu palácio de verão no distrito do lago. Mas Os Alta era mais fácil de defender, e eles escolheram se agachar atrás de seus famosos muros duplos.

Meus pensamentos vagaram enquanto cavalgávamos. Não tinha dormido muito e, apesar da tensão, o calor da manhã combinado ao balanço constante do cavalo e ao zumbido baixo de insetos me fez bocejar. Mas, quando subimos ao topo da colina na periferia da cidade, acordei rapidamente.

Ao longe, eu via Os Alta, a Cidade dos Sonhos, suas torres brancas e recortadas contra o céu sem nuvens. Mas, entre nós e a capital, arrumadas em uma formação militar perfeita, havia fileiras e mais fileiras de homens armados. Centenas de soldados do Primeiro Exército, talvez mil deles: infantaria, cavalaria, oficiais e generais. A luz do sol brilhava nos punhos de suas espadas e nos rifles projetados de suas costas.

Um homem cavalgava à frente deles. Vestia casaco de oficial coberto com medalhas e montava um dos maiores cavalos que eu já tinha visto. Ele poderia carregar dois Tolya.

NIKOLAI OBSERVOU O CAVALEIRO cavalgar para a frente e para trás nas fileiras e suspirou.

— Ah, parece que meu irmão veio nos cumprimentar.

Descemos lentamente a ladeira até chegarmos a uma paragem antes das massas de homens reunidos. Apesar dos cavalos brancos e faixas brilhantes, nossa procissão de Grishas rebeldes e peregrinos esfarrapados já não parecia tão grande. Nikolai avançou com seu cavalo, e seu irmão galopou para encontrá-lo.

Eu tinha visto Vasily Lantsov algumas vezes em Os Alta. Ele era bonito o suficiente, embora tivesse tido o azar de herdar o queixo fraco do pai, e seus olhos eram tão pesadamente cobertos pelas pálpebras que o deixavam com a aparência de muito entediado ou levemente bêbado. Mas agora parecia ter despertado de seu estupor perpétuo. Ele se sentou reto em sua sela, irradiando arrogância e nobreza. Perto dele, Nikolai parecia impossivelmente jovem.

Senti uma pontada de medo. Nikolai sempre parecia estar tão no controle de cada situação. Era fácil esquecer que ele era apenas alguns anos mais velho do que Maly e eu, um garoto capitão que desejava se tornar um garoto rei.

Sete anos haviam se passado desde que Nikolai estivera na corte, e não acho que ele tenha visto Vasily durante todo esse tempo. Mas não houve lágrimas, nenhum cumprimento gritado. Os dois príncipes simplesmente desmontaram e se deram um abraço breve. Vasily avaliou nossa comitiva, detendo-se de maneira significativa em mim.

— Então essa é a garota que você diz ser a Conjuradora do Sol?

Nikolai ergueu as sobrancelhas. Seu irmão não poderia ter lhe oferecido uma abertura melhor.

— É uma declaração fácil o suficiente de se provar. — Ele assentiu para mim com a cabeça.

A discrição é superestimada. Elevei as mãos e evoquei uma onda brilhante de luz que caiu em uma cascata de calor ondulante sobre os soldados reunidos. Eles ergueram as mãos, e vários deles recuaram quando os cavalos se assustaram e relincharam.

Deixei a luz diminuir. Vasily fungou.

— Você tem estado ocupado, irmãozinho.

— Você não faz ideia, Vasya — respondeu Nikolai, de modo agradável. A boca de Vasily se contraiu quando Nikolai usou o diminutivo. Ele pareceu quase empertigado. — Estou surpreso de encontrá-lo em Os Alta — prosseguiu Nikolai. — Pensei que estivesse em Caryeva para as corridas.

— Eu estava — disse Vasily. — Meu ruano fez uma excelente exibição. Mas quando ouvi que estava voltando para casa, quis estar aqui para recebê-lo.

— Muito gentil da sua parte fazer todo esse esforço.

— O retorno de um príncipe real não é pouca coisa — disse Vasily. — Mesmo um filho mais novo.

Sua ênfase foi clara, e o medo cresceu dentro de mim. Talvez Nikolai tivesse subestimado o interesse de Vasily em manter seu lugar na sucessão. Eu não queria nem imaginar o que seus outros enganos e erros de cálculo poderiam significar para nós.

Mas Nikolai apenas sorriu. Eu me lembrei de seu conselho: *receba insultos com uma risada*.

— Nós, filhos mais novos, aprendemos a apreciar o que podemos conseguir — disse ele. Então gritou para um soldado em posição de sentido para baixo na fileira. — Sargento Pechkin, lembro-me de você na campanha de Halmhend. A perna deve ter se recuperado bem se consegue ficar de pé aqui como um bloco de pedra.

O rosto do sargento registrou surpresa.

— *Da, moi tsarevich* — disse ele de maneira respeitosa.

— "Senhor" já basta, sargento. Sou um oficial quando visto este uniforme, não um príncipe. — Os lábios de Vasily se torceram novamente. Como muitos filhos nobres, ele tinha ganhado uma patente honorária e prestado seu serviço militar no conforto das tendas dos oficiais, bem protegido das linhas inimigas. Mas Nikolai tinha servido na infantaria. Tinha merecido suas medalhas e posição.

— Sim, senhor — disse o sargento. — Só me incomoda quando chove.

— Então, imagino que os fjerdanos rezem todos os dias por tempestades. Você acabou com um bocado deles, se bem me lembro.

— Lembro-me de o senhor fazer o mesmo — disse o soldado com um sorriso.

Eu quase ri. Em uma única troca de palavras, Nikolai tinha tirado o controle de campo do seu irmão. Hoje à noite, quando os soldados se reunissem nas tavernas de Os Alta ou jogassem cartas em suas barracas, era disso que falariam: do príncipe que se lembrava do nome de um soldado comum; do príncipe que tinha lutado lado a lado com eles sem se preocupar com riqueza ou pedigree.

— Irmão — Nikolai disse a Vasily. — Vamos para o palácio, para que possamos dispensar nossas saudações. Tenho uma caixa de uísque kerch que precisa ser bebida, e gostaria de ouvir seu conselho sobre um potro que vi em Ketterdam. Disseram-me que era cria de Dagrenner, mas tenho minhas dúvidas.

Vasily tentou disfarçar seu interesse, mas não era como se pudesse resistir.

— Dagrenner? Eles tinham documentos?

— Venha dar uma olhada.

Embora seu rosto continuasse preocupado, Vasily falou algumas palavras para um dos oficiais em comando e saltou para sua sela com a facilidade de costume. Os irmãos assumiram seus lugares na frente da coluna e nossa procissão voltou a se mover.

— Habilmente resolvido — Maly murmurou para mim enquanto passávamos entre fileiras de soldados. — Nikolai não é nenhum tolo.

— Espero que não — falei. — Para o nosso bem.

Conforme nos aproximávamos da capital, vi aquilo que os convidados do Conde Minkoff haviam comentado. Um mar de tendas tinha se espalhado em torno dos muros, e uma longa fila de pessoas esperava nos portões. Várias delas discutiam com os guardas, sem dúvida pedindo para entrar. Soldados armados vigiavam das antigas ameias, uma boa precaução para um país em guerra, e um lembrete mortal para as pessoas lá embaixo manterem as coisas em ordem.

É claro que os portões da cidade se abriram para os príncipes de Ravka, e a procissão continuou a passar sem parar pela multidão.

Muitas das tendas e carroças estavam marcadas com sóis desenhados de modo grosseiro, e conforme cavalgávamos pelo acampamento improvisado, eu ouvia os gritos agora familiares de "Sankta Alina."

Sentia-me uma tola fazendo isso, mas me forcei a erguer a mão e acenar, determinada a pelo menos fazer um esforço. Os peregrinos comemoraram e acenaram de volta, muitos correndo para acompanhar nosso ritmo, mas alguns dos outros refugiados permaneceram em silêncio nas laterais da estrada, braços cruzados, expressões céticas e até flagrantemente hostis.

O que eles veem?, eu me perguntei. *Mais uma Grisha privilegiada indo para seu palácio seguro e luxuoso na colina, enquanto eles cozinham em fogueiras e dormem nas sombras de uma cidade que se recusa a lhes oferecer abrigo? Ou algo pior? Uma mentirosa? Uma fraude? Uma garota que se atreve a se considerar uma santa viva?*

Senti-me grata quando adentramos a proteção dos muros da cidade.

Depois de entrarmos, a procissão diminuiu o ritmo ainda mais. A cidade baixa estava transbordando de gente, as calçadas, abarrotadas de pessoas que se derramavam na rua e paravam o tráfego. As janelas das lojas estavam repletas de placas avisando quais bens encontravam-se disponíveis, e longas filas se estendiam de cada porta. O fedor de urina e lixo se espalhava por tudo. Quis enfiar meu nariz na manga do *kefta*, mas tive de me contentar em respirar pela boca.

As multidões nos aplaudiam e admiravam aqui, mas era algo decididamente mais frio que do lado de fora dos portões.

— Nenhum peregrino — observei.

— Eles não têm permissão de passar pelos muros da cidade — disse Tamar. — O Rei declarou o Apparat um apóstata e seus seguidores foram banidos de Os Alta.

O Apparat tinha conspirado com o Darkling contra o trono. Mesmo que tivessem rompido seus laços, não havia razão para o Rei confiar no sacerdote e em seu culto. *Nem em você, aliás*, lembrei a mim mesma. *Você é apenas burra o suficiente de caminhar até o Grande Palácio na esperança de obter clemência.*

Cruzamos o amplo canal e deixamos o barulho e o tumulto da cidade baixa para trás. Notei que os portões da ponte tinham sido fortificados pesadamente, mas, quando chegamos à margem do outro lado, parecia que nada na cidade alta havia mudado. As grandes avenidas continuavam impecáveis e serenas, as casas senhoriais, cuidadosamente mantidas. Passamos por um parque onde homens e mulheres com roupas da moda passeavam por caminhos ajardinados ou tomavam ar em carruagens abertas. Crianças brincavam no *babki* vigiadas por suas babás, e um garoto com um chapéu de palha cavalgava um pônei com fitas na crina trançada, as rédeas seguradas por um serviçal uniformizado.

Todos se viraram para olhar enquanto passávamos, erguendo os chapéus, cochichando por trás das mãos, fazendo mesuras e reverências quando viam Vasily e Nikolai. Será que eles estavam realmente tão calmos e despreocupados quanto pareciam estar? Era difícil imaginar que poderiam estar alheios ao perigo ameaçando Ravka ou ao tumulto do outro lado da ponte, mas foi ainda mais difícil acreditar que confiavam em seu Rei para mantê-los seguros.

Mais cedo do que eu gostaria, chegamos aos portões dourados do Grande Palácio. O som deles se fechando atrás de nós lançou uma ponta de pânico em mim. A última vez que havia passado por esses portões, estava enfiada entre peças de cenário em uma carroça, fugindo do Darkling, sozinha.

E se for uma armadilha?, pensei de repente. E se não houvesse perdão? E se Nikolai nunca tivesse tido a intenção de me deixar liderar o

Segundo Exército? E se acorrentassem a mim e a Maly e nos atirassem em alguma cela úmida?

Pare com isso, eu me repreendi. *Você não é mais uma garotinha assustada, tremendo em seus coturnos do exército. Você é uma Grisha, a Conjuradora do Sol. Eles precisam de você. E, se você quisesse, poderia desmoronar este lugar inteiro ao redor deles*. Endireitei a coluna e tentei acalmar meu coração.

Quando chegamos à fonte com a águia dupla, Tolya me ajudou a descer do cavalo. Olhei para o Grande Palácio, seus terraços brancos reluzentes repletos de camadas de ornamento e estatuária de ouro. Era tão feio e intimidador quanto me lembrava.

Vasily passou as rédeas de sua montaria para um serviçal que o esperava e subiu os degraus de mármore sem olhar para trás.

Nikolai endireitou os ombros.

— Mantenham a calma e tentem parecer penitentes — murmurou para nós. Em seguida, ele saltou os degraus e se juntou ao irmão.

O rosto de Maly estava pálido. Enxuguei as mãos suadas no meu *kefta*, e nós seguimos os príncipes pela escada, deixando o resto do grupo para trás.

Do lado de dentro, os salões do palácio permaneceram silenciosos enquanto passávamos de um cômodo brilhante para outro. Nossos passos ecoavam no piso de parquete polido, e minha ansiedade aumentava a cada passada. Nas portas da sala do trono, vi Nikolai respirar profundamente. Seu uniforme estava impecável, seu rosto bonito, moldado com os traços de um príncipe de conto de fadas. De repente, senti falta do nariz irregular e dos olhos verdes turvos de Sturmhond.

As portas foram abertas e os soldados declararam:

— *Tsesarevich Vasily Lantsov e o Grande Duque Nikolai Lantsov*.

Nikolai havia nos dito que não seríamos anunciados, mas que deveríamos seguir a ele e a Vasily. Com passos hesitantes, obedecemos, mantendo uma distância respeitosa dos príncipes.

Havia um longo tapete azul-claro esticado ao longo da sala. No final dele, um grupo de cortesãos e conselheiros elegantemente vestidos movia-se confuso em torno de um palanque. Acima deles, o Rei e a Rainha de Ravka estavam sentados em seus respectivos tronos de ouro.

Nenhum sacerdote, notei quando nos aproximamos. O Apparat sempre parecia estar escondido em algum lugar por trás do Rei, mas agora estava ausente, de fato. Aparentemente, não fora substituído por nenhum outro conselheiro espiritual.

O Rei encontrava-se bem mais fraco e frágil que da última vez que eu o tinha visto. Seu peito estreito parecia ter afundado em si mesmo, e seu bigode caído estava manchado de cinza. Mas a maior das mudanças tinha se dado com a Rainha. Sem Genya para esculpir sua face, ela parecia ter envelhecido vinte anos em apenas alguns meses. Sua pele perdera a firmeza cremosa. Sulcos profundos começavam a se formar em torno do nariz e da boca, e suas íris demasiado brilhantes tinham se tornado mais naturais e menos chamativas de azul. Qualquer piedade que eu pudesse ter sentido foi eclipsada ao me lembrar do modo como ela tratava Genya. Talvez, se tivesse mostrado um pouco menos de desprezo por sua serva, Genya não tivesse se sentido compelida a se juntar ao Darkling. Muitas coisas teriam sido diferentes.

Quando alcançamos a base do palanque, Nikolai fez uma mesura profunda.

— *Moi tsar* — disse ele. — *Moya tsaritsa*.

Por um longo momento de ansiedade, o Rei e a Rainha olharam para seu filho. Então alguma coisa frágil pareceu despertar na soberana. Ela saltou do trono e desceu os degraus em uma enxurrada de seda e pérolas.

— Nikolai! — gritou, enquanto segurava o filho junto a ela.

— *Madraya* — disse ele com um sorriso, abraçando-a de volta.

Murmúrios e um punhado de aplausos vieram dos cortesãos que assistiam à cena. Lágrimas desceram dos olhos da Rainha. Era a primeira emoção genuína que eu a via demonstrar.

O Rei ficou lentamente de pé, ajudado por um lacaio que o apoiou na lateral e o guiou pelos degraus do palanque. Ele realmente não estava bem. Eu começava a perceber que a sucessão seria discutida mais cedo do que havia pensado.

— Venha, Nikolai — disse o Rei estendendo o braço para seu filho. — Venha.

Nikolai ofereceu o cotovelo ao pai enquanto sua mãe segurava o outro braço e, sem nem registrar nossa presença, eles saíram da sala do trono. Vasily os seguiu. Seu rosto estava impassível, mas não deixei de notar o beicinho denunciador.

Maly e eu continuamos lá, incertos do que fazer a seguir. Foi realmente ótimo que a família real desaparecesse para uma reunião privada, mas em que situação isso nos deixava? Ninguém havia nos dispensado nem dito para ficarmos. Os conselheiros do Rei nos estudavam com curiosidade flagrante, enquanto os cortesãos riam e sussurravam. Resisti ao ímpeto de me incomodar e mantive o que esperava ser uma postura arrogante.

Os minutos se arrastavam. Eu estava faminta, cansada e bastante certa de que um dos meus pés estava dormente, mas ainda assim ficamos de pé, esperando.

Em certo momento, pensei ter ouvido gritos vindos do salão. Talvez estivessem discutindo sobre quanto tempo nos deixar ali parados.

Finalmente, após quase uma hora, a família real retornou. O Rei estava radiante. O rosto da Rainha havia empalidecido. Vasily parecia furioso. Mas a mudança mais notável foi a de Nikolai. Ele parecia mais à vontade e havia recuperado a insolência que reconheci do meu tempo a bordo do *Volkvolny*.

Eles sabem, percebi. *O príncipe contou a eles que é Sturmhond.*

O Rei e a Rainha voltaram a se sentar em seus tronos. Vasily foi para trás do Rei, enquanto Nikolai assumiu seu lugar atrás da Rainha. Ela se esticou procurando a mão dele, e ele a repousou sobre seu ombro. É assim que uma mãe age com seu filho. Eu era muito velha para ansiar por pais que não havia conhecido, mas, ainda assim, senti-me tocada com o gesto.

Meus pensamentos sentimentais foram arrancados de minha cabeça quando o Rei falou:

— Você é muito nova para liderar o Segundo Exército.

Ele nem sequer tinha me cumprimentado. Abaixei a cabeça em concordância.

— Sim, *moi tsar*.

— Estou tentado a mandá-la para a morte imediatamente, mas meu filho diz que isso só a tornaria uma mártir.

Eu endureci. *O Apparat adoraria isso*, pensei, enquanto o medo me dominava. *Mais uma bela ilustração do livro vermelho: Sankta Alina na forca.*

— Ele acha que você é confiável — o Rei garganteou. — Não tenho certeza. Sua fuga do Darkling parece uma história muito improvável, mas não posso negar que Ravka precisa dos seus serviços.

Ele fez soar como se eu fosse uma jardineira ou uma empregada do condado. *Penitente*, lembrei a mim mesma, e me segurei para não dar uma resposta sarcástica.

— Seria uma grande honra servir ao Rei ravkano — falei.

Ou o Rei adorou a lisonja, ou Nikolai tinha feito um trabalho excelente ao defender meu caso, porque o monarca grunhiu e disse:

— Muito bem. Pelo menos temporariamente você atuará como comandante dos Grishas.

Podia ser assim tão fácil?

— Eu... agradeço, *moi tsar* — gaguejei, perplexa em agradecimento.

— Mas saiba o seguinte — disse ele apontando um dedo para mim. — Se eu descobrir qualquer evidência de que está fomentando alguma ação contra mim ou que fez contato com o apóstata, eu a enforcarei sem pleito ou julgamento. — Sua voz se ergueu e se tornou um lamento rabugento. — As pessoas dizem que você é uma Santa, mas eu acho que você é apenas mais uma refugiada esfarrapada. Entendeu?

Mais uma refugiada esfarrapada e sua melhor chance de manter esse trono brilhante, pensei com uma onda surpreendente de raiva, mas engoli meu orgulho e me curvei o máximo possível. Era assim que o Darkling havia se sentido? Sendo forçado a se dobrar e rastejar diante de um idiota depravado?

O Rei acenou vagamente com a mão cheia de veias azuis. Estávamos sendo dispensados. Olhei para Maly.

Nikolai pigarreou.

— Pai — disse ele —, tem a questão do rastreador.

— Hum? — murmurou o Rei, olhando para cima como se tivesse cochilado. — O rastreador? Ah, sim. — Ele fixou o olhar aquoso em Maly e disse em um tom aborrecido: — Você desertou de seu posto e desobedeceu diretamente às ordens de um oficial de comando. Essa é uma ofensa punível com a morte.

Eu puxei o ar com força. Ao meu lado, Maly continuava quieto. Um pensamento desagradável passou pela minha cabeça: se Nikolai queria se livrar de Maly, decerto esse era o modo fácil de fazê-lo.

Um burburinho de excitação veio da multidão em torno do palanque. No que eu tinha nos enfiado? Abri a boca, mas, antes que pudesse dizer algo, Nikolai se pronunciou.

— *Moi tsar* — começou ele, humildemente —, perdoe-me, mas o rastreador ajudou a Conjuradora do Sol a escapar da inevitável captura por um inimigo da Coroa.

— Isso *se* ela realmente estava em perigo.

— Eu mesmo o vi pegar em armas contra o Darkling. É um amigo confiável, e acredito que tenha agido pelo melhor interesse de Ravka. — O lábio inferior do Rei se projetou, mas Nikolai continuou pressionando: — Eu me sentiria melhor sabendo que ele está no Pequeno Palácio.

O Rei franziu a testa. *Provavelmente já pensando no almoço e em uma soneca*, pensei.

— O que tem a dizer em seu favor, garoto? — ele perguntou.

— Somente que fiz o que julguei ser correto — Maly respondeu calmamente.

— Meu filho parece achar que você teve uma boa razão.

— Imagino que todo homem pense que suas razões são boas — disse Maly. — Mas meu ato continua sendo deserção.

Nikolai ergueu os olhos para o céu, e eu tive uma súbita vontade de sacudir Maly. Ele não poderia ser um pouco menos duro e franco pelo menos uma vez?

A expressão do Rei se aprofundou. Nós aguardamos.

— Muito bem — disse ele por fim. — O que é mais uma víbora no ninho? Você será expulso do exército.

— Expulso? — deixei escapar.

Maly apenas se curvou e disse:

— Obrigado, *moi tsar*.

O Rei ergueu a mão num aceno preguiçoso.

— Vão — disse ele, de modo petulante.

Fiquei tentada a permanecer e discutir, mas Nikolai me alertava com o olhar, e Maly já havia se virado para partir. Tive de me apressar para alcançá-lo enquanto marchávamos pelo corredor de tapete azul.

Assim que deixamos a sala do trono e as portas se fecharam atrás de nós, eu disse:

— Falaremos com Nikolai. Vamos convencê-lo a falar com o Rei.

Maly nem diminuiu o ritmo.

— Não tem por quê — disse ele. — Eu sabia que seria assim.

Ele disse isso, mas vi no caimento de seus ombros que alguma parte dele ainda tinha esperança. Queria agarrar seu braço, fazê-lo parar, dizer a ele que sentia muito, que acharíamos alguma maneira de consertar as coisas. Em vez disso, me apressei ao lado dele, me esforçando para acompanhá-lo, totalmente ciente dos serviçais nos observando de cada porta.

Refizemos nossos passos pelos corredores reluzentes do palácio e descemos a escadaria de mármore. Fedyor e seus Grishas esperavam em seus cavalos. Haviam se limpado o melhor possível, mas seus *keftas* coloridos ainda pareciam um pouco sujos. Tamar e Tolya aguardavam ligeiramente afastados deles, o sol dourado que havia dado a eles cintilando em suas túnicas brutas. Respirei profundamente. Nikolai tinha feito o que podia. Agora era a minha vez.

Capítulo 13

O CAMINHO TORTUOSO de cascalhos brancos nos levou pelos jardins do palácio, passando pelos gramados e pelos gazebos, e pelos muros altos do labirinto de cerca viva. Tolya, normalmente tão quieto e silencioso, contorcia-se na sela, a boca formando uma linha zangada.

— Algo errado? — perguntei.

Pensei que o gigante não responderia, mas então ele disse:

— Este lugar cheira a definhamento. Como se as pessoas ficassem fracas.

Lancei um olhar para o guerreiro imenso.

— Todos são fracos comparados a você, Tolya.

Tamar geralmente riria do estado de espírito do irmão, mas ela me surpreendeu ao responder:

— Ele está certo. Parece que este lugar está morrendo.

Eles não estavam ajudando a acalmar meus nervos. Nossa audiência na sala do trono havia me deixado inquieta, e eu ainda estava um pouco surpresa com a raiva que senti do Rei, embora os Santos soubessem que ele merecia. Era um velho lascivo e pervertido que gostava de seduzir as serviçais, para não mencionar o fato de ser um líder desonesto e ter ameaçado executar a mim e Maly no intervalo de poucos minutos. Mesmo pensando sobre isso, senti outro golpe de ressentimento amargo.

Meu coração bateu mais rápido quando entramos no túnel arborizado. As árvores nos pressionavam e, acima de nós, os galhos se entrelaçavam em um dossel verde. A última vez que os tinha visto, estavam desfolhados.

Nós emergimos no sol brilhante. Abaixo de nós ficava o Pequeno Palácio.

Senti falta dele, percebi. Do brilho de seus domos dourados, das estranhas paredes esculpidas com todo tipo de besta, real ou imaginária.

Sentira falta do lago azul reluzindo como uma fatia do céu, da pequena ilha não exatamente em seu centro, das manchas brancas dos pavilhões dos Conjuradores em sua margem. Era um lugar diferente de tudo. Fiquei surpresa em descobrir quanto ele era um lar para mim.

Mas nem tudo estava do mesmo jeito. Havia soldados do Primeiro Exército parados em torno dos jardins, rifles em suas costas. Eu duvidava que pudessem fazer muito contra a força de Sangradores, Aeros e Infernais determinados, mas a mensagem era clara: Grishas não são confiáveis.

Um grupo de servos vestidos de cinza esperava na escada para cuidar de nossos cavalos.

— Pronta? — Maly sussurrou enquanto me ajudava a desmontar.

— Eu queria que as pessoas parassem de me perguntar isso. Não pareço estar pronta?

— Sua aparência é a mesma de quando coloquei um girino na sua sopa e você o engoliu acidentalmente.

Segurei uma risada, sentindo parte da minha preocupação amenizar.

— Obrigada por me lembrar disso — falei. — Acho que até hoje não te dei o troco.

Parei para endireitar as dobras do meu *kefta*, aproveitando o tempo na esperança de que minhas pernas parassem de tremer. Então subi a escada, os outros me seguindo numa fila. Os serviçais abriram as portas e eu entrei. Passamos pelo breu sombrio da câmara de entrada e fomos para o Salão do Domo Dourado.

O salão era um hexágono gigante com as proporções de uma catedral. Suas paredes esculpidas eram revestidas de madrepérola e cobertas por uma enorme cúpula dourada que parecia flutuar sobre nós a uma altura impossível. Havia quatro mesas arrumadas em um retângulo no centro da sala, e era nela que os Grishas aguardavam. Apesar de estarem em número reduzido, ainda mantinham suas Ordens, sentando ou aguardando de pé em grupos amontoados de vermelho, roxo e azul.

— Eles realmente adoram suas belas cores — resmungou Tolya.

— Não me dê ideias — sussurrei. — Talvez eu decida que minha guarda pessoal deva vestir redingotes amarelos berrantes.

Pela primeira vez, vi uma expressão parecida com medo cruzar seu rosto.

Seguimos adiante, e a maioria dos Grishas se levantou. Era um grupo jovem e, com uma pontada de inquietação, percebi que muitos dos Grishas mais velhos e mais experientes tinham escolhido desertar para o lado do Darkling. Ou talvez apenas tivessem sido sábios o suficiente para fugir.

Eu havia esperado que poucos Corporalki permanecessem. Eles haviam sido os Grishas de hierarquia mais elevada, os lutadores mais valiosos e mais próximos do Darkling.

Ainda havia alguns rostos familiares. Sergei foi um dos poucos Sangradores que decidiram ficar. Marie e Nadia continuavam com os Etherealki. Fiquei surpresa ao ver David encurvado em seu lugar à mesa dos Materialki. Sabia que ele tinha dúvidas quanto ao Darkling, mas isso não o impedira de soldar o colar do cervo em meu pescoço. Talvez por isso não olhasse para mim. Ou talvez só estivesse ansioso para voltar à sua oficina.

A cadeira de ébano do Darkling havia sido removida. Sua mesa encontrava-se vaga.

Sergei foi o primeiro a se adiantar.

— Alina Starkov — disse ele com firmeza. — É um prazer recebê-la de volta ao Pequeno Palácio. — Notei que ele não se curvou.

A tensão crescia e pulsava pela sala como algo vivo. Parte de mim desejava quebrá-la. Seria fácil. Eu poderia sorrir, gargalhar, abraçar Marie e Nadia. Embora nunca tivesse pertencido a este lugar, eu representava bem esse papel. Seria um alívio fingir que eu era um deles novamente. Mas me lembrei dos avisos de Nikolai e me segurei. *Fraqueza é um disfarce.*

— Obrigada, Sergei — eu disse, deliberadamente informal. — Estou feliz de estar aqui.

— Houve rumores sobre a sua volta — disse ele. — Tantos quantos sobre a sua morte.

— Bem, como pode ver, estou viva e tão bem quanto esperado após semanas de viagem pelo Vy.

— Disseram que você chegou na companhia do segundo filho do Rei — disse Sergei.

Aí estava. O primeiro desafio.

— É verdade — falei com prazer. — Ele ajudou na minha batalha contra o Darkling.

Uma agitação percorreu a sala.

— Na Dobra? — Sergei perguntou, levemente confuso.

— No Mar Real — eu o corrigi. Um burburinho surgiu na multidão. Eu ergui a mão e, para meu alívio, eles ficaram em silêncio. *Faça-os seguir as pequenas ordens e eles seguirão as grandes*. — Tenho muitas histórias e informações para compartilhar — falei. — Mas isso pode esperar. Voltei a Os Alta com um propósito.

— As pessoas estão falando em casamento — disse Sergei.

Bem, Nikolai ficaria entusiasmado.

— Não voltei para ser uma noiva — falei. — Voltei por uma única razão. — Aquilo não era totalmente verdade, mas eu não iria discutir sobre o terceiro amplificador em uma sala cheia de Grishas de lealdade duvidosa. Eu inspirei. Então era isso. — Voltei para liderar o Segundo Exército.

Todos começaram a falar ao mesmo tempo. Houve poucas comemorações, alguns gritos raivosos. Vi Sergei e Marie se entreolharem. Quando a sala se aquietou ele disse:

— Já esperávamos por isso.

— O Rei concordou com que eu assuma o comando. — *Temporariamente*, pensei, mas não falei.

Outra onda de gritos e conversas irrompeu.

Sergei pigarreou:

— Alina, você é a Conjuradora do Sol, e estamos contentes com seu retorno seguro, mas você não é capacitada para comandar uma campanha militar.

— Capacitada ou não, tenho a bênção do Rei.

— Então apresentarei uma petição ao Rei. Os Corporalki são os Grishas mais elevados na hierarquia e deveriam liderar o Segundo Exército.

— De acordo com você, Sangrador.

Assim que ouvi aquela voz aveludada, soube a quem pertencia, mas meu coração ainda se apertou quando vi seu cabelo da cor de asas de corvos. Zoya saiu da multidão de Etherealki, sua forma ágil envolta em uma seda azul de verão que fazia seus olhos brilharem como pedras preciosas – pedras preciosas com cílios detestavelmente longos.

Precisei de toda a minha força de vontade para não me virar e observar a reação de Maly. Zoya era a Grisha que tinha feito todo o possível para tornar minha vida miserável no Pequeno Palácio. Ela havia zombado de mim, fofocado a meu respeito e até quebrado duas das minhas costelas. Mas ela também era a garota que tinha chamado a atenção de Maly muito tempo atrás em Kribirsk. Eu não tinha certeza do que tinha acontecido entre eles, mas duvidava de que fosse somente uma conversa animada.

— Eu falo pelos Etherealki — disse Zoya. — E nós seguiremos a Conjuradora do Sol.

Eu me esforcei para não demonstrar surpresa. Ela era a última pessoa de quem esperava apoio. Que jogo estaria jogando?

— Não fala por todos — Marie soltou debilmente. Sabia que não deveria me surpreender, mas ainda assim isso me feriu.

Zoya deu uma risada de desdém.

— Sim, nós sabemos que você apoia Sergei em todos os seus esforços, Marie. Mas isso não é um encontro tarde da noite perto do *banya*. Estamos falando do futuro dos Grishas e de toda Ravka.

O pronunciamento de Zoya foi recebido com risos abafados, e Marie ficou vermelha.

— Já basta, Zoya — disparou Sergei.

Um Etherealnik que eu não reconheci deu um passo à frente. Ele tinha a pele negra e uma cicatriz tênue no alto da bochecha esquerda. Vestia o bordado de um Infernal.

— Marie tem razão — disse ele. — Você não fala por todos nós, Zoya. Prefiro ver um Etherealnik no comando do Segundo Exército, mas não deveria ser ela. — Ele apontou acusador para mim. — Ela nem foi criada aqui.

— É isso mesmo! — gritou um Corporalnik. — Ela é Grisha há menos de um ano!

— Nós nascemos Grisha, não nos tornamos um — rosnou Tolya.

É claro, pensei com um suspiro interno. *Ele escolheria justo agora para sair da concha.*

— E quem é você? — perguntou Sergei, sua arrogância natural transparecendo.

Tolya levou a mão à sua espada curva.

— Meu nome é Tolya Yul-Baatar. Fui criado bem longe deste palácio moribundo e ficaria feliz de provar que posso parar o seu coração.

— Você é Grisha? — Sergei perguntou, incrédulo.

— Tanto quanto você — respondeu Tamar, seus olhos dourados brilhando.

— E você? — Sergei perguntou a Maly.

— Sou apenas um soldado — respondeu Maly, vindo para o meu lado. — Um soldado dela.

— Assim como todos nós — acrescentou Fedyor. — Voltamos para Os Alta para servir à Conjuradora do Sol, não a algum garoto posudo.

Outro Corporalnik ficou de pé.

— Você é só mais um covarde que fugiu quando o Darkling caiu. Não tem o direito de vir aqui nos insultar.

— E quanto a ela? — gritou outro Aeros. — Como sabemos que não está trabalhando com o Darkling? Ela o ajudou a destruir Novokribirsk.

— E dormiu com ele! — gritou outro.

Não se dê ao trabalho de negar, disse a voz de Nikolai na minha cabeça.

— E qual é a sua relação com Nikolai Lantsov? — questionou um Fabricador.

— Qual era a sua relação com o Darkling? — falou uma voz estridente.

— Faz diferença? — perguntei friamente, mas podia sentir meu controle indo embora.

— É claro que faz — disse Sergei. — Como podemos ter certeza de sua lealdade?

— Você não tem o direito de questioná-la! — gritou um dos Conjuradores.

— Por quê? — retrucou um Curandeiro. — Porque ela é uma Santa viva?

— Coloquem-na em uma capela, que é o lugar dela! — alguém gritou. — Ponham ela e sua turba para fora do Pequeno Palácio.

Tolya pegou sua espada. Tamar e Serguei ergueram as mãos. Eu vi Marie sacar sua pederneira e senti os ventos dos Conjuradores sacudirem as bordas do meu *kefta*. Pensei que estaria pronta para encará-los, mas não estava preparada para a onda de raiva que passou por mim. A ferida no meu ombro tremeu, e algo dentro de mim se libertou.

Olhei para o rosto zombeteiro de Sergei, e meu poder se levantou com um propósito claro e vicioso. Ergui meu braço. Se precisavam de uma lição, então eu lhes daria uma. Eles poderiam discutir sobre os restos do corpo de Sergei. Minha mão arqueou no ar, cortando na direção dele. A luz era uma lâmina afiada pela minha fúria.

No último segundo, algum lampejo de sanidade perfurou a névoa sussurrante de minha raiva. *Não*, pensei com terror ao perceber o que estava prestes a fazer. Minha mente em pânico titubeou. Virei de repente e joguei o Corte para o alto.

Um estrondo retumbante sacudiu a sala. Os Grishas gritaram e recuaram, agrupando-se rente às paredes.

A luz do dia se derramou pela fissura irregular acima de nós. Eu havia dividido o Domo Dourado como um ovo gigante.

Um silêncio profundo se seguiu enquanto cada Grisha se virava para mim incrédulo e aterrorizado. Eu engoli em seco, espantada com o que havia feito, assustada com o que quase fizera. Pensei no conselho de Nikolai e endureci meu coração. Eles não deviam perceber meu medo.

— Vocês acham o Darkling poderoso? — perguntei, espantada com a clareza fria de minha voz. — Pois não fazem ideia do que ele é capaz. Só eu vi o que ele pode fazer. Só eu o enfrentei e sobrevivi para falar a respeito.

Eu soava como uma estranha aos meus próprios ouvidos, mas sentia o eco do meu poder vibrando por mim e o impulsionei. Virei-me devagar, encarando cada olhar atordoado.

— Não me importa se pensam que sou uma Santa, uma idiota ou a puta do Darkling. Se querem permanecer no Pequeno Palácio, terão de me seguir. E se não gostarem da ideia, partirão hoje à noite, ou irei acorrentá-los. Sou uma soldada. Sou a Conjuradora de Sol. E sou a única chance que vocês têm.

Atravessei a sala e abri as portas que levavam às câmaras do Darkling, agradecendo em silêncio por não estarem trancadas.

Caminhei cegamente pelo corredor, incerta de aonde estava indo, mas ansiosa para me afastar do salão abobadado antes que alguém visse que eu tremia.

Por sorte, encontrei o caminho para a sala de guerra. Maly entrou atrás de mim e, antes de a porta se fechar, vi Tolya e Tamar assumindo seus postos. Fedyor e os outros devem ter ficado para trás. Com alguma esperança, eles se reconciliariam com o restante dos Grishas. Ou talvez só fossem matar uns aos outros.

Andei de um lado para o outro em frente ao antigo mapa de Ravka que cobria o comprimento da parede de trás.

Maly pigarreou.

— Acho que você se saiu bem.

Um soluço histérico de risada escapou dos meus lábios.

— A menos que você pretendesse derrubar o teto inteiro sobre nossas cabeças — disse ele. — Nesse caso, acho que foi apenas um sucesso parcial.

Mordi meu polegar e continuei a andar.

— Eu tinha de chamar a atenção deles.

— Então você queria mesmo fazer aquilo?

Eu quase matei alguém. Quis matar alguém. Ou era a cúpula ou Sergei, e Sergei teria sido muito mais difícil de consertar.

— Não exatamente — admiti.

De repente, toda a energia foi embora de mim. Caí em uma cadeira perto da mesa comprida e repousei a cabeça nas mãos.

— Eles irão todos embora — lamentei.

— Talvez — disse Maly —, mas eu duvido.

Enterrei a cabeça nos braços.

— A quem estou enganando? Não posso fazer isso. Só pode ser algum tipo de piada de mau gosto.

— Não ouvi ninguém rindo — disse Maly. — Para alguém que não tem ideia do que está fazendo, eu diria que você se saiu muito bem.

Ergui o rosto para fitá-lo. Ele estava apoiado na mesa, braços cruzados, o fantasma de um sorriso brincando em seus lábios.

— Maly, eu *esburaquei o teto*.

— Um buraco bastante dramático.

Deixei escapar um sopro, algo entre uma risada e um soluço.

— O que faremos quando chover?

— O que sempre fazemos — disse ele. — Vamos nos manter secos.

Alguém bateu na porta, e Tamar colocou a cabeça para dentro.

— Uma das serviçais quer saber se você dormirá nos aposentos do Darkling.

Eu sabia que tinha de fazer isso. Só não estava ansiosa por fazê-lo. Esfreguei as mãos no rosto e me ergui da cadeira. Menos de uma hora no Pequeno Palácio e já estava exausta.

— Vamos dar uma olhada.

Os aposentos do Darkling ficavam logo no fim do corredor, saindo da sala de guerra. Uma serviçal vestida de cinza-carvão nos levou para uma área comum grande e bastante formal, mobiliada com uma mesa comprida e algumas cadeiras que pareciam desconfortáveis. Cada parede tinha um par de portas duplas.

— Essas levam a uma passagem que a conduzirá para fora do Pequeno Palácio, *moi soverenyi* — disse a serviçal, apontando para a direita. Ela apontou para as portas à esquerda e disse:

— Essas levam aos aposentos dos guardas.

As portas localizadas bem a nossa frente não precisaram de explicação. Iam do chão ao teto e traziam o símbolo do Darkling, o eclipse do sol, talhado em sua madeira de ébano.

Eu não me sentia muito preparada para enfrentar aquilo, então caminhei para os aposentos dos guardas e espiei o lado de dentro. Sua área comum era consideravelmente mais aconchegante. Continha uma mesa redonda para jogar cartas e diversas cadeiras acolchoadas dispostas ao redor de um forno à lenha para manter o calor no inverno. Por outra porta, vi fileiras de beliches.

— Acho que o Darkling tinha mais guardas — disse Tamar.

— Muito mais — respondi.

— Podíamos trazer mais alguns.

— Pensei nisso — disse Maly. — Mas não sei se é necessário, e não tenho certeza de em quem podemos confiar.

Tive de concordar. Depositava certa fé em Tolya e Tamar, mas a única pessoa em quem realmente confiava era Maly.

— Talvez pudéssemos considerar os peregrinos — sugeriu Tamar. — Alguns têm formação militar. Deve haver bons lutadores entre eles, e certamente dariam a vida por você.

— Sem chance — respondi. — O Rei ouviria um sussurro de "Sankta Alina" e colocaria meu pescoço em uma corda. Além disso, não sei se colocaria a minha vida nas mãos de alguém que acha que posso me levantar dos mortos.

— Nós daremos conta — disse Maly.

Eu assenti.

— Tudo bem. E… alguém pode cuidar do reparo do telhado?

Sorrisos brotaram nos rostos de Tolya e Tamar.

— Não podemos deixá-lo daquele jeito por alguns dias?

— Não — eu ri. — Não quero a estrutura inteira desabando sobre nós. Falem com os Fabricadores. Eles devem saber o que fazer. — Passei meu polegar pela saliência que corria ao longo da minha palma. — Mas não permitam que o deixem muito perfeito — adicionei. Cicatrizes eram bons lembretes.

Voltei à área comum principal e me dirigi à serviçal que se mexia indecisa no vão da porta.

— Comeremos aqui esta noite — falei. — Você pode cuidar das bandejas?

A serviçal ergueu as sobrancelhas, depois se curvou e saiu correndo. Eu tremi. Devia dar ordens, não fazer perguntas.

Deixei Maly e os gêmeos discutindo um cronograma de vigília e entrei pelas portas de ébano. Os puxadores eram duas peças finas de lua crescente feitas do que parecia ser osso. Quando os segurei e puxei, não houve qualquer rangido ou ruído de dobradiças. As portas se abriram sem nenhum som.

Um serviçal tinha acendido as lamparinas do quarto do Darkling. Analisei o ambiente e deixei escapar um suspiro que não percebi estar prendendo. O que eu esperava? Uma masmorra? Um poço? Que o Darkling dormisse suspenso nos galhos de uma árvore?

O quarto era hexagonal, as paredes de madeira escura, esculpidas para dar a ilusão de uma floresta repleta de árvores esguias. Acima da enorme cama de dossel, o teto abobadado era feito de obsidiana preta lisa e salpicado de fragmentos de madrepérola dispostos em constelações. Era um quarto incomum e certamente luxuoso, mas, ainda assim, era só um quarto.

As prateleiras estavam sem livros. A mesa e o toucador encontravam-se vazios. Todos os seus bens devem ter sido levados, provavelmente queimados ou quebrados em pedacinhos. Acho que deveria ter ficado feliz de o Rei não ter posto abaixo o Pequeno Palácio inteiro.

Caminhei para a lateral da cama e passei a mão no tecido frio do travesseiro. Era bom saber que alguma parte dele ainda era humana, que ele deitava a cabeça para descansar de noite como todo mundo. Mas eu poderia realmente dormir em sua cama, sob aquele telhado?

Num sobressalto, percebi que o quarto tinha o cheiro dele. Nunca havia notado que ele tinha um cheiro. Fechei os olhos e respirei profundamente. O que era isso? O frio cortante de um vento invernal. Galhos nus. O cheio da ausência, o cheiro da noite. A ferida em meu ombro pinicou e eu abri os olhos. As portas do quarto estavam fechadas. Eu não as tinha ouvido se fechar.

— Alina.

Eu me virei. O Darkling estava de pé do outro lado da cama.

Tapei a boca com as mãos para interromper meu grito.

Isto não é real, disse a mim mesma. *É só mais uma alucinação. Como aconteceu na Dobra.*

— Minha Alina — disse ele, suavemente. Seu rosto estava bonito, intocado. Perfeito.

Não vou gritar, porque isto não é real, e quando eles vierem correndo não haverá nada para ver.

Ele caminhou lentamente ao redor da cama. Seus passos não produziam som.

Fechei os olhos, pressionei-os com minhas palmas, contei até três. Mas, quando os abri novamente, ele ainda estava diante de mim. *Não vou gritar*.

Dei um passo para trás, senti a pressão da parede atrás de mim. Um som abafado escapou da minha garganta.

Não vou gritar.

Ele esticou as mãos. *Ele não pode me tocar, disse a mim mesma. Sua mão vai me atravessar como um fantasma. Ela não é real.*

— Você não pode fugir de mim — ele sussurrou.

Seus dedos tocaram a minha bochecha. Sólidos. Reais. Eu os *senti*.

O medo disparou por mim. Ergui as mãos e luz reluziu pelo quarto em uma onda brilhante que tremulou com calor. O Darkling desapareceu.

Passos ecoaram na área do lado de fora. As portas foram abertas. Maly e os gêmeos entraram com tudo, de arma na mão.

— O que aconteceu? — perguntou Tamar, verificando o quarto vazio.

— Nada — falei, forçando a palavra a passar pelos meus lábios, com esperança de que a voz soasse normal. Enfiei as mãos nas dobras do meu *kefta* para ocultar o tremor. — Por quê?

— Nós vimos a luz e...

— É que está um pouco sombrio aqui — falei. — Todo esse preto. — Eles me fitaram por um longo momento. Então Tamar olhou em volta. — É muito depressivo. Talvez você queira redecorá-lo.

— Está definitivamente na minha lista.

Os gêmeos deram outra olhada em volta do quarto e então foram para a porta, Tolya já resmungando com sua irmã sobre o jantar. Maly continuou na entrada, esperando.

— Você está tremendo — disse ele.

Eu sabia que ele não me pediria para explicar desta vez. Ele não precisava fazer isso. Eu deveria ter dito a verdade a ele sem que precisasse me perguntar. Mas o que diria? Que estava vendo coisas? Que estava louca? Que nunca estaríamos seguros, não importa para quão longe fugíssemos? Que estava tão quebrada quanto o Domo Dourado, mas que algo muito pior que a luz do dia rastejava dentro de mim?

Permaneci em silêncio.

Maly balançou a cabeça uma única vez e então simplesmente foi embora.

Permaneci sozinha no centro do quarto vazio do Darkling.

Chame-o, pensei desesperadamente. *Diga algo a ele. Conte tudo a ele.*

Maly estava a apenas alguns passos de distância, do outro lado daquela parede. Eu poderia dizer seu nome, trazê-lo de volta e contar tudo a ele: o que havia acontecido na Dobra, o que quase havia feito com Sergei, o que tinha visto apenas alguns momentos atrás. Eu abri a boca, mas as mesmas palavras vieram a mim, várias e várias vezes.

Não vou gritar. Não vou gritar. Não vou gritar.

Capítulo 14

Acordei no dia seguinte com o som de vozes irritadas. Por um momento, não fiz ideia de onde estava. A escuridão era quase perfeita, quebrada apenas por uma fresta fina de luz passando por baixo da porta.

Então a realidade voltou. Sentei-me e tateei até encontrar a lamparina na parede perto da cama. Acendi a chama e observei o dossel de seda escura, o chão de ardósia, as paredes de ébano esculpidas. Realmente teria de fazer algumas mudanças. O quarto era um lugar depressivo demais para se acordar nele. Era estranho pensar que eu realmente estava nos aposentos do Darkling, que tinha passado a noite em sua cama. Pensar que o tinha visto de pé neste mesmo quarto.

Chega disso. Joguei as cobertas para longe e coloquei os pés na lateral da cama. Eu não sabia se as visões eram produto da minha imaginação ou alguma tentativa real do Darkling de me manipular, mas tinha de haver uma explicação racional para elas. Talvez a mordida do *nichevo'ya* tivesse me infectado com alguma coisa. Se fosse esse o caso, teria de encontrar um modo de curar esse mal. Ou talvez os efeitos passassem com o tempo.

A discussão do lado de fora da minha porta estava subindo de tom. Achei que reconhecia a voz de Sergei e o retumbar irritado de Tolya. Vesti o roupão bordado deixado para mim no pé da cama, certifiquei-me de que o bracelete no meu pulso estava escondido e saí rapidamente para a área comum.

Quase esbarrei nos gêmeos. Tolya e Tamar estavam lado a lado, impedindo um grupo de Grishas irritados de entrar no meu quarto. Os braços de Tolya estavam cruzados, e Tamar estava balançando a cabeça enquanto Sergei e Fedyor argumentavam em altos brados. Fiquei aflita ao ver Zoya perto deles, acompanhada do Infernal de pele negra que me desafiara no dia anterior. Parecia que todos falavam ao mesmo tempo.

— O que está acontecendo? — perguntei.

Assim que Sergei me viu, ele veio para frente, segurando um pedaço de papel na mão. Tamar moveu-se para bloqueá-lo, mas acenei para deixá-lo passar.

— Está tudo bem — falei. — Qual é o problema? — Mas eu achava que já sabia do que se tratava. Reconhecia minha própria caligrafia e os restos do selo de sol dourado que Nikolai havia arrumado para mim no papel que Sergei sacudia agora na minha cara.

— Isto é inaceitável — Sergei falou, bufando.

Na noite anterior, eu mandara avisar que reuniria um conselho de guerra. Cada Ordem Grisha deveria escolher dois representantes para participar. Estava satisfeita de ver que eles haviam escolhido Fedyor e Sergei, mas parte da minha boa vontade sumiu quando o Grisha mais velho entrou na discussão.

— Ele está certo — disse Fedyor. — Os Corporalki são a primeira linha de defesa dos Grishas. Somos nós que temos mais experiência em assuntos militares e deveríamos estar representados de maneira mais justa.

— Somos igualmente importantes para o esforço de guerra — declarou Zoya, ficando vermelha. Mesmo zangada, ela estava linda. Eu suspeitava de que ela seria escolhida para representar os Etherealki, mas certamente não estava feliz com a decisão. — Se o conselho terá três Corporalki — disse ela —, então deveria haver três Conjuradores também.

Todos começaram a gritar novamente. Notei que os Materialki não tinham aparecido para reclamar. Sendo a Ordem Grisha de menor status, provavelmente estavam felizes de simplesmente ser incluídos, ou talvez estivessem envolvidos demais com suas atividades para se incomodarem com isso.

Eu ainda não estava completamente acordada. Queria o meu café da manhã, não uma discussão. Mas sabia que isso precisava ser resolvido. Planejava fazer as coisas de um jeito diferente – e talvez fosse bom que soubessem logo quão diferente isso seria, ou esse esforço iria falhar antes mesmo de começar. Levantei a mão e eles se calaram de imediato. Claramente, eu tinha dominado esse truque. Talvez eles estivessem com medo de que eu fosse estragar outro teto.

— Serão dois Grishas de cada Ordem — falei. — Nem mais, nem menos.

— Mas… — Sergei começou a falar.

— O Darkling mudou. Para termos alguma chance de vencê-lo, precisamos mudar também. Dois Grishas de cada Ordem — repeti. — E as Ordens não irão mais se sentar separadamente. Vocês sentarão juntos, comerão juntos e lutarão juntos.

Pelo menos eu havia conseguido silenciá-los. Eles estavam parados, boquiabertos.

— E os Fabricadores começam treinamento de combate hoje — concluí.

Absorvi as expressões de horror. Foi como se eu tivesse dito que marcharíamos todos nus para a guerra. Os Materialki não eram considerados guerreiros, então ninguém havia se dado ao trabalho de ensiná-los a lutar. Parecia uma oportunidade perdida para mim. *Use o que ou quem estiver na sua frente.*

— Posso ver que estão todos entusiasmados — falei com um pequeno suspiro.

Precisando muito de um copo de chá, andei até a mesa onde uma travessa de café da manhã havia sido colocada com pratos cobertos. Levantei uma das tampas: centeio e arenque. Esta manhã não estava começando muito bem.

— Mas… mas *sempre* foi assim — gaguejou Sergei.

— Você não pode simplesmente ignorar centenas de anos de tradição — protestou o Infernal.

— Será que vamos realmente discutir sobre isso também? — perguntei, irritada. — Estamos em guerra com um poder antigo além da compreensão, e vocês querem brigar para ver quem se sentará ao lado de quem no almoço?

— Não é essa a questão — disse Zoya. — Existe uma ordem para as coisas, um jeito de fazê-las que…

Todos começaram a tagarelar novamente – sobre tradição, sobre como as coisas eram feitas, sobre a necessidade de estrutura e de as pessoas saberem o lugar delas.

Eu recoloquei a tampa no prato com um estrondo.

— É assim que vamos fazer as coisas — eu disse, já perdendo a paciência. — Sem a arrogância dos Corporalki. Sem as turminhas dos Etherealki. E chega de arenque.

Zoya abriu a boca, mas então pensou duas vezes e a fechou novamente.

— Agora, vão embora — bradei. — Quero tomar meu café da manhã em paz.

Por um instante, eles simplesmente permaneceram parados. Então Tamar e Tolya deram um passo à frente e, para meu contínuo espanto, os Grishas obedeceram. Zoya parecia contrariada, e a expressão de Sergei era tempestuosa, mas todos saíram da sala docilmente.

Alguns segundos depois, Nikolai apareceu na porta, e percebi que ele estava escutando no corredor.

— Muito bem — disse ele. — Este dia será para sempre lembrado como a data do Grande Decreto do Arenque. — Ele deu um passo para dentro e fechou a porta atrás de si. — Contudo, não foi o tom mais inspirado do mundo.

— Não tenho o seu talento para bancar a "entretida e distante" — falei, sentando-me à mesa e devorando ansiosamente um rolinho. — Mas "nervosa" parece estar funcionando para mim.

Um servo correu para me trazer uma xícara de chá do samovar. Estava escaldante, e eu o enchi de açúcar. Nikolai pegou uma cadeira e sentou-se sem cerimônia.

— Você realmente não vai comer isso? — disse ele, já empilhando os arenques em seu prato.

— É repulsivo — falei sucintamente.

Nikolai deu uma bela mordida.

— Você não sobrevive no mar se não aguentar comer peixe.

— Não banque o marinheiro de primeira viagem comigo. Eu comi no seu navio, lembra? O *chef* do Sturmhond não servia exatamente bacalhau e biscoito.

Ele deu um suspiro pesaroso.

— Queria ter trazido Burgos comigo. As cozinhas da corte parecem acreditar que uma refeição não está completa se não estiver nadando em manteiga.

— Apenas um príncipe reclamaria de manteiga demais.

— Hummm — ele murmurou, pensativo, apalpando seu abdome liso. — Talvez uma pança real me desse mais autoridade.

Eu ri e então quase pulei quando a porta se abriu e Maly entrou. Ele parou quando viu Nikolai.

— Não me dei conta de que jantaria no Pequeno Palácio, *moi tsarevich*. — Ele se curvou duramente para Nikolai e então para mim.

— Você não precisa fazer isso — eu disse.

— Sim, ele precisa.

— Viu, o Príncipe Perfeito concorda — disse Maly, juntando-se a nós à mesa.

Nikolai sorriu.

— Eu já tive muitos apelidos, mas esse é facilmente o mais preciso.

— Eu não sabia que você estava acordado — falei para Maly.

— Levantei há horas e fiquei perambulando, procurando algo para fazer.

— Excelente — disse Nikolai. — Eu vim fazer um convite.

— É para um baile? — perguntou Maly, pegando o pedaço remanescente de rolinho do meu prato. — Eu torço muito para que seja um baile.

— Embora eu tenha certeza de que você dance valsa magnificamente, não. Javalis foram vistos nas florestas perto de Balakirev. Um grupo de caça parte amanhã, e gostaria que você fosse junto.

Maly ergueu as sobrancelhas.

— Com poucos amigos, Vossa Alteza?

— E muitos inimigos — retrucou Nikolai. — Mas não estarei lá. Meus pais não estão exatamente prontos para me deixar sair de suas vistas. Falei com um dos generais, e ele concordou em ter você como convidado.

Maly inclinou-se para trás e cruzou seus braços.

— Entendo. Então eu saio andando a esmo pela floresta por alguns dias e você fica aqui — disse ele, com um olhar significativo para mim.

Eu mudei de posição na cadeira. Não havia gostado da insinuação, mas tinha de admitir que parecia uma tática óbvia. Óbvia demais para Nikolai, na verdade.

— Sabe, para duas pessoas em paixão eterna, vocês são bem inseguros — disse Nikolai. — Alguns dos membros de mais alta patente do Primeiro Exército estarão no grupo de caça, e meu irmão também. Ele é um ávido caçador, e vi pessoalmente que você é o melhor rastreador de Ravka.

— Pensei que deveria ficar protegendo Alina — Maly disse —, não perambulando com um bando de nobres mimados.

— Tolya e Tamar podem fazer isso enquanto você estiver fora. E essa é uma chance para você fazer algo útil.

Ótimo, pensei, vendo os olhos de Maly se estreitarem. *Simplesmente perfeito*.

— E o que você estará fazendo de útil, Vossa Alteza?

— Eu sou um príncipe — disse Nikolai. — Ser útil não faz parte do meu trabalho. Mas... — ele adicionou —, quando não estiver descansando e sendo lindo, estarei tentando equipar melhor o Primeiro Exército e obter informações sobre a localização do Darkling. Ouvi dizer que ele entrou nos Sikurzoi.

Maly e eu nos endireitamos ao ouvir isso. Os Sikurzoi eram as montanhas que corriam por boa parte da fronteira entre Ravka e Shu Han.

— Você acha que ele está no sul? — perguntei.

Nikolai botou outro pedaço de arenque na boca.

— É possível — disse ele. — Pensei que a probabilidade de ele se aliar aos fjerdanos fosse maior. A fronteira ao norte é muito mais vulnerável. Mas os Sikurzoi são um bom lugar para se esconder. Se os relatos forem verdadeiros, precisaremos agir e forjar uma aliança com os shu assim que possível, para podermos avançar contra ele em duas frentes.

— Você quer levar a guerra até ele? — eu disse, surpresa.

— É melhor do que esperar ele ficar forte o suficiente para vir até nós.

— Eu gosto dessa ideia — disse Maly, com admiração relutante. — Não é algo que o Darkling esperaria.

Isso me lembrou de que, embora Maly e Nikolai tivessem suas diferenças, Maly e Sturmhond estavam se tornando amigos.

Nikolai bebericou o chá e disse:

— Também há notícias perturbadoras vindas do Primeiro Exército. Parece que alguns soldados se converteram e desertaram.

Franzi as sobrancelhas.

— Você não está dizendo que...

Nikolai assentiu com a cabeça.

— Eles estão se refugiando nos monastérios, juntando-se ao culto da Santa do Sol, criada pelo Apparat. O sacerdote está dizendo que você foi tomada como prisioneira pela monarquia corrupta.

— Isso é ridículo — falei.

— Na verdade, é completamente plausível, e é uma história bastante satisfatória. Não preciso nem dizer que meu pai não está feliz com isso. Ele se enfureceu ontem à noite e duplicou o preço pela cabeça do Apparat.

Eu suspirei.

— Isso é mau.

— É mesmo — Nikolai admitiu. — Você vê por que pode ser sábio para o capitão da sua guarda pessoal começar a forjar alianças no Grande Palácio? — Ele voltou seu olhar penetrante para Maly. — E é assim, Oretsev, que você pode ser útil. Se bem me lembro, você encantou minha tripulação, então talvez possa pegar seu arco e fazer o papel de diplomata em vez de amante ciumento.

—Pensarei a respeito.

— Bom garoto — disse Nikolai.

Ah, pelos Santos. Ele não conseguia simplesmente se conter, não é mesmo?

— Cuidado, Nikolai — Maly disse, suavemente. — Príncipes sangram como qualquer pessoa.

Nikolai retirou um pedaço invisível de pó de sua manga.

— Sim — replicou ele. — Apenas fazem isso em roupas melhores.

— Maly...

Maly se levantou, sua cadeira arrastando no chão.

— Preciso de um pouco de ar. — Ele saiu rapidamente pela porta, qualquer pretensão de rituais e títulos esquecida.

Eu joguei meu guardanapo na mesa.

— Por que você faz isso? — perguntei a Nikolai, irritada. — Por que você o provoca desse jeito?

— Eu provoquei? — perguntou Nikolai, esticando a mão para pegar outro rolinho. Pensei em espetar a mão dele com um garfo.

— Não fique forçando Maly, Nikolai. Se perdê-lo, vai me perder também.

— Ele precisa aprender quais são as regras aqui. Se não conseguir, ele se torna um risco. Há coisas demais em jogo para meias medidas.

Um arrepio correu por mim e esfreguei minhas mãos sobre meus braços.

—Odeio quando você fala desse jeito. Soa exatamente como o Darkling.

— Se algum dia tiver dificuldade em nos distinguir, procure pela pessoa que não está torturando você ou tentando matar Maly. Esse serei eu.

— Você tem tanta certeza de que não faria isso? — retruquei. — Se isso o colocasse mais próximo do que deseja, do trono e da sua grande chance de salvar Ravka, tem certeza de que não me levaria pessoalmente para ser executada?

Eu esperava outra resposta irônica, mas Nikolai reagiu como se tivesse levado um soco no estômago. Ele começou a falar, parou, e então balançou a cabeça.

— Pelos Santos — disse ele, com um tom entre o espanto e o nojo. — Eu realmente não sei.

Eu me afundei de volta na cadeira. Sua confissão deveria ter me deixado furiosa, mas senti a raiva me abandonando. Talvez fosse sua honestidade. Ou talvez porque começasse a me preocupar com o que eu mesma seria capaz de fazer.

Ficamos sentados em silêncio por um longo minuto. Ele esfregou a mão na nuca e se levantou lentamente. Na porta, ele se deteve.

— Sou ambicioso, Alina. Sou dedicado. Mas espero… espero ainda saber a diferença entre certo e errado. — Ele hesitou. — Falei sério quando prometi a você sua liberdade. Se amanhã decidir correr de volta para Novyi Zem com Maly, eu irei colocá-la em um navio e deixarei que o mar a leve. — Ele me encarou, seus olhos castanhos fixos nos meus. — Mas eu lamentaria sua partida.

Ele desapareceu no corredor, seus passos ecoando pelo piso de pedra.

Fiquei lá um pouco, mordiscando meu café da manhã, processando as palavras de despedida de Nikolai. Então me sacudi um pouco. Eu não tinha tempo para dissecar as razões dele. Em apenas algumas horas o conselho de guerra se reuniria para falar sobre estratégia e a melhor maneira de levantarmos uma defesa contra o Darkling. Eu tinha muitos preparativos a cumprir, mas antes precisava fazer uma visita.

CONFORME EU ABOTOAVA os botões em formato de sol do meu *kefta* dourado e azul, balançava a cabeça em um lamento. Baghra não perderia tempo zombando de minhas novas pretensões. Penteei o cabelo e saí furtivamente do Pequeno Palácio pela entrada do Darkling, cruzando o terreno até o lago.

A serva com quem conversei disse que Baghra havia adoecido pouco depois do festival de inverno e, desde então, havia parado de aceitar alunos. É claro que eu sabia a verdade. Na noite da festa, Baghra tinha revelado os planos do Darkling e me ajudado a fugir do Pequeno Palácio. Então ela ocultou minha ausência para que eu ganhasse algum tempo. A ideia dele furioso ao descobrir o engodo repousava como uma pedra em meu estômago.

Quando tentei pressionar a serviçal nervosa por mais detalhes, ela se curvou desajeitadamente e fugiu do aposento. Apesar de tudo, Baghra estava viva e estava aqui. O Darkling era capaz de destruir uma cidade inteira, mas, pelo visto, até ele se recusava a assassinar a própria mãe.

O caminho para a cabana da Baghra estava cheio de arbustos, a floresta de verão emaranhada e com um forte cheiro de folhas e terra molhada. Acelerei meus passos, surpresa com a minha ansiedade por vê-la. Ela tinha sido uma professora difícil e uma mulher desagradável nos seus melhores dias, mas tentou me ajudar quando ninguém mais quis, e eu sabia que era minha melhor chance de resolver o enigma do terceiro amplificador de Morozova.

Subi os três degraus na frente da cabana e bati na porta. Ninguém respondeu. Bati novamente e então empurrei a porta, fazendo uma careta diante da onda familiar de calor. Baghra sempre parecia estar com frio, e entrar em sua cabana era como ser enfiada em um forno.

O pequeno aposento escuro estava do jeito que eu me lembrava: esparsamente mobiliado com o mínimo necessário, um fogo crepitando no forno à lenha e Baghra encolhida perto dele em seu *kefta* desgastado. Fiquei surpresa de ver que ela não estava sozinha. Um servo estava sentado perto dela, um rapaz novo vestido de cinza. Ele se levantou quando entrei, apertando os olhos para me ver na penumbra.

— Sem visitantes — disse ele.

— Por ordem de quem? — Ao som de minha voz, Baghra levantou a cabeça abruptamente.

Ela bateu com seu cajado no chão.

— Deixe-nos, garoto — ela ordenou.

— Mas…

— Vá! — ela rosnou.

Agradável como sempre, pensei, preocupada.

O garoto atravessou rapidamente o aposento e saiu da cabana sem dizer outra palavra.

A porta mal tinha se fechado quando Baghra disse:

— Estava me perguntando quando você voltaria aqui, pequena Santa.

Só Baghra para me chamar do único nome que eu não queria ouvir.

Eu já estava suando e não tinha a mínima vontade de chegar ainda mais perto do fogo, mas fiz isso mesmo assim, atravessando o aposento para me sentar na cadeira que o servo tinha liberado.

Ela se virou em direção às chamas enquanto eu me aproximava, dando-me as costas. Ela estava particularmente difícil hoje. Ignorei o insulto.

Fiquei em silêncio por um instante, incerta de por onde começar.

— Ouvi dizer que você adoeceu depois que fui embora.

— Hunf.

Eu não queria saber, mas me forcei a perguntar.

— O que ele fez com você?

Ela deu um riso seco.

— Menos do que poderia. Mais do que deveria.

— Baghra…

— Era para você ir para Novyi Zem. Era para você desaparecer.

— Eu tentei.

— Não, você foi caçar — ela desdenhou, com uma batida de seu cajado no chão. — E o que você encontrou? Um lindo colar para vestir pelo resto da vida? Aproxime-se — disse ela. — Quero saber no que meus esforços resultaram.

Prestativa, eu me inclinei. Quando ela se virou para mim, engoli em seco.

Baghra havia envelhecido uma eternidade desde que a vira pela última vez. Seus cabelos negros estavam esparsos e ficando grisalhos. Suas feições fortes tinham se borrado. O traço firme de sua boca parecia fundo e macio.

Mas não era por isso que eu tinha levado um susto. Os olhos de Baghra tinham sumido. Onde eles deveriam estar só havia dois poços escuros, sombras dançando em suas profundezas indevassáveis.

— Baghra — falei, sufocada. Estiquei a mão para ela, mas ela se afastou do meu toque.

— Me poupe de sua piedade, garota.

— O que… o que ele fez com você? — Minha voz era pouco mais que um sussurro.

Ela deu outro riso áspero.

— Ele me deixou no escuro.

Sua voz era forte, mas, sentada perto do fogo, percebi que era a única parte dela que permanecia inalterada. Ela fora magra e firme, com a postura precisa de um acrobata. Agora havia um pouco de tremor em suas mãos anciãs, e seu corpo, antes ágil, parecia simplesmente esquelético e frágil.

— Mostre-me — disse ela, esticando-se. Permaneci parada e deixei suas mãos passearem pelo meu rosto. Os dedos nodosos moviam-se como duas aranhas brancas, passando pelas minhas lágrimas sem interesse, rastejando pela minha mandíbula até a base do meu pescoço, onde descansaram sobre o colar.

— Ah — ela sussurrou, as pontas dos dedos acompanhando os pedaços brutos de chifre no meu pescoço, sua voz suave, quase melancólica. — Gostaria de ter visto esse cervo.

Eu queria virar a cabeça, evitar olhar os poços negros fervilhantes de seus olhos. Em vez disso, puxei a minha manga e segurei uma de suas mãos. Ela tentou se desvencilhar, mas eu a prendi com mais força e coloquei seus dedos sobre a pulseira no meu pulso. Ela parou de repente.

— Não — disse ela. — Não pode ser.

Baghra tateou as bordas das escamas do açoite do mar.

— *Rusalye* — ela sussurrou. — O que você fez, garota?

Suas palavras me deram esperança.

— Você sabe sobre os outros amplificadores.

Fiz uma careta quando seus dedos fizeram pressão em meu pulso.

— É verdade? — ela perguntou abruptamente. — O que dizem que ele é capaz de fazer, dar vida às sombras?

— Sim — admiti.

Seus ombros arqueados caíram ainda mais. Então ela jogou meu braço para longe como se fosse algo sujo.

— Vá embora.

— Baghra, preciso da sua ajuda.

— Eu disse *vá embora*.

— Por favor. Preciso saber onde encontrar o pássaro de fogo.

Sua boca afundada tremia um pouco.

— Eu traí meu filho uma vez, pequena Santa. O que a faz pensar que eu faria isso de novo?

— Você queria impedi-lo — falei, hesitante. — Você...

Baghra bateu no chão com seu cajado.

— Eu queria impedi-lo de se tornar um monstro! Mas é tarde demais para isso, não é mesmo? Graças a você, ele está mais longe de ser humano do que jamais esteve. Ele está muito além de qualquer redenção.

— Talvez... — admiti. — Mas Ravka não está além da salvação.

— O que me importa o que acontecerá com este maldito país? O mundo está tão bom assim para você achar que vale a pena salvá-lo?

— Sim — eu disse. — E sei que você também acha.

— O que você sabe não daria para encher uma gaveta, garota.

— Está bem! — falei, meu desespero superando minha culpa. — Sou uma idiota. Uma tola. Estou desesperada. É por isso que preciso de sua ajuda.

— Não é possível ajudá-la. Sua única esperança era fugir.

— Conte para mim o que você sabe sobre Morozova — implorei. — Ajude-me a encontrar o terceiro amplificador.

— Eu não saberia nem começar a adivinhar onde encontrar o pássaro de fogo, e não contaria a você mesmo que soubesse. Tudo que eu quero agora é um quarto quente e ser deixada sozinha para morrer.

— Eu poderia lhe tirar este quarto — falei, com raiva. — Seu fogo, seu servo obediente. Talvez então você se sentisse mais disposta a falar.

No instante em que as palavras saíram da minha boca, eu me arrependi. Fui tomada por uma terrível onda de vergonha. Eu tinha mesmo acabado de ameaçar uma velhinha cega?

Baghra deu sua risada agitada e maliciosa.

— Posso ver que você está se acostumando bem ao poder. Conforme ele crescer, pedirá por mais. Os similares se atraem, garota.

Suas palavras me deram um arrepio de medo.

— Eu não quis dizer isso — falei, fracamente.

— Você não pode violar as regras deste mundo sem pagar um preço. Esses amplificadores nunca deveriam ter existido. Nenhum Grisha deveria ter esse nível de poder. Você já está mudando. Busque o terceiro, use-o e você se perderá completamente, pedaço por pedaço. Você quer minha ajuda? Quer saber o que fazer? Esqueça o pássaro de fogo. Esqueça Morozova e sua insanidade.

Balancei a cabeça.

— Não posso fazer isso. Nem vou.

Ela se voltou para o fogo.

— Então faça o que quiser, garota. Estou cheia desta vida, e estou cheia de você.

O que eu esperava? Que ela me cumprimentasse como uma filha? Que me desse as boas-vindas como uma amiga? Ela tinha perdido o amor de seu filho e sacrificado sua visão, e, no final das contas, eu tinha falhado com ela. Eu quis insistir e exigir sua ajuda. Quis ameaçá-la, agradá-la, ajoelhar e pedir perdão por tudo que ela havia perdido e por todos os erros que eu havia cometido. Em vez disso, fiz o que ela queria que eu fizesse desde o início. Eu me virei e fugi.

Quase tropecei nos degraus ao sair sem jeito da cabana, mas o servo estava esperando na base da escada. Ele esticou a mão para me estabilizar antes que eu pudesse cair.

Respirei fundo o ar fresco, sentindo o suor resfriar na minha pele.

— É verdade? — ele perguntou. — Você é realmente a Conjuradora do Sol?

Olhei de relance para seu rosto esperançoso e senti a dor das lágrimas na minha garganta. Eu assenti com a cabeça e tentei sorrir.

— Minha mãe diz que você é uma Santa.

E em quais outros contos de fada ela acredita?, pensei, amargamente.

Antes que pudesse passar vergonha ao desabar em prantos em seu ombro magricela, passei por ele e corri pelo caminho estreito.

Quando cheguei à beira do lago, me dirigi a um dos pavilhões de pedra branca dos Conjuradores. Eles não eram realmente construções, apenas carapaças com cúpulas onde jovens Conjuradores podiam praticar seus dons sem medo de explodir o teto da escola ou botar fogo no Pequeno Palácio. Sentei-me à sombra das escadas do pavilhão e enfiei a cabeça nas mãos, tentando evitar as lágrimas e recuperar o fôlego.

Tinha estado tão certa de que Baghra saberia algo sobre o pássaro de fogo, e tão confiante de que ela estaria disposta a ajudar. Não havia me dado conta de quanta esperança tinha depositado nela até que o sentimento desapareceu.

Alisei as dobras brilhantes do meu *kefta* no meu colo e suprimi um soluço. Tinha pensado que Baghra riria de mim, zombando da pequena Santa vestida nas suas roupas finas. Por que havia acreditado que o Darkling poderia ser misericordioso com a mãe?

E por que eu tinha agido daquela forma? Como eu podia ter ameaçado tirar seus poucos confortos? A feiura daquilo me fez sentir mal. Eu poderia jogar a culpa no desespero, mas isso não amenizava minha vergonha. Nem mudava o fato de que alguma parte de mim queria voltar à cabana e cumprir aquelas ameaças, arrastá-la para a luz e extrair respostas de sua boca amarga e afundada. O que havia de errado comigo?

Tirei meu exemplar de *Istorii Sankt'ya* do bolso e passei as mãos pela capa de couro vermelho gasto. Havia lido o livro tantas vezes que abri direto na ilustração de Sankt Ilya, embora agora as páginas estivessem manchadas por causa da queda do *Beija-Flor*.

Um Santo Grisha? Ou outro tolo ambicioso que não conseguiu resistir à tentação do poder? Um tolo ambicioso como eu. *Esqueça Morozova e sua insanidade.* Corri um dedo pela curva do arco. Pode não significar nada. Pode ser uma referência ao passado de Ilya sem ligação alguma com amplificadores, ou apenas um capricho do artista. Mesmo se estivéssemos certos e fosse algum tipo de sinal, poderia estar em qualquer lugar. Nikolai tinha viajado pela maior parte de Ravka e nunca o tinha visto. Até onde sabíamos, o arco podia ter desabado em ruínas centenas de anos atrás.

Um sino ecoou na escola do outro lado do lago, e um grupo de crianças Grishas saiu correndo de suas portas, gritando e rindo, ansiosas para aproveitar o sol do verão. A escola seguia funcionando, a despeito dos desastres dos últimos meses. Mas se o Darkling estivesse a caminho, eu teria de evacuá-la. Não queria crianças na rota dos *nichevo'ya*.

O boi sente o jugo, mas será que o pássaro sente o peso de suas asas?

Será que Baghra tinha mesmo dito isso a mim? Ou eu tinha ouvido as palavras em um sonho?

Eu me levantei e espanei a poeira do meu *kefta*. Não tinha certeza do que havia me abalado mais, a recusa de Baghra em me ajudar ou quão alquebrada ela parecia estar. Não era apenas uma mulher velha, era uma mulher sem esperança. E eu tinha ajudado a tirar isso dela.

Capítulo 15

APESAR DO NOME, eu adorava a sala de guerra. O meu lado cartógrafo não resistia a mapas antigos forjados em couro e embelezados com destaques caprichados: o farol dourado de Os Kervo, os templos montanhosos de Shu, as sereias que nadavam nas beiras dos mares.

Olhei em volta da mesa para os rostos dos Grisha, alguns familiares, alguns novos. Qualquer um poderia ser um espião do Darkling, do Rei, do Apparat. Qualquer um poderia estar atrás de uma oportunidade de me tirar do caminho e assumir o poder.

Tolya e Tamar estavam do lado de fora, a um grito de distância em caso de problemas, mas era a presença de Maly que me confortava. Ele estava sentado à minha direita em suas roupas de tecido grosseiro, o sol afixado acima de seu coração. Eu odiava a ideia de ele partir tão cedo para a caça, mas tinha de admitir que uma distração poderia ser algo bom. Maly tinha orgulho de ter sido soldado e, embora tentasse esconder, eu sabia que a sentença do Rei era um fardo pesado para ele. O fato de ele ter adivinhado que eu estava escondendo algo dele também não tinha ajudado.

Sergei estava sentado à direita de Maly, braços cruzados sobre o peito para expressar seu mau humor. Ele não estava feliz de sentar-se ao lado de um guarda *otkazat'sya*, e ainda menos feliz de que eu tivesse insistido em colocar um Fabricador diretamente à minha esquerda, que era considerada uma posição de honra. Tratava-se de uma garota suli chamada Paja que eu nunca tinha visto antes. Ela tinha cabelos escuros e olhos quase negros, e os bordados vermelhos na manga de seu *kefta* roxo indicavam que ela era um dos Alquimistas, Fabricadores especializados em produtos químicos como pólvoras e venenos.

David sentou-se mais para o fundo da mesa, suas mangas adornadas de cinza. Ele trabalhava com vidro, aço, madeira, pedra – qualquer coisa sólida. David era um Durast, e eu sabia que era o melhor deles porque o Darkling o tinha escolhido para forjar meu colar. Havia também Fedyor, e Zoya do lado dele, linda como sempre em azul Etherealki.

No lado oposto a Zoya sentou-se Pavel, o Infernal de pele negra que tinha falado com tanta raiva de mim no dia anterior. Ele tinha feições retilíneas e um dente lascado que produzia um leve assobio quando falava.

A primeira parte da reunião foi gasta discutindo a quantidade de Grishas nos diversos postos avançados em torno de Ravka e quantos estariam se escondendo. Zoya sugeriu enviar mensageiros para espalhar a notícia da minha volta e oferecer anistia completa e gratuita àqueles que jurassem sua lealdade à Conjuradora do Sol. Gastamos algo próximo de uma hora discutindo os termos e a redação da anistia. Eu sabia que teria de levá-la a Nikolai para obter a aprovação do Rei, e precisava prosseguir com cuidado. Finalmente, concordamos com "lealdade ao trono de Ravka e ao Segundo Exército". Ninguém parecia feliz com isso, então eu estava razoavelmente certa de que tínhamos acertado o tom.

Foi Fedyor que levantou a questão do Apparat.

— É preocupante que ele tenha conseguido se esquivar por tanto tempo.

— Ele já tentou entrar em contato com você? — Pavel me perguntou.

— Não — respondi. Pude perceber o ceticismo em seu rosto.

— Ele foi visto em Kerskii e Ryevost — disse Fedyor. — Ele aparece do nada para pregar, e então desaparece antes que os soldados do Rei possam fechar o cerco.

— Deveríamos considerar um assassinato — disse Sergei. — Ele está ficando poderoso demais, e ainda pode estar conspirando com o Darkling.

— Precisamos encontrá-lo primeiro — observou Paja.

Zoya fez um aceno gracioso com a mão.

— Para quê? Ele parece dedicado a falar sobre a Conjuradora do Sol, dizendo que ela é uma Santa. Já era hora de as pessoas terem algum apreço pelos Grishas.

— Não pelos Grishas — disse Pavel, empinando o queixo de forma truculenta em minha direção. — Por ela.

Zoya levantou um ombro elegante.

— É melhor do que desprezarem todos os Grishas e considerá-los bruxos e traidores.

— Deixem o Rei fazer o trabalho sujo — disse Fedyor. — Deixem que ele encontre o Apparat e o execute. E deixem que ele sofra a ira do povo.

Eu não podia acreditar que estávamos calmamente discutindo sobre matar alguém. E não tinha certeza de que queria o Apparat morto. O sacerdote tinha muito a explicar, mas eu não estava convencida de que ele ainda trabalhava com o Darkling. Além disso, ele tinha me dado o *Istorii Sankt'ya*, e isso significa que era possivelmente uma fonte de informações. Se ele fosse capturado, eu só podia torcer para o Rei mantê-lo vivo por tempo suficiente para um interrogatório.

— Você acha que ele acredita nisso? — perguntou Zoya, me analisando. — Que você é uma Santa ressurgida que voltou dos mortos?

— Não estou certa de que isso faz alguma diferença.

— Bem, ajudaria a saber exatamente quão louco ele é.

— Prefiro lutar contra um traidor do que contra um fanático — disse Maly, calmamente. Foi a primeira vez que ele abriu a boca. — Talvez eu ainda tenha alguns contatos antigos no Primeiro Exército dispostos a falar comigo. Há rumores de soldados desertando para se juntar ao Apparat, e, se isso for verdade, eles devem saber onde ele está.

Olhei de soslaio para Zoya. Ela estava fitando Maly com aqueles olhos impossivelmente azuis. Parecia que tinha gastado metade da reunião piscando para ele. Ou talvez eu estivesse imaginando coisas. Ela era uma Aeros poderosa e forte aliada em potencial. Mas também tinha sido uma das preferidas do Darkling, e isso dificultava a confiança nela.

Quase ri em voz alta. A quem eu estava enganando? Eu odiava estar no mesmo aposento que ela. Ela parecia uma Santa. Tinha ossos delicados, cabelos negros sedosos, pele perfeita. Só precisava de um halo. Maly não dava atenção a ela, mas um sentimento enraizado bem dentro de mim me fazia pensar que ele a estava ignorando um pouco deliberadamente demais. Eu sabia que tinha coisas mais importantes com que me preocupar do que Zoya. Havia um exército para comandar e inimigos por todos os lados, mas não conseguia resistir.

Respirei fundo e tentei me concentrar. A parte mais difícil da reunião ainda estava por vir. Por mais que quisesse me encolher em algum canto quieto e escuro, havia questões que precisavam ser resolvidas.

Olhei em volta da mesa e disse:

— Vocês precisam saber o que estamos enfrentando.

A sala ficou quieta. Foi como se um sino tivesse tocado, como se tudo o que ocorreu antes fosse mero preparativo e agora a reunião de verdade tivesse começado.

Passo a passo, expliquei o que eu sabia sobre os *nichevo'ya* – sua força e tamanho, sua quase invulnerabilidade a balas e lâminas e, o mais importante, o fato de que eles não temiam a luz do sol.

— Mas você escapou — disse Paja, hesitante — , então eles devem ser mortais.

— Meu poder pode destruí-los. É a única coisa da qual parecem não conseguir se recuperar. Mas não é fácil. É preciso usar o Corte, e não tenho certeza de quantos eu consigo enfrentar ao mesmo tempo. — Não mencionei o segundo amplificador. Mesmo com ele, sabia que não poderia resistir à investida de um exército de sombras completo, e a pulseira era um segredo que planejava manter, pelo menos por enquanto. — Só escapamos porque o Príncipe Nikolai nos tirou do alcance do Darkling — prossegui. — Parece que eles precisam estar perto de seu mestre.

— Perto quanto? — perguntou Pavel.

Olhei para Maly.

— É difícil dizer — ele respondeu. — Um quilômetro e meio. Talvez três.

— Então há *algum* limite para o seu poder — disse Fedyor, com alívio notável.

— Certamente. — Eu estava feliz de poder concordar com algo que não fosse completamente medonho. — Ele terá de entrar em Ravka com seu exército para chegar até nós. Isso significa que estaremos avisados e ele estará vulnerável. Ele não pode conjurá-los da mesma forma que conjura sombras. O esforço parece custar algo a ele.

— Porque não é um poder Grisha — disse David. — É *merzost*.

Em Ravka, a palavra para mágica e abominação era a mesma. A teoria Grisha básica dizia que matéria não podia ser simplesmente criada a partir do nada. Mas esse era o princípio da Pequena Ciência. *Merzost* era diferente, uma corrupção na criação do coração do mundo.

David mexeu em um fio solto em sua manga.

— Essa energia, essa substância, precisa vir de algum lugar. Deve estar vindo dele.

— Mas como ele está fazendo isso? — perguntou Zoya. — Será que já existiu um Grisha com esse tipo de poder?

— A verdadeira pergunta é como lutar contra eles — disse Fedyor.

A conversa se voltou para a defesa do Pequeno Palácio e as possíveis vantagens de enfrentar o Darkling no campo de batalha. Mas eu estava observando David. Quando Zoya perguntou sobre os outros Grishas, ele olhou diretamente para mim pela primeira vez desde que eu havia chegado ao Pequeno Palácio. Bem, não para mim exatamente, mas para o colar. Ele tinha voltado a fitar a mesa, mas, se isso fosse possível, parecia ainda mais desconfortável que antes. Perguntei-me o que ele saberia sobre Morozova. E eu queria uma resposta para a pergunta de Zoya também. Eu não sabia se tinha o treinamento ou a coragem de tentar algo assim, mas será que havia uma maneira de conjurar soldados de luz para lutar contra o exército de sombras do Darkling? Será que era esse o poder que os três amplificadores poderiam me dar?

Eu tinha a intenção de tentar falar com David a sós depois da reunião, mas, assim que terminamos, ele saiu correndo pela porta. Qualquer ideia que eu tivesse de emboscá-lo nas oficinas Materialki naquela tarde foi eliminada pelas pilhas de papéis que me esperavam em meus aposentos. Passei horas preparando a anistia dos Grishas e assinando incontáveis documentos a fim de garantir fundos e provisões para os postos avançados que o Segundo Exército esperava restabelecer nas fronteiras de Ravka. Sergei tinha tentado administrar algumas das tarefas do Darkling, mas grande parte do trabalho tinha sido simplesmente deixada de lado.

Tudo parecia estar escrito da maneira mais confusa possível. Eu tinha de ler e reler o que deveriam ser simples solicitações. Quando consegui diminuir um pouco a pilha, estava atrasada para o jantar – minha primeira refeição no salão abobadado. Eu preferiria levar uma travessa para o meu quarto, mas era importante firmar minha presença no Pequeno Palácio. Também queria garantir que minhas ordens estivessem sendo cumpridas e que as Ordens Grishas estivessem se misturando de fato.

Eu me sentei à mesa do Darkling. Em um esforço para me familiarizar com alguns dos Grishas menos conhecidos e evitar que tivessem uma desculpa para formar uma nova elite, decidira que pessoas diferentes jantariam comigo a cada noite. Era uma ideia boa, mas eu não tinha a simpatia de Maly nem o charme de Nikolai. A conversa soava forçada e cheia de momentos embaraçosos de silêncio.

As outras mesas não pareciam estar indo muito melhor. Os Grishas se sentavam lado a lado em uma confusão de vermelho, roxo e azul, mal se falando. O barulho metálico dos talheres ecoava pelo domo rachado. Os Fabricadores ainda não tinham iniciado os reparos.

Eu não sabia se ria ou se gritava. Era como se tivesse pedido que eles jantassem com um volcra. Pelo menos Sergei e Marie pareciam satisfeitos, ainda que Nadia demonstrasse querer desaparecer no prato de manteiga enquanto os dois trocavam carícias perto dela. Eu estava feliz por eles, acho. E talvez com um pouco de inveja também.

Contei em voz baixa: quarenta Grishas, talvez cinquenta, a maioria recém-saída da escola. *Um exército e tanto*, pensei com um suspiro. Meu reino glorioso estava começando de modo miserável.

MALY CONCORDOU EM PARTICIPAR do grupo de caça, e eu levantei cedo na manhã seguinte para me despedir. Estava começando a perceber que teríamos menos privacidade no Pequeno Palácio do que tivéramos viajando. Entre Tolya e Tamar e os servos constantemente presentes, comecei a pensar que jamais teríamos um momento a sós.

Eu tinha ficado acordada na noite anterior, na cama do Darkling, lembrando-me do modo como Maly tinha me beijado na *datcha*, perguntando-me se ele bateria em minha porta. Eu tinha até considerado atravessar a área comum e bater na porta dos aposentos dos guardas, mas não tinha certeza de quem estava de plantão, e a ideia de Tolya ou Tamar atendendo à porta me deixava pinicando de vergonha. No final das contas, a fadiga do dia deve ter tomado a decisão por mim, porque, quando me dei conta, já era de manhã.

Quando cheguei à fonte com as duas águias, o caminho para os portões do palácio estavam cheios de pessoas e cavalos: Vasily e seus amigos aristocratas em vestes elaboradas de cavalgada, oficiais do Primeiro

Exército em seus uniformes bem cuidados e, atrás deles, uma legião de servos em branco e dourado.

Encontrei Maly verificando sua sela perto de um grupo de rastreadores reais. Era fácil identificá-lo em suas vestes camponesas de tecido grosseiro. Ele portava um novíssimo arco em suas costas e uma aljava de flechas marcadas com o azul e dourado pálido do rei de Ravka. A caçada formal de Ravka proibia o uso de armas de fogo, mas eu notei que muitos servos carregavam rifles nas costas, só para o caso de os animais sobrepujarem seus mestres nobres.

— É um show e tanto — falei, chegando por trás dele. — Exatamente quantas pessoas são necessárias para derrubar alguns javalis?

Maly bufou.

— Isso não é nada. Outro grupo de servos partiu antes do amanhecer para preparar o acampamento. Imagine que um príncipe de Ravka ficaria esperando por uma xícara de chá quente.

Uma trombeta soou e os cavaleiros começaram a se colocar em posição, em um tumulto de cascos e estribos retinindo. Maly balançou a cabeça e deu uma puxada firme no cinto de sela.

— Espero que os javalis sejam surdos — ele resmungou.

Olhei em volta rapidamente para os uniformes brilhantes e botas bem polidas.

— Talvez eu devesse ter equipado você com alguma coisa mais... reluzente.

— Existe um motivo para pavões não serem aves de rapina — disse ele com um sorriso. Foi um sorriso largo e verdadeiro, o primeiro que eu via em muito tempo.

Ele está feliz de ir, eu me dei conta. *Está resmungando sobre isso, mas está contente*. Tentei não levar isso para o lado pessoal.

— E você é como um grande falcão marrom? — perguntei.

— Exatamente.

— Ou um pombo grande demais?

— Prefiro o falcão.

Os outros estavam montando, girando seus cavalos para se juntar ao resto do grupo, enquanto desciam o caminho de cascalhos.

— Vamos lá, Oretsev — chamou um rastreador com cabelo loiro acinzentado.

Eu me senti desconfortável de repente, profundamente consciente das pessoas à nossa volta e de seus olhares inquisitivos. Provavelmente, tinha violado algum tipo de protocolo ao vir aqui me despedir.

— Bem — eu disse, afagando o flanco do cavalo —, divirta-se. Tente não atirar em ninguém.

— Certo. Espere, *não* atirar em ninguém?

Eu sorri, mas o gesto pareceu um pouco forçado.

Ficamos ali um pouco mais, o silêncio se esticando entre nós. Eu queria jogar meus braços em volta dele, enterrar meu rosto em seu pescoço e fazê-lo prometer que ficaria seguro. Mas não fiz isso.

Um sorriso triste passou pelos lábios dele. Maly se curvou.

— *Moi soverenyi* — disse ele. Meu coração se contorceu no peito.

Ele subiu na sua sela e colocou o cavalo em movimento com o calcanhar, desaparecendo em um mar de cavaleiros fluindo em direção aos portões dourados.

Eu fiz a caminhada de volta ao Pequeno Palácio, desanimada.

Era cedo, mas o dia já estava ficando quente. Tamar estava esperando por mim quando saí do túnel arborizado.

— Ele voltará logo — disse ela. — Não precisa ficar tão chateada.

— Eu sei — respondi, sentindo-me tola. Consegui rir um pouco enquanto cruzávamos o gramado na descida para os estábulos. — Em Keramzin, eu tinha uma boneca que fiz com uma meia velha e com a qual costumava conversar quando ele saía para caçar. Talvez isso fizesse eu me sentir melhor.

— Você era uma garotinha estranha.

— Você não faz ideia. Você e Tolya brincavam com o quê?

— Com os crânios de nossos inimigos.

Eu vi o brilho em seus olhos, e caímos na gargalhada.

Nas salas de treinamento, Tamar e eu falamos brevemente com Botkin, o instrutor encarregado de preparar os Grishas para o combate físico. O velho mercenário se encantou de imediato com Tamar, e eles tagarelaram em shu por quase dez minutos até que eu pudesse levantar a questão de treinar os Fabricadores.

— Botkin pode ensinar qualquer pessoa a lutar — disse ele com seu sotaque carregado. A luz fraca deixava a cicatriz em forma de corda no seu pescoço com um brilho perolado. — Ensinei a garotinha a lutar, não ensinei?

— Sim — concordei, fazendo uma careta ao lembrar os treinos árduos de Botkin e as surras que levei em suas mãos.

— Mas a garotinha não é mais tão pequena — disse ele, observando o dourado do meu *kefta*. — Você volta a treinar com Botkin. Eu acerto garota grande do mesmo jeito que acerto garotinha.

— É uma atitude muito igualitária da sua parte — falei, empurrando Tamar para fora dos estábulos antes que Botkin decidisse me mostrar quão justo ele poderia ser.

Fui direto dos estábulos para outra reunião do conselho de guerra, então só tive tempo de ajeitar o cabelo e espanar meu *kefta* antes de voltar ao Grande Palácio para me juntar a Nikolai, enquanto os conselheiros do Rei o orientavam sobre as defesas de Os Alta.

Senti-me um pouco como se fôssemos crianças intrometidas entre os adultos. Os conselheiros deixaram claro que acreditavam que estivéssemos desperdiçando seu tempo. Mas Nikolai não parecia se deixar abalar. Ele fazia perguntas cuidadosas sobre armamentos, o número de tropas posicionadas nos muros da cidade, o sistema de alerta estabelecido caso ocorresse um ataque. Logo os conselheiros perderam seu ar condescendente e conversaram com ele com seriedade, perguntando-lhe sobre as armas que trouxera da Dobra e qual seria o melhor jeito de empregá-las.

Ele me pediu para descrever brevemente os *nichevo'ya*, a fim de ajudar na argumentação de que os Grishas deveriam ser equipados com novas armas também. Os conselheiros ainda suspeitavam profundamente do Segundo Exército, mas, na caminhada de volta ao Pequeno Palácio, Nikolai não parecia estar preocupado.

— Eles vão acabar mudando de ideia — disse ele. — É por isso que você precisa estar lá, para tranquilizá-los e ajudá-los a entender que o Darkling não é como os outros inimigos.

— Você acha que eles não sabem disso? — perguntei incrédula.

— Eles não querem entender. Se puderem manter a crença de que é possível negociar com o Darkling ou forçá-lo a se render, não precisarão enfrentar a realidade da situação.

— Não posso culpá-los por isso — falei, melancólica. Tudo bem conversar sobre tropas, muros e alertas, mas eu duvidava que isso fizesse muita diferença contra os soldados de sombras do Darkling.

Quando saímos do túnel, Nikolai disse:

— Poderia caminhar comigo até o lago?

Eu hesitei.

— Prometo não me ajoelhar e começar a compor baladas em ode à sua beleza. Só quero mostrar algo a você.

Minhas bochechas ficaram vermelhas, e Nikolai sorriu.

— Você deveria ver se os Corporalki podem fazer algo sobre esse rubor — disse ele, e caminhou devagar pela lateral do Pequeno Palácio em direção ao lago.

Fiquei tentada a segui-lo só pelo prazer de empurrá-lo no lago. Apesar de que... Será que os Corporalki *podiam* evitar que eu ficasse vermelha? Tirei o pensamento ridículo da cabeça. O dia em que eu pedisse a um Corporalnik para cuidar do meu rubor seria o dia em que me expulsariam aos risos do Pequeno Palácio.

Nikolai parou no caminho de cascalho, metade da distância até o lago, e eu me juntei a ele. Ele apontou para uma faixa de praia na outra margem, perto da escola, e disse: — Quero construir um píer ali.

— Por quê?

— Para que eu possa reconstruir o *Beija-flor*.

— Você realmente não consegue ficar parado, não é? Já não tem coisas o suficiente para fazer?

Ele apertou os olhos fitando a superfície reluzente do lago.

— Alina, estou torcendo para encontrarmos uma maneira de derrotar o Darkling. Mas, se não conseguirmos, precisaremos de um modo de tirar você daqui.

Olhei fixamente para ele.

— E quanto aos outros Grishas?

— Não há nada que eu possa fazer por eles.

Eu não podia acreditar no que ele estava sugerindo.

— Eu não vou fugir.

— Eu suspeitava que fosse dizer isso — disse ele com um suspiro.

— E você? — falei, com raiva. — Vai simplesmente voar para longe e deixar o restante de nós aqui para enfrentar o Darkling?

— Sem essa — disse ele. — Você sabe que eu sempre quis um enterro de herói. — Ele olhou de volta para o lago. — Estarei feliz em lutar até o final, mas não quero deixar meus pais à mercê do Darkling. Você me daria dois Aeros para treinar?

— Eles não são presentes, Nikolai — falei, pensando na maneira como o Darkling tinha presenteado Genya para a Rainha. — Mas pedirei voluntários. Só não diga a eles para o que é. Não quero que os outros se sintam desmotivados. — *Ou comecem a disputar lugares na embarcação.* — E mais uma coisa — eu disse. — Quero que você guarde um espaço para Baghra. Ela não deveria ter de enfrentar o Darkling de novo. Já sofreu o suficiente.

— É claro — disse ele, e então acrescentou: — Eu ainda acredito que possamos vencer, Alina.

Que bom que alguém ainda acredita, pensei, desanimada, e dei meia-volta para retornar.

Capítulo 16

DAVID TINHA CONSEGUIDO escapulir de novo depois da última reunião do conselho, e só consegui um momento livre para emboscá-lo nas oficinas dos Fabricadores tarde da noite, no dia seguinte. Eu o encontrei debruçado sobre uma pilha de desenhos de projetos, seus dedos manchados de tinta.

Eu me instalei em um banco perto dele e pigarreei. Ele olhou para cima, piscando timidamente. Estava tão pálido que eu podia ver o traçado azul de veias debaixo da sua pele, e alguém tinha cortado o cabelo dele muito mal.

Provavelmente ele mesmo o cortou, pensei com um balançar interno de cabeça. Era difícil acreditar que esse era o garoto por quem Genya havia se apaixonado.

Seu olhar passou rapidamente pelo colar no meu pescoço. Ele começou a mexer nos itens em sua mesa de trabalho, movendo-os e posicionando-os em linhas cuidadosas: um compasso, lápis de grafite, canetas e potes de tinta de cores diferentes, pedaços de vidro claro e espelhado, um ovo cozido que imaginei ser seu jantar, e páginas e mais páginas de desenhos e planos que eu não entendia.

— No que você está trabalhando? — perguntei.

Ele piscou novamente.

— Pratos.

— Ah.

— Vasilhas refletoras — disse ele. — Baseadas em uma parábola.

— Muito... interessante? — consegui dizer.

Ele coçou o nariz, deixando uma mancha azul gigante na ponta.

— Pode ser uma maneira de ampliar seu poder.

— Como os espelhos em minhas luvas? — Eu tinha pedido que os Durastes as recriassem. Com o poder de dois amplificadores, provavelmente não precisava delas. Mas os espelhos me permitiam concentrar e localizar a luz, e tinha algo reconfortante no controle que me ofereciam.

— Mais ou menos — disse David. — Se eu acertar, será uma maneira muito melhor de usar o Corte.

— E se você errar?

— Bem, pode ser que nada aconteça ou que o usuário do prato seja explodido em pedacinhos.

— Parece promissor.

— Também achei — disse ele, sem um pingo de humor, e voltou para o seu trabalho.

— *David* — eu disse. Ele olhou de novo, surpreso, como se tivesse esquecido completamente que eu estava lá. — Preciso perguntar algo a você.

Seu olhar fixou-se de novo no colar, e então de volta em sua mesa de trabalho.

— O que pode me dizer sobre Ilya Morozova?

David agitou-se, olhando em volta na sala quase vazia. A maioria dos Fabricadores ainda estava jantando. Ele estava claramente nervoso, talvez até assustado.

Olhou para a mesa, pegou seu compasso, colocou-o de volta.

Finalmente, ele sussurrou:

— Eles o chamavam de Artesão de Ossos.

Um arrepio passou por mim. Pensei nos dedos e vértebras nas mesas dos vendedores ambulantes em Kribirsk.

— Por quê? — perguntei. — Por causa dos amplificadores que ele descobriu?

David voltou seu rosto para mim, surpreso.

— Ele não os encontrou. Ele os *fez*.

Eu não queria acreditar no que estava ouvindo.

— *Merzost*?

Ele assentiu com a cabeça. Então era por isso que David tinha olhado para o colar de Morozova quando Zoya perguntou se algum Grisha já tinha tido esse nível de poder. Morozova havia lidado com as mesmas forças que o Darkling. Magia. Abominação.

— Como? — perguntei.

— Ninguém sabe — disse David, olhando de relance em volta novamente. — Depois que o Herege Negro foi morto no acidente que criou a Dobra, seu filho saiu do esconderijo para assumir o controle do Segundo Exército. Ele ordenou a destruição de todos os diários de Morozova.

Seu *filho*? Mais uma vez eu deparava com a noção de quão poucas pessoas conheciam o segredo do Darkling. O Herege Negro nunca tinha morrido. Só havia existido um Darkling, um único Grisha poderoso que comandou o Segundo Exército por gerações, escondendo sua identidade verdadeira. Até onde eu sabia, ele nunca tivera um filho. E seria altamente improvável que destruísse algo tão valioso quanto os diários de Morozova. A bordo do baleeiro, ele tinha dito que nem todos os livros proibiam a combinação de amplificadores. Talvez estivesse se referindo aos próprios textos de Morozova.

— Por que o filho dele estava se escondendo? — perguntei, curiosa sobre como o Darkling teria conseguido formular esse engodo.

Dessa vez David franziu o rosto como se a resposta fosse óbvia.

— Um Darkling e seu herdeiro nunca moram no Pequeno Palácio ao mesmo tempo. O risco de assassinato é muito grande.

— Entendo — eu disse. Bastante plausível. E, depois de centenas de anos, eu duvidava que alguém questionasse tal história. Os Grishas realmente adoram suas tradições, e Genya não deve ter sido a primeira Artesã que o Darkling empregou. — Por que ele destruiria os diários?

— Eles documentavam os experimentos de Morozova com os amplificadores. O Herege Negro estava tentando recriar esses experimentos quando algo deu errado.

Senti meus pelos dos braços se arrepiarem.

— E o resultado foi a Dobra.

David assentiu com a cabeça.

— Seu filho mandou queimar todos os diários e papéis de Morozova. Ele disse que eram muito perigosos, uma tentação muito grande para qualquer Grisha. Foi por isso que eu não disse nada na reunião. Não deveria nem saber que eles existiram.

— Então, como sabe disso?

David mais uma vez olhou em volta para a oficina quase vazia.

— Morozova era um Fabricador, talvez o primeiro, certamente o mais poderoso. Fez coisas que ninguém sonhou fazer antes ou depois dele. O rapaz deu de ombros timidamente. — Para nós, ele é como um herói.

— Você sabe alguma outra coisa sobre os amplificadores que ele criou?

David balançou sua cabeça.

— Havia rumores de outros, mas o cervo é o único do qual eu já tinha ouvido falar.

Era possível que David nunca tivesse visto o *Istorii Sankt'ya*. O Apparat tinha dito que o livro antigamente era dado a todas as crianças Grishas quando chegavam ao Pequeno Palácio. Mas isso faz muito tempo. Os Grishas punham fé na Pequena Ciência, e eu nunca soube de algum que se importasse com religião. *Superstição*, o Darkling tinha dito sobre o livro vermelho. *Propaganda camponesa*. Claramente David não fizera a conexão entre Sankt Ilya e Ilya Morozova. Ou ele tinha algo a esconder.

— David — falei —, por que você está aqui? Você fabricou o colar. Devia saber o que ele pretendia.

Ele engoliu em seco.

— Eu sabia que ele poderia controlá-la, que o colar permitiria a ele usar seu poder. Mas nunca pensei, nunca acreditei... Todas aquelas pessoas... — Ele lutou para encontrar as palavras. Finalmente, levantou as mãos sujas de tinta e disse, quase suplicante: — Eu crio coisas. Eu não as destruo.

Eu queria acreditar que ele tinha subestimado a crueldade do Darkling. Eu certamente tinha cometido o mesmo erro. Mas ele poderia estar mentindo, ou talvez fosse simplesmente fraco. *Qual é a pior opção?*, perguntou uma voz severa na minha cabeça. *Se ele mudou de lado uma vez, pode mudar de novo*. Era essa a voz de Nikolai? Do Darkling? Ou era simplesmente a parte de mim que tinha aprendido a não confiar em ninguém?

— Boa sorte com os pratos — falei, enquanto me levantava para partir.

David franziu a testa e se inclinou sobre seus papéis.

— Eu não acredito em sorte.

Que pena, pensei. *Vamos precisar dela*.

FUI DIRETO DAS OFICINAS dos Fabricadores para a biblioteca e passei a maior parte da noite lá. Foi uma experiência frustrante. As histórias

Grishas que pesquisei só tinham as informações mais básicas sobre Ilya Morozova, apesar de ele ser considerado o maior Fabricador que já existiu. Ele tinha inventado o aço Grisha, um método de fabricar vidro inquebrável, e um composto para fogo líquido tão perigoso que ele destruiu a fórmula apenas doze horas depois de criá-la. Mas qualquer menção a amplificadores ou Artesão de Ossos tinha sido eliminada.

Isso não me impediu de voltar na noite seguinte para me afundar em textos religiosos, procurando por qualquer referência a Sankt Ilya que pudesse encontrar. Como na maioria das histórias de Santos, o relato de seu martírio era depressivo e brutal. Certo dia, um arado tinha tombado nos campos atrás de sua casa. Ouvindo os gritos, Ilya correu para ajudar e encontrou um homem chorando por seu filho morto, o corpo do garoto despedaçado pelas lâminas, a terra ensopada de sangue. Ilya trouxe o garoto de volta à vida, e os habitantes do vilarejo o agradeceram por isso prendendo-o em grilhões e jogando-o no rio para afundar com o peso de suas correntes.

Os detalhes eram nebulosos demais. Às vezes Ilya era um fazendeiro, às vezes um pedreiro ou marceneiro. Ele tinha duas filhas, ou um filho, ou nenhum filho. Uma centena de vilarejos diferentes dizia ser o local de seu martírio. E então, havia o pequeno problema do milagre que ele tinha feito. Eu não tinha nenhuma dificuldade em acreditar que Sankt Ilya podia ter sido um Curandeiro Corporalnik, mas Ilya Morozova devia ser um Fabricador. E se eles não fossem a mesma pessoa, afinal de contas?

De noite, o salão com domo de vidro era iluminado por lâmpadas a óleo, e o silêncio era tão profundo que eu conseguia ouvir minha respiração. Sozinha na penumbra, cercada de livros, era difícil não me sentir sobrecarregada. Mas a biblioteca parecia ser minha melhor chance, então persisti. Tolya me encontrou lá certa vez, enrolada em minha cadeira favorita, tentando entender um texto em ravkano antigo.

— Você não devia vir aqui à noite sem um de nós — disse ele, resmungando.

Eu bocejei e me espreguicei. Provavelmente havia mais perigo de uma estante cair em cima de mim do que qualquer outra coisa, mas estava cansada demais para argumentar.

— Não acontecerá de novo — falei.

— O que é isso? — Tolya perguntou, abaixando-se para dar uma olhada melhor no livro que estava no meu colo. O rapaz era tão enorme que parecia um pouco como ter um urso se juntando a mim para uma sessão de estudo.

— Não tenho certeza. Vi o nome Ilya no índice, então o peguei, mas não consigo entender.

— É uma lista de títulos.

— Você consegue ler? — perguntei, surpresa.

— Fomos criados na igreja — disse ele, passando os olhos pela página.

Franzi as sobrancelhas. Muitas crianças eram criadas em lares religiosos, mas isso não significava que pudessem ler ravkano litúrgico.

— O que diz aí?

Ele passou um dedo pelas palavras abaixo do nome de Ilya. Suas mãos enormes estavam cobertas de cicatrizes. Por baixo da manga de tecido grosseiro, eu podia ver a ponta de uma tatuagem aparecendo.

— Não muito — disse ele. — Santo Ilya, o Amado; Santo Ilya, o Apreciado. Contudo, algumas cidades são mencionadas, lugares onde ele teria feito milagres.

Eu me endireitei.

— Isso pode ser um bom lugar pra começar.

— Você deve explorar a capela. Acho que há alguns livros na sacristia.

Eu tinha passado pela capela real muitas vezes, mas nunca estivera lá dentro. Sempre tinha pensado nela como o domínio do Apparat, e, mesmo com a partida dele, não tinha certeza de que queria visitá-la.

— Como ela é?

Tolya levantou os ombros enormes.

— Como qualquer capela.

— Tolya — perguntei, subitamente curiosa —, você já considerou a hipótese de se juntar ao Segundo Exército?

Ele pareceu ofendido.

— Eu não nasci para servir ao Darkling. — Eu ia perguntar para o que ele *tinha* nascido, mas Tolya bateu com o dedo na página e disse: — Posso traduzir isto para você, se você quiser. — Ele sorriu. — Ou talvez eu simplesmente peça a Tamar para fazer isso.

— Tudo bem — falei. — Obrigada.

Ele inclinou a cabeça. Era apenas um cumprimento, mas ainda estava ajoelhado ao meu lado, e havia algo em sua pose que me deu um arrepio na espinha.

Tive a sensação de que ele estava esperando por alguma coisa. Hesitante, coloquei uma mão em seu ombro. Assim que meus dedos pousaram, ele soltou a respiração. Era quase um suspiro.

Ficamos ali por um momento, em silêncio no halo da lâmpada. Então ele se levantou e se inclinou novamente.

— Estarei do lado de fora — disse ele, e deslizou para a escuridão.

MALY RETORNOU DA CAÇADA na manhã seguinte, e eu estava ansiosa por contar tudo a ele: o que tinha aprendido com David, os planos para o novo *Beija-flor*, meu estranho encontro com Tolya.

— Ele é um pouco estranho — Maly concordou. — Mas, ainda assim, não custa dar uma olhada na capela.

Decidimos ir juntos, e no caminho pressionei-o por mais detalhes da caçada.

— Todos os dias passamos mais tempo jogando cartas e bebendo *kvas* do que fazendo qualquer outra coisa. E algum duque ficou tão bêbado que capotou no rio. Ele quase se afogou. Seus servos o içaram pelas botas, mas ele continuava a se arrastar para o rio, dizendo em voz enrolada algo sobre ser a melhor maneira de pegar trutas.

— Foi terrível? — perguntei, rindo.

— Foi tudo bem. — Ele chutou um cascalho pelo caminho com sua bota. — Existe muita curiosidade sobre você.

— Por que eu duvido que vá gostar do que vou ouvir?

— Um dos rastreadores reais está convencido de que seus poderes são falsos.

— E como exatamente eu conseguiria fazer isso?

— Acredito que a explicação inclua um sistema elaborado de espelhos, polias e talvez até hipnotismo. Eu me perdi um pouco.

Eu comecei a rir.

— Nem tudo era engraçado, Alina. Quando estavam bebendo, alguns nobres deixaram claro que, na opinião deles, todos os Grishas deveriam ser reunidos e executados.

— Pelos Santos — falei, respirando fundo.

— Eles estão assustados.

— Isso não é desculpa — falei, sentindo minha ira crescer. — Também somos ravkanos. É como se esquecessem tudo que o Segundo Exército já fez por eles.

Maly levantou as mãos.

— Eu não disse que concordava com eles.

Eu suspirei e bati em um galho inocente de árvore.

— Eu sei.

— De qualquer modo, acredito que tenha feito um pouco de progresso com eles.

— Como conseguiu isso?

— Bem, eles gostaram de saber que você serviu no Primeiro Exército e que salvou a vida do príncipe.

Eu levantei uma sobrancelha.

— Depois que ele arriscou a própria vida para nos salvar?

— Posso ter tomado algumas liberdades com os detalhes.

— Ah, Nikolai vai adorar isso. Tem mais?

— Contei que você odeia arenque.

— Por quê?

— E que você adora bolo de ameixa. E que Ana Kuya ficou irritada com você quando arruinou os chinelos de primavera dela pulando em poças.

Fiz uma careta.

— Por que você diria tudo isso a eles?

— Eu queria torná-la mais humana — disse ele. — Tudo que veem quando olham para você é a Conjuradora do Sol. Eles veem uma ameaça, outro Grisha poderoso como o Darkling. Eu queria que eles vissem uma filha, irmã ou amiga. Queria que eles vissem a Alina.

Senti um nó na garganta.

— Você treina para ser maravilhoso?

— Diariamente — disse ele, com um sorriso. E então piscou. — Mas eu prefiro ser "útil".

A capela era a única construção remanescente de um monastério que um dia esteve sobre Os Alta, e dizem que foi onde os primeiros Reis de Ravka foram coroados. Em comparação com as outras estruturas na área do palácio, era uma construção humilde, com paredes caiadas e uma única cúpula azul brilhante.

O lugar estava vazio e parecia precisar de uma boa limpeza. Os bancos estavam cobertos de pó, e havia pombos aninhados nas cornijas. Enquanto subíamos o corredor, Maly segurou minha mão, e meu coração deu um pequeno pulo divertido.

Não gastamos muito tempo na sacristia. Os poucos livros nas estantes foram uma decepção, apenas uma penca de velhos hinários com páginas amareladas se desfazendo. A única coisa realmente interessante na capela era o enorme tríptico atrás do altar. Uma explosão de cores, seus três painéis gigantes mostravam treze santos com rostos benevolentes. Eu reconheci alguns deles do *Istorii Sankt'ya*: Lizabeta com suas rosas sangrentas, Petyr com suas flechas de fogo. E lá estava Sankt Ilya com seu colar, pulseira e correntes quebradas.

— Nenhum animal — notou Maly.

— Pelo que vi, ele nunca é mostrado com os amplificadores, apenas com as correntes. Exceto no *Istorii Sankt'ya*. — Eu só não sabia por quê.

A maior parte do tríptico estava em boas condições, mas o painel de Ilya tinha sofrido muitos danos devido à umidade. Mal dava para ver os rostos dos Santos sob o mofo, e o cheiro de umidade do orvalho era quase avassalador. Eu pressionei o nariz na minha manga.

— Deve ter um vazamento em algum lugar — disse Maly. — Este lugar está uma bagunça.

Meus olhos traçaram o formato do rosto de Ilyia por baixo da sujeira.

Outro beco sem saída. Eu não queria admitir, mas tinha ficado esperançosa. Mais uma vez senti aquele puxão, o vazio no meu pulso. Onde estava o pássaro de fogo?

— Podemos ficar parados aqui o dia inteiro — disse Maly —, mas ele não vai começar a falar.

Eu sabia que ele estava apenas me provocando, mas senti uma pontada de raiva, só não sabia se raiva dele ou de mim mesma.

Nós voltamos para descer pelo corredor e eu parei de repente. O Darkling estava esperando na penumbra perto da entrada, sentado em um banco nas sombras.

— O que foi? — perguntou Maly, seguindo meu olhar.

Eu esperei, completamente parada. *Enxergue-o*, implorei em pensamento. *Por favor, enxergue-o.*

— Alina? Tem alguma coisa errada?

Pressionei os dedos na minha palma.

— Não — respondi. — Você acha que devemos dar outra olhada na sacristia?

— Não parecia muito promissora.

Eu me forcei a sorrir e andar.

— Você provavelmente tem razão. Era uma esperança infundada.

Conforme passamos pelo Darkling, ele virou a cabeça para nos observar. Pressionou um dedo contra os lábios e então inclinou a cabeça em uma imitação jocosa de reza.

Eu me senti melhor quando ficamos ao ar livre, longe do cheiro de mofo da capela, mas minha cabeça estava a mil. Tinha acontecido de novo.

O rosto do Darkling não estava marcado. Maly não o tinha visto. Isso devia significar que ele não era real, apenas algum tipo de visão.

Mas ele tinha encostado em mim naquela noite em seus aposentos. Eu tinha sentido seus dedos na minha bochecha. Que tipo de alucinação poderia fazer isso?

Estremeci quando entramos na floresta. Será que isso era alguma manifestação dos novos poderes do Darkling? Estava apavorada pela possibilidade de ele ter encontrado algum modo de entrar nos meus pensamentos, mas a outra possibilidade era muito pior. *Você não pode violar as regras deste mundo sem pagar um preço*. Pressionei o braço no quadril, sentindo o atrito das escamas do açoite do mar na pele. *Esqueça Morozova e sua insanidade*. Talvez isso não tivesse nada a ver com o Darkling. Talvez eu estivesse simplesmente enlouquecendo.

— Maly — comecei, incerta do que queria dizer —, o terceiro ampli...

Ele colocou um dedo nos lábios, e o gesto foi tão parecido com o do Darkling que eu quase tropecei, mas no instante seguinte ouvi um farfalhar e Vasily surgiu das árvores.

Eu não estava acostumada a ver o príncipe em qualquer lugar fora do Grande Palácio, e por um momento simplesmente permaneci parada. Então me recuperei da surpresa e me inclinei para cumprimentá-lo.

Vasily respondeu à minha presença com um aceno da cabeça, ignorando Maly completamente. Se é que ele o havia enxergado. "Servos" pareciam ser invisíveis para Vasily.

— *Moi tsarevich* — eu disse, cumprimentando-o.

— Alina Starkov — o príncipe respondeu com um sorriso. — Espero que me conceda um pouco de seu tempo.

— É claro — respondi.

— Estarei logo abaixo, na trilha — disse Maly, fitando Vasily com suspeita.

O príncipe observou-o partir.

— O desertor não aprendeu direito o seu lugar, não é mesmo?

Apertei a mandíbula para conter a raiva.

— O que posso fazer pelo senhor, *moi tsarevich*?

— Por favor — disse ele —, prefiro que me chame de Vasily, pelo menos quando estivermos a sós.

Eu pisquei. Nunca tinha estado a sós com o príncipe antes, e não queria estar agora.

— Como tem sido sua estada no Pequeno Palácio? — ele perguntou.

— Muito boa, obrigada, *moi tsarevich*.

— Vasily.

— Não sei se é apropriado falar com o senhor tão informalmente — disse, cerimoniosa.

— Você chama meu irmão por seu nome de nascença.

— Eu o conheci em... circunstâncias singulares.

— Sei que ele pode ser muito charmoso — disse Vasily —, mas você também deveria saber que ele é muito enganador e muito inteligente.

Bem, isso é certamente verdade, pensei, mas tudo que disse foi:

— Ele tem uma mente incomum.

Vasily deu uma pequena gargalhada.

— Que diplomata você se tornou! Tem um jeito realmente renovador de lidar com as coisas. Com o tempo, tenho certeza de que, apesar de suas origens humildes, aprenderá a se portar com o comedimento e a elegância de uma nobre.

— Quer dizer que aprenderei a ficar de bico calado?

Vasily deu uma fungada de desaprovação. Eu precisava sair dessa conversa antes que realmente o ofendesse. Vasily podia parecer um tolo, mas ainda era um príncipe.

— Na verdade, não — disse ele, com um riso entrecortado. — Você tem uma sinceridade preciosa.

— Obrigada — murmurei. — Se me der licença, Vossa Alteza...

Vasily se colocou no meu caminho.

— Eu não sei que tipo de acordo você fez com meu irmão, mas precisa entender que ele é um segundo filho. Quaisquer que sejam suas ambições, isso é tudo que ele será. Apenas eu posso fazer de você uma Rainha.

Então era isso. Eu suspirei internamente.

— Apenas um rei pode fazer uma rainha — eu o lembrei.

Vasily fez um gesto menosprezando essa ideia.

— Meu pai não viverá muito mais tempo. Eu praticamente governo Ravka agora.

É assim que você descreveria a situação?, pensei, com uma onda de irritação. Eu duvidava muito que Vasily se daria ao trabalho de estar em Os Alta se Nikolai não representasse uma ameaça ao seu trono, mas dessa vez me contive.

— Você subiu bastante para uma órfã de Keramzin — ele prosseguiu —, mas poderia subir ainda mais.

— Posso lhe assegurar, *moi tsarevich* — eu disse, com total honestidade —, que não tenho essas ambições.

— Então, o que você quer, Conjuradora do Sol?

— Agora? Eu gostaria de almoçar.

Ele projetou o lábio inferior, aborrecido, e por um momento ele parecia igual ao seu pai. Então sorriu.

— Você é uma garota inteligente — disse ele —, e acredito que irá se mostrar útil também. Aguardo ansiosamente pela oportunidade de aprofundar nosso relacionamento.

— Eu adoraria — menti.

Ele pegou minha mão e pressionou a boca úmida contra minhas articulações.

— Até então, Alina Starkov.

Contive minha ânsia de vômito. Enquanto ele partia vagarosamente, limpei com discrição minha mão no *kefta*.

Maly estava esperando por mim na beirada do bosque.

— O que foi aquilo? — ele perguntou, seu rosto preocupado.

— Ah, você sabe — respondi. — Outro príncipe, outra proposta.

— Você não pode estar falando sério — disse Maly, com um riso de descrença. — Ele não perde tempo.

— O poder está nas alianças — declamei, imitando Nikolai.

— Eu deveria dar os parabéns? — Maly perguntou, mas não havia um tom malicioso em sua voz, apenas divertimento. Aparentemente, o herdeiro do trono de Ravka não era tão ameaçador quanto um corsário com excesso de confiança.

— Você acha que o Darkling teve de lidar com propostas indesejadas de herdeiros de lábios molhados? — perguntei, de mau humor.

Maly deu um riso abafado.

— O que você achou tão engraçado?

— Só imaginei o Darkling sendo emboscado por uma duquesa suada tentando seduzi-lo.

Eu bufei e então comecei a gargalhar. Nikolai e Vasily eram tão diferentes; era difícil acreditar que compartilhassem qualquer laço sanguíneo. Sem querer, lembrei-me do beijo de Nikolai, a sensação áspera de sua boca na minha enquanto ele me segurava. Balancei a cabeça.

Eles podem ser diferentes, falei para mim mesma enquanto seguíamos para o palácio, *mas ambos querem me usar da mesma maneira.*

Capítulo 17

O VERÃO SE INTENSIFICOU, trazendo ondas de calor opressivo para Os Alta. O único alívio estava no lago, ou nas piscinas geladas do *banya* que ficava na sombra escura de um bosque de bétulas perto do Pequeno Palácio. Qualquer que fosse a hostilidade que a corte ravkana sentisse em relação aos Grishas, isso não os impedia de convocar Aeros e Hidros ao Grande Palácio para conjurar brisas e formar blocos maciços de gelo a fim de resfriar os quartos abafados. Não era um uso muito nobre do talento Grisha, mas eu estava disposta a manter o Rei e a Rainha felizes, e já tinha tirado deles diversos Fabricadores, muito valorizados, que trabalhavam arduamente nos misteriosos pratos espelhados de David.

Todas as manhãs eu me reunia com meu conselho Grisha – às vezes por alguns minutos, às vezes por horas – para discutir relatórios de inteligência, movimentações de tropas e as informações que chegavam das fronteiras norte e sul.

Nikolai ainda tinha a esperança de levar a luta até o Darkling antes que ele reunisse toda a força de seu exército de sombras, mas até agora a rede de espiões e informantes de Ravka não tinha conseguido descobrir sua localização. Parecia cada vez mais provável que teríamos de lutar para defender Os Alta. Nossa única vantagem era que o Darkling não poderia simplesmente enviar seus *nichevo'ya* contra nós. Ele precisava permanecer perto de suas criaturas, e isso significava que teria de marchar para a capital com elas. A grande pergunta é se entraria em Ravka por Fjerda ou vindo de Shu Han.

De pé na sala de guerra, diante do conselho Grisha, Nikolai gesticulou para um dos mapas enormes ao longo da parede.

— Reconquistamos a maior parte desse território na última campanha — disse ele, apontando para a fronteira norte de Ravka com Fjerda.

— É uma floresta densa, quase impossível de cruzar quando os rios não estão congelados, e todas as estradas de acesso foram bloqueadas.

— Há Grishas posicionados lá? — perguntou Zoya.

— Não — disse Nikolai. — Mas há muitos batedores baseados em Ulensk. Se ele vier por esse caminho, receberemos muitos avisos.

— E ele teria de lidar com os Petrazoi — disse Paja. — Quer passe por eles, quer os contorne, isso nos dará mais tempo. — Ela tinha ganhado reconhecimento ao longo das últimas semanas. Embora David continuasse silencioso e nervoso, ela parecia estar feliz em passar algum tempo longe das oficinas.

— Estou mais preocupado com o permafrost — disse Nikolai, passando a mão pelo trecho de fronteira que corria sobre Tsibeya. — É um território altamente fortificado. Mas muito extenso para se cobrir.

Assenti com a cabeça. Maly e eu tínhamos andado juntos por aquelas terras selvagens uma vez, e me lembrava de quão vastas elas pareciam. Eu me peguei olhando em torno da sala, procurando por ele, embora soubesse que havia partido em outra caçada, dessa vez com um grupo de atiradores de Kerch e diplomatas de Ravka.

— E se ele vier do sul? — perguntou Zoya.

Nikolai fez um sinal para Fedyor, que se levantou e começou a explicar para os Grishas os pontos fracos da fronteira ao sul. Como ele havia servido em Sikursk, o Corporalnik conhecia bem a área.

— É quase impossível patrulhar todas as passagens montanhosas que partem dos Sikurzoi — comentou ele, sombriamente. — Grupos armados shu têm se aproveitado desse fato há anos. Seria fácil para o Darkling passar despercebido.

— Depois disso, uma marcha direta até Os Alta — disse Sergei.

— Passando pela base militar de Poliznaya — Nikolai observou. — Isso poderia ser uma vantagem para nós. De qualquer modo, quando ele marchar, estaremos prontos.

— Prontos? — Pavel bufou. — Para um exército de monstros indestrutíveis?

— Eles não são indestrutíveis — disse Nikolai, assentindo com a cabeça em minha direção. — E o Darkling também não é. Eu sei. Eu atirei nele.

Os olhos de Zoya se arregalaram.

— Você *atirou* nele?

— Sim. Infelizmente, a minha pontaria não foi muito boa, mas tenho certeza de que vou melhorar com mais prática. — Ele olhou para os Grishas, fitando cada rosto preocupado antes de falar novamente. — O Darkling é poderoso, mas nós também somos. Ele nunca enfrentou o poderio do Primeiro e do Segundo Exércitos trabalhando em conjunto, nem os tipos de armas que pretendo fornecer. Nós o enfrentaremos. Nós o cercaremos. E então veremos qual será a bala da sorte.

Enquanto a horda de sombras do Darkling estivesse concentrada no Pequeno Palácio, ele estaria vulnerável. Unidades pequenas e fortemente armadas de Grishas e soldados estariam posicionadas a intervalos de três quilômetros em torno da capital. Uma vez que a luta começasse, elas cercariam o Darkling e usariam todo o poder de fogo que Nikolai pudesse conseguir.

De certo modo, era o que o Darkling sempre temera. Eu me lembrava de como ele tinha descrito as novas armas que estavam sendo criadas além das fronteiras de Ravka e do que tinha me dito, tanto tempo antes, debaixo do teto desabado de um antigo celeiro: *a era do poder Grisha está chegando ao fim*.

Paja pigarreou.

— Nós sabemos o que acontecerá com os soldados de sombras quando matarmos o Darkling?

Tive vontade de abraçá-la. Eu não sabia o que poderia acontecer com os *nichevo'ya* se conseguíssemos matar o Darkling. Talvez eles desaparecessem, ou poderiam enlouquecer, ou ainda pior, mas ela tinha dito "quando matarmos o Darkling". Hesitante, com medo, mas ainda soava apreensivamente como esperança.

NÓS CONCENTRAMOS a maior parte dos nossos esforços na defesa de Os Alta. A cidade tinha um antigo sistema de sinos de alerta para avisar o palácio quando um inimigo fosse visto. Com a permissão do pai, Nikolai tinha instalado armas pesadas como aquelas do *Beija-flor* no topo das muralhas do palácio e da cidade. A despeito dos resmungos dos Grishas, eu tinha ordenado que várias fossem colocadas no teto do Pequeno Palácio. Talvez não parassem os *nichevo'ya*, mas os atrasariam.

Ainda hesitantes, os outros Grishas tinham começado a abrir a mente para o valor dos Fabricadores. Com ajuda dos Infernais, os Materialki estavam tentando criar *grenatki* que pudessem produzir uma explosão de luz poderosa o suficiente para atrasar ou atordoar os soldados de sombras. A dificuldade era fazer isso sem usar as pólvoras explosivas que destruiriam a todos e a tudo em volta deles. Às vezes, eu ficava preocupada com a possibilidade de explodirem o Pequeno Palácio inteiro e fazerem o trabalho do Darkling por ele. Mais de uma vez, vi Grishas no salão de jantar com mangas ou sobrancelhas queimadas. Eu os incentivei a tentar fazer o trabalho mais perigoso perto do lago, com Hidros por perto em caso de emergência.

Nikolai estava tão intrigado com o projeto que insistiu em participar do desenvolvimento. Os Fabricadores tentaram ignorá-lo e, então, fingiram que estavam dando atenção, mas rapidamente descobriram que Nikolai era mais que um príncipe entediado que gostava de experimentar coisas novas. Como tinha trabalhado tempo suficiente com Grishas fugitivos, ele não só entendia as ideias de David como adotou facilmente a linguagem da Pequena Ciência. Logo eles pareceram esquecer sua posição e status de *otkazat'sya*, e Nikolai era visto com frequência debruçado sobre uma mesa nas oficinas dos Materialki.

Eu estava mais preocupada com os experimentos que ocorriam atrás das portas laqueadas de vermelho das salas de anatomia dos Corporalki, onde eles colaboravam com os Fabricadores para tentar fundir aço Grisha com ossos humanos. A ideia era tornar possível para um soldado aguentar o ataque de um *nichevo'ya*. Mas o processo era doloroso e imperfeito, e frequentemente o metal era simplesmente rejeitado pelo corpo do voluntário. Os Curandeiros faziam o possível, mas os gritos esganiçados dos voluntários do Primeiro Exército às vezes eram ouvidos ecoando pelos corredores do Pequeno Palácio.

As tardes eram tomadas por reuniões intermináveis no Grande Palácio. O poder da Conjuradora do Sol era uma ferramenta poderosa de barganha nas tentativas de Ravka de forjar alianças com outros países, e frequentemente eu precisava aparecer em reuniões diplomáticas para demonstrar meu poder e provar que de fato estava viva. A Rainha organizava chás e jantares nos quais eu era exibida para fazer uma demonstração. Nikolai aparecia com frequência para distribuir elogios, flertar sem nenhuma vergonha e pairar de maneira protetora perto da minha cadeira como um pretendente.

Mas nada era tão entediante quanto as "sessões de estratégia" com os conselheiros e comandantes do Rei. O monarca raramente participava. Ele preferia passar seus dias cambaleando atrás das serviçais e dormindo ao sol que nem um gato velho. Em sua ausência, seus conselheiros discutiam de maneira interminável. Eles argumentavam que deveríamos fazer as pazes com o Darkling ou ir à guerra contra o Darkling. Argumentavam em favor de forjarmos uma aliança com os shu e, então, uma parceria com Fjerda. Discutiam cada item do orçamento, de quantidade de munição até o que as tropas comiam no café da manhã. Ainda assim, era raro conseguirem decidir ou fazer alguma coisa.

Quando Vasily descobriu que Nikolai e eu estávamos participando das reuniões, deixou de lado anos ignorando seus deveres como o herdeiro Lantsov e insistiu em estar lá também. Para minha surpresa, Nikolai o recebeu de braços abertos.

— Que alívio — disse ele. — Por favor, me diga que você consegue entender isto aqui. — E empurrou uma pilha alta de papéis pela mesa.

— O que é isso? — Vasily perguntou.

— Uma proposta para reparos de um aqueduto perto de Chernitsyn.

— Tudo isso para um aqueduto?

— Não se preocupe — disse Nikolai. — Eu pedirei que o resto seja entregue no seu quarto.

— Tem mais? Será que um dos ministros não poderia…

— Você viu o que aconteceu quando nosso pai deixou outros cuidarem da tarefa de governar Ravka. Devemos permanecer atentos.

Vasily levantou o papel do topo da pilha de modo cauteloso, como se estivesse pegando um pano sujo. Eu precisei de todo o meu autocontrole para não gargalhar.

— Vasily acha que pode liderar como nosso pai fazia — Nikolai confessou mais tarde naquele dia —, organizando banquetes e fazendo discursos ocasionais. Eu vou garantir que ele saiba o que significa governar sem o Darkling ou o Apparat para assumir as rédeas.

Parecia um plano adequado, mas eu logo estava xingando mentalmente ambos os príncipes. A presença de Vasily garantia que as reuniões levassem duas vezes mais tempo. Ele fazia pose e se exibia, opinando em cada questão e discursando sobre patriotismo, estratégia e detalhes de diplomacia.

— Eu nunca conheci alguém que pudesse falar tanto sem dizer absolutamente nada — falei, espumando de raiva, enquanto Nikolai me acompanhava de volta ao Pequeno Palácio depois de uma sessão particularmente miserável. — Deve haver algo que você possa fazer.

— Como o quê?

— Fazer que um dos pôneis premiados dele lhe dê um coice na cabeça.

— Tenho certeza de que eles são frequentemente tentados a isso — disse Nikolai. — Vasily é preguiçoso e presunçoso, e ele gosta de pegar atalhos, mas não existe jeito fácil de governar um país. Acredite em mim, ele vai se cansar disso logo.

— Talvez — falei. — Mas provavelmente morrerei de tédio antes disso.

Nikolai riu.

— Da próxima vez, traga um cantil. Toda vez que ele mudar de ideia, tome um gole.

Eu suspirei.

— Eu estaria desmaiada no chão antes de a primeira hora terminar.

COM A AJUDA DE NIKOLAI, eu trouxe especialistas em armamentos de Poliznaya para ajudar os Grishas a se familiarizarem com armas modernas e treiná-los no uso de armas de fogo. Embora as sessões tivessem começado um pouco tensas, pareciam ir melhor agora, e torcíamos para que algumas amizades pudessem estar se formando entre o Primeiro e o Segundo Exércitos. As unidades de Grishas e soldados que tinham sido criadas para caçar o Darkling quando ele se aproximasse de Os Alta foram as que fizeram progresso mais rápido. Eles voltavam de suas missões de treinamento cheios de piadas internas e camaradagem. Até começaram a chamar uns aos outros de *nolniki*, zeros, porque não eram mais estritamente do Primeiro ou do Segundo Exército.

Eu havia me preocupado com a maneira como Botkin poderia reagir a todas as mudanças, mas o homem parecia ter um dom para matar, não importava o método, e ele adorava qualquer desculpa para passar tempo conversando sobre armas com Tolya e Tamar.

Como os shu tinham o mau hábito de escalpelar seus Grishas, poucos sobreviviam para entrar no Segundo Exército. Botkin adorava poder falar em seu idioma nativo, mas também adorava a ferocidade dos gêmeos. Eles não dependiam de suas habilidades Corporalki como Grishas criados no Pequeno Palácio costumavam depender. Em vez disso, as habilidades de Sangradores eram apenas mais uma arma em seu impressionante arsenal.

— Garoto perigoso. Garota perigosa — Botkin comentou, observando os gêmeos lutarem contra um grupo de Corporalki em uma manhã, enquanto um punhado de Conjuradores nervosos aguardava sua vez. Marie e Sergei estavam lá, Nadia no rastro deles, como sempre.

— Efa é pior do que efe — reclamou Sergei. Tamar havia cortado seu lábio, e ele estava com dificuldade de falar. — Eu finto pena do mafido defa.

— Não vai se casar — disse Botkin, enquanto Tamar jogava um pobre Infernal no chão.

— Por que não? — perguntei, surpresa.

— Ela não. Nem seu irmão — disse o mercenário. — Eles são como Botkin. Nascidos para a batalha. Feitos para a guerra.

Três Corporalki jogaram-se em direção a Tolya. Em instantes, estavam todos grunhindo no chão. Pensei no que Tolya havia dito na biblioteca, que não nascera para servir ao Darkling. Como muitos shu, escolhera o caminho de soldado de aluguel, viajando pelo mundo como mercenário e corsário. Mas tinha acabado no Pequeno Palácio de qualquer maneira. Quanto tempo ele e sua irmã ficariam lá?

— Eu gosto dela — disse Nadia, olhando com admiração para Tamar. — Ela é corajosa.

Botkin riu.

— *Coragem* é outra palavra para *burrice*.

— Eu não difia isso na cafa dela — resmungou Sergei, enquanto Marie lhe apalpava os lábios com um pano umedecido.

Eu me peguei começando a sorrir e me virei. Não havia me esquecido do modo como os três tinham me "saudado" no Pequeno Palácio. Eles não me chamaram de prostituta nem tentaram me expulsar, mas tampouco tinham me defendido, e a ideia de fingir amizade era um pouco demais. Além disso, eu não sabia exatamente como me comportar perto deles. Nunca fomos realmente próximos, e agora a nossa diferença de status parecia ser uma ponte impossível de atravessar.

Genya não se importaria, pensei de repente. Genya me conhecia. Ela ria comigo e confiava em mim, e nenhum *kefta* brilhante ou título a impediria de me dizer exatamente o que pensava, ou cruzar o braço no meu para compartilhar uma fofoca. Apesar das mentiras que tinha dito, eu sentia falta dela.

Como se em resposta aos meus pensamentos, senti um puxão na minha manga, e uma voz tremendo disse "*Moi soverenyi*?".

Nadia estava ali, passando o peso de um pé para o outro.

— Eu gostaria...

— O que foi?

Ela se voltou para um canto escuro dos estábulos e apontou para um garoto vestindo azul Etherealki que eu nunca tinha visto antes. Alguns Grishas tinham começado a chegar depois que eu enviara a anistia, mas esse garoto parecia novo demais para ter servido em campo. Ele se aproximou nervoso, os dedos se torcendo em seu *kefta*.

— Este é Adrik — disse Nadia, colocando o braço em torno dele. — Meu irmão. — A semelhança estava lá, mas era preciso prestar atenção para vê-la. — Soubemos que você planeja evacuar a escola.

— É verdade. — Eu estava enviando os alunos para o único lugar que conhecia com dormitórios e espaço suficientes para acomodá-los, um lugar longe das batalhas: Keramzin. Botkin iria com eles também. Eu odiava perder um soldado tão capaz, mas desse modo os Grishas mais novos ainda poderiam aprender com ele, e ele poderia ajudar a protegê-los. Como Baghra se recusava a me receber, eu tinha enviado um servo para ela com a mesma oferta. Ela não tinha respondido. Apesar de me esforçar ao máximo para ignorar seu desprezo, as repetidas rejeições ainda doíam.

— Você é um aluno? — perguntei a Adrik, tirando da cabeça os pensamentos a respeito de Baghra. Ele assentiu com a cabeça uma vez, e notei a projeção determinada de seu queixo.

— Adrik estava pensando se... *Nós* estávamos pensando se...

— Eu quero ficar — disse ele, intensamente.

Minhas sobrancelhas subiram.

— Qual é sua idade?

— Idade suficiente para lutar.

— Ele teria se graduado este ano — interveio Nadia.

Franzi a testa. Ele era apenas alguns anos mais novo que eu, mas era todo magricela e com cabelo desgrenhado.

— Vá com os outros para Keramzin — falei. — Se você ainda quiser, em um ano pode se juntar a nós. — *Se ainda estivermos aqui.*

— Eu sou bom — disse ele. — Eu sou um Aeros, e sou tão forte quanto Nadia, mesmo sem um amplificador.

— É perigoso demais…

— Este é meu lar. Eu não vou embora.

— Adrik! — Nadia repreendeu.

Eu levantei uma mão.

— Está tudo bem. — Adrik parecia quase febril. Suas mãos estavam cerradas em punhos. Olhei para Nadia. — Você tem certeza de que quer que ele fique?

— Eu… — Adrik começou a falar.

— Estou falando com sua irmã. Se você cair diante do exército do Darkling, é ela quem vai ficar de luto. — Nadia empalideceu um pouco, mas Adrik não hesitou. Eu tinha de admitir que ele era determinado.

Nadia mordiscava os lábios, preocupada, alternando entre olhar para mim e para ele.

— Se está com medo de desapontá-lo, pense em como seria ter de enterrá-lo — falei. Eu sabia que estava sendo dura, mas queria que ambos entendessem o que estavam pedindo.

Ela hesitou, então endireitou os ombros e disse:

— Deixe-o lutar. Digo que ele deve ficar. Se o mandar embora, ele estará de volta aos portões daqui a uma semana.

Suspirei e, então, voltei minha atenção para Adrik, que já estava sorrindo.

— Nem uma palavra para os outros alunos — falei. — Não os quero tendo ideias. — Apontei um dedo para Nadia. — E ele é sua responsabilidade.

— Obrigado, *moi soverenyi* — disse Adrik, inclinando-se tanto que eu achei que ele cairia para a frente.

Eu já estava me arrependendo da decisão.

— Leve-o de volta para as aulas.

Eu os observei subindo a colina em direção ao lago, e então me ajeitei e fui para uma das salas menores de treinamento, onde encontrei Maly treinando com Pavel. Maly passava cada vez menos tempo no Pequeno Palácio ultimamente. Os convites tinham começado a chegar na tarde em que ele voltara de Balakirev: caçadas, festas, pescaria de truta, jogos de cartas. Todo nobre e oficial parecia querer Maly em seu próximo evento.

Algumas vezes ele sumia apenas por uma tarde, às vezes por alguns dias. Isso me lembrava da época em Keramzin, quando o observava cavalgando para longe e então esperava todo o dia na janela da cozinha por sua volta. Mas, se fosse honesta comigo mesma, os dias em que ele não estava presente eram quase mais tranquilos. Quando se encontrava no Pequeno Palácio, eu me sentia culpada de não poder passar mais tempo com ele, e odiava o modo como os Grishas o ignoravam ou a maneira condescendente com que o tratavam, como um servo. Por mais que sentisse saudade, eu o incentivava a ir.

É melhor assim, dizia a mim mesma. Antes de ter desertado para me ajudar, Maly tinha sido um rastreador com um futuro brilhante, cercado de amigos e admiradores. Não era a vocação dele ficar de guarda em portas ou espreitando nas frestas de quartos, fazendo o papel de minha sombra leal enquanto eu ia de uma reunião para outra.

— Eu poderia observá-lo o dia inteiro — disse uma voz atrás de mim. Eu enrijeci. Zoya estava parada ali. Mesmo no calor, ela parecia nunca suar.

— Você não acha que ele fede a Keramzin? — falei, lembrando-me das palavras maliciosas que ela tinha me dito uma vez.

— Eu acho que as classes mais baixas têm certo apelo rude. Você vai me avisar quando não quiser mais ele, não é?

— Desculpe?

— Ah, será que entendi mal? Vocês dois parecem tão… próximos. Mas tenho certeza de que você tem ambições maiores hoje em dia.

Eu me voltei para ela.

— O que você está fazendo aqui, Zoya?

— Vim para uma sessão de treinamento.

— Você sabe o que eu quis dizer. O que está fazendo no Pequeno Palácio?

— Sou uma soldada do Segundo Exército. Este é meu lugar.

Cruzei os braços. Era hora de Zoya e eu resolvermos isso.

— Você não gosta de mim e nunca perdeu uma oportunidade de deixar isso claro. Por que me seguir agora?

— Que escolha eu tenho?

— Tenho certeza de que o Darkling estaria feliz em tê-la ao lado dele novamente.

— Você está me mandando ir embora? — Ela estava tentando usar seu tom arrogante usual, mas eu podia perceber que estava assustada. Isso me dava alguma empolgação misturada com culpa.

— Quero saber por que você está tão determinada a ficar.

— Porque não quero viver nas sombras — disse ela. — Porque você é nossa melhor chance.

Balancei a cabeça.

— Fácil demais.

Ela ficou vermelha.

— Eu devo implorar?

Será que ela faria isso? Eu não achava a ideia ruim.

— Você é orgulhosa. Você é ambiciosa. Você teria feito qualquer coisa pela atenção do Darkling. O que mudou?

— O que mudou? — ela engasgou com as palavras. Seus lábios afinaram, as mãos se apertaram em punhos na sua lateral. — Eu tinha uma tia que morava em Novokribirsk. Uma sobrinha. O Darkling poderia ter me dito o que pretendia fazer. Se eu pudesse tê-las avisado… — Sua voz falhou, e eu fiquei instantaneamente envergonhada do prazer que tinha sentido em vê-la sofrer.

A voz da Baghra ecoava nos meus ouvidos: *Você está se acostumando bem ao poder… Conforme ele crescer, pedirá por mais.* Ainda assim, eu acreditava em Zoya? O brilho em seus olhos era real ou um fingimento? Ela piscou para conter as lágrimas e me fitou com raiva.

— Ainda não gosto de você, Starkov. Eu nunca gostarei. Você é comum e desengonçada, e eu não entendo como nasceu com tanto poder. Mas você é a Conjuradora do Sol, e, se pode manter Ravka livre, então eu lutarei por você.

Eu a observei, pensando, notando os dois pontos brilhantes de cor que ardiam em suas bochechas, o tremular de seus lábios.

— E então? — disse ela, e eu podia ver quanto lhe custava perguntar. — Você está me mandando embora?

Eu esperei um momento mais.

— Você pode ficar — falei. — Por enquanto.

— Está tudo bem? — Maly perguntou. Nem tínhamos notado que ele havia saído do treino.

Subitamente, a incerteza de Zoya tinha desaparecido. Ela deu um sorriso estonteante para ele.

— Soube que você é um prodígio com arco e flecha. Achei que talvez pudesse me dar uma aula.

Maly olhou rapidamente para Zoya e de volta para mim.

— Talvez mais tarde.

— Aguardarei ansiosamente — disse ela, saindo em um farfalhar suave de seda.

— O que foi aquilo? — ele perguntou quando começamos a subir a colina para o Pequeno Palácio.

— Não confio nela.

Por um longo minuto ele não disse nada.

— Alina — começou Maly, constrangido —, o que aconteceu em Kribirsk...

Eu o interrompi rapidamente. Não queria saber o que ele podia ter feito com Zoya lá no acampamento Grisha. E a questão não era precisamente essa.

— Ela foi uma das favoritas do Darkling, e sempre me odiou.

— Ela provavelmente estava com inveja de você.

— Ela quebrou duas das minhas costelas.

— Ela *o quê*?

— Foi um acidente. Mais ou menos. — Eu nunca tinha contado a Maly exatamente quão ruim foi para mim antes de aprender a usar meu poder, nem dos dias solitários e intermináveis de fracasso. — Simplesmente não consigo ter certeza de a quem ela deve lealdade. — Esfreguei a nuca, onde os músculos haviam começado a enrijecer. — Não consigo ter certeza a respeito de ninguém. Nem dos Grishas. Nem dos servos. Qualquer um deles poderia estar trabalhando para o Darkling.

Maly olhou em volta. Pelo menos dessa vez ninguém parecia estar observando. Num gesto impulsivo, ele segurou minha mão.

— Gritzki está organizando uma festa de previsões na cidade alta para daqui a dois dias. Venha comigo.

— Gritzki?

— O pai dele é Stepan Gritzki, o rei dos picles. Novos ricos — disse Maly, em uma ótima imitação de um nobre esnobe. — Mas a família dele tem um palácio lá no canal.

— Não posso — falei, pensando nas reuniões, nos pratos espelhados de David, na evacuação da escola. Parecia simplesmente errado ir a uma festa quando poderíamos estar em uma guerra em questão de dias ou semanas.

— Você pode — disse Maly. — Só por algumas horas.

Era tão tentador passar alguns momentos com Maly longe das pressões do Pequeno Palácio…

Ele deve ter sentido que eu estava hesitante.

— Vamos vesti-la como um dos atores. Ninguém jamais saberá que a Conjuradora do Sol está lá.

Uma festa, tarde de noite, depois de um dia de trabalho. Eu perderia uma noite de buscas infrutíferas na biblioteca. Que mal poderia haver nisso?

— Tudo bem — falei. — Vamos lá.

O rosto dele se abriu em um sorriso que tirou minha respiração. Eu não sabia se me acostumaria com a ideia de que um sorriso como aquele era realmente para mim.

— Tolya e Tamar não gostarão disso — ele avisou.

— Eles são meus guardas. Seguirão minhas ordens.

Maly colocou-se em posição de sentido e me ofereceu um cumprimento elaborado.

— *Da, moi soverenyi* — ele pronunciou com a voz séria. — Vivemos para servir.

Eu revirei os olhos, mas, enquanto me apressava em direção às oficinas dos Materialki, senti-me mais leve do que em semanas.

Capítulo 18

A MANSÃO GRITZKI ficava no distrito do canal, considerado a parte menos moderna da cidade alta por ser próximo da ponte e do povo do outro lado. Era uma pequena construção luxuosa, ladeada por um memorial de guerra e pelos jardins do Convento de Sankta Lizabeta.

Maly tinha conseguido uma carruagem emprestada para a noite, e estávamos enfiados dentro de seu espaço apertado com Tamar muito mal-humorada. Ela e Tolya haviam resmungado um bocado sobre a festa, mas eu tinha deixado claro que não iria ceder. Também tinha feito com que prometessem manter segredo, já que não queria que Nikolai soubesse de minha pequena excursão para fora dos portões do palácio.

Estávamos todos vestidos ao estilo de adivinhos suli, usando casacos de seda de um laranja vibrante e máscaras laqueadas de vermelho moldadas para parecermos chacais. Tolya não tinha ido junto. Mesmo coberto dos pés à cabeça, seu tamanho chamaria atenção demais.

Maly apertou minha mão, e senti uma onda de excitação vertiginosa. Meu casaco era desconfortavelmente quente, e meu rosto já estava começando a coçar por trás da máscara, mas eu não me importava. Sentia-me como se estivéssemos de volta a Keramzin, deixando de lado nossas tarefas e enfrentando o risco de apanhar de vara só para escapar para a nossa campina. Nós nos deitávamos na grama fresca e escutávamos o zumbido dos insetos, observávamos as nuvens vagando sobre nossas cabeças. Esse tipo de paz parecia muito distante agora.

A rua que levava à mansão do rei do picles estava entupida de carruagens. Entramos em um beco perto do convento para que pudéssemos nos misturar melhor com os atores na entrada de serviço. Tamar ajustou seu manto com cuidado enquanto descíamos da carruagem. Ela e Maly portavam pistolas ocultas, e eu sabia que debaixo de toda aquela seda laranja ela carregava seus machados idênticos amarrados em cada coxa.

— E se alguém realmente quiser que eu adivinhe o futuro? — perguntei, apertando os cordões da minha máscara e puxando o capuz para cima.

— Diga a besteira de sempre — disse Maly. — Lindas mulheres, riqueza inesperada. Cuidado com o número oito.

A entrada de serviço passava por uma cozinha cheia de vapor e pelos quartos da parte de trás da casa. Assim que entramos, um homem vestido no que deveria ser o uniforme Gritzki pegou no meu braço.

— O que você acha que está fazendo, exatamente? — disse ele, me balançando. Eu vi a mão de Tamar descendo para a cintura.

— Eu...

— Vocês três já deviam estar circulando. — Ele nos empurrou em direção aos aposentos principais da casa. — Não gastem tempo demais com cada hóspede. E ai de vocês se pegá-los bebendo!

Eu fiz que sim com a cabeça, tentando fazer meu coração parar de pular, e nos apressamos para o salão de festas. O rei dos picles não tinha economizado. A mansão era decorada para parecer o acampamento suli mais decadente imaginável. Havia mil lanternas em formato de estrela penduradas no teto. Carroças cobertas de seda estavam estacionadas nas bordas do salão em uma caravana brilhante, e fogueiras falsas pulsavam com luzes coloridas dançantes. As portas da varanda tinham sido escancaradas, e o ar noturno cantarolava com o retinir rítmico de címbalos de dedo e com o lamento de violinos.

Vi os verdadeiros adivinhos suli espalhados pela multidão e me dei conta da visão perturbadora que deveríamos estar passando com nossas máscaras de chacal, mas os hóspedes não pareciam se importar. A maioria já tinha bebido bastante; eles riam e gritavam uns com os outros em grupos barulhentos, olhando boquiabertos para os acrobatas que giravam em balanços de seda sobre suas cabeças. Alguns estavam sentados oscilando em suas cadeiras, tendo seu futuro revelado em cafeteiras douradas. Outros comiam na longa mesa instalada na varanda, entupindo-se de figos recheados e tigelas de sementes de romã, batendo as mãos para acompanhar a música.

Maly me passou furtivamente um pequeno copo de *kvas*, e encontramos um banco em um canto escuro da varanda enquanto Tamar assumia seu posto a uma distância discreta. Repousei a cabeça no ombro de Maly, feliz de simplesmente estar sentada ao lado dele, ouvindo as batidas e os sons da música. O ar estava pesado com o cheiro de alguma flor noturna e, de fundo, o aroma penetrante de limões. Respirei profundamente, sentindo parte da exaustão e do medo das últimas semanas de dissipar. Balancei o pé para tirar os chinelos e deixei os dedos se enterrarem no cascalho frio.

Maly ajustou seu capuz para esconder melhor o rosto e puxou a máscara para cima. Em seguida, inclinou-se para a frente e fez o mesmo com a minha. Ele chegou mais perto. Nossas máscaras de chacal se chocaram no focinho.

Comecei a rir.

— Da próxima vez, fantasias diferentes — resmungou ele.

— Chapéus maiores?

— Talvez pudéssemos simplesmente colocar cestas sobre a cabeça.

Duas garotas vieram cambaleando até nós. Tamar apareceu ao meu lado em um instante. Colocamos nossas máscaras no lugar de novo.

— Conte o nosso futuro! — a garota mais alta exigiu, quase caindo sobre a amiga.

Tamar balançou a cabeça, mas Maly gesticulou para uma das pequenas mesas com xícaras de esmalte azul e uma cafeteira dourada.

A garota deu um gritinho e derramou uma minúscula quantidade de café que parecia lodo. Os suli adivinhavam o futuro lendo as borras no fundo da xícara. Ela engoliu o café e fez uma careta.

Eu cutuquei Maly com o cotovelo. *E agora?*

Ele se levantou e andou até a mesa.

— Hummm — murmurou ele, olhando dentro da xícara. — Hummm.

A garota pegou no braço dele.

— O que foi?

Ele me chamou com um aceno. Apertei os dentes e me inclinei sobre a xícara.

— É ruim? — a garota falou, em um gemido.

— Éééééé booooom — disse Maly, no sotaque suli mais exagerado que eu já ouvira.

A garota suspirou de alívio.

— Você irááááá conhecer alguém novo e charmoso.

As garotas deram uma risadinha e aplaudiram. Eu não consegui resistir.

— Ele seráááááá homem muito perverso — intervim. Meu sotaque era ainda pior que o de Maly. Se algum suli de verdade me escutasse, eu provavelmente ganharia um olho roxo. — Você precisa fugir deeesseeee homem.

— Oh — as garotas suspiraram, desapontadas.

— Você deve casar homem feio — falei. — Muito gordo. — Estiquei os braços diante de mim, indicando uma barriga gigante. — Ele faráááá você muito feliz.

Ouvi Maly rir debochado sob sua máscara.

A garota fungou.

— Eu não gosto desse futuro — disse ela. — Vamos tentar outro. — Enquanto flutuavam para longe, dois nobres meio inebriados tomaram seu lugar.

Um deles era narigudo e tinha bochechas flácidas. O outro tomou seu café como se estivesse engolindo *kvas* e baixou a xícara com força na mesa.

— Agora — disse ele com a voz enrolada, contraindo o bigode vermelho espetado —, o que o futuro me reserva? E tem de ser interessante.

Maly fingiu estudar a xícara.

— Você iráááá ganhar grande fortuna.

— Já tenho uma grande fortuna. O que mais?

— Ahm... — Maly foi cauteloso. — Sua mulher iráááá lhe dar três lindos filhos.

O companheiro narigudo do homem caiu na gargalhada.

— Bem, então você *saberá* que não são seus! — ele bradou.

Achei que o outro nobre ia se ofender, mas ele simplesmente riu, seu rosto vermelho ficando ainda mais vermelho.

— Tenho de parabenizar o empregado! — ele urrou.

— Soube que as melhores famílias têm bastardos — disse seu amigo, rindo.

— Bem, todos nós temos cachorros também. Mas não deixamos eles se sentarem à mesa!

Fiz uma careta sob a minha máscara. Suspeitava que eles estivessem falando de Nikolai.

— Oh não — falei, arrancando a xícara das mãos de Maly. — Oh não, tão triste.

— O que foi? — disse o nobre, ainda rindo.

— Você ficará careca — falei. — Muito careca.

Ele parou de rir, levando a mão gorda ao cabelo ruivo que já estava ficando mais fino.

— E você — falei, apontando para o amigo dele. Maly cutucou meu pé, mas eu o ignorei. — Você vaaaai pegar o *korpa*.

— Pegar o quê?

— O *korpa*! — declarei em tons sombrios. — Suas partes íntimas irãããão se encolher até desaparecer! — Ele empalideceu. Engoliu em seco. — Mas…

Nesse momento, ouvimos gritaria dentro do salão de festas e um estrondo de algo se quebrando quando alguém virou uma mesa. Vi dois homens se empurrando.

— Acho que é hora de partir — disse Tamar, conduzindo-nos para longe da confusão.

Eu estava prestes a protestar quando a briga começou de verdade. As pessoas começaram a puxar e empurrar, bloqueando as portas para a varanda. A música tinha parado, e parecia que alguns dos adivinhos tinham se envolvido na briga também. Na multidão, vi uma das carroças com seda desabar. Alguém foi arremessado em nossa direção e caiu em cima dos nobres. A cafeteira foi derrubada da mesa, e as pequenas xícaras azuis seguiram o mesmo caminho.

— Venha — disse Maly, esticando a mão para pegar a pistola. — Por trás.

Tamar liderou o caminho, machados já em mãos. Eu a segui escadaria abaixo, mas quando saímos da varanda, ouvi outro estrondo horrível e uma mulher gritando. Ela estava presa embaixo da mesa do banquete.

Maly colocou a pistola no coldre.

— Leve-a para a carruagem — ele gritou para Tamar. — Eu encontro vocês depois.

— Maly…

— Vá! Estarei logo atrás de vocês. — Ele abriu caminho na multidão em direção à mulher presa.

Tamar me puxou para baixo pelas escadas do jardim e por um caminho que seguia pela lateral da mansão, em direção à rua. Estava escuro longe das lanternas brilhantes da festa. Eu produzi uma luz suave para guiar nossos passos.

— Não faça isso — disse Tamar. — Poderia ser uma distração. Você revelará a nossa localização.

Deixei a luz sumir e, um instante depois, ouvi um barulho de luta, um grunhido alto e então silêncio.

— Tamar?

Olhei em direção à festa, torcendo para ouvir Maly se aproximando.

Meu coração começou a bater muito forte. Levantei as mãos. Que se dane sobre revelar nossa localização, eu não ia simplesmente ficar parada no escuro. Então ouvi um portão rangendo, e mãos fortes me agarraram. Fui puxada através de uma cerca viva.

Soltei luz queimando em uma explosão quente. Eu estava em um pátio de pedra perto do jardim principal, cercada por todos os lados por cercas vivas de teixo, e não estava sozinha.

Senti seu cheiro antes de vê-lo: terra revirada, incenso, orvalho. O cheiro de um túmulo. Ergui as mãos enquanto o Apparat saía das sombras. O sacerdote tinha a mesma aparência de que eu me lembrava, a mesma barba negra fina e o olhar implacável. Ele ainda vestia a túnica marrom de seu posto, mas a águia dupla do Rei tinha sumido de seu peito, substituída por um sol bordado em fios de ouro.

— Fique parado onde está — avisei.

Ele se inclinou em uma mesura.

— Alina Starkov, Sol Koroleva. Eu não desejo lhe fazer mal.

— Onde está Tamar? Se ela estiver ferida…

— Seus guardas não serão feridos, mas imploro a você que escute o que tenho a dizer.

— O que você quer? Como você sabia que eu estaria aqui?

— Os fiéis estão em toda parte, Sol Koroleva.

— Não me chame assim!

— A cada dia seu exército santo cresce, atraído pela promessa de sua luz. Eles esperam apenas por você para liderá-los.

— Meu exército? — zombei. — Eu vi os peregrinos acampados fora das muralhas da cidade: pobres, fracos, famintos, todos desesperados pelas migalhas de esperança com as quais você os alimenta.

— Há outros. Soldados.

— Mais pessoas que acham que eu sou uma Santa porque você os convenceu de uma mentira?

— Não é uma mentira, Alina Starkov. Você é a Filha de Keramzin, Renascida da Dobra.

— Eu não morri! — disse, furiosa. — Sobrevivi porque escapei do Darkling e assassinei um esquife inteiro de soldados e Grishas para tanto. Você conta isso a seus seguidores?

— Seu povo está sofrendo. Só você pode gerar uma nova era, uma era consagrada em fogo divino.

Seus olhos eram selvagens, de um preto tão intenso que eu não conseguia enxergar as pupilas. Mas sua loucura era real ou parte de algum ato elaborado?

— E quem irá liderar essa nova era?

— Você, é claro. Sol Koroleva, Sankta Alina.

— Com você como meu braço direito? Eu li o livro que você me deu. Santos não vivem vidas longas.

— Venha comigo, Alina Starkov.

— Não vou a lugar algum com você.

— Você ainda não é forte o suficiente para enfrentar o Darkling. Eu posso mudar isso.

Eu congelei. — Conte para mim o que sabe.

— Junte-se a mim, e tudo será revelado.

Avancei em sua direção, surpresa pelo pulsar de ânsia e ira que me atravessava.

— Onde está o pássaro de fogo? — Pensei que ele responderia de um modo confuso ou fingiria ignorância. Em vez disso, ele sorriu mostrando a gengiva preta, os dentes em uma confusão torta. — Conte para mim, sacerdote — ordenei —, ou eu o cortarei ao meio aqui e agora, e seus seguidores podem tentar rezar para juntar seus pedaços. — Com um sobressalto, percebi que não era uma ameaça vã.

Pela primeira vez ele parecia nervoso. *Que bom.* Ele esperava uma Santa domesticada?

O Apparat levantou as mãos, apaziguando a situação.

— Eu não sei — disse ele. — Eu juro. Mas quando o Darkling deixou o Pequeno Palácio, não percebeu que estava fazendo isso pela última vez. Ele deixou muitas coisas preciosas para trás, coisas que outros acreditam terem sido destruídas faz muito tempo.

Outra onda de ânsia me percorreu.

— Os diários de Morozova? Você está com eles?

— Venha comigo, Alina Starkov. Há segredos profundamente enterrados.

Havia a possibilidade de ele estar dizendo a verdade? Ou simplesmente me levaria para o Darkling?

— Alina! — A voz de Maly soou de algum lugar do outro lado da cerca.

— Estou aqui! — chamei.

Maly surgiu no pátio, pistola em punho. Tamar estava logo atrás dele. Ela tinha perdido um dos machados, e havia sangue manchando a frente de seu manto.

O Apparat virou-se em um redemoinho de tecido mofado e deslizou entre os arbustos.

— Espere! — gritei, já em movimento para segui-lo. Tamar passou correndo por mim em um rugido de fúria, mergulhando nas cercas vivas para persegui-lo.

— Preciso dele vivo! — gritei na direção de Tamar, que desaparecia.

— Você está bem? — perguntou Maly, ofegante, quando chegou perto de mim.

Segurei a manga dele.

— Maly, acho que ele está com os diários de Morozova.

— Ele te machucou?

— Eu consigo lidar com um velho sacerdote — falei, impaciente. — Você ouviu o que eu disse?

Ele recuou.

— Sim, ouvi. Achei que você estivesse em perigo.

— Eu não estava. Eu…

Mas Tamar já estava andando a passos largos de volta para nós, seu rosto era uma máscara de frustração.

— Eu não entendo — disse ela, balançando a cabeça. — Ele estava lá e então simplesmente desapareceu.

— Pelos Santos — falei.

Ela deixou a cabeça pender.

— Me perdoe.

Eu nunca a tinha visto tão desanimada.

— Está tudo bem — falei, minha mente ainda turbulenta. Parte de mim queria voltar descendo por aquele beco e gritar pelo Apparat, exigir que ele se revelasse, caçá-lo pelas ruas da cidade até encontrá-lo e arrancar a verdade de sua boca mentirosa. Olhei para a fileira de cercas vivas. Ainda conseguia escutar a gritaria da festa lá atrás, e em algum lugar no escuro os sinos do convento começaram a badalar. Suspirei. — Vamos sair daqui.

Encontramos nosso condutor esperando na rua lateral estreita onde o tínhamos deixado. A viagem de volta para o palácio foi tensa.

—Aquela briga não foi uma coincidência — disse Maly.

— Não — concordou Tamar, apalpando o corte feio em seu queixo. — Ele sabia que estaríamos lá.

— Como? — perguntou Maly. — Ninguém mais sabia que íamos. Você contou para Nikolai?

— Nikolai não teve nada a ver com isso — falei.

— Como você pode ter tanta certeza?

— Porque ele não tem nada a ganhar. — Pressionei os dedos contra as têmporas. — Talvez alguém tenha notado a nossa saída do palácio.

— Como ele entrou em Os Alta sem ser visto? Como soube que nós estaríamos na festa?

— Eu não sei — respondi, desgastada. — Ele disse que há fiéis em todo lugar. Talvez um dos servos tenha ouvido.

— Tivemos sorte hoje à noite — disse Tamar. — Isso poderia ter sido muito pior.

— Eu nunca estive em perigo de verdade — insisti. — Ele só queria conversar.

— O que ele disse?

Fiz um relato resumido, mas não mencionei os diários de Morozova. Não tinha conversado com ninguém além de Maly sobre eles, e Tamar já sabia demais sobre os amplificadores.

— Ele está formando algum tipo de exército — concluí. — Pessoas que acreditam que eu renasci dos mortos, que acham que eu tenho algum tipo de poder divino.

— Quantas? — perguntou Maly.

— Não sei. E não sei o que ele pretende fazer com elas. Levá-las em marcha contra o Rei? Enviá-las para lutar contra a horda do Darkling? Eu já sou responsável pelos Grishas. Não quero o peso de um exército de *otkazat'sya* indefesos.

— Nem todos nós somos tão frágeis — disse Maly, com uma ponta de irritação.

— Eu não... Eu só quis dizer que ele está usando essas pessoas. Está se aproveitando da esperança delas.

— Não é o mesmo que Nikolai faz ao desfilar com você em cada vilarejo?

— Nikolai não está dizendo às pessoas que sou imortal ou posso fazer milagres.

— Não — disse Maly. — Só está deixando que acreditem nisso.

— Por que você está sempre pronto para atacá-lo?

— Por que você está sempre pronta para defendê-lo?

Eu me virei, cansada, exasperada, incapaz de escapar do redemoinho de pensamentos na minha cabeça. As ruas da cidade alta iluminadas por lamparinas deslizavam pela janela da carruagem. Passamos o resto da viagem em silêncio.

DE VOLTA AO PEQUENO PALÁCIO, mudei de roupa enquanto Maly e Tamar informavam Tolya sobre o acontecido.

Eu estava sentada na cama quando Maly bateu na porta. Ele a fechou atrás de si e inclinou-se contra ela, olhando em volta.

— Este quarto é tão depressivo. Achei que você fosse redecorá-lo.

Eu dei de ombros. Tinha muitas outras coisas com que me preocupar, e havia quase me acostumado com a penumbra silenciosa do quarto.

— Você acredita que ele está com os diários? — perguntou Maly.

— Estou surpresa de que ele saiba da existência deles.

Maly veio até a cama, e eu dobrei os joelhos para abrir espaço para ele.

— Tamar está certa — disse ele, acomodando-se perto dos meus pés. — Isso poderia ter sido muito pior.

Suspirei.

— E lá se vai a ideia de espairecer.

— Eu não devia ter sugerido.

— Eu não devia ter concordado.

Ele assentiu com a cabeça, esfregando a ponta da bota no chão.

— Sinto falta de você — disse ele, em voz baixa.

Palavras suaves, mas me atravessaram com um tremor doloroso e bem-vindo. Será que uma parte de mim tinha duvidado disso? Ele havia partido tantas vezes.

Toquei a mão dele.

— Também sinto sua falta.

— Venha praticar pontaria comigo amanhã — disse ele. — No lago.

— Eu não posso. Nikolai e eu temos uma reunião com uma delegação de banqueiros de Kerch. Eles querem ver a Conjuradora do Sol antes de garantirem um empréstimo à Coroa.

— Diga a ele que você está doente.

— Grishas não ficam doentes.

— Bem, diga que está ocupada.

— Não posso.

— Outros Grishas separam tempo para...

— Eu não sou os *outros* Grishas — falei, mais áspera do que pretendia.

— Eu sei disso — ele respondeu com voz cansada. Em seguida, exalou longamente. — Pelos Santos, odeio este lugar.

Eu pisquei, surpresa com a veemência em sua voz.

— Odeia mesmo?

— Odeio as festas. Odeio as pessoas. Odeio tudo aqui.

— Achei... Você parecia... não exatamente feliz, mas...

— Eu não pertenço a este lugar, Alina. Não me diga que você não notou.

Nisso eu não acreditava. Maly se adaptava a qualquer lugar.

— Nikolai diz que todos te adoram.

— Eles me acham interessante — disse Maly. — Não é a mesma coisa. — Ele virou minha mão, traçando a cicatriz que corria pela extensão da minha palma. — Sabia que realmente sinto falta de estar fugindo? Mesmo daquele alberguezinho sujo em Cofton e do trabalho no armazém. Pelo menos eu sentia que estava fazendo algo, não desperdiçando tempo e coletando fofocas.

Eu mudei de posição, desconfortável, sentindo-me subitamente na defensiva.

— Você aproveita cada chance para ir a algum lugar. Não precisa aceitar todos os convites.

Ele olhou fixamente para mim.

— Fico longe para proteger você, Alina.

— Do quê? — perguntei, incrédula.

Ele se levantou, andando ansiosamente pela sala.

— O que acha que as pessoas me perguntaram na caçada real? A primeira coisa? Eles queriam saber sobre nós dois. — Ele se virou para mim, e quando falou sua voz saiu cruel e jocosa. — *É verdade que você está "pegando" a Conjuradora do Sol? Como é com uma Santa? Ela tem um gosto por rastreadores ou leva todos os servos para a cama?* — Ele cruzou os braços. — Eu fico longe para colocar distância entre nós, desviar os rumores. Provavelmente, nem deveria estar aqui agora.

Abracei meus joelhos, apertando-os com mais força contra o peito. Minhas bochechas estavam queimando.

— Por que você não me disse isso?

— O que eu poderia dizer? E quando? Eu quase não te vejo mais.

— Achei que você queria ir

— Queria que você me pedisse pra ficar.

Senti um aperto na garganta. Abri a boca, pronta para dizer a ele que não estava sendo justo, que eu não tinha como saber. Mas era essa a verdade? Talvez eu realmente tivesse acreditado que Maly estava mais feliz longe do Pequeno Palácio. Ou talvez simplesmente tivesse dito isso para mim mesma porque tudo era mais fácil com ele longe, porque significava uma pessoa a menos me observando e querendo algo de mim.

— Desculpe — falei em um sussurro.

Ele levantou as mãos, como se fosse defender seu ponto de vista, e então deixou-as cair, desanimado.

— Sinto você deslizando para longe de mim, e não sei como impedir isso.

Lágrimas pinicavam em meus olhos.

— Encontraremos um jeito — falei. — Acharemos mais tempo...

— Não é só isso. Desde que colocou aquele segundo amplificador, você tem agido diferente. — Minha mão foi direto para a pulseira. — Quando você rachou o domo, o jeito como fala do pássaro de fogo... Eu ouvi você falando com Zoya outro dia. Ela estava assustada, Alina. E você gostou disso.

— Talvez eu tenha gostado — falei, minha raiva subindo. Era uma sensação tão melhor que culpa ou vergonha. — E daí? Você não faz ideia de como ela é, o que este lugar tem sido para mim. O medo, a responsabilidade...

— Eu sei disso. Eu sei. E eu consigo ver o preço que isso está cobrando. Mas você escolheu isso. Você tem um propósito. Eu nem sei mais o que estou fazendo aqui.

— Não diga isso. — Girei meus pés para fora da cama e fiquei de pé. — Nós temos um propósito. Viemos por Ravka. Nós...

— Não, Alina. *Você* veio para cá por Ravka. Pelo pássaro de fogo. Para liderar o Segundo Exército. — Ele bateu com o dedo no sol sobre seu coração. — Eu vim aqui por você. *Você* é minha bandeira. *Você* é minha nação. Mas isso não parece importar mais. Percebe que esta é a primeira vez que estamos realmente sozinhos em semanas?

A consciência do fato pairou sobre nós. O quarto parecia estranhamente quieto. Maly deu um passo hesitante em minha direção. Então, ele diminuiu o espaço entre nós em dois passos largos. Uma mão deslizou em volta da minha cintura, a outra segurou meu rosto. Gentilmente, ele inclinou minha boca contra a dele.

— Volte para mim — disse ele, suavemente. Maly me puxou, mas quando seus lábios encontraram os meus, alguma coisa piscou no canto do meu olho.

O Darkling estava de pé atrás de Maly. Eu enrijeci.

Maly se retraiu.

— O que foi?

— Nada. Eu só... — fiquei sem palavras. Eu não sabia o que dizer.

O Darkling ainda estava lá. E falou:

— Diga ao rastreador que você me vê quando ele a segura nos braços.

Eu fechei os olhos com força.

Maly deixou a mão cair e deu um passo para trás, seus dedos se curvando em punhos.

— Pelo visto, isso é tudo que eu precisava saber.

— Maly...

— Você devia ter me impedido. Todo esse tempo eu estava parado ali, como um tolo. Se você não me queria, simplesmente deveria ter dito isso.

— Não se sinta tão mal, rastreador — disse o Darkling. — Todos os homens podem ser transformados em tolos.

— Não é isso... — eu protestei.

— É Nikolai?

— O quê? Não!

— Outro *otkazat'sya*, Alina? — o Darkling zombou.

Maly balançou a cabeça com nojo.

— Eu deixei que ele me empurrasse para longe. As reuniões, as sessões do conselho, os jantares. Deixei que ele me excluísse. Só esperando, torcendo para que você sentisse falta de mim o suficiente para mandar todos para o inferno.

Engoli em seco, tentando bloquear a visão do sorriso frio do Darkling.

— Maly, o Darkling...

— Eu não quero ouvir mais sobre o Darkling! Nem sobre Ravka nem os amplificadores nem qualquer coisa assim. — Ele cortou o ar com a mão. — Estou farto. — Ele se virou e andou em direção à porta.

— Espere! — Corri atrás dele e estiquei a mão para tocar seu braço. Ele se virou tão rápido que eu quase o atropelei.

— Não, Alina.

— Você não entende... — falei.

— Você *hesitou*. Me diga que não.

— Não foi por sua causa!

Maly riu duramente.

— Eu sei que você não teve muitas experiências. Mas eu já beijei garotas o bastante para saber o que isso significa. Não se preocupe. Não acontecerá novamente.

As palavras me atingiram como um tapa. Ele bateu a porta com força ao sair.

Eu fiquei ali, parada, fitando as portas fechadas.

Estiquei as mãos e encostei na maçaneta de osso.

Você pode consertar isso, disse a mim mesma. *Você pode deixar as coisas bem*. Mas eu só fiquei ali, congelada, as palavras de Maly ecoando em meus ouvidos. Mordi o lábio com força para silenciar o soluço que balançava em meu peito. *Isso é bom*, pensei, enquanto as lágrimas se derramavam. *Desse jeito os servos não vão ouvir*. Uma dor tinha começado nas minhas costelas, uma sensação dura e forte de dor sob o esterno, pressionando com força contra meu coração.

Não ouvi o Darkling se mover, só soube quando ele estava ao meu lado. Seus dedos longos tiraram o cabelo do meu pescoço e descansaram no colar. Quando ele beijou minha bochecha, seus lábios estavam gelados.

Capítulo 19

NO INÍCIO DA MANHÃ SEGUINTE, procurei David no teto do Pequeno Palácio, onde haviam começado a construir os seus pratos espelhados gigantes. Ele tinha montado um espaço de trabalho improvisado à sombra de um dos domos, e o lugar já estava coberto de pedaços de detrito brilhante e desenhos descartados. A mais simples brisa fazia suas bordas mexerem. Reconheci a letra de Nikolai em uma das margens.

— Como está indo? — perguntei.

— Melhor — disse ele, estudando a superfície lisa do prato mais próximo. — Acredito que tenha acertado na curvatura. Logo devemos estar prontos para um teste.

— Quando? — Ainda estávamos recebendo relatórios conflitantes sobre a localização do Darkling, mas se ele não havia terminado de criar seu exército, isso não demoraria muito.

— Umas duas semanas — falou David.

— Tanto tempo?

— O trabalho pode ser feito rápido ou do modo correto — ele resmungou.

— David, eu preciso saber…

— Eu contei a você tudo que sei sobre Morozova.

— Não é sobre ele — eu disse. — Não exatamente. Se… se eu quisesse remover o colar. Como eu faria isso?

— Você não pode.

— Não agora. Mas depois que nós…

— Não — falou David, sem olhar para mim. — Ele não é como os outros amplificadores. Não pode ser simplesmente retirado. Você teria de quebrá-lo, violar sua estrutura. Os resultados seriam catastróficos.

— O que você chama de catastróficos?

— Não sei ao certo — disse ele. — Mas tenho razoável certeza de que faria a Dobra parecer um corte de papel.

— Oh — falei, suavemente.

Então seria o mesmo com a pulseira. O que quer que estivesse acontecendo comigo, era irreversível. Eu tinha mantido esperanças de que as visões fossem resultado da mordida do *nichevo'ya*, de que os efeitos de algum modo sumiriam conforme a ferida fosse lentamente curada. Mas isso não parecia estar acontecendo. E mesmo se acontecesse, eu sempre estaria ligada ao Darkling por meio do colar. Mais uma vez, me perguntei por que ele não preferira tentar matar o açoite do mar ele mesmo e nos prender de modo ainda mais próximo.

David pegou um frasco de tinta e começou a girá-lo entre os dedos. Ele parecia infeliz. *Mais que infeliz*, eu pensei. *Culpado*. Ele tinha forjado essa conexão, colocado a corrente em volta do meu pescoço por toda a eternidade.

Gentilmente, peguei o frasco de tinta de suas mãos.

— Se você não tivesse feito, o Darkling teria achado outra pessoa.

Ele se contorceu, um movimento entre um assentir com a cabeça e um dar de ombros. Coloquei a tinta na ponta mais distante da mesa, onde seus dedos nervosos não a alcançariam, e me virei para ir embora.

— Alina?...

Parei e olhei para ele. Suas bochechas estavam acesas. A brisa morna levantava as pontas de seu cabelo desgrenhado. Pelo menos aquele corte de cabelo horrível estava indo embora conforme os fios cresciam.

— Eu ouvi dizer... Eu ouvi dizer que Genya estava na embarcação. Com o Darkling.

Senti uma ponta de aflição por Genya. Então David não tinha ficado completamente alheio ao que aconteceu.

— Sim — eu disse.

— Ela está bem? — ele perguntou, com esperança.

— Eu não sei — admiti. — Ela estava, quando nós escapamos. — Mas se o Darkling soubesse que Genya praticamente tinha nos deixado ir, não sei o que ele poderia ter feito com ela. Eu hesitei. — Eu implorei para que ela viesse conosco.

Seu queixo caiu.

— Mas ela ficou?

— Acho que ela pensava que não tinha escolha — falei.

Eu não podia acreditar que estava inventando desculpas para Genya, mas eu não gostava da ideia de David desapontado com ela.

— Eu devia… — Ele não parecia saber como terminar a frase.

Eu queria dizer algo reconfortante, algo que ajudasse. Mas havia tantos erros no meu próprio passado que não consegui pensar em nada que não parecesse falso.

— Fazemos o melhor que podemos — falei, meio sem jeito.

David olhou para mim, o arrependimento claro em seu rosto. Não importa o que eu dissesse, ambos sabíamos a dura verdade. Fazemos o nosso melhor. Tentamos. E, geralmente, isso não faz a menor diferença.

LEVEI MEU HUMOR SOMBRIO comigo para a próxima reunião no Grande Palácio. O plano de Nikolai parecia estar funcionando. Embora Vasily ainda se forçasse a ir para a câmara do conselho a fim de participar de nossas reuniões com os ministros, ele chegava cada vez mais tarde e, ocasionalmente, eu o peguei cochilando. Da vez em que ele não apareceu, Nikolai o arrastou da cama, insistindo alegremente para que ele se vestisse e que nós simplesmente não poderíamos prosseguir sem ele. Vasily, claramente de ressaca, aguentou metade da reunião, balançando na cabeceira da mesa, até que correu para o corredor para vomitar de maneira barulhenta em um vaso laqueado.

Hoje, até eu estava tendo dificuldade de conseguir ficar acordada. A brisa tinha desaparecido, e, apesar das janelas abertas, a câmara do conselho lotada estava insuportavelmente abafada. A reunião se arrastou até que um dos generais anunciou os números em declínio das tropas do Primeiro Exército. As tropas estavam perdendo homens por causa de morte, deserções e anos de guerra brutal, e considerando que Ravka estava prestes a lutar em pelo menos mais uma frente, a situação era medonha.

Vasily fez um aceno indolente e disse:

— Por que toda essa preocupação? Basta baixar a idade mínima de alistamento obrigatório.

Eu me endireitei na cadeira.

— Para qual idade? — perguntei.

— Catorze? Quinze? — sugeriu Vasily. — Qual é a idade agora?

Pensei em todos os vilarejos pelos quais eu e Nikolai havíamos passado, os cemitérios que se estendiam por quilômetros.

— Por que não simplesmente baixar para doze? — rebati.

— Nunca se é jovem demais para servir o seu país — declarou Vasily.

Não sei se foi exaustão ou raiva, mas as palavras saíram da minha boca antes de eu pensar direito nelas.

— Nesse caso, por que parar em doze? Ouvi dizer que bebês são ótimos para bucha de canhão.

Os conselheiros do Rei murmuraram em desaprovação. Por baixo da mesa, Nikolai esticou-se e deu um apertão de aviso na minha mão.

— Irmão, alistá-los mais jovens não os impedirá de desertar — ele falou para Vasily.

— Então acharemos alguns desertores e faremos deles um exemplo.

Nikolai levantou uma sobrancelha.

— Tem certeza de que morte por fuzilamento é mais apavorante do que a possibilidade de ser despedaçado por um *nichevo'ya*?

— Se é que eles existem — Vasily zombou.

Eu não conseguia acreditar no que estava ouvindo.

Mas Nikolai simplesmente sorriu de um jeito amável.

— Eu os vi com meus próprios olhos a bordo do *Volkvolny*. Tenho certeza de que você não está me chamando de mentiroso.

— É claro que você não está sugerindo que traição seja preferível a servir honestamente no Exército do Rei.

— Estou sugerindo que talvez essas pessoas gostem tanto da vida quanto você. Elas estão mal equipadas, com poucos suprimentos e pouca esperança. Se tivesse lido os relatórios, saberia que os oficiais estão tendo dificuldade de manter as tropas em ordem.

— Então eles precisam instituir punições mais severas — disse Vasily. — É isso que os camponeses entendem.

Eu já tinha socado um príncipe antes. Por que não mais um? Estava na metade do caminho de me levantar da cadeira quando Nikolai me puxou para baixo novamente.

— Eles entendem barrigas cheias e ordens claras — disse ele. — Se você me deixasse pôr em prática as mudanças que sugeri e abrisse os cofres para...

— Você não pode sempre fazer as coisas do seu jeito, *irmãozinho*.

A tensão percorria a sala.

— O mundo está mudando — disse Nikolai, um tom rígido emergindo em sua voz. — Ou mudamos com ele, ou não haverá nada de nós para ser lembrado exceto pó.

Vasily riu.

— Eu não consigo decidir se você é um covarde ou se está querendo apenas espalhar medo.

— E eu não consigo decidir se você é um idiota ou um idiota.

O rosto de Vasily ficou roxo. Ele se levantou subitamente e esmurrou a mesa.

— O Darkling é apenas um homem. Se você está com medo de enfrentá-lo...

— Eu *já* o enfrentei. Se você não está com medo, se *nenhum de vocês* está com medo, é porque são incapazes de entender o que estamos enfrentando.

Alguns dos generais assentiram com a cabeça. Mas os conselheiros do Rei, nobres de Os Alta e burocratas, pareciam céticos e taciturnos. Para eles, guerras eram paradas militares, teoria, pequenos objetos se movendo em um mapa. Se chegasse a isso, esses seriam os homens que se aliariam a Vasily.

Nikolai endireitou os ombros, a máscara de ator escondendo suas feições mais uma vez.

— Paz, irmão — disse ele. — Ambos queremos o que é melhor para Ravka.

Mas Vasily não estava interessado em ser apaziguado.

— O que é melhor para Ravka é um Lantsov no trono.

Respirei fundo. Um silêncio mortal se espalhou pela sala. Vasily tinha praticamente chamado Nikolai de bastardo.

Mas Nikolai tinha reconquistado sua pose, e agora nada poderia abalá-la.

— Então vamos todos fazer uma prece pelo Rei de Ravka por direito — disse ele. — Agora, vamos concluir nossas atividades?

A reunião se arrastou por mais alguns minutos e então terminou abruptamente. Em nossa caminhada de volta ao Pequeno Palácio, Nikolai estava estranhamente silencioso.

Quando chegamos aos jardins perto da extravagante construção com pilastras, ele parou para arrancar uma folha de uma cerca viva e disse:

— Eu não devia ter perdido o controle daquele jeito. Só irrita o orgulho dele e o faz ser ainda mais teimoso.

— Então, por que fez isso? — perguntei, genuinamente curiosa. Era raro que as emoções de Nikolai saíssem de controle.

— Eu não sei — disse ele, despedaçando a folha. — Você ficou irritada. Eu fiquei irritado. A sala estava quente demais.

— Não acho que tenha sido isso.

— Indigestão? — ele arriscou.

Mas eu não seria distraída por uma piada. Apesar das objeções de Vasily e da relutância do conselho em fazer praticamente qualquer coisa, por alguma combinação mágica de paciência e pressão Nikolai conseguira colocar em prática alguns dos seus planos. Tinha conseguido fazer com que aprovassem alívio para os refugiados que vinham das margens da Dobra, e encomendado tecido básico Materialki para equipar regimentos importantes do Primeiro Exército. Tinha até conseguido convencê-los a alocar alguns fundos para um plano de modernizar equipamentos agrícolas, para que os camponeses conseguissem ir além da mera subsistência. Pequenas coisas, mas melhorias que poderiam fazer muita diferença com o tempo.

— Aquilo aconteceu porque você realmente se importa com o que acontece ao país — falei. — O trono é apenas um prêmio para Vasily, algo pelo qual ele quer brigar como se fosse um brinquedo favorito. Você não é assim. Você será um bom rei.

Nikolai congelou.

— Eu… — Pela primeira vez as palavras pareciam ter o abandonado. Então um sorriso envergonhado e torto se formou em seu rosto. Era algo bem distante do seu sorriso convencido usual. — Obrigado — disse ele.

Suspirei enquanto retomávamos nosso ritmo.

— Você vai ser insuportável agora, não vai?

Nikolai riu.

— Eu já sou insuportável.

OS DIAS FICARAM MAIS LONGOS. O sol permaneceu logo abaixo do horizonte, e o festival do Belyanoch começou em Os Alta.

Mesmo à meia-noite, o céu nunca estava realmente escuro, e, apesar do medo da guerra e da ameaça iminente da Dobra, a cidade celebrava as horas intermináveis de crepúsculo. Na cidade alta, as noites seguiam repletas de óperas, bailes de máscaras e refinados balés. Do outro lado da ponte, corridas selvagens de cavalos e danças ao ar livre balançavam as ruas da cidade baixa. Um fluxo interminável de barcos de passeio flutuava pelo canal, e debaixo do anoitecer brilhante, as águas lentas circundavam a capital como um bracelete de joias, aceso com lanternas penduradas em mil proas.

O calor havia diminuído um pouco. Atrás das muralhas do palácio, todos pareciam estar mais animados. Eu continuei a insistir para que os Grishas misturassem as Ordens, e em algum ponto, não sei exatamente como, o silêncio desconfortável deu lugar a risadas e conversas barulhentas. Ainda havia grupos e conflitos, mas também havia uma sensação de conforto e exultação no salão que não existia antes.

Eu estava contente, e talvez até um pouco orgulhosa, de ver Fabricadores e Etherealki bebendo chá perto de um dos samovares, ou Fedyor discutindo algo com Pavel no café da manhã, ou o irmãozinho de Nadia tentando conversar com um Paja mais velho e certamente pouco interessado. Mas eu sentia como se estivesse observando-os de uma grande distância.

Eu havia tentado falar com Maly diversas vezes desde a noite da nossa discussão. Ele sempre encontrava uma desculpa para se afastar de mim. Se não estava caçando, estava jogando cartas no Grande Palácio ou frequentando alguma taverna na cidade baixa com seus novos amigos. Eu podia perceber que ele estava bebendo mais. Em algumas manhãs seus olhos pareciam cansados e ele tinha machucados e cortes como se tivesse brigado, mas era sempre pontual, incansavelmente educado. Ele cumpria seus deveres de guarda, permanecendo silenciosamente perto de portas, e mantinha uma distância respeitável ao me acompanhar pelas redondezas.

O Pequeno Palácio havia se tornado um lugar muito solitário. Eu estava cercada de pessoas, mas sentia quase como se não pudessem me ver, enxergando só o que precisavam de mim. Estava com medo de mostrar dúvida ou indecisão, e havia dias em que me sentia completamente drenada pelo peso constante de responsabilidades e expectativas.

Participei das minhas reuniões. Treinei com Botkin. Passei longas horas no lago tentando aperfeiçoar o uso do Corte. Até engoli meu orgulho e tentei mais uma vez visitar Baghra, torcendo para que ela pelo menos pudesse me ajudar a desenvolver melhor o meu poder. Mas ela se recusou a me ver.

Nada disso foi suficiente. A embarcação que Nikolai estava construindo no lago era um lembrete de que tudo que estávamos fazendo muito provavelmente seria inútil. Em algum lugar lá fora, o Darkling estava reunindo suas tropas, construindo seu exército, e quando eles viessem, nenhuma arma, bomba, soldado ou Grisha seria capaz de detê-los. Nem mesmo eu. Se a batalha parecesse perdida, recuaríamos para o salão abobadado a fim de esperar reforços de Poliznaya. As portas eram reforçadas com aço Grisha, e os Fabricadores já tinham começado a selar rachaduras e buracos para impedir a entrada dos *nichevo'ya*.

Não pensei que chegaria a isso. Encontrava-me num beco sem saída quanto às tentativas de localizar o pássaro de fogo. Se David não conseguisse fazer aqueles pratos funcionarem, quando o Darkling finalmente marchasse sobre Ravka não teríamos escolha a não ser partir. Correr e continuar correndo.

Usar meu poder não me trazia nada do conforto anterior. Cada vez que conjurava luz nas oficinas Materialki ou na margem do lago, sentia a nudez do meu pulso direito como uma marca. Mesmo com tudo que sabia sobre os amplificadores – a destruição que eles poderiam trazer, o fato de me transformarem de modo permanente –, eu não conseguia escapar da minha sede pelo pássaro de fogo.

Maly estava certo. Aquilo havia se tornado uma obsessão. À noite eu ficava deitada na cama, imaginando se o Darkling já teria encontrado a peça final do quebra-cabeça de Morozova. Talvez ele mantivesse o pássaro de fogo preso em uma gaiola de ouro. Será que cantaria para ele? Eu nem sabia se o pássaro de fogo podia cantar. Algumas das histórias diziam que sim. Uma delas contava que a canção do pássaro de fogo podia colocar exércitos inteiros para dormir. Quando o ouviam cantando, os soldados paravam de lutar, largavam suas armas e cochilavam em paz nos braços de seus inimigos.

Agora eu conhecia todas as histórias. O pássaro de fogo chorava lágrimas de diamante, suas penas podiam curar feridas mortais, o futuro podia ser visto no bater de suas asas. Tinha vasculhado livro após livro de folclore, poesia épica e coleções de histórias de camponeses, procurando por algum padrão ou pista. As lendas do açoite do mar concentravam-se nas águas geladas da Rota dos Ossos, mas as histórias do pássaro de fogo vinham de toda parte de Ravka e além, e nenhuma delas ligava a criatura a um Santo.

Pior ainda, as visões estavam ficando mais nítidas e mais frequentes. O Darkling aparecia para mim quase todo dia, geralmente em seu quarto ou nos corredores da biblioteca, algumas vezes no salão de guerra durante reuniões do conselho ou enquanto eu voltava do Grande Palácio ao crepúsculo.

— Por que você não me deixa em paz? — sussurrei numa noite, com ele flutuando atrás de mim enquanto eu tentava trabalhar à minha mesa.

Longos minutos se passaram. Não achei que ele fosse responder. Até tive tempo de torcer para que ele tivesse sumido quando senti sua mão no meu ombro.

— Porque então eu estaria sozinho também — disse ele, e ficou durante a noite toda, até que as lâmpadas tivessem se apagado.

Eu me acostumei a vê-lo esperando por mim no final de corredores ou sentado na beira da minha cama quando ia dormir à noite. Quando não aparecia, às vezes eu me pegava procurando por ele ou me perguntando por que não tinha vindo, e isso me assustava mais que qualquer outra coisa.

A única novidade boa foi a decisão de Vasily de abandonar Os Alta e partir para os leilões de novilhos em Caryeva. Quase pulei de alegria quando Nikolai me deu a notícia em uma de nossas caminhadas.

— Fez as malas no meio da noite — disse Nikolai. — Disse que voltará a tempo para o meu aniversário, mas eu não me surpreenderia se ele encontrasse alguma desculpa para permanecer longe.

— Você devia tentar não parecer tão convencido — eu disse. — Não é muito régio.

— Certamente tenho algum direito de comemorar — disse ele, rindo. E assoviou aquela mesma música fora de tom de que eu me lembrava do *Volkvolny* enquanto caminhávamos. Então pigarreou. — Alina, não que você não seja sempre a imagem da perfeição, mas… você está conseguindo dormir?

— Não muito — admiti.

— Pesadelos?

Eu ainda sonhava com o esquife partido, com as pessoas correndo da escuridão da Dobra, mas não era isso que me mantinha acordada à noite.

— Não exatamente.

— Ah — disse Nikolai. Ele prendeu as mãos atrás das costas. — Notei que seu amigo tem se dedicado, se jogado de cabeça no trabalho de uns tempos para cá. Ele está sendo muito solicitado.

— Bem — eu disse, mantendo a voz leve —, Maly é assim.

— Onde ele aprendeu a rastrear? Ninguém parece saber dizer se é sorte ou habilidade.

— Ele não aprendeu. Simplesmente sempre foi capaz de fazê-lo.

— Sorte dele — disse Nikolai. — Nunca tive talento natural para nada.

— Você é um ator espetacular — falei secamente.

— Você acha? — ele perguntou. Então se inclinou e sussurrou: — Estou fazendo cara de "humilde" agora.

Balancei a cabeça, exasperada, mas estava agradecida pelo tagarelar alegre de Nikolai e mais grata ainda quando ele deixou o assunto morrer.

DAVID PRECISOU de quase mais duas semanas para conseguir colocar seus pratos em operação, mas quando ele estava finalmente pronto, pedi que os Grishas se reunissem no teto do Pequeno Palácio para uma demonstração. Tolya e Tamar estavam lá, alertas como sempre, estudando a multidão, mas Maly tinha desaparecido. Na noite anterior, eu havia ficado acordada na área comum, torcendo para encontrá-lo e pedir pessoalmente a ele que comparecesse. Já havia passado bastante da meia-noite quando desisti e fui para a cama.

Os dois enormes pratos estavam posicionados em lados opostos do teto, em uma aba reta que se estendia entre as cúpulas das asas leste e oeste. Eles podiam ser girados por um sistema de polias, e cada qual era operado por um Materialnik e um Aeros, equipados com óculos para protegê-los do brilho. Vi que Zoya e Paja foram colocados na mesma equipe, e Nadia foi posicionada com um Durast no segundo prato.

Bem, pensei, ansiosa, *mesmo que isso seja um completo fiasco, pelo menos eles estão trabalhando juntos. Nada como uma explosão de fogo para formar laços.*

Assumi minha posição no centro do teto, diretamente entre os pratos.

Com um choque de nervosismo, vi que Nikolai convidara o capitão da guarda do palácio para observar, junto com dois generais e diversos conselheiros do Rei. Eu torcia para que eles não estivessem esperando algo muito dramático. Meu poder tendia a ser mais vistoso na escuridão total, e os dias longos do Belyanoch tornaram isso impossível. Havia perguntado a David se poderíamos agendar a demonstração para mais tarde da noite, mas ele simplesmente balançara a cabeça.

— Se funcionar, será bastante dramático. E suponho que, se não funcionar, será ainda mais dramático, com a explosão e tudo mais.

— David, acho que você acaba de fazer uma piada.

Ele franziu a testa, totalmente perplexo.

— Eu fiz isso?

Conforme sugerido por Nikolai, David tinha escolhido seguir o exemplo usado do *Volkvolny* e usar um apito para enviar um sinal para nós. Ele deu apenas um sopro agudo, e a audiência recuou contra as cúpulas, dando-nos bastante espaço. Eu ergui as mãos. David assoprou o apito novamente. Eu invoquei a luz.

Ela entrou em mim em uma torrente dourada e explodiu de minhas mãos em dois feixes estáveis. Os raios de luz acertaram os pratos, refletindo neles em um brilho cegante. Era impressionante, mas nada espetacular.

Em seguida, David apitou, e os pratos giraram um pouco. A luz refletiu em suas superfícies espelhadas, multiplicando-se e se concentrando em duas colunas brancas ardentes que rasgaram o início do crepúsculo.

Um *aaaaahhhh* veio da multidão enquanto todos cobriam os olhos. Acho que não precisava me preocupar com a questão do drama.

Os feixes cortaram o ar, emitindo ondas de brilho em cascata e calor irradiante, como se estivessem queimando pelo próprio céu. David deu uma segunda assoprada curta no apito, e os feixes se fundiram em uma única lâmina vulcânica de luz. Era impossível olhar diretamente para ela. Se o Corte era uma faca em minha mão, então isso era um sabre.

Os pratos se inclinaram e o feixe desceu. A multidão engasgou atônita quando a luz cortou pela borda do bosque lá embaixo, nivelando as copas das árvores.

Os pratos se inclinaram ainda mais. O feixe cortou pela margem do lago e então pelo próprio lago. Uma onda de vapor surgiu no ar com um assobio audível e, por um momento, a superfície inteira do lago parecia ferver.

David apitou em pânico. Apressadamente, deixei minhas mãos caírem e a luz sumiu.

Corremos para a borda do teto a fim de fitar, boquiabertos, a destruição diante de nós.

Era como se alguém tivesse pegado uma navalha e cortado o topo da floresta em um corte limpo diagonal, da ponta da coluna de árvores até a margem. Onde o feixe tocara o chão, a terra estava marcada por uma trincheira pulsante que corria até a linha d'água.

— Funcionou — disse David, atordoado. — Realmente funcionou.

Houve uma pausa e então Zoya explodiu em riso. Sergei se juntou a ela, e então Marie e Nadia. De repente, estávamos todos rindo e comemorando, até o taciturno Tolya, que ergueu um David confuso em seus ombros enormes. Os soldados abraçaram os Grishas, os conselheiros do Rei abraçaram os generais, Nikolai dançou com um Paja de óculos pelo teto, e o capitão da guarda me levantou em um abraço feliz.

Demos vivas, celebramos e pulamos, de modo que o palácio inteiro parecia tremer. Quando o Darkling decidisse marchar, os *nichevo'ya* teriam uma surpresa e tanto esperando por eles.

— Vamos lá ver! — alguém gritou, e corremos escada abaixo como crianças ao som dos sinos da escola, rindo e quicando pelas paredes.

Corremos pelo Salão da Cúpula Dourada e abrimos as portas com força, tropeçando escada afora. Quando todos estavam correndo até o lago, eu parei de repente.

Maly vinha pelo túnel arborizado.

— Vá na frente — falei para Nikolai. — Encontro vocês depois.

Maly fitava o caminho enquanto se aproximava, sem me encarar nos olhos. Quando chegou mais próximo, vi que seus olhos estavam vermelhos e ele tinha um machucado feio na mandíbula.

— O que aconteceu? — perguntei, levantando uma mão em direção ao seu rosto. Ele se retraiu, olhando furtivamente para os servos de pé nas portas do Pequeno Palácio.

— Esbarrei em uma garrafa de *kvas* — disse ele. — Você precisa de alguma coisa?

— Você perdeu a demonstração.

— Eu não estava em horário de serviço.

Ignorei a pontada dolorosa no peito e continuei.

— Nós estamos indo para o lago. Você gostaria de ir também?

Por um momento, ele pareceu hesitar, então balançou a cabeça.

— Eu só vim para pegar algum dinheiro. Tem um jogo de cartas rolando no Grande Palácio.

A pontada de dor pulsou.

— Você talvez queira trocar de roupa — falei. — Parece que dormiu com elas. — Fiquei arrependida no mesmo instante por ter dito aquilo, mas Maly não pareceu se importar.

— Talvez eu tenha mesmo — disse ele. — Algo mais?

— Não.

— *Moi soverenyi*. — Ele fez um cumprimento seco e correu escada acima, como se não pudesse esperar para ficar longe de mim.

Andei vagarosamente para o lago, esperando de alguma maneira que a dor em meu coração passasse. Minha alegria com relação ao sucesso no telhado tinha se esvaído, deixando-me vazia, como um poço no qual alguém poderia gritar e não ouvir nada além de ecos.

Perto da margem, um grupo de Grishas caminhava pelo talhe na terra, citando medidas em voz alta com triunfo e júbilo crescentes. Tinha praticamente sessenta centímetros de largura e a mesma profundidade, um sulco de terra queimada que se estendia até a margem da água. No bosque, havia copas de árvore caídas em uma confusão de galhos e cascas. Passei a mão sobre um desses troncos cortados. A madeira estava macia, com um corte limpo de um lado a outro, e ainda quente. Dois pequenos incêndios tinham começado, mas os Hidros os apagaram rapidamente.

Nikolai ordenou que comida e champanhe fossem trazidos para o lago, e passamos o resto da noite na margem. Os generais e conselheiros tinham se retirado mais cedo, mas o capitão e parte de sua guarda permaneceram. Eles tiraram suas jaquetas e seus sapatos e entraram no lago, e não precisou de muito tempo até que todos tivessem decidido que não se importavam com roupas molhadas, mergulhando na água, respingando e submergindo uns aos outros, e então organizando competições de natação até a pequena ilha. Sem nenhuma surpresa, um Hidro sempre ganhava, carregado por ondas fortuitas.

Nikolai e seus Aeros se ofereceram para levar as pessoas na recém-concluída embarcação que ele chamou de *Martim-pescador*. De início, todos ficaram cautelosos, mas, depois que o primeiro grupo corajoso voltou batendo os braços como se fossem asas e balbuciando algo sobre realmente voar, todos quiseram experimentar. Eu jurei que meus pés nunca deixariam o chão novamente, mas no fim entreguei os pontos e me juntei a eles.

Talvez fosse o champanhe ou o fato de que eu sabia o que esperar, mas o *Martim-pescador* parecia mais leve e gracioso do que o *Beija-flor*. Embora eu segurasse na cabine do piloto com ambas as mãos, senti meu ânimo retornar conforme subíamos suavemente pelo ar.

Reuni coragem e olhei para baixo. A extensa área do Grande Palácio se esticava abaixo de nós, dividida por caminhos de cascalho branco. Eu vi o teto da estufa Grisha, o círculo perfeito da fonte de águia dupla, o brilho dourado dos portões do palácio. Então estávamos sobrevoando as mansões e as avenidas compridas e retas da cidade alta. As ruas estavam cheias de gente comemorando o Belyanoch. Vi malabaristas e pessoas de perna de pau na Vista Gersky, dançarinos girando em um palco iluminado em um dos parques. Música subia dos barcos no canal.

Eu queria ficar ali para sempre, cercada pelo vento, observando o minúsculo mundo perfeito abaixo de nós. Mas por fim Nikolai girou a roda do leme e nos levou de volta ao lago em um arco lento e descendente.

O crepúsculo atingiu um carmesim exuberante. Os Infernais acenderam fogueiras ao longo da beira do lago, e em algum lugar na penumbra alguém ajustou o tom de uma balalaica. Da cidade lá embaixo, ouvi o assobio e o estrondo de fogos de artifício.

Nikolai e eu estávamos sentados na ponta do píer improvisado, a barra de nossas calças puxadas para cima, os pés balançando na beirada. O *Martim-pescador* flutuava por perto, suas velas brancas recolhidas.

Nikolai chutou a água com o pé, criando um pouco de respingo.

— Os pratos mudam tudo — disse ele. — Se você conseguir manter os *nichevo'ya* ocupados por tempo suficiente, poderemos achar o Darkling e mirar nele.

Eu caí para trás na doca, esticando os braços para cima e absorvendo o violeta que brotava do céu noturno. Quando virei a cabeça, conseguia apenas enxergar a forma da escola agora vazia, suas janelas escuras.

Gostaria que os alunos tivessem visto o que os pratos podem fazer, para dar a eles um pouco de esperança. A ideia da batalha ainda era assustadora, especialmente quando eu pensava em todas as vidas que poderiam ser perdidas. Mas pelo menos não estávamos simplesmente sentados no topo da colina esperando para morrer.

—Talvez realmente tenhamos uma chance de lutar — falei com admiração.

— Tente não explodir de alegria, mas eu tenho mais algumas boas notícias.

Eu gemi. Conhecia aquele tom de voz.

— Não me diga.

— Vasily voltou de Caryeva.

— Você podia ser gentil e me afogar agora.

— E sofrer sozinho? Nem pensar.

— Talvez você possa pedir que uma focinheira real seja colocada nele como presente de aniversário — sugeri.

— Mas então perderíamos todas as histórias interessantes sobre os leilões de verão. Você é fascinada pela superioridade de cruzamento do cavalo de corrida de Ravka, não é?

Deixei escapar uma lamúria. Maly supostamente estaria de plantão no jantar de aniversário de Nikolai na noite seguinte. Talvez eu pudesse pedir a Tolya ou Tamar que o substituíssem. Naquele momento, eu não achava que poderia aguentar vê-lo de cara amarrada e séria a noite inteira, especialmente com Vasily tagarelando.

— Anime-se — disse Nikolai. — Talvez ele te peça em casamento novamente.

Eu me endireitei.

— Como você sabe disso?

— Se você não se lembra, fiz mais ou menos a mesma coisa. Eu só estou surpreso de ele não ter insistido.

— Pelo visto, não é fácil ficar a sós comigo.

— Eu sei — disse Nikolai. — Por que acha que volto caminhando com você do Grande Palácio depois de cada reunião?

— Pela minha companhia cintilante? — falei amargamente, chateada pelo tom de decepção que sentia em suas palavras. Nikolai era muito bom em me fazer esquecer que tudo que ele fazia era calculado.

— Isso também — disse ele, levantando o pé para fora da água e examinando os dedos balançantes. — Ele vai acabar se acostumando com a ideia, um dia.

Suspirei com pesar exagerado.

— Como alguém diz não para um príncipe?

— Você já conseguiu fazer isso antes — disse Nikolai, ainda estudando seu pé. — E você tem tanta certeza de que quer dizer não?

— Você não pode estar falando sério.

Nikolai mudou de posição, desconfortável.

— Bem, ele é o primeiro na sucessão para o trono, de sangue real puro e todo o resto.

— Eu não me casaria com Vasily nem que ele tivesse um pássaro de fogo de estimação chamado Ludmilla, e não me importo nem um pouco com seu sangue real. — Espiei Nikolai. — Você disse que as fofocas sobre suas origens familiares não te incomodavam.

— Talvez eu não tenha sido completamente honesto sobre isso.

— Você? Menos que totalmente honesto? Estou chocada, Nikolai. Chocada e horrorizada.

Ele riu.

— Acho que é mais fácil dizer que não me importo quando estou longe da corte. Mas ninguém aqui parece querer me deixar esquecer, especialmente meu irmão. — Ele deu de ombros. — Sempre foi assim. Havia rumores sobre mim antes mesmo de eu nascer. É por isso que minha mãe nunca me chama de Sobachka. Ela diz que me faz parecer um vira-lata.

Isso causou uma pequena pontada no meu coração. Eu tinha sido chamada de muitos nomes quando era mais nova.

— Eu gosto de vira-latas — falei. — Eles têm aquelas orelhas fofas caídas.

— Minhas orelhas são muito majestosas.

Passei o dedo por uma das tábuas lisas do píer.

— Foi por isso que ficou afastado tanto tempo? Por isso se transformou no Sturmhond?

— Não sei se houve só um motivo. Acho que nunca senti que pertencia a este lugar, então tentei criar um lugar do qual eu poderia fazer parte.

— Eu também nunca me senti pertencente a algum lugar — admiti. *Exceto com Maly*. Empurrei o pensamento para longe. Então franzi a testa. — Sabe o que odeio em você?

Ele piscou, surpreso.

— Não.

— Você sempre diz a coisa certa.

— E você odeia isso?

— Vi o jeito como você muda de personalidade, Nikolai. Você é sempre o que todos precisam que você seja. Talvez você nunca tenha sentido que pertencia a este lugar, ou talvez tenha dito isso apenas para fazer a pobre garota órfã e solitária gostar mais de você.

— Então, você gosta de mim?

Revirei os olhos.

— Sim, quando não quero esfaqueá-lo.

— É um começo.

— Não, não é.

Ele se virou para mim. Na meia-luz, seus olhos castanhos pareciam lascas de âmbar.

— Sou um corsário, Alina — disse ele em voz baixa. — Pegarei tudo que conseguir.

Eu estava subitamente ciente de seu ombro descansando contra o meu, da pressão de sua coxa. O ar estava quente e com o cheiro doce de verão e fumaça de madeira.

— Eu quero beijá-la — disse ele.

— Você já me beijou — respondi com um riso nervoso.

Um sorriso puxou seus lábios.

— Eu quero beijá-la de novo — ele corrigiu.

— Ah — respirei. Sua boca estava a centímetros da minha. Meu coração acelerou em um galope de pânico. *Esse é Nikolai*, lembrei a mim mesma. *Puro cálculo*. Eu nem achava que ele realmente quisesse me beijar. Mas meu orgulho ainda estava ferido pela rejeição de Maly. Ele não tinha dito que havia beijado muitas garotas?

— Eu quero beijá-la — disse Nikolai. — Mas não farei isso. Não até que você esteja pensando em mim em vez de tentar esquecê-lo.

Eu me empurrei para trás e cambaleei até ficar de pé, sentindo-me corada e envergonhada.

— Alina…

— Pelo menos agora sei que você nem sempre diz a coisa certa — murmurei.

Catei meus sapatos e fugi do píer.

Capítulo 20

FIQUEI BEM LONGE DAS FOGUEIRAS Grishas enquanto perambulava pelas margens do lago. Não queria encontrar nem falar com ninguém.

O que eu tinha esperado de Nikolai? Distração? Flerte? Algo para curar a dor no meu coração? Talvez só quisesse alguma forma mesquinha de me vingar de Maly. Ou talvez estivesse tão desesperada para me sentir ligada a alguém que me daria por satisfeita com um beijo falso de um príncipe não confiável.

A ideia do jantar de aniversário da noite seguinte me enchia de pavor. Talvez eu pudesse inventar alguma desculpa, pensei enquanto marchava pelos jardins. Poderia enviar uma linda nota para o Grande Palácio, selada com cera e adornada com o selo oficial da Conjuradora do Sol:

Para as Suas Excelentíssimas Majestades Reais, o Rei e Rainha de Ravka.

É com pesar no coração que ofereço minhas desculpas ao informá-los de que não poderei participar das festividades celebrando o nascimento do Príncipe Nikolai Lantsov, Grão-Duque de Udova.

Surgiram circunstâncias infelizes, mais especificamente meu melhor amigo não aguenta me ver pela frente e seu filho não me beijou, e eu desejei que ele tivesse beijado. Ou desejei que ele não tivesse. Ou não tenho certeza do que desejava, mas há uma boa chance de que, se for forçada a aturar todo esse jantar estúpido de aniversário, acabe chorando no meu bolo.

Meus desejos mais profundos nessa ocasião tão feliz,
Alina Starkov, Idiota.

Quando cheguei aos aposentos do Darkling, Tamar estava lendo na área comum. Ela olhou para mim quando entrei, mas meu humor devia estar estampado em minha cara, porque ela não disse uma palavra.

Eu sabia que não conseguiria dormir, então me sentei na cama com um dos livros que havia pegado na biblioteca, um velho guia de viagem que listava os monumentos famosos de Ravka. Eu tinha só um pouco de esperança de que ele me indicasse a direção do arco.

Tentei me concentrar, mas me peguei lendo a mesma frase várias vezes. Minha cabeça estava meio bagunçada pelo champanhe, e meus pés ainda pareciam frios e encharcados do lago. Talvez Maly tivesse voltado de seu jogo de cartas. Se eu batesse na sua porta e ele respondesse, o que eu diria?

Joguei o livro para o lado. Não sabia o que dizer a Maly. Nunca sabia o que dizer, atualmente. Mas talvez pudesse simplesmente começar com a verdade: que estava perdida e confusa, e talvez enlouquecendo; que me assustava às vezes, e que sentia tanta falta dele que era como se fosse uma dor física. Tinha de pelo menos tentar consertar a distância entre nós antes que as coisas fugissem completamente de controle. Não importava o que ele pensasse de mim depois, não tinha como piorar muito. Eu poderia sobreviver a outra rejeição, mas não poderia conviver com a ideia de que não tinha nem tentado consertar isso.

Dei uma olhada na área comum.

— Maly está aqui? — perguntei a Tamar.

Ela balançou a cabeça.

Engoli meu orgulho e perguntei:

— Você sabe aonde ele foi?

Tamar suspirou.

— Ponha seus sapatos. Eu te levo até ele.

— Onde ele está?

— Nos estábulos.

Franzi a testa, perturbada, mas calcei rapidamente os sapatos e segui Tamar para fora do Pequeno Palácio e pelo gramado.

— Tem certeza de que quer fazer isso? — perguntou Tamar.

Não respondi. O que quer que ela tivesse para me mostrar, eu sabia que não ia gostar. Mas me recusava a simplesmente voltar ao meu quarto e enterrar a cabeça debaixo das cobertas.

Descemos pelo declive suave que levava para além do *banya*. Cavalos relinchavam em seus cercados. Os estábulos estavam escuros, mas as salas de treinamento brilhavam iluminadas. Ouvi gritos.

A sala maior de treinamento era pouco mais que um celeiro com chão de terra batida, suas paredes cobertas com todas as armas imagi- náveis. Geralmente, era aqui que Botkin distribuía punições aos alunos Grishas ou os levava para treinar. Mas hoje à noite ela estava repleta de pessoas, a maioria soldados, alguns Grishas, e até alguns servos. Eles estavam todos gritando e torcendo, empurrando e tentando ver melhor o que acontecia no centro da sala.

Sem sermos notadas, Tamar e eu abrimos caminho pela multidão. Identifiquei dois rastreadores reais, vários membros do regimento de Nikolai, um grupo de Corporalki e Zoya, que estava gritando e batendo palmas como todo mundo.

Eu tinha quase chegado à frente da multidão quando vi um Aeros, punhos levantados e peito nu, espreitando em volta do círculo que a plateia havia formado. *Eskil*, eu me lembrei, um dos Grishas que tinham viajado com Fedyor. Ele era fjerdano e tinha a aparência típica: olhos azuis, cabelos loiros quase brancos, alto e largo o suficiente para bloquear completamente a minha visão.

Não é tarde demais, pensei. *Você ainda pode dar meia-volta e fingir que nunca esteve aqui*.

Permaneci parada no lugar. Sabia o que veria, mas ainda assim foi um choque quando Eskil se moveu para o lado e vislumbrei Maly. Como o Aeros, ele estava nu da cintura para cima, seu torso musculoso sujo de terra e suor. Havia machucados nas articulações de seus dedos. Um filete de sangue corria por sua bochecha vindo de um corte abaixo do olho, mas ele mal parecia notar.

O Aeros deu seu bote. Maly bloqueou o primeiro soco, mas o seguinte o pegou abaixo dos rins. Ele grunhiu, baixou o cotovelo e golpeou com força na direção da mandíbula do Aeros.

Eskil inclinou-se para fora do alcance de Maly e cortou o ar com seu braço em um pêndulo. Com uma ponta de pânico, percebi que ele estava conjurando. A lufada de ar balançou meu cabelo, e no instante seguinte Maly foi arrancado do chão pelo vento Etherealki. Eskil esticou o outro braço, e o corpo de Maly foi erguido verticalmente, batendo contra o teto do estábulo. Ele ficou lá por um momento, preso às vigas de madeira pelo poder do Grisha. E então Eskil deixou-o cair. Ele bateu no chão de terra com uma força de sacudir os ossos.

Eu gritei, mas o som se perdeu no rugido da plateia. Um dos Corporalki estava incentivando Eskil aos berros enquanto outro gritava para Maly se levantar.

Forcei a passagem, luz já se formando em minhas mãos. Tamar segurou minha manga.

— Ele não quer sua ajuda — disse ela.

— Não me importo — gritei. — Essa não é uma luta justa. Isso não é permitido! — Os Grishas não tinham permissão de usar seus poderes nas salas de treinamento.

— As regras de Botkin não se aplicam após o anoitecer. Maly está no meio de uma luta, não de uma lição.

Eu puxei com força para escapar dela. Melhor um Maly irritado que um morto.

Ele estava ajoelhado, tentando se levantar. Eu estava impressionada que ele conseguisse se mover depois do ataque do Aeros. Eskil levantou as mãos novamente. O ar movimentou-se em ondas de pó. Chamei a luz para mim, não me importando com o que Tamar ou Maly achassem disso. Mas dessa vez Maly rolou, esquivando-se da corrente e colocando-se de pé com velocidade surpreendente.

Eskil olhou com expressão de raiva e analisou o perímetro, considerando suas opções. Eu sabia o que ele estava pensando em fazer. Ele não podia simplesmente usar toda a sua força sem correr o risco de derrubar todos nós, e talvez parte dos estábulos também. Esperei, mantendo um controle tênue sobre a luz, incerta do que fazer.

Maly estava respirando com dificuldade, dobrado na cintura, as mãos descansando nas coxas. Ele provavelmente tinha quebrado pelo menos uma costela. Tinha sorte de não ter quebrado a coluna. Torci para que ele voltasse para o chão e ficasse lá. Em vez disso, Maly se forçou a se levantar, sibilando de dor. Ele girou os ombros, soltou um xingamento e cuspiu sangue. E então, para meu horror, ele curvou os dedos e chamou o Aeros para si. A multidão deu vivas.

— O que ele está fazendo? — lamentei. — Ele vai se suicidar.

— Ele vai ficar bem — disse Tamar. — Eu já o vi aguentar coisa pior.

— O *quê*?

— Ele luta aqui quase toda noite quando está sóbrio o suficiente. Às vezes, até quando não está.

— Ele luta contra os Grishas?

Tamar deu de ombros.

— Ele é muito bom nisso, na verdade.

Era *isso* que Maly fazia à noite? Eu me lembrei de todas as manhãs em que ele apareceu com machucados e cortes. O que ele estava tentando provar? Pensei nas minhas palavras descuidadas quando voltamos da festa de previsões. *Eu não quero o peso de um exército de* otkazat'sya *indefesos*.

Eu gostaria de não ter falado isso.

O Aeros fingiu que ia para a esquerda, e então levantou as mãos para outro ataque. Vento soprou pelo círculo, e vi os pés de Maly perderem contato com o chão. Cerrei os dentes, certa de que o veria ser arremessado contra a parede mais próxima. Mas, no último instante, ele girou, escapando do golpe de vento e se arremessando contra o Aeros surpreso.

Eskil soltou um "arf" quando Maly o agarrou, mantendo os braços do Grisha presos para que ele não pudesse conjurar seu poder. O grande fjerdano rosnou, músculos tensos, dentes à mostra, tentando se desvencilhar de Maly.

Eu sabia quanto devia ter sido difícil para ele, mas Maly segurou com mais força ainda. Ele mudou de posição, e então golpeou o nariz de seu oponente com a testa, produzindo um barulho de trituração nauseante. Antes que eu pudesse piscar, ele havia soltado Eskil e investido com uma saraivada de socos no estômago e nas laterais do Aeros.

Eskil estava curvado, tentando se proteger, lutando para respirar enquanto sangue jorrava de sua boca aberta. Maly girou no seu eixo e chutou brutalmente a parte de trás das pernas do Aeros. Eskil caiu de joelhos, balançando, mas de algum modo não tinha tombado no chão.

Maly deu um passo para trás, estudando seu trabalho. A multidão estava berrando e pisando com força, seus gritos subindo em um frenesi, mas os olhos cautelosos de Maly estavam fixos no Aeros ajoelhado.

Ele analisou seu oponente, e então deixou os punhos caírem.

— Vá em frente — disse ele ao Grisha. O olhar no seu rosto me arrepiou. Havia um desafio ali, e uma espécie de satisfação cruel. O que ele estava vendo quando olhava para Eskil de joelhos?

O olhar de Eskil havia perdido o foco. Com esforço, o Grisha levantou as mãos. Uma brisa fraca flutuou pelo ar até Maly. Um coro de vaias surgiu da multidão.

Maly deixou que a brisa passasse por ele como uma onda, e então deu um passo para a frente. A rajada fraca de Eskil esmoreceu. Maly plantou sua mão no centro do peito do Aeros e deu um único empurrão com desprezo.

Eskil caiu. Seu corpo grande bateu no chão e ele se curvou, gemendo.

Zombarias e gritos de alegria explodiram ao nosso redor. Um soldado alegre agarrou o pulso de Maly e levantou-o acima de sua cabeça em triunfo, enquanto dinheiro começava a ser passado de mão em mão.

A multidão avançou em direção a Maly, carregando-o. Todos estavam falando ao mesmo tempo. As pessoas davam tapinhas nas costas dele, colocando dinheiro em suas mãos. E então Zoya apareceu diante dele. Ela cingiu-lhe o pescoço e pressionou os lábios contra os dele. Eu o vi ficando tenso.

Um som impetuoso encheu meus ouvidos, abafando o barulho da multidão.

Empurre-a, implorei silenciosamente. *Empurre-a para longe.*

E, por um momento, pensei que ele poderia fazer isso. Mas então seus braços se fecharam em torno dela, e ele a beijou enquanto a multidão assoviava e comemorava.

Eu me senti sem chão. Foi como colocar um pé no lugar errado em um riacho congelado, o estalar do gelo, a queda súbita, a certeza de que não havia nada embaixo além de água escura.

Ele se afastou dela, sorrindo, sua bochecha ainda manchada de sangue, e foi então que nossos olhares se cruzaram. Seu rosto ficou branco.

Zoya seguiu seu olhar e levantou uma sobrancelha desafiadora quando me viu.

Eu me virei e comecei a abrir caminho de volta pela multidão. Tamar me seguiu.

— Alina — disse ela.

— Deixe-me em paz.

Eu me afastei dela. Tinha que sair dali, tinha de me afastar de todos. Lágrimas estavam começando a borrar minha visão. Eu não estava certa se eram por causa do beijo ou do que acontecera antes dele, mas não podia deixar que vissem isso. A Conjuradora do Sol não chorava, especialmente por um de seus guardas *otkazat'sya*.

E que direito eu tinha? Eu não havia quase beijado Nikolai? Talvez pudesse encontrá-lo agora, convencê-lo a me beijar não importando em quem eu estivesse pensando.

Saí correndo dos estábulos e cheguei à meia-luz. O ar estava quente e pesado. Eu tinha a sensação de que não podia respirar. Andei a passos largos para longe do caminho bem iluminado perto dos cercados e em direção ao abrigo de um bosque de bétulas.

Alguém puxou meu braço.

— Alina — disse Maly.

Eu me sacudi para me libertar e apressei o passo, quase correndo agora.

— Alina, pare — disse ele, facilmente acompanhando meu ritmo, a despeito de seus ferimentos.

Eu o ignorei e acelerei para dentro da mata. Podia sentir o cheiro das fontes quentes que alimentavam o *banya*, a fragrância forte das folhas de bétula sob meus pés. Minha garganta doía. Tudo que eu queria era ser deixada sozinha para chorar ou ficar doente, talvez ambos.

— Droga, Alina, você poderia parar, por favor?

Eu não queria me deixar vencer pela dor, então cedi à raiva.

— Você é o capitão da minha guarda — eu disse, tropeçando por entre árvores. — Não deveria estar trocando sopapos como um plebeu!

Maly segurou meu braço e me girou.

— Eu *sou* um plebeu — ele rosnou. — Não um dos seus peregrinos ou Grishas, nem algum cão de guarda mimado que fica parado do lado de fora da sua porta a noite inteira, esperando a chance de que você possa precisar de mim.

— É claro que não — eu me agitei. — Você tem coisas muito melhores para fazer com seu tempo. Como se embebedar e enfiar a língua pela garganta de Zoya.

— Pelo menos ela não se retrai quando encosto nela — disse ele, cuspindo as palavras. — Você não me deseja, então por que se importa se ela me quer?

— Não me importo — falei, mas as palavras saíram como um soluço.

Maly me soltou tão subitamente que eu quase caí para trás. Ele deu alguns passos se afastando, passando as mãos pelo cabelo. O movimento o fez se contrair de dor. Seus dedos testaram a carne sobre as costelas. Eu queria gritar para ele procurar um Curandeiro. Queria socar a costela quebrada e deixá-la ainda pior.

— Pelos Santos — ele praguejou. — Eu gostaria que nunca tivéssemos vindo aqui.

— Então vamos embora — falei, loucamente. Eu sabia que não estava sendo sensata, mas não me importava muito. — Vamos sair correndo, hoje à noite, e esquecer que um dia vimos este lugar.

Ele deixou escapar uma gargalhada amargurada.

— Você sabe quanto eu queria isso? Estar com você sem um posto ou barreiras ou qualquer coisa entre nós? Sermos apenas *plebeus* juntos novamente? — Ele balançou a cabeça. — Mas você não vai fazer isso, Alina.

— Vou sim — falei, lágrimas escorrendo pelas minhas bochechas.

— Não se engane. Você acharia um jeito de voltar.

— Eu não sei como consertar isso — disse, desesperada.

— Você não pode consertar! — ele gritou. — É assim que as coisas são. Já lhe ocorreu que talvez você tenha nascido para ser rainha e que eu tenha nascido para ser um ninguém?

— Isso não é verdade.

Ele andou lentamente em minha direção, as copas das árvores criando estranhas sombras flutuantes em seu rosto no crepúsculo.

— Eu não sou mais um soldado — disse ele. — Não sou um príncipe, e com certeza não sou um Santo. Então, quem sou eu, Alina?

— Eu…

— Quem sou eu? — ele sussurrou.

Ele estava próximo de mim agora. O cheiro que eu conhecia tão bem, aquele perfume verde-escuro da pradaria, perdido sob o odor de suor e sangue.

— Eu sou seu guardião? — Maly perguntou.

Ele percorreu meu braço com a mão lentamente, do ombro até a ponta dos dedos.

— Seu amigo?

Sua mão esquerda deslizou pelo meu outro braço.

— Seu servo?

Eu podia sentir sua respiração nos meus lábios. Meu coração trovejava em meus ouvidos.

— Diga para mim quem eu sou. — Ele me puxou contra seu corpo, a mão envolvendo meu pulso.

Quando seus dedos se fecharam, um choque forte me abalou, meus joelhos fraquejaram. Meu mundo balançou, e eu arfei. Maly soltou minha mão como se tivesse sido queimado.

Ele se afastou de mim, atônito.

— O que foi isso?

Tentei piscar para afastar a tontura.

— Que diabo foi isso? — ele repetiu.

— Eu não sei. — Meus dedos ainda formigavam.

Um sorriso sem humor torceu seus lábios.

— Nunca vai ser fácil entre nós, não é mesmo?

Eu me forcei a ficar de pé, subitamente com raiva.

— Não, Maly, não será. Nunca vai ser fácil, nem doce, nem confortável comigo. Não posso simplesmente deixar o Pequeno Palácio. Não posso fugir nem fingir que essa não sou eu, porque, se fizer isso, mais pessoas vão morrer. Não posso só ser a Alina de novo. Aquela garota não existe mais.

— Eu a quero de volta — disse ele com voz rouca.

— Eu não posso voltar! — gritei, sem me importar com quem ouvisse. — Mesmo que você tire este colar e as escamas do açoite do mar, você não pode arrancar esse poder de mim.

— E se eu pudesse? Você o deixaria ir embora? Você abriria mão dele?

— Nunca.

A verdade daquela palavra pairou entre nós. Ficamos ali parados na escuridão do bosque, e eu senti o estilhaço do meu coração se mexer. Sabia o que ficaria para trás quando a dor sumisse: solidão, vazio, uma fissura profunda que não seria reparada, a ponta desesperada do abismo que uma vez vi nos olhos do Darkling.

— Vamos — disse Maly, finalmente.

—Para onde?

— De volta ao Pequeno Palácio. Não vou simplesmente deixá-la no meio do bosque.

Nós subimos a colina em silêncio e entramos no palácio pelos aposentos do Darkling. Por sorte, a área comum estava vazia.

Na porta do meu quarto, eu me voltei para Maly.

— Eu vejo ele — falei. — Eu vejo o Darkling. Na biblioteca. Na capela. Naquela vez na Dobra em que o *Beija-flor* quase se espatifou. No meu quarto, na noite em que você tentou me beijar.

Ele olhou fixamente para mim.

— Eu não sei se são visões ou visitas. Não contei a você porque achei que poderia estar enlouquecendo. E porque acho que você já tem um pouco de medo de mim.

Maly abriu a boca, fechou, tentou novamente. Mesmo assim, eu torcia para que ele negasse. Em vez disso, ele virou as costas para mim. Cruzou o espaço até os aposentos dos guardas, parando apenas para agarrar uma garrafa de *kvas* da mesa, e fechou suavemente a porta atrás de si.

Eu me aprontei para dormir e deslizei entre os lençóis, mas a noite estava quente demais. Chutei os lençóis, emaranhando-os aos meus pés. Deitei de costas fitando o domo de obsidiana marcado pelas constelações. Queria bater na porta de Maly, dizer que sentia muito, que tinha feito uma confusão terrível, que devíamos ter marchado para Os Alta naquele primeiro dia de mãos dadas. Mas teria feito alguma diferença, no final das contas?

Não existe uma vida normal para pessoas como você e eu.

Nenhuma vida normal. Só batalhas e medo e choques elétricos misteriosos que nos tiram do chão. Eu tinha passado tantos anos desejando ser o tipo de garota que Maly poderia querer. Talvez isso não fosse mais possível.

Não há outros como nós, Alina. E nunca haverá.

As lágrimas queimaram assim que surgiram, quentes e com raiva. Virei o rosto para o travesseiro a fim de que ninguém me ouvisse chorar. Chorei, e quando não havia mais nada, caí em um sono intranquilo.

— ALINA.

Acordei com o toque suave dos lábios de Maly nos meus, um toque muito sutil em minhas têmporas, minhas pálpebras, minha sobrancelha. A luz da chama trêmula em minha mesa de cabeceira refletia no seu cabelo castanho, enquanto ele se inclinava para beijar a curva do meu pescoço.

Por um momento hesitei, confusa, não exatamente acordada, e então o abracei e o puxei para perto. Eu não me importava que tivéssemos brigado, que ele houvesse beijado Zoya, que tivesse se afastado de mim, que tudo parecesse tão impossível. A única coisa que me importava era que ele mudara de ideia. Ele tinha voltado, e eu não estava sozinha.

— Senti sua falta, Maly — murmurei em seu ouvido. — Senti tanto sua falta.

Meus braços deslizaram por suas costas e envolveram seu pescoço. Ele me beijou novamente, e eu suspirei na pressão bem-vinda de sua boca. Deixei seu peso deslizar sobre mim e corri as mãos pelos músculos rígidos de seus braços. Se Maly ainda estava comigo, se ele ainda podia me amar, então havia esperança. Meu coração batia forte no peito enquanto o calor se espalhava por mim. Não havia nenhum som além da nossa respiração e o movimento dos nossos corpos juntos. Ele estava beijando meu pescoço, meus ombros, lambendo minha pele. Eu senti um arrepio e me pressionei ainda mais contra ele.

Era isso que eu queria, não era? Achar algum jeito de curar a distância entre nós? Ainda assim, um fiapo de pânico me percorreu. Eu precisava ver seu rosto, saber que estava tudo bem entre nós. Segurei sua cabeça com as mãos, inclinando seu queixo, e quando meu olhar encontrou o dele, eu me retraí apavorada.

Olhei dentro dos olhos de Maly: aqueles olhos azuis familiares que eu conhecia melhor que os meus próprios. Mas eles não estavam azuis. Na luz quase apagada da lamparina, eles brilhavam como um quartzo cinzento.

Ele então sorriu, um sorriso gelado e malicioso como eu nunca vira naqueles lábios.

— Também senti sua falta, Alina. — Aquela voz. Fria e suave como vidro.

As feições de Maly se fundiram em sombras e se formaram de novo como um rosto de névoa. Pálido, lindo, aqueles cabelos negros e grossos, a curva perfeita da mandíbula.

O Darkling descansou uma mão gentilmente sobre a minha bochecha. — Logo — ele sussurrou.

Eu gritei. Ele se fragmentou em sombras e sumiu.

Levantei-me abruptamente da cama, me abraçando. Minha pele formigava, meu corpo tremia com o pavor e a memória do desejo. Esperei que Tamar ou Tolya viessem correndo porta adentro. Eu já tinha uma mentira pronta para contar.

"Pesadelo", eu diria. E a palavra sairia calma, convincente, apesar das pancadas do meu coração e do novo grito que sentia surgir em minha garganta.

Mas o quarto permaneceu em silêncio. Ninguém veio. Continuei tremendo na penumbra.

Respirei um pouco, tremendo. E então de novo.

Quando minhas pernas se sentiram fortes o suficiente, vesti meu roupão e espiei a área comum. Estava vazia.

Fechei a porta e pressionei minhas costas contra ela, fitando as cobertas bagunçadas da cama. Não ia conseguir voltar a dormir. Talvez nunca mais dormisse. Olhei para o relógio na cornija. O sol nascia cedo durante o Belyanoch, mas ainda levaria horas até o palácio acordar.

Vasculhei a pilha de roupas que havia guardado de nossa jornada no *Volkvolny* e peguei um casaco marrom insípido e um cachecol comprido. Estava quente demais para usá-los, mas eu não me importava. Vesti o casaco por cima da camisola, enrolei o cachecol em volta da cabeça e do pescoço e calcei os sapatos.

Enquanto andava sorrateiramente pela área comum, vi que a porta dos aposentos dos guardas mantinha-se fechada. Se Maly ou os gêmeos estivessem lá dentro, deviam estar dormindo profundamente. Ou talvez Maly se encontrasse em algum outro lugar sob as cúpulas do Pequeno Palácio, enrolado nos braços de Zoya. Meu coração deu um pulo nauseante. Atravessei as portas para a esquerda e acelerei pelos corredores escuros, rumo aos jardins silenciosos.

Capítulo 21

FLUTUEI PELA MEIA-LUZ, passando pelos jardins silenciosos cobertos de névoa e pelas janelas turvas da estufa. O único som vinha dos meus sapatos amassando suavemente os cascalhos do caminho. As entregas matutinas de pães e hortifrutigranjeiros estavam chegando ao Grande Palácio, e eu segui uma caravana de carroças diretamente pelos portões e pelas ruas de paralelepípedos da cidade alta. Ainda havia alguns farristas perambulando, aproveitando o crepúsculo. Vi duas pessoas em roupas de festa cochilando em um banco de parque. Um grupo de garotas ria e se jogava em uma fonte, suas saias levantadas até os joelhos. Um homem vestindo uma grinalda de papoulas sentou-se no meio-fio com a cabeça apoiada nas mãos, enquanto uma garota com uma coroa de papel batia de leve em seu ombro. Passei por todos eles sem ser vista ou percebida, uma garota invisível em um casaco marrom banal.

Sabia que estava sendo tola. Os espiões do Apparat poderiam estar à espreita, ou os do Darkling. Eu poderia ser pega e arrastada para algum lugar a qualquer momento. E não sei se me importava mais com isso. Precisava continuar andando, encher meus pulmões de ar limpo, livrar-me da sensação das mãos do Darkling na minha pele.

Toquei a cicatriz no meu ombro. Mesmo através do tecido do meu casaco, eu podia sentir as bordas levantadas. A bordo do baleeiro, havia perguntado ao Darkling por que ele deixara seu monstro me morder. Achei que fosse por rancor, para que eu sempre carregasse sua marca. Talvez houvesse mais por trás disso.

A visão tinha sido real? Ele estava realmente lá, ou era algo que minha mente tinha conjurado? Que parte doentia de mim sonharia com uma coisa dessas?

Mas eu não queria pensar. Só queria andar.

Cruzei o canal, os pequenos barcos flutuando na água. De algum lugar embaixo da ponte, ouvi um sopro de acordeão.

Passei rapidamente pelo portão de entrada e fui para as ruas estreitas e para a desorganização do centro comercial. O lugar parecia ainda mais cheio de gente do que antes. As pessoas se inclinavam de balcões e lotavam alpendres. Alguns jogavam cartas em mesas improvisadas feitas de caixotes. Outros dormiam apoiando-se uns nos outros. Um casal dançava devagar na varanda de uma taverna ao som de uma música que só eles escutavam.

Quando cheguei aos muros da cidade, disse a mim mesma que devia parar, virar-me e voltar para casa. Quase ri. O Pequeno Palácio não era realmente meu lar.

Não existe uma vida normal para pessoas como você e eu.

Minha vida seria de submissão em vez de amor, de fidelidade em vez de amizade. Eu pesaria cada decisão, consideraria cada ação, não confiaria em ninguém. Seria uma vida observada a distância.

Eu sabia que devia voltar, mas continuei, e um instante depois estava do outro lado do muro. Havia deixado Os Alta. Simples assim.

A cidade de tendas tinha crescido. Havia centenas de pessoas acampadas do lado de fora dos muros, talvez milhares. Não era difícil achar peregrinos. Eu estava surpresa de ver como o número tinha aumentado. Eles se amontoavam perto de uma grande tenda branca, todos voltados para o oriente, esperando o sol nascer mais cedo.

O som começou como uma onda de sussurros murmurantes que flutuava no ar como as asas de pássaros, e cresceu para um zumbido baixo enquanto o sol aparecia no horizonte e iluminava o céu com um azul pálido. Só então eu comecei a entender as palavras.

Sankta. Sankta Alina. Sankta. Sankta Alina.

Os peregrinos observavam o amanhecer crescente, e eu os observava, incapaz de desviar os olhos de sua esperança, de sua expectativa. Seus rostos estavam exultantes, e quando os primeiros raios do sol os iluminaram, alguns começaram a chorar.

O zumbido cresceu e se multiplicou, ascendendo e declinando, criando um lamento que eriçou os pelos de meus braços. Era um riacho inundando suas margens, um enxame de abelhas sacudido de uma árvore.

Sankta. Sankta Alina. Filha de Ravka.

Fechei os olhos enquanto o sol cobria a minha pele, rezando para sentir alguma coisa, qualquer coisa.

Sankta Alina. Filha de Keramzin.

Suas mãos foram erguidas para o céu, suas vozes cresceram para um frenesi, agora gritando, berrando. Rostos velhos, novos, doentes e frágeis, fortes e saudáveis. Estranhos, todos eles.

Olhei em volta. *Isso não é esperança*, pensei. *É loucura. É fome, necessidade, desespero*. Eu me senti como se estivesse acordando de um transe. Por que tinha vindo aqui? Estava mais sozinha no meio dessas pessoas do que atrás das muralhas do palácio. Eles não tinham nada a me oferecer, e eu não tinha nada a oferecer a eles.

Meus pés doeram, e percebi exatamente quanto estava cansada. Virei-me e comecei a abrir caminho de volta pela multidão, em direção aos portões da cidade, enquanto o cântico chegava a um clamor vibrante.

Sankta, eles gritavam. *Sol Koroleva. Rebe Dva Stolba.*

Filha dos Dois Moinhos. Eu tinha ouvido isso antes na jornada para Os Alta, um vale que ganhara esse nome devido a uma ruína antiga, onde se amontoavam vilarejos minúsculos e irrelevantes na fronteira sul. Maly nascera perto de lá também, mas nunca tivemos chance de voltar. E para quê? Qualquer família que pudéssemos ter tido já fora enterrada ou queimada havia muito tempo.

Sankta Alina.

Pensei novamente nas minhas poucas memórias de antes de Keramzin, do prato de beterrabas fatiadas, meus dedos manchados com o vermelho delas. Lembrava-me da estrada de terra vista de cima dos ombros largos de alguém, do balanço do rabo dos bois, nossas sombras no chão. A mão de alguém apontando para as ruínas dos moinhos, dois dedos esguios de pedra, desgastados pelo vento, pela chuva e pelo tempo até virarem espetos nus. Isso era tudo que permanecia em minha memória. O resto era Keramzin. O resto era Maly.

Sankta Alina.

Abri caminho pela massa de corpos, puxando o cachecol mais forte em volta dos meus ouvidos para tentar bloquear o barulho. Uma velha peregrina entrou na minha frente e eu quase a derrubei no chão. Estiquei a mão para ajudá-la a se estabilizar, e ela se agarrou a mim, mal conseguindo manter o equilíbrio.

— Desculpe-me, *babya* — eu disse, formalmente. Que ninguém nunca diga que Ana Kuya não nos ensinou bons modos. Pus a mulher de pé com gentileza. — Você está bem?

Mas ela não estava olhando para o meu rosto, e sim encarando meu pescoço. Minha mão voou para a garganta. Era tarde demais. O cachecol tinha caído.

— Sankta — a mulher gemeu. — Sankta! — Ela caiu de joelhos e agarrou minha mão, pressionando-a contra sua bochecha enrugada. — Sankta Alina!

De repente, havia mãos por toda parte ao meu redor, segurando nas minhas mangas, na bainha do meu casaco.

—Por favor — eu disse, tentando me afastar deles.

Sankta Alina. Gemido, sussurrado, lamentado, gritado. Meu nome soava estranho para mim, pronunciado como uma reza, uma prece estrangeira para manter a escuridão distante.

Eles se amontoaram ao meu redor, cada vez mais perto, lutando para se aproximar, esticando a mão para tocar meu cabelo, minha pele. Ouvi alguma coisa rasgar e percebi que era o tecido do meu casaco.

Sankta. Sankta Alina.

Os corpos pressionaram com mais força, empurrando e puxando, gritando uns com os outros, cada qual querendo chegar mais perto. Meus pés perderam contato com o chão. Eu gritei quando uma mecha de cabelo foi arrancada da minha cabeça. Eles iam me despedaçar.

Deixe que façam isso, pensei com clareza súbita. Tudo poderia terminar facilmente. Chega de medo, de responsabilidade, de pesadelos com esquifes partidos ou crianças devoradas pela Dobra; chega de visões. Eu estaria livre do colar, da pulseira, do peso esmagador da esperança deles. *Deixe que façam isso.*

Fechei os olhos. Esse seria meu fim. Eles reservariam uma página no *Istorii Sankt'ya* para mim e colocariam um halo dourado na minha cabeça. Alina, a Deprimida; Alina, a Trivial; Alina, a Maluca, Filha de Dva Stolba, dilacerada numa manhã à sombra dos muros da cidade. Eles poderiam vender meus ossos na beira da estrada.

Alguém berrou. Ouvi um grito de raiva. Mãos enormes me seguraram e eu fui erguida no ar.

Abri os olhos e vi o rosto carrancudo de Tolya. Ele me segurava nos braços.

Tamar estava ao lado dele, palmas voltadas para cima, virando em um arco lento.

— Fiquem para trás — ela avisou a multidão. Vi alguns peregrinos piscarem os olhos com sono, outros simplesmente se sentaram. Ela estava desacelerando os batimentos cardíacos deles, tentando acalmá-los, mas eram muitos. Um homem jogou-se adiante. Como um relâmpago, Tamar havia sacado seus machados. O homem urrou e uma listra vermelha surgiu em seu braço.

— Se chegar mais perto, vai perder esse braço — ela avisou.

Os peregrinos tinham um semblante selvagem.

— Deixe-me ajudar — protestei.

Tolya me ignorou, empurrando e abrindo caminho pela multidão. Tamar circulava em torno dele, lâminas em movimento, ampliando o espaço. Os peregrinos gemiam e lamentavam, seus braços esticados, esforçando-se para me alcançar.

— Agora — disse Tolya. E então, mais alto: — Agora!

Ele disparou. Minha cabeça batia contra seu peito enquanto acelerávamos em direção à segurança dos muros da cidade, com Tamar em nosso encalço. Os guardas já tinham visto o tumulto crescente e haviam começado a fechar os portões.

Tolya avançou como um touro, derrubando pessoas em seu caminho, correndo pelo espaço cada vez menor entre os portões de ferro. Tamar deslizou atrás de nós, segundos antes de os portões baterem com um estalo. Do outro lado, ouvi o som de corpos se chocando contra as portas, mãos arranhando, vozes levantadas em ânsia. Eu ainda ouvia meu nome. *Sankta Alina*.

— Em que diabo você estava pensando? — Tolya urrou ao me deixar no chão.

— Depois — disse Tamar, rudemente.

Os guardas da cidade estavam olhando irritados para mim.

— Tire-a daqui — um deles gritou com raiva. — Será uma sorte se não tivermos de lidar com uma revolta completa.

Os gêmeos tinham cavalos nos esperando. Tamar arrancou o pano de uma barraca do mercado e jogou-o nos meus ombros. Eu o segurei perto do meu pescoço, escondendo o colar. Ela pulou em sua sela, e Tolya lançou-me sem cerimônia atrás dela. Cavalgamos em um silêncio atormentado por todo o caminho de volta até os portões do palácio. O tumulto fora dos muros da cidade ainda não tinha se espalhado para dentro dela, e tudo que recebemos foram alguns olhares intrigados.

Os gêmeos não deram um pio, mas eu podia ver que estavam furiosos. Eles tinham todo o direito. Eu havia me comportado como uma idiota, e agora só podia torcer para que os guardas lá embaixo pudessem restaurar a ordem sem apelar para a violência.

Mas, por baixo do pânico e do arrependimento, uma ideia havia surgido em minha cabeça. Eu tentei me convencer de que era bobagem, esperança tola, mas não conseguia abandoná-la.

Quando voltamos ao Pequeno Palácio, os gêmeos queriam me levar direto para os aposentos do Darkling, mas eu recusei.

— Estou segura agora — disse. — Tem algo que eu preciso fazer.

Eles insistiram em me acompanhar até a biblioteca.

Não demorou muito para eu encontrar o que buscava. Eu havia sido cartógrafa, afinal de contas. Ajeitei o livro debaixo do braço e voltei para o quarto com meus guardas carrancudos a reboque.

Para minha surpresa, Maly esperava na área comum. Estava sentado à mesa, acompanhado de um copo de chá.

— Onde você… — Maly começou, mas Tolya o arrancou da cadeira e o esmagou contra a parede antes que eu pudesse piscar.

— Onde *você* estava? — ele rosnou diante do rosto de Maly.

— Tolya! — gritei, em pânico. Tentei arrancar a mão dele do pescoço de Maly, mas era como tentar dobrar uma barra de aço. Virei-me para Tamar a fim de pedir ajuda, mas ela permaneceu onde estava, de braços cruzados, parecendo tão irritada quanto o irmão.

Maly fez um som de engasgo. Ele não tinha trocado de roupa desde a noite anterior. Havia barba rala em seu queixo, e o cheiro de sangue e *kvas* pairava em torno dele como um casaco sujo.

— Pelos Santos, Tolya! Será que você poderia colocá-lo no chão?

Por um momento, Tolya parecia ter toda a intenção de esmagá-lo até a morte, mas então relaxou os dedos e Maly deslizou parede abaixo, tossindo e arfando.

— Era o seu turno — Tolya bramiu, enfiando um dedo no peito de Maly. — Você devia estar com ela.

— Sinto muito — disse Maly, rouco, esfregando a garganta. — Devo ter caído no sono. Eu estava perto do…

— Você estava no fundo de uma garrafa — Tolya se agitou. — Posso sentir o cheiro de bebida em você.

— Sinto muito — Maly repetiu, miserável.

— *Sinto muito*? — Tolya flexionou os punhos. — Eu deveria despedaçá-lo.

— Você pode arrancar os membros dele depois — falei. — Neste exato momento preciso que encontre Nikolai e peça a ele que se encontre comigo na sala de guerra. Eu vou trocar de roupa.

Fui para o meu quarto e fechei as portas atrás de mim, tentando me recompor. Até então eu tinha quase morrido e talvez começado uma revolta. Talvez pudesse incendiar alguma coisa antes do café da manhã.

Lavei o rosto, vesti meu *kefta* e corri para a sala de guerra. Maly estava esperando lá, afundado em uma cadeira, embora não o tivesse convidado. Ele havia trocado de roupa, mas ainda parecia amassado e tinha os olhos vermelhos. Havia machucados recentes em seu rosto, da noite anterior. Ele olhou para mim quando entrei, sem dizer nada. Será que chegaria o momento em que não doeria mais olhar para ele?

Depositei o atlas na mesa comprida e atravessei a sala até o mapa antigo de Ravka que percorria a outra parede. De todos os mapas na sala de guerra esse era, de longe, o mais antigo e bonito. Corri os dedos pelas cadeias elevadas dos Sikurzoi, as montanhas que marcavam a fronteira mais ao sul de Ravka com os shu, e então as segui até os sopés ocidentais. O vale de Dva Stolba era pequeno demais para ser assinalado nesse mapa.

— Lembra-se de alguma coisa? — perguntei a Maly sem olhar para ele. — De antes de Keramzin?

Maly não era muito mais velho do que eu quando veio para o orfanato. Eu ainda me lembrava do dia em que ele havia chegado. Tinha ouvido falar que outro refugiado estava vindo, mas torcia para que fosse uma garota com quem pudesse brincar. Em vez disso, havia ganhado um garoto rechonchudo e de olhos azuis disposto a enfrentar qualquer desafio.

— Não. — Sua voz ainda soava rouca depois de quase ser asfixiado por Tolya.

— Nada?

— Eu costumava sonhar com uma mulher de longos cabelos loiros presos em uma trança. Ela a balançava na minha frente como se fosse um brinquedo.

— Sua mãe?

— Mãe, tia, vizinha. Como eu poderia saber? Alina, sobre o que aconteceu...

— Algo mais?

Ele me observou por um longo tempo, então suspirou e disse:

— Toda vez que sinto cheiro de alcaçuz, lembro-me de estar sentado em uma varanda com uma cadeira pintada de vermelho na minha frente. É isso. Todo o resto... Ele deixou a frase morrer, dando de ombros.

Ele não precisava explicar. Memórias eram um luxo que outras crianças podiam ter, não os órfãos de Keramzin. *Seja grato. Seja grato.*

— Alina — Maly tentou de novo —, o que você falou sobre o Darkling...

Mas nesse momento Nikolai entrou. Apesar de ainda ser cedo, ele tinha todo o visual de príncipe – cabelos loiros brilhantes, botas polidas e reluzentes. Ele observou os machucados e a barba rala de Maly, então levantou as sobrancelhas e disse:

— Suponho que ninguém pediu chá.

Ele se sentou e esticou as longas pernas. Tolya e Tamar haviam assumido seus postos, mas pedi a eles que fechassem a porta e se juntassem a nós.

Quando estavam todos instalados ao redor da mesa, eu disse:

— Visitei os peregrinos hoje de manhã.

A cabeça de Nikolai se levantou abruptamente. Em um instante, o príncipe de bem com a vida tinha desaparecido.

— Acho que não ouvi direito.

— Eu estou bem.

— Ela quase foi morta — disse Tamar.

— Mas sobrevivi — acrescentei.

— Você está completamente louca? — Nikolai perguntou. — Aquelas pessoas são fanáticas. — Ele se virou para Tamar. — Como a deixou fazer algo assim?

— Eu não deixei — disse Tamar.

— Diga para mim que não foi sozinha — ele me disse.

— Eu não fui sozinha.

— Ela foi sozinha.

— Tamar, cale a boca. Nikolai, eu já disse que estou bem.

— Só porque nós chegamos em tempo — disse Tamar.

— Como vocês foram até lá? — perguntou Maly, em voz baixa. — Como a encontraram?

Tolya fechou a cara e esmurrou a mesa com um dos seus punhos gigantes.

— Não era para precisarmos encontrá-la — ele disse. — Era o seu turno.

— Esqueça isso, Tolya — falei com severidade. — Maly não estava onde devia estar, e eu sou perfeitamente capaz de ser burra sozinha.

Respirei fundo. Maly parecia desolado. Tolya parecia prestes a destruir vários móveis. Tamar tinha uma expressão de pedra, e Nikolai parecia estar mais irritado do que nunca. Mas, pelo menos, eu tinha a atenção deles.

Empurrei o atlas para o centro da mesa.

— Tem um nome que os peregrinos usam para se referir a mim às vezes — falei. — Filha de Dva Stolba.

— Dois Moinhos? — disse Nikolai.

— Um vale que ganhou esse nome por causa das ruínas na sua entrada.

Abri o atlas na página que tinha marcado. Havia um mapa detalhado da fronteira sudoeste.

— Maly e eu viemos de algum lugar perto dali — eu disse, passando o dedo pela borda do mapa. — Os vilarejos estão espalhados ao longo dessa área.

Virei a página para a ilustração de uma estrada que levava a um vale pontilhado de cidades. Em cada lado da estrada existia um eixo fino de pedra.

— Eles não perecem muito impressionantes — resmungou Tolya.

— Exatamente — falei. — São ruínas antigas. Quem sabe por quanto tempo estiveram ali ou o que poderiam ter sido? O vale é chamado de Dois Moinhos, mas talvez eles tenham sido parte de um portão ou de um aqueduto. — Eu dobrei meu dedo sobre os eixos. — Ou de um arco.

Um silêncio súbito se espalhou pela sala. Com o arco na frente e as montanhas lá atrás, as ruínas pareciam exatamente a vista de fundo em que Sankt Ilya aparece no *Istorii Sankt'ya*. A única coisa que faltava era o pássaro de fogo.

Nikolai puxou o atlas para si.

— Será que não estamos vendo apenas o que queremos ver?

— Talvez — admiti. — Mas é difícil acreditar que seja uma coincidência.

— Enviaremos batedores — ele sugeriu.

— Não — respondi. — Eu quero ir.

— Se você partir agora, tudo que conseguiu com o Segundo Exército será perdido. Eu irei. Se Vasily pode sair correndo para Caryeva a fim de comprar pôneis, então ninguém se importará se eu fizer uma pequena viagem de caça.

Balancei a cabeça.

— A pessoa a matar o pássaro de fogo tem de ser eu.

— Nós nem mesmo sabemos se ele está lá.

— Por que estamos discutindo isso? — perguntou Maly. — Todos sabemos que serei eu a ir.

Tamar e Tolya trocaram um olhar preocupado.

Nikolai pigarreou.

— Com todo respeito, Oretsev, você não parece estar na sua melhor forma.

— Eu estou bem.

— Você se olhou em um espelho ultimamente?

— Acho que você já faz isso o suficiente por nós dois — Maly disparou de volta. Então ele esfregou uma mão no rosto, parecendo mais fatigado do que nunca. — Estou cansado demais e de ressaca para discutir isso. Sou o único que pode encontrar o pássaro de fogo. Tem de ser eu.

— Eu vou com você — falei.

— Não — disse ele, com uma força surpreendente. — Vou caçá-lo. Capturá-lo. Vou trazê-lo para você. Mas você não vai comigo.

— É arriscado demais — protestei. — Mesmo que você consiga capturá-lo, como poderia trazê-lo?

— Peça a um dos seus Fabricadores que prepare algo especial para mim — disse ele. — Essa é a melhor solução para todos. Você ganha o pássaro de fogo e eu me livro deste lugar amaldiçoado pelos Santos.

— Você não pode viajar sozinho. Você…

— Então me dê Tolya ou Tamar. Viajaremos mais rapidamente e atrairemos menos atenção sozinhos. — Maly empurrou sua cadeira para trás e se levantou. — Decida. Faça os preparativos que quiser. — Sem olhar para mim, ele disse: — Só diga para mim quando posso partir.

Antes que eu pudesse fazer outra objeção, ele havia sumido.

Virei de costas, lutando para conter as lágrimas que ameaçavam cair. Atrás de mim, ouvi os sons da sala esvaziando, com Nikolai murmurando instruções para os gêmeos.

Estudei o mapa. Poliznaya, onde tínhamos nos alistado no exército. Ryevost, onde começamos nossa jornada pelos Petrazoi. Tsibeya, onde ele tinha me beijado pela primeira vez.

Nikolai colocou uma mão no meu ombro. Eu não sabia se queria tirá-la de lá ou me virar e cair em seus braços. O que ele faria se eu fizesse isso? Daria um tapinha nas minhas costas? Ele me beijaria? Ele me pediria em casamento?

— É o melhor, Alina.

Ri amargamente.

— Você já notou que as pessoas só dizem isso quando não é verdade?

Ele deixou a mão cair.

— Ele não pertence a este lugar.

O lugar dele é ao meu lado, eu quis gritar. Mas sabia que não era verdade. Pensei no rosto machucado de Maly, ele andando de um lado para outro como um animal enjaulado, cuspindo sangue e provocando Eskil. *Vá em frente*. Pensei nele me segurando em seus braços quando cruzamos o Mar Real. A visão do mapa borrou quando meus olhos se encheram de lágrimas.

— Deixe-o partir — disse Nikolai.

— Partir para onde? Atrás de uma criatura mítica que talvez nem exista? Ou alguma missão impossível em montanhas cheias de shu?

— Alina — Nikolai disse suavemente —, é isso o que heróis fazem.

— Não quero que ele seja um herói!

— Ele não pode mudar quem ele é, assim como você não pode deixar de ser Grisha.

Era um eco do que eu mesma tinha dito fazia apenas algumas horas, mas eu não queria ouvir.

— Você não se importa com o que acontece com Maly — falei com raiva. — Você só quer se livrar dele.

— Se quisesse matar seu amor por Maly, eu o forçaria a ficar aqui, deixaria que ele continuasse a afogar as mágoas em *kvas* e a agir como um burro ferido. Mas é essa a vida que você realmente quer para ele?

Respirei fundo, tremendo. Não era. Eu sabia disso. Maly estava profundamente infeliz ali. Estava sofrendo desde o momento em que chegamos, mas eu havia me recusado a ver isso. Tinha brigado com ele por ele querer que eu fosse alguém diferente, alguém que eu não poderia ser, e o tempo todo eu tinha exigido a mesma coisa dele. Limpei as lágrimas das minhas bochechas. Não havia sentido em discutir com Nikolai. Maly tinha sido soldado. Ele queria um propósito. Aqui estava o propósito, se eu simplesmente deixasse que ele o perseguisse.

E por que não admitir? Mesmo protestando, havia outra voz dentro de mim, uma ânsia faminta e vergonhosa que exigia uma conclusão, que desejava que Maly fosse embora e encontrasse o pássaro de fogo, que insistia em que ele o trouxesse de volta para mim, não importava o custo. Eu tinha dito a Maly que a garota que ele conhecera não existia mais. Melhor que ele partisse antes de descobrir quanto isso era verdade.

Deixei os dedos deslizarem sobre a ilustração de Dva Stolba. Dois moinhos ou algo mais? Quem poderia dizer quando não havia mais nada além de ruínas?

— Você sabe qual o problema com heróis e santos, Nikolai? — perguntei, fechando o livro e andando em direção à porta. — Eles sempre acabam mortos.

Capítulo 22

MALY TINHA ME EVITADO A TARDE TODA, então fiquei surpresa quando ele apareceu com Tamar para me escoltar ao jantar de aniversário de Nikolai. Eu havia imaginado que ele pediria a Tolya que assumisse seu lugar, mas talvez estivesse tentando compensar sua ausência no turno anterior.

Havia pensado seriamente na possibilidade de eu mesma não ir ao jantar, mas não parecia ser uma boa ideia. Não consegui imaginar uma boa desculpa, e minha ausência simplesmente ofenderia o Rei e a Rainha.

Eu tinha vestido um *kefta* leve feito de tiras brilhantes de pura seda dourada. O espartilho era cravejado de safiras com o azul profundo dos Conjuradores que combinavam com as joias em meu cabelo.

O olhar de Maly passou rapidamente por mim quando entrei na área comum, e me ocorreu que as cores teriam caído melhor em Zoya. Então tive de parar e refletir. Talvez fosse linda, mas Zoya não era o problema. Maly estava partindo. Eu o estava deixando partir. Não podia culpar mais ninguém pelo abismo entre nós.

O evento foi organizado em uma das suntuosas salas de jantar do Grande Palácio, uma câmara conhecida como Ninho da Águia em razão do friso pesado no teto mostrando a águia dupla coroada, um cetro em uma garra e um conjunto de flechas pretas presas por fitas vermelhas, azuis e roxas na outra. Suas penas tinham sido esculpidas com ouro de verdade, e eu não pude deixar de pensar no pássaro de fogo.

A mesa estava repleta de generais de mais alta patente do Primeiro Exército e suas esposas, bem como de todos os mais proeminentes tios, tias e primos Lantsov. A Rainha estava sentada a uma ponta da mesa parecendo uma flor amassada em seda rosa-claro. Na ponta oposta, Vasily sentava-se ao lado do Rei, fingindo não notar seu pai encarando a jovem esposa de um oficial. Nikolai era o centro das atenções no meio da mesa, comigo ao seu lado, seu charme brilhando como sempre.

Ele havia pedido que não fizessem um baile em sua homenagem. Não parecia apropriado com tantos refugiados passando fome do lado de fora dos muros da cidade. Mas era Belyanoch, e o Rei e a Rainha não pareciam capazes de se conter. A refeição era constituída de treze pratos, incluindo um leitão assado inteiro e uma forma de gelatina no formato de um cervo em tamanho natural.

Quando chegou a hora dos presentes, o pai de Nikolai deu a ele um enorme ovo esmaltado em azul pálido, que se abriu para revelar um lindo navio em miniatura em um mar de lápis-lazúli. A bandeira de cachorro vermelho de Sturmhond tremulava no mastro da embarcação, e seu pequeno canhão atirou com um estalido, soltando uma minúscula nuvem de fumaça branca.

Durante a refeição, ouvia a conversa sem prestar muita atenção enquanto estudava Maly. Os guardas do Rei estavam posicionados a intervalos regulares ao longo de cada parede. Eu sabia que Tamar estava de pé em algum lugar atrás de mim, mas Maly estava do outro lado, bem na minha frente, em rígida posição de guarda, mãos atrás das costas, olhos fixos diretamente à frente com o foco vazio de um servo anônimo. Era uma espécie de tortura observá-lo assim. Estávamos apenas a alguns metros de distância, mas pareciam quilômetros. E não tinha sido assim desde que viéramos para Os Alta? Havia um nó no meu peito que parecia ficar mais apertado cada vez que olhava para ele. Tinha feito a barba e cortado o cabelo. Seu uniforme estava passado com asseio. Exibia uma aparência cansada e distante, mas parecia ser Maly novamente.

Os nobres levantaram brindes pela saúde de Nikolai. Os generais elogiaram sua liderança militar e coragem. Eu esperava ver Vasily escarnecer de todos os elogios que seu irmão recebia, mas ele parecia realmente feliz. Seu rosto estava rosado de vinho, e sua expressão só podia ser descrita como um sorriso convencido. A viagem para Caryeva parece tê-lo deixado de bom humor.

Meus olhos voaram de volta para Maly. Eu não sabia se queria chorar ou me levantar e começar a atirar pratos contra a parede. A sala parecia quente demais, e a ferida no meu ombro tinha começado a coçar e repuxar de novo. Eu precisava resistir à tentação de coçá-la.

Ótimo, pensei desanimada. *Talvez eu tenha outra alucinação no meio da sala de jantar e o Darkling surja da terrina de sopa.*

Nikolai inclinou a cabeça e sussurrou:

— Eu sei que minha companhia não ajuda muito, mas será que você poderia fazer um esforço? Está com cara de alguém prestes a desabar em lágrimas.

— Desculpe — murmurei. — Eu só...

— Eu sei — disse ele, apertando minha mão por baixo da mesa. — Mas aquele cervo de gelatina deu a vida para o seu entretenimento.

Tentei sorrir, e realmente me esforcei. Ri e conversei com o general de rosto redondo e vermelho à minha direita, e fingi que me importava quando o sardento garoto Lantsov do outro lado da mesa tagarelou sobre reparos na *datcha* que ele tinha herdado.

Quando os gelos saborizados foram servidos, Vasily levantou-se e ergueu uma taça de champanhe.

— Irmão — disse ele —, é bom poder brindar hoje ao seu nascimento e comemorar ao seu lado, depois de você ter passado tanto tempo em outras costas. Eu o saúdo e bebo em sua honra. À sua saúde, irmãozinho!

— *Ne zalost!* — ecoaram os convidados, dando um bom gole de seus copos e continuando suas conversas.

Mas Vasily não havia terminado. Ele bateu com o garfo na lateral do seu copo, produzindo um tinido alto que recuperou a atenção da festa.

— Hoje — disse ele —, temos mais para comemorar que o *nobre* nascimento do meu irmão.

Como se a ênfase não fosse suficiente, o sorriso de canto de boca do Vasily completava a mensagem. Nikolai continuou a sorrir agradavelmente.

— Como todos sabem — Vasily continuou —, passei essas últimas semanas viajando.

— E gastando, sem dúvida — gargalhou o general de rosto vermelho. — Terá de mandar construir um novo estábulo em breve, imagino.

O olhar de Vasily era gelado.

— Eu não fui para Caryeva. Em vez disso, viajei para o norte em uma missão sancionada pelo meu querido pai.

Ao meu lado, Nikolai travou no lugar.

— Após longas e árduas negociações, tenho a satisfação de anunciar que Fjerda concordou em juntar-se à nossa luta contra o Darkling. Eles prometeram tropas e recursos para a nossa causa.

— Será que isso pode ser verdade? — perguntou um dos nobres.

O peito de Vasily se inflou de orgulho.

— Pode sim. Finalmente, e com um esforço significativo, nosso pior inimigo tornou-se nosso mais poderoso aliado.

Os convidados começaram a conversar animados. O Rei sorriu e abraçou seu filho mais velho.

— *Ne Ravka!* — ele gritou, levantando seu champanhe.

— *Ne Ravka!* — entoaram os convidados.

Fiquei surpresa de ver Nikolai franzindo a testa. Ele dissera que seu irmão gostava de atalhos, e parecia que Vasily havia encontrado um. Mas Nikolai não costumava deixar sua decepção ou frustração aparentes.

— Uma realização extraordinária, irmão. Eu o saúdo — disse Nikolai, levantando o copo. — Atrevo-me a perguntar: o que eles queriam em troca desse apoio?

— Eles são bons negociadores — disse Vasily, com um riso indulgente. — Mas nada muito custoso. Eles queriam acesso aos nossos portos em Ravka Oeste e pediram nossa ajuda para policiar as rotas comerciais do sul contra piratas zemenis. Imagino que você possa ajudar nessa parte, irmão — disse ele, com outro riso afável. — Eles queriam algumas das estradas de transporte de madeira do norte reabertas, e quando o Darkling for derrotado, contam com a cooperação da Conjuradora do Sol em nossos esforços conjuntos para fazer a Dobra recuar.

Ele sorriu abertamente para mim. Eu me indignei um pouco com a sua presunção, mas era uma exigência óbvia e razoável, e mesmo a líder do Segundo Exército devia fidelidade ao Rei. Eu retribuí com um assentir de cabeça digno, ou torci para que assim parecesse.

— Quais estradas? — perguntou Nikolai.

Vasily fez um gesto de desprezo com a mão.

— Elas ficam em algum lugar ao sul de Halmhend, a oeste do permafrost. São rotas suficientemente bem defendidas pelo forte em Ulensk, se os fjerdanos mudarem de ideia.

Nikolai levantou-se, sua cadeira fazendo um barulho alto ao ser arrastada pelo chão de assoalho.

— Quando você levantou os bloqueios? Por quanto tempo as estradas estão abertas?

Vasily franziu o cenho.

— Que diferença...

— *Quanto tempo?*

A ferida no meu ombro pulsava.

— Pouco mais de uma semana — disse Vasily. — Não é possível que você esteja preocupado que os fjerdanos planejem marchar contra nós de Ulensk. Os rios não vão congelar por meses ainda, e até lá...

— Você já parou para pensar por que eles se importariam com uma rota madeireira?

Vasily fez um movimento de desinteresse.

— Suponho que seja porque eles precisam de madeira — disse ele. — Ou talvez seja sagrado para uma de suas fadinhas ridículas.

Algumas pessoas à mesa deram risos nervosos.

— Ela é defendida por um único forte — Nikolai grunhiu.

— Porque a passagem é estreita demais para acomodar qualquer força de verdade.

— Você está pensando na guerra de um jeito antigo, irmão. O Darkling não precisa de um batalhão de soldados rasos ou armas pesadas. Tudo que ele precisa é dos seus Grishas e os *nichevo'ya*. Devemos evacuar o palácio imediatamente.

— Não seja ridículo!

— Nossa única vantagem era o aviso antecipado, e os batedores naqueles bloqueios eram nossa primeira defesa. Eles eram nossos olhos, e você nos cegou. O Darkling pode estar a meros quilômetros de nós agora.

Vasily balançou a cabeça com pesar.

— Você está fazendo papel de tolo.

Nikolai esmurrou as mãos na mesa. Os pratos pularam com um estrondo alto.

— Por que a delegação de fjerdanos não está aqui para compartilhar sua glória? Para comemorar essa aliança sem precedentes?

— Eles enviaram um pedido de desculpas. Não puderam viajar imediatamente porque...

— Eles não estão aqui porque está prestes a ocorrer um massacre. O pacto deles é com o Darkling.

— Toda a nossa inteligência diz que ele está no sul com os shu.

— Você acha que ele não tem espiões? Que não tem seus próprios infiltrados em nossa rede? Ele armou uma armadilha que qualquer criança saberia reconhecer, e você caiu nela direitinho.

O rosto de Vasily ficou vermelho.

— Nikolai, certamente… — sua mãe protestou.

— O forte de Ulensk é protegido por um regimento completo — interveio um dos generais.

— Você vê? — disse Vasily. — Essa é uma tática do pior tipo para espalhar o pânico, e eu não irei tolerá-lo.

— Um regimento contra um exército de *nichevo'ya*? Todos no forte já estão mortos — disse Nikolai —, sacrificados por seu orgulho e sua burrice.

As mãos de Vasily foram para o punho de sua espada.

— Você está passando dos limites, pequeno bastardo.

A Rainha quase engasgou.

Nikolai soltou um riso áspero.

— Sim, vá em frente e me acuse, irmão. Vai adiantar muito. Olhe em volta desta mesa — disse ele. — Todos os generais, todos os nobres de alta patente, a maior parte da família Lantsov e a Conjuradora do Sol. Todos em um único lugar, na mesma noite.

Vários dos rostos à mesa empalideceram de repente.

— Talvez — disse o garoto de sardas na minha frente —, devêssemos considerar…

— Não! — disse Vasily, seus lábios tremendo. — Isso é sua inveja mesquinha! Ele não aguenta me ver ter sucesso. Ele…

Os sinos de alerta começaram a soar, distantes primeiro, lá perto dos muros da cidade, um depois do outro, acumulando em um coro crescente de alarme que ecoava pelas ruas de Os Alta, pela cidade alta e sobre as muralhas do Grande Palácio.

— Você deu Ravka a ele de bandeja — disse Nikolai.

Os convidados se levantaram, afastando-se da mesa em uma algazarra de pânico.

Maly estava imediatamente ao meu lado, seu sabre já empunhado.

— Precisamos chegar ao Pequeno Palácio — eu disse, pensando nos pratos espelhados montados no teto. — Onde está Tamar?

As janelas explodiram.

Choveu vidro sobre nós. Levantei os braços para proteger meu rosto e os convidados gritaram, amontoando-se uns sobre os outros.

Os *nichevo'ya* invadiram a sala com asas de sombra derretida, preenchendo o ar com o zumbido de insetos.

— Levem o Rei para um lugar seguro! — Nikolai gritou, desembainhando a espada e correndo para o lado da mãe.

Os guardas do palácio permaneceram paralisados, congelados pelo terror.

Uma sombra levantou o garoto sardento e o arremessou contra a parede. Ele caiu no chão, seu pescoço quebrado.

Levantei as mãos, mas a sala estava abarrotada demais para me arriscar com o Corte.

Vasily ainda estava à mesa, o Rei se encolhendo de medo perto dele.

— Você fez isso! — ele gritou para Nikolai. — Você e a bruxa!

Ele levantou seu sabre alto e avançou, urrando de raiva. Maly parou na minha frente, erguendo sua espada para bloquear o ataque. Mas antes que Vasily pudesse golpear com a arma, um *nichevo'ya* o agarrou e arrancou seu braço do tronco, com espada e tudo. Ele ficou parado por um momento, balançando, sangue jorrando da ferida, e então caiu no chão em um amontoado sem vida.

A Rainha começou a guinchar histericamente. Ela se lançou para a frente, tentando alcançar o corpo do filho, seus pés escorregando no sangue enquanto Nikolai a segurava.

— Não — ele pediu, abraçando-a. — Ele se foi, *Madraya*. Ele se foi.

Outro grupo de *nichevo'ya* desceu das janelas, investindo com garras em direção a Nikolai e sua mãe.

Eu tinha de arriscar. Trouxe a luz para baixo em dois arcos chamejantes, cortando um monstro depois do outro, por pouco não acertando um dos generais que estava agachado, encolhido no chão. As pessoas gritavam e choravam enquanto os *nichevo'ya* caíam sobre elas.

— Sigam-me! — Nikolai gritou, conduzindo seus pais em direção à porta. Seguimos com os guardas, recuando para o corredor, e corremos.

O Grande Palácio havia explodido em caos. Servos e soldados em pânico encheram os corredores, alguns correndo para a entrada, outros erguendo barricadas improvisadas em seus quartos. Ouvi lamentos e o som de vidro quebrado. Um estrondo soou de algum lugar lá fora.

Tomara que sejam os Fabricadores, pensei em desespero.

Maly e eu saímos do palácio e descemos desenfreados pelos degraus de mármore. Um guincho de metal retorcido ecoou. Olhei para o caminho de cascalho branco a tempo de ver os portões dourados do Grande Palácio arrancados de suas dobradiças por uma tempestade de vento Etherealki. Os Grishas do Darkling adentraram os jardins com seus *keftas* de cores vivas.

Nós nos atiramos pelo caminho em direção ao Pequeno Palácio. Nikolai e os guardas reais tentavam nos acompanhar, sua velocidade reduzida devido ao estado de fragilidade de seu pai.

Na entrada do túnel arborizado, o Rei se dobrou, ofegando pesadamente, enquanto a Rainha chorava e segurava com firmeza em seu braço.

— Preciso levá-los para o *Martim-pescador* — disse Nikolai.

— Use o caminho mais longo — falei. — O Darkling irá primeiro ao Pequeno Palácio. Ele irá procurar por mim.

— Alina, se ele capturar você…

— Vá — eu disse. — Salve-os, salve Baghra. Eu não abandonarei os Grishas.

— Eu vou tirá-los daqui e voltar. Prometo.

— Palavra de assassino e pirata?

Ele tocou na minha bochecha uma vez, brevemente.

— Corsário.

Outra explosão sacudiu os terrenos do palácio.

— Vamos! — gritou Maly.

Enquanto acelerávamos para dentro do túnel, olhei para trás e vi o perfil de Nikolai no crepúsculo carmesim. Perguntei-me se algum dia o veria novamente.

A FERIDA NO MEU OMBRO queimava e latejava, me impulsionando enquanto corríamos ao longo do caminho. Minha cabeça estava girando. *Se eles tiveram a chance de se fechar no salão principal, se tiveram tempo de guarnecer as armas no teto, se eu puder chegar aos pratos*. Todos os nossos planos destruídos pela arrogância de Vasily.

Saí para o campo aberto, e meus pés calçando chinelos jogaram cascalho no ar quando parei de repente. Eu não sabia se fora o impulso ou a visão na minha frente que me deixara de joelhos.

O Pequeno Palácio estava coberto de sombras efervescentes. Elas produziam um som seco e zunidos enquanto rastejavam-se sobre as paredes e desciam do telhado. Havia corpos espalhados pelos degraus, corpos amassados no chão. As portas da frente estavam escancaradas.

O caminho diante dos degraus estava repleto de estilhaços de espelho. A carcaça quebrada de um dos pratos de David estava deitada de lado, o corpo de uma garota esmagado embaixo dela, seus óculos de proteção tortos. Paja. Dois *nichevo'ya* estavam agachados perto do prato, fitando seus reflexos fragmentados.

Soltei um uivo de puro ódio e enviei um feixe ardente de luz que os atravessou. O feixe se fragmentou nas bordas do prato enquanto os *nichevo'ya* desapareciam.

Ouvi rajadas de armas vindas do teto. Alguém ainda estava vivo. Alguém ainda estava lutando. E ainda havia um prato. Não era muito, mas era tudo que tínhamos.

— Por aqui — disse Maly.

Corremos pelo gramado e pela porta que levava aos aposentos do Darkling. No pé da escada, um *nichevo'ya* saiu de uma porta e veio guinchando em nossa direção, me derrubando. Maly o golpeou com seu sabre. Ele estremeceu, e então se recompôs.

— Para trás! — gritei. Maly se abaixou e eu usei o Corte para partir o soldado de sombra. Subi a escada dois degraus de cada vez, meu coração acelerado, Maly logo atrás. O ar estava pesado com o cheiro de sangue e com o estrondo de tiros de sacudir os ossos.

Quando chegamos ao teto, ouvi alguém gritar.

— Cuidado!

Mal tivemos tempo de nos agachar antes que as *grenatki* explodissem acima de nós, queimando nossas pálpebras com a luz e deixando um zumbido em nossos ouvidos. Os Corporalki estavam usando as armas de Nikolai, disparando torrentes de balas na massa de sombras, com Fabricadores passando munição. O prato remanescente estava cercado por Grishas armados, lutando para manter os *nichevo'ya* a distância. David estava lá, segurando desajeitadamente um rifle e tentando manter sua posição. Eu joguei a luz para o alto em um chicote flamejante que dividiu os céus e nos deu alguns segundos preciosos.

— David!

David deu dois sopros fortes no apito pendurado em seu pescoço. Nadia colocou os óculos e o Durast operando o prato se posicionou. Não esperei. Levantei as mãos e enviei um feixe de luz em direção ao disco. O apito soou. O prato se inclinou. Um único feixe puro de luz foi disparado da superfície espelhada. Mesmo sem o segundo prato, ele dilacerou os céus, cortando os *nichevo'ya* que queimavam e desapareciam.

O feixe varreu o ar em um arco brilhante, dissolvendo os corpos negros diante dele, reduzindo a horda até que pudéssemos enxergar o profundo crepúsculo do Belyanoch. Os Grishas comemoraram ao primeiro vislumbre das estrelas, e um fiapo de esperança rompeu meu terror.

Então um *nichevo'ya* conseguiu romper o cerco. Ele se esquivou do feixe e se jogou no prato, balançando-o em suas amarras.

Maly caiu sobre a criatura na mesma hora, cortando e dilacerando. Um grupo de Grishas tentou segurar suas pernas musculosas, mas a criatura mudou e se arrastou para longe deles. Então os *nichevo'ya* estavam caindo de todas as direções. Vi um deles passar pelo feixe e mergulhar diretamente na parte de trás do prato. O espelho balançou para a frente. A luz falhou, e então se apagou.

— Nadia! — gritei. Ela e o Durast saltaram do prato no último instante. O artefato tombou para o lado em um estrondo horrível de vidro estilhaçando, e os *nichevo'ya* redobraram seu ataque.

Lancei arcos e mais arcos de luz.

— Para o salão! — gritei. — Selem as portas!

Os Grishas correram, mas não foram rápidos o suficiente. Ouvi um grito e vi de relance o rosto de Fedyor enquanto ele era levantado do chão e jogado do teto. Arremessei uma chuva de luz para oferecer cobertura, mas os *nichevo'ya* continuavam a chegar. Se ao menos tivéssemos ambos os pratos. Se ao menos tivéssemos um pouco mais de tempo.

Maly estava subitamente ao meu lado outra vez, de rifle na mão.

— Não adianta — disse ele. — Precisamos sair daqui.

Eu assenti e nós recuamos para as escadas, o céu se adensando com as formas tremulantes. Meus pés esbarraram em algo macio atrás de mim, e eu tropecei.

Sergei estava encolhido contra o domo. Ele segurava Marie em seus braços. Ela fora dilacerada do pescoço até o umbigo.

— Não sobrou ninguém — ele soluçou, lágrimas correndo por suas bochechas. — Não sobrou ninguém. — Ele balançava para trás e para a frente, segurando Marie com mais força. Eu não conseguia olhar para ela. A Marie tola e risonha, com suas graciosas mechas castanhas.

Os *nichevo'ya* estavam rastejando pelo telhado, correndo em nossa direção em uma maré negra.

— Maly, levante-o! — gritei. Atirei contra o amontoado de sombras que acelerava em nossa direção.

Maly agarrou Sergei e o puxou para longe de Marie. Ele lutou e se debateu, mas conseguimos arrastá-lo para dentro e trancamos a porta atrás de nós. Nós meio que o carregamos, meio que o empurramos escada abaixo. No segundo lance de escada, ouvimos a porta do teto explodir acima de nós. Joguei um corte lancinante de luz para o alto, torcendo para acertar em alguma coisa além da escadaria, e então descemos desordenados pelo último lance.

Nós nos jogamos em direção ao salão principal, e as portas se fecharam com um estrondo atrás de nós conforme os Grishas enfiavam a tranca no lugar. Houve uma pancada forte e mais outra quando os *nichevo'ya* tentaram atravessar a porta.

— Alina! — gritou Maly. Eu me virei e vi que as outras portas estavam seladas, mas ainda havia *nichevo'ya* do lado de dentro. Zoya e o irmão de Nadia estavam encurralados contra uma parede, usando o vento dos Aeros para levantar mesas, cadeiras e pedaços de mobília contra um grupo de soldados de sombra que avançava.

Ergui as mãos e a luz varreu o ar em cordas escaldantes, dilacerando os *nichevo'ya* um por um até que todos tivessem desaparecido. Zoya deixou as mãos caírem, e um samovar desabou com um som estridente. Em todas as portas ouvimos pancadas e arranhões. Os *nichevo'ya* estavam tentando dilacerar a madeira, procurando um jeito de entrar, buscando uma brecha ou buraco por onde fluir. Os zumbidos e cliques pareciam vir de todos os lados, mas os Fabricadores tinham feito um bom trabalho. As proteções aguentariam, pelo menos por um tempo.

Olhei o ambiente em volta. O salão estava encharcado de sangue. As paredes estavam manchadas, o chão de pedra, molhado. Havia corpos por todos os lugares, pequenos amontoados de roxo, vermelho e azul.

— Sobrou mais alguém? — perguntei. Eu não conseguia falar sem tremer.

Zoya balançou a cabeça uma única vez, atordoada. Sangue salpicado cobria uma de suas bochechas.

— Estávamos jantando — disse ela. — Ouvimos os sinos. Não tivemos tempo de selar as portas. Eles vieram... de todos os lados.

Sergei soluçava em voz baixa. David parecia pálido, mas calmo. Nadia tinha conseguido descer até o salão. Ela abraçava Adrik, e ele mantinha a postura teimosa, mas tremia. Havia três Infernais e dois outros Corporalki: um Curandeiro e um Sangrador. Eram os únicos remanescentes do Segundo Exército.

— Alguém viu Tolya e Tamar? — perguntei. Mas ninguém sabia deles. Talvez estivessem mortos. Ou talvez estivessem envolvidos neste desastre. Tamar havia desaparecido do salão de jantar. Considerando tudo que eu sabia, talvez estivessem de conluio com o Darkling todo esse tempo.

— Talvez Nikolai não tenha partido ainda — disse Maly. — Poderíamos tentar chegar ao *Martim-pescador*.

Balancei a cabeça. Se Nikolai não tinha partido, então ele e o resto de sua família estavam mortos, e possivelmente Baghra. De repente, vislumbrei uma imagem do corpo de Nikolai flutuando de costas no lago perto dos pedaços estilhaçados do *Martim-pescador*.

Não. Eu não podia pensar assim. Eu me lembrei do que pensara sobre Nikolai na primeira vez em que o encontrei. Tinha de acreditar que a raposa esperta escaparia dessa armadilha também.

— O Darkling concentrou suas forças aqui — eu disse. — Podemos tentar correr para a cidade alta e lutar a partir de lá.

— Nunca vamos conseguir — disse Sergei, sem esperanças. — Eles são muitos. — Era verdade. Sabíamos que isso poderia acontecer, mas acreditávamos que teríamos reunido mais gente e tínhamos a esperança de reforços de Poliznaya.

De algum lugar ao longe, ouvimos o estrondo retumbante de trovões.

— Ele está chegando — gemeu um dos Infernais. — Pelos Santos, ele está chegando.

— Ele matará todos nós — sussurrou Sergei.

— Se tivermos sorte — retrucou Zoya.

Não era a coisa mais útil a dizer, mas ela estava certa. Eu tinha visto a realidade de como o Darkling lidava com traidores nas profundezas sombrias dos olhos de sua mãe, e suspeitava de que Zoya e os outros seriam tratados de maneira muito pior.

Zoya tentou limpar o sangue do rosto, mas só conseguiu espalhar uma mancha em sua bochecha.

— Digo que devemos tentar alcançar a cidade alta. Prefiro me arriscar a enfrentar os monstros lá fora a ficar sentada aqui e esperar pelo Darkling.

— As chances não são boas — avisei, odiando não poder dar esperanças. — Eu não sou forte o suficiente para parar todos eles.

— Pelo menos com os *nichevo'ya* será relativamente rápido — disse David. — Eu digo que devemos lutar até o fim. — Todos nós nos viramos para olhar para ele. David parecia um pouco surpreso também. Então deu de ombros. Seu olhar encontrou o meu e ele disse: — Nós daremos o nosso melhor.

Olhei em volta no círculo. Um a um, todos assentiram com a cabeça. Respirei fundo.

— David, você ainda tem alguma *grenatki*?

Ele puxou dois cilindros de ferro de seu *kefta*.

— Estas são as últimas.

— Use uma, mantenha a outra como reserva. Eu darei o sinal. Quando eu abrir as portas, corram para os portões do palácio.

— Eu ficarei com você — disse Maly.

Abri a boca para discutir, mas com um olhar dele entendi que não adiantaria.

— Não esperem por nós — falei para os outros. — Darei o máximo de cobertura que puder.

Outro estrondo de trovão ecoou.

Os Grishas pegaram rifles dos braços dos mortos e se juntaram ao meu redor na porta.

— Tudo bem — eu disse. Virei-me e posicionei minhas mãos na maçaneta esculpida. Por minhas palmas, sentia as pancadas dos *nichevo'ya* se lançando contra a madeira. Minha ferida pulsou, queimando.

Assenti com a cabeça para Zoya. A tranca deslizou para trás.

Empurrei a porta com força e gritei:

— Agora!

David jogou a bomba de luz na penumbra enquanto Zoya lançava seus braços no ar, levantando o cilindro ainda mais alto com uma brisa de Aeros.

— Abaixem-se! — gritou David. Giramos em direção ao abrigo do salão, olhos apertados com força, mãos sobre a cabeça, preparando-nos para a explosão.

A detonação balançou o chão de pedra sob nossos pés, e o brilho queimou vermelho pelas minhas pálpebras fechadas.

Nós corremos. Os *nichevo'ya* tinham sido dispersados, assustados pela explosão de luz e som, mas bastou alguns segundos para girarem de volta em nossa direção.

— Corram! — gritei. Levantei os braços e puxei a luz para baixo em foices ardentes, recortando o céu violeta, dilacerando um *nichevo'ya* depois do outro enquanto Maly atirava. Os Grishas correram para o túnel arborizado.

Evoquei todo o poder do cervo, toda a força do açoite do mar, cada truque que Baghra havia me ensinado. Chamei a luz para mim e a concentrei em arcos abrasadores que marcavam trilhas luminosas pelo exército de sombras.

Mas eles eram muitos. Quanto tinha custado ao Darkling evocar tantas criaturas? Elas avançavam, corpos mudando de forma e espiralando como uma nuvem brilhante de besouros, braços esticados para a frente, garras afiadas à mostra. Empurraram os Grishas de volta para o túnel, asas negras batendo no ar, os buracos grandes e retorcidos de suas bocas já escancarados.

O ar ganhou vida com rajadas de tiros. Soldados começaram a sair do bosque à minha esquerda, atirando enquanto corriam. O grito de guerra que brotava de seus lábios arrepiou os pelos dos meus braços. *Sankta Alina*.

Eles se arremessaram contra os *nichevo'ya*, puxando espadas e sabres, investindo contra os monstros com ferocidade terrível. Alguns estavam vestidos de fazendeiros, outros com uniformes estropiados do Primeiro Exército, mas todos portavam tatuagens idênticas: meu símbolo do sol desenhado em tinta na lateral do rosto.

Apenas dois não estavam marcados. Tolya e Tamar lideravam a investida, com olhos selvagens e lâminas reluzentes, urrando meu nome.

Capítulo 23

OS SOLDADOS DO SOL mergulharam na horda de sombras, cortando e golpeando, empurrando os *nichevo'ya* para trás enquanto os carabineiros atiravam de novo e de novo. Mas, apesar de sua ferocidade, eram apenas humanos, carne e aço contra sombras vivas. Um a um, os *nichevo'ya* começaram a dizimá-los.

— Corram para a capela! — Tamar gritou.

A capela? Ela planejava jogar hinários no Darkling?

— Ficaremos presos! — gritou Sergei, correndo em minha direção.

— Já estamos presos — respondeu Maly, pendurando o rifle nas costas e segurando meu braço. — Vamos!

Eu não sabia o que pensar, mas estávamos ficando sem opções.

— David! — gritei. — A segunda bomba!

Ele arremessou-a contra os *nichevo'ya*. Sua mira foi ruim, mas Zoya ajudou a corrigi-la.

Nós mergulhamos no bosque, os soldados do sol na retaguarda. A explosão atravessou as árvores em uma rajada de luz branca.

Lamparinas haviam sido acesas na capela e a porta estava aberta. Corremos para dentro, o som de nossos passos ecoando pelos bancos e pela cúpula azul vitrificada.

— Para onde iremos? — Sergei gritou em pânico.

Já podíamos ouvir os zumbidos, sussurros e estalidos do lado de fora. Tolya fechou a porta da capela com força, baixando uma tranca pesada de madeira. Os soldados do sol assumiram posições nas janelas, de rifle na mão.

Tamar saltou um banco e passou correndo por mim, subindo o corredor.

— Venham!

Eu a observei, confusa. Aonde exatamente devíamos ir?

Ela passou rapidamente pelo altar e segurou uma ponta da madeira dourada do tríptico. Eu arfei quando o painel danificado pela água se abriu, revelando a boca escura de uma passagem. Foi assim que os soldados do sol chegaram aos jardins. E foi assim que o Apparat escapou do Grande Palácio.

— Aonde isso vai dar? — perguntou David.

— Isso importa? — Zoya retrucou.

A construção balançou quando um estrondo alto de trovão rasgou o ar. A porta da capela explodiu em pedaços. Tolya foi jogado para trás, e a escuridão fluiu para dentro.

O Darkling surgiu sustentado por uma maré de sombras, carregado por monstros que o depositaram no chão da capela com extremo cuidado.

— Fogo! — gritou Tamar.

Tiros foram dados. Os *nichevo'ya* se contorceram e giraram em torno do Darkling, mudando de forma e se refazendo conforme as balas acertavam seus corpos, um substituindo o outro em uma maré homogênea de sombras. Ele nem diminuiu o passo.

Os *nichevo'ya* fluíam pela porta da capela. Tolya já estava de pé e correndo para o meu lado com pistolas empunhadas. Tamar e Maly me flanqueavam, os Grishas posicionados atrás de nós. Eu levantei minhas mãos, conjurando a luz, preparando-me para o violento ataque.

— Renda-se, Alina — disse o Darkling. Sua voz gelada ecoou pela capela, sobrepujando o barulho e o caos. — Renda-se, e eu pouparei suas vidas.

Em resposta, Tamar raspou uma lâmina de machado na outra, produzindo um ruído horrendo de metal sobre metal. Os soldados do sol levantaram seus rifles, e eu ouvi o som das pederneiras dos Infernais sendo armadas.

— Olhe à sua volta, Alina — disse o Darkling. — Você não pode vencer. Você só pode vê-los morrer. Junte-se a mim agora e eu não irei feri-los, nem seus soldados fanáticos, nem mesmo os Grishas traidores.

Eu absorvi o cenário de pesadelo da capela. Os *nichevo'ya* eram um enxame sobre nós, pressionados contra a parte interna da cúpula. Eles se amontoavam em torno do Darkling em uma nuvem densa de corpos e asas. Pelas janelas eu podia ver outros, flutuando no céu do crepúsculo.

Os soldados do sol mostravam determinação, mas suas tropas haviam sofrido grandes perdas. Um deles tinha espinhas no queixo. Sob sua tatuagem, não parecia ter mais que doze anos. Eles precisavam de um milagre de sua Santa, um milagre que eu não podia oferecer.

Tolya armou o gatilho de suas pistolas.

— Espere — eu disse.

— Alina — Tamar sussurrou —, ainda podemos tirar você daqui.

— *Espere* — repeti.

Os soldados do sol abaixaram seus rifles. Tamar baixou seus machados até a cintura, mas continuou a segurá-los com força.

— Quais são seus termos? — perguntei.

Maly franziu a testa. Tolya sacudiu a cabeça. Eu não me importava. Sabia que podia ser uma artimanha, mas, se houvesse pelo menos uma pequena chance de salvar suas vidas, eu tinha de aproveitar.

— Entregue-se — disse o Darkling. — E todos eles podem ir embora. Eles podem entrar naquela toca de coelho e desaparecer para sempre.

— Livres? — Sergei sussurrou.

— Ele está mentindo — disse Maly. — É o que ele faz.

— Eu não preciso mentir — disse o Darkling. — Alina quer vir comigo.

— Ela não quer nada com você — Maly cuspiu.

— Não? — perguntou o Darkling. Seus cabelos negros brilhavam na luz de lamparina da capela. Conjurar seu exército de sombras tinha cobrado seu preço. Ele estava mais magro, mais pálido, mas de algum modo os ângulos agudos de seu rosto se tornaram mais bonitos. — Eu avisei que seu *otkazat'sya* nunca a entenderia, Alina. Avisei que ele só aprenderia a ter medo de você e a se ressentir de seu poder. Diga-me que eu estava errado.

— Você estava errado. — Minha voz estava firme, mas dúvidas consumiam meu coração.

O Darkling balançou a cabeça.

— Você não pode mentir para mim. Acha que eu teria vindo até você repetidas vezes se estivesse menos solitária? Você me chamou, e eu respondi.

Eu não podia acreditar no que ouvia.

— Você... você estava lá?

— Na Dobra. No palácio. Ontem à noite.

Ruboresci, lembrando-me de seu corpo em cima do meu. Uma onda de vergonha passou por mim, mas trouxe junto um enorme alívio. Eu não tinha imaginado aquilo tudo.

— Isso não é possível — Maly falou, com raiva.

— Você não tem ideia do que eu posso tornar possível, rastreador.

Eu fechei os olhos.

— Alina...

— Eu vi quem você realmente é — disse o Darkling —, eu nunca lhe dei as costas. Nunca farei isso. Ele pode dizer o mesmo?

— Você não sabe nada sobre ela — disse Maly, intensamente.

— Venha comigo agora e isso tudo termina: o medo, a incerteza, o derramamento de sangue. Deixe-o ir, Alina. Deixe todos partir.

— Não — eu disse. Mas mesmo enquanto balançava minha cabeça, algo em mim gritava: *Sim*.

O Darkling suspirou e olhou de relance por sobre o ombro.

— Tragam-na — disse ele.

Uma pessoa se arrastou para a frente, coberta por um xale pesado, corcunda e vagarosa, como se cada passo fosse doloroso. *Baghra*.

Meu estômago se contorceu de náusea. *Por que ela tinha de ser tão teimosa? Por que não tinha ido com Nikolai?* A não ser que Nikolai não tivesse escapado.

O Darkling colocou uma mão no ombro da Baghra. Ela se retraiu.

— Deixe-a em paz — falei com raiva.

— Mostre a eles — disse ele.

Ela desenrolou o xale. Prendi a respiração. Ouvi alguém atrás de mim gemer.

Não era Baghra. Eu não sabia quem era. As mordidas estavam em toda parte, sulcos negros elevados de carne, caroços retorcidos de tecido que nunca poderiam ser curados, nem por Grishas, nem por ninguém – as marcas inconfundíveis dos *nichevo'ya*. Então eu vi a chama apagada do seu cabelo, o lindo tom de âmbar de seu olho remanescente.

— Genya — falei, atônita.

Nós ficamos parados em um silêncio terrível. Dei um passo na direção dela. Então David passou por mim correndo pelos degraus do altar. Genya se afastou dele encolhida, puxando o xale, e se virou para esconder o rosto.

David desacelerou. Hesitou. Gentilmente, esticou a mão para tocá-la no ombro. Eu vi as costas dela subindo e descendo, e sabia que estava chorando.

Cobri a boca quando um soluço escapou de minha garganta.

Eu tinha visto incontáveis horrores naquele longo dia, mas foi essa imagem que me quebrou: Genya se encolhendo para se afastar de David como um animal amedrontado. A Genya brilhante, com sua pele de alabastro e mãos graciosas. A Genya resistente, que aguentou inúmeras faltas de respeito e insultos, mas sempre manteve seu adorável queixo erguido. A Genya tola, que tinha tentado ser minha amiga, que ousou me mostrar piedade.

David colocou seu braço em torno dos ombros de Genya e levou-a de volta corredor acima, lentamente. O Darkling não os impediu.

— Eu travei a guerra que você me forçou a travar, Alina — disse o Darkling. — Se não tivesse fugido de mim, o Segundo Exército ainda estaria intacto. Todos aqueles Grishas estariam vivos. Seu rastreador ainda estaria seguro e feliz com seu regimento. Quando será suficiente? Quando permitirá que eu pare?

Não é possível ajudá-la. Sua única esperança era fugir. Baghra estava certa. Eu tinha sido tola em pensar que poderia enfrentá-lo. Eu tinha tentado, e inúmeras pessoas perderam a vida por causa disso.

— Você lamenta as pessoas mortas em Novokribirsk — o Darkling prosseguiu —, as pessoas mortas pela Dobra. Mas, e as milhares que vieram antes delas, sacrificadas em incontáveis guerras? E os outros que estão morrendo agora em terras distantes? Juntos, podemos pôr um fim em tudo isso.

Sensato. Lógico. Dessa vez, deixei as palavras penetrarem. Um fim para tudo isso.

Acabou.

Eu devia me sentir abatida pelo pensamento, derrotada, mas, em vez disso, estava cheia de uma estranha leveza. Será que uma parte de mim não sabia desde o início que terminaria assim?

No momento em que o Darkling passara a mão no meu braço no pavilhão Grisha tanto tempo atrás, ele havia se apossado de mim. Eu só não tinha percebido isso.

— Tudo bem — sussurrei.

— Alina, não! — disse Maly com fúria.

— Você deixará todos eles partirem? — perguntei ao Darkling. — Todos eles?

— Precisamos do rastreador — disse ele. — Para o pássaro de fogo.

— Ele vai embora. Você não pode ter nós dois.

O Darkling fez uma pausa, e então assentiu com a cabeça. Eu sabia que ele estava pensando que acharia um jeito de pôr as mãos em Maly. Ele que acreditasse nisso. Eu nunca deixaria acontecer.

— Eu não vou a lugar algum — disse Maly, de dentes cerrados.

Eu me voltei para Tolya e Tamar.

— Levem-no daqui. Mesmo que tiverem de arrastá-lo.

— Alina...

— Nós não iremos embora — disse Tamar. — Nós juramos lealdade.

— Vocês irão.

Tolya balançou a enorme cabeça.

— Nós empenhamos nossa vida a você. Todos nós.

Eu me virei para encará-los.

— Então, sigam minhas ordens — falei. — Tolya Yul-Baatar, Tamar Kir-Baatar, vocês levarão essas pessoas daqui para um lugar seguro. — Eu conjurei a luz, deixando-a arder em um halo glorioso em torno de mim. Um truque barato, mas útil. Nikolai teria se orgulhado. — *Não me desapontem.*

Tamar tinha lágrimas nos olhos, mas ela e o irmão inclinaram a cabeça numa mesura.

Maly passou o braço dele pelo meu e me girou bruscamente.

— O que você está fazendo?

— Eu quero isso. — *Eu preciso disso*. Sacrifício ou egoísmo, não importava mais.

— Não acredito em você.

— Não posso fugir do que sou, Maly, do que estou me tornando. Não posso trazer a Alina que você conhecia de volta, mas posso libertá-lo.

— Você não pode... você *não pode* escolher o Darkling.

— Não há uma escolha a ser feita. Este é meu destino. — Era verdade. Eu sentia isso no colar, no peso da pulseira. Pela primeira vez em semanas, eu me senti forte.

Ele balançou a cabeça. — Tudo isso está errado. — Seu olhar quase me desarmou. Era um olhar perdido, atônito, como um garotinho de pé sozinho na ruína de um vilarejo em chamas. — Por favor, Alina — disse ele, suavemente. — Por favor. Isso não pode terminar assim.

Pousei minha mão em sua bochecha, torcendo para que ainda existisse alguma coisa boa entre nós para que ele entendesse. Eu fiquei na ponta dos pés e beijei a cicatriz em sua mandíbula.

— Eu o amei a vida inteira, Maly — sussurrei entre minhas lágrimas. — Não existe um fim para a nossa história.

Dei um passo para trás, memorizando cada traço de seu amado rosto. Então me virei e subi o corredor. Meus passos eram seguros. Maly teria uma vida. Ele acharia seu propósito. Eu tinha de achar o meu. Nikolai havia me prometido uma chance de salvar Ravka, de consertar o mal que havia feito. Ele tinha tentado, mas esse era um presente que só o Darkling poderia conceder.

— Alina! — Maly gritou. Ouvi barulho de briga atrás de mim e sabia que Tolya o tinha agarrado. — Alina! — Sua voz era madeira branca e bruta arrancada do coração de uma árvore. Eu não me virei.

O Darkling permanecia esperando, sua guarda de sombras flutuando e mudando de forma em volta dele.

Eu tinha medo, mas, por trás desse medo, estava ansiosa.

— Somos parecidos — disse ele —, como ninguém mais é, como ninguém mais será.

A verdade daquilo ecoou dentro de mim. *Os similares se atraem.*

Ele estendeu a mão e eu dei um passo à frente, deixando-o me abraçar.

Segurei sua nuca com a mão, sentindo o roçar sedoso de seus cabelos na ponta dos meus dedos. Eu sabia que Maly estava observando. Precisava que ele virasse as costas. Precisava que ele fosse embora. Inclinei o rosto para cima, em direção ao rosto do Darkling.

— Meu poder é seu — sussurrei.

Vi o júbilo e o triunfo em seus olhos enquanto ele baixava a boca em direção à minha. Nossos lábios se encontraram, e a conexão entre nós se abriu. Não como quando ele me tocava nas visões, quando vinha para mim como uma sombra. Dessa vez era real, e eu podia me afogar nisso.

O poder fluía através de mim, o poder do cervo, seu coração forte batendo em nossos corpos, a vida que ele havia tomado, a vida que eu tinha tentado salvar. Mas eu também senti o poder do Darkling, o poder do Herege Negro, o poder da Dobra.

Os similares se atraem. Eu tinha sentido isso quando o *Beija-flor* entrara no Não Mar, mas estava com medo demais para abraçá-lo. Desta vez eu não lutei. Larguei meu medo, minha culpa, minha vergonha. Havia escuridão dentro de mim. Ele a tinha colocado lá, e eu não podia mais negar. Os volcras, os *nichevo'ya*, eles eram meus monstros, todos eles. E ele era meu monstro também.

— Meu poder é seu — repeti. Seus braços me apertaram mais forte.

— E o seu poder é meu — sussurrei contra seus lábios.

Meu. A palavra reverberou por mim, passando por nós dois.

Os soldados de sombra se mexeram e zumbiram.

Eu me lembrei de como me senti naquela clareira nevada, quando o Darkling tinha colocado o colar em meu pescoço e assumido o controle do meu poder. Eu atravessei a conexão entre nós dois.

Ele se inclinou para trás.

— O que você está fazendo?

Eu sabia por que ele nunca tivera a intenção de matar o açoite do mar ele mesmo; porque não queria formar aquela segunda conexão. Ele estava com medo.

Meu.

Forcei caminho pela conexão forjada pelo colar de Morozova e agarrei o poder do Darkling.

A escuridão vazou dele, tinta negra vindo das palmas de suas mãos, ondulada e deslizante, assumindo a forma de um *nichevo'ya*, formando mãos, cabeça, garras e asas. A primeira das minhas abominações.

O Darkling tentou se soltar de mim, mas eu o agarrei com mais força, evocando seu poder, chamando a escuridão assim como uma vez ele usou o colar para chamar a minha luz.

Outra criatura surgiu, e então mais uma. O Darkling soltou um lamento quando ela foi arrancada dele. Eu senti também, senti meu coração se apertar conforme cada soldado de sombra arrancava um pedacinho de mim, cobrando o preço de sua criação.

— Pare — disse o Darkling, sua voz rouca.

Os *nichevo'ya* rodopiavam nervosamente em volta de nós, tilintando e zumbindo, cada vez mais rápido. Um depois do outro, conjurei meus soldados obscuros, e meu exército se levantou ao nosso redor.

O Darkling gemeu, e eu também. Nós tombamos um contra o outro, mas ainda assim não parei.

— Você vai matar nós dois! — ele gritou.

— Sim — disse eu.

As pernas do Darkling cederam, e nós caímos de joelhos.

Isso não era a Pequena Ciência. Isso era magia, alguma coisa anciã, a criação no coração do mundo. Era aterrorizante, ilimitada. Não era à toa que o Darkling desejava mais.

A escuridão zunia e tinia, mil gafanhotos, besouros, moscas sedentas, estalando pernas, batendo asas. Os *nichevo'ya* voaram numa onda e se recompuseram, zumbindo em um frenesi, impulsionados pela fúria dele e por minha exultação.

Outro monstro. Mais um. Sangue escorria do nariz do Darkling. O mundo pareceu sacudir, e eu percebi que estava tendo uma convulsão. Eu estava morrendo, pouco a pouco, com cada monstro criado e libertado.

Só mais um pouquinho, eu pensei. *Só mais alguns. Só o suficiente para eu saber que o mandei para o próximo mundo antes de segui-lo.*

— Alina! — ouvi Maly chamando como se estivesse muito longe. Ele estava me rebocando, tentando me puxar para longe.

— Não! — gritei. — Deixe-me terminar isso.

— Alina!

Maly segurou no meu pulso e um choque passou por mim. Além da névoa de sangue e de sombra, vislumbrei algo lindo, como se visse por uma porta dourada.

Ele me arrancou do Darkling, mas não antes que eu convocasse minhas crianças e fizesse um último pedido: *Derrubem tudo isso.*

O Darkling desabou no chão. Os monstros se levantaram em um redemoinho negro em volta dele e então se arremessaram contra as paredes da capela, sacudindo a pequena construção até as suas bases.

Maly tinha me pegado nos braços e estava fugindo corredor acima. Os *nichevo'ya* jogavam-se contra as paredes da capela. Placas de gesso caíam no chão. A cúpula azul balançou quando seus apoios começaram a ceder.

Maly saltou por cima do altar e mergulhou na passagem. O cheiro de terra molhada e mofo preencheu minhas narinas, misturado ao cheiro doce de incenso da capela. Ele correu, fugindo do desastre que eu tinha iniciado.

Um estrondo soou de algum lugar muito atrás de nós quando a capela desmoronou. O som do impacto retumbou pela passagem. Uma nuvem de pó e destroços nos acertou com a força de uma onda. Maly voou para a frente. Eu caí de seus braços e o mundo desabou à nossa volta.

A PRIMEIRA COISA QUE OUVI foi o retumbar grave da voz de Tolya. Eu não conseguia falar, não conseguia gritar. Tudo que sentia era dor e o peso incansável da terra. Mais tarde, descobriria que eles tinham passado horas me ajudando, empurrando ar de volta nos meus pulmões, estancando os sangramentos, tentando consertar os piores estragos nos meus ossos.

Eu flutuava em direção à consciência e para longe dela. Minha boca parecia seca e lacrada. Tinha razoável certeza de que mordera a língua. Ouvi Tamar dando ordens.

— Derrubem o resto do túnel. Precisamos nos afastar daqui o máximo possível.

Maly.

Ele estava aqui? Enterrado embaixo dos destroços? Eu não podia deixar que eles o abandonassem. Forcei meus lábios a formarem seu nome.

— Maly. — Será que eles conseguiam me ouvir? Minha voz soava abafada e errada em meus ouvidos.

— Ela está com dor. Deveríamos sedá-la? — perguntou Tamar.

— Não quero correr o risco de o coração dela parar novamente — respondeu Tolya.

— Maly — repeti.

— Deixe a passagem para o convento aberta — Tamar disse para alguém. — Com alguma sorte, ele acreditará que fomos para lá.

O convento. Sankta Lizabeta. Os jardins perto da mansão Gritzki. Eu não era capaz de organizar meus pensamentos. Tentei falar o nome de Maly novamente, mas não conseguia fazer minha boca funcionar. A dor voltou a me dominar. E se o perdesse? Se tivesse forças, eu teria gritado. Teria me debatido. Mas, em vez disso, afundei na escuridão.

Quando recobrei a consciência, o mundo estava balançando embaixo de mim. Lembrei-me de acordar a bordo do baleeiro, e por um terrível momento pensei que pudesse estar em um navio. Abri os olhos, vi terra e rochas acima de mim. Estávamos passando por uma enorme caverna. Eu estava de barriga para cima em algum tipo de maca, sustentada nos ombros de dois homens.

Era difícil permanecer acordada. Tinha gastado a maior parte da minha vida me sentindo doente e fraca, mas nunca havia estado tão exausta. Eu era uma casca vazia, raspada até o fim. Se qualquer brisa nos alcançasse nestas profundezas, eu teria sido soprada e desaparecido.

Embora todos os ossos e músculos do meu corpo gritassem em protesto, consegui virar a cabeça.

Maly estava ali, deitado em outra maca, carregado a apenas alguns centímetros de mim. Estava me olhando, como se estivesse esperando que eu acordasse. Ele esticou a mão.

Encontrei uma reserva de forças e estiquei a mão além da beirada da maca. Quando nossos dedos se tocaram, ouvi um soluço e percebi que estava chorando. Solucei aliviada de não ter de conviver com o fardo da morte dele. Mas, no meio da minha gratidão, senti uma pontada forte de ressentimento. Chorei de raiva por ter de viver, no fim das contas.

VIAJAMOS POR QUILÔMETROS, por passagens tão estreitas que tiveram de colocar minha maca no chão e me deslizar pela rocha, e por túneis tão altos e amplos que dez carroças de feno poderiam passar por eles. Não sei por quanto tempo continuamos nessa direção. Não havia noites e dias debaixo da terra.

Maly se restabeleceu antes de mim e mancava ao lado da maca. Ele tinha sido ferido quando o túnel desabara, mas os Grishas o haviam ajudado a se recuperar. O que eu tinha passado, o que havia abraçado, eles não tinham poder para curar.

Em algum momento, paramos em uma caverna com fileiras e fileiras de estalactites. Eu tinha ouvido um dos meus carregadores chamá-la de Boca do Verme. Quando me colocaram no chão, Maly estava lá, e com sua ajuda consegui ficar sentada, apoiada contra a parede da caverna. Mesmo esse esforço me deixou tonta, e, quando ele apalpou meu nariz com sua manga, percebi que estava sangrando.

— Está muito ruim? — perguntei.

— Você já pareceu melhor — ele admitiu. — Os peregrinos mencionaram algo chamado a Catedral Branca. Acho que é para lá que estamos indo.

— Eles estão me levando para o Apparat.

Maly olhou em torno na caverna.

— Foi assim que ele escapou do Grande Palácio depois do golpe. Foi assim que ele conseguiu evitar ser capturado por tanto tempo.

— Foi assim também que ele apareceu e desapareceu da festa de previsões. A mansão era ao lado do Convento de Sankta Lizabeta, lembra? Tamar me levou diretamente para ele, e então o deixou escapar. — Percebi o amargor em minha voz fraca.

Aos poucos, minha cabeça machucada começou a juntar os pedaços. Apenas Tolya e Tamar tinham conhecimento da festa e haviam dado um jeito de o Apparat falar comigo. Eles já estavam entre os peregrinos naquela manhã quando quase comecei uma revolta, estavam lá para assistir ao nascer do sol com os fiéis. Foi assim que chegaram até mim tão rapidamente. E Tamar havia sumido do Ninho da Águia assim que começara a suspeitar do perigo. Eu sabia que os gêmeos e seus soldados do sol eram o único motivo de aqueles Grishas terem sobrevivido, mas suas mentiras ainda doíam.

— Como estão os outros?

Mal olhou para onde um grupo maltrapilho de Grishas se encolhia nas sombras.

— Eles sabem sobre a pulseira — disse ele. — Estão com medo.

— E sobre o pássaro de fogo?

Ele balançou a cabeça.

— Acho que não.

— Contarei a eles em breve.

— Sergei não está bem — Maly prosseguiu. — Acho que ainda está em choque. Os demais parecem estar aguentando.

— Genya?

— Ela e David ficam para trás do grupo. Ela não consegue se mover muito rápido. — Ele hesitou. — Os peregrinos a chamam de *Razrusha'ya*.

A Arruinada.

— Preciso falar com Tolya e Tamar.

— Você precisa descansar.

— Agora — eu disse. — Por favor.

Ele se levantou, mas hesitou. Quando falou novamente, sua voz era ríspida.

— Você devia ter me contado o que pretendia fazer.

Desviei o olhar. A distância entre nós parecia ainda mais profunda que antes. *Eu tentei libertá-lo, Maly. Do Darkling. De mim.*

— Você devia ter deixado que eu acabasse com ele — falei. — Deveria ter me deixado morrer.

Quando não ouvi mais o som de seus passos, deixei o queixo cair. Podia ouvir a respiração vindo em arquejos rasos. Quando consegui reunir forças para levantar os olhos, Tolya e Tamar estavam ajoelhados diante de mim, cabeças inclinadas.

— Olhem para mim — eu disse.

Eles obedeceram. As mangas de Tolya estavam puxadas para cima, e vi que seus antebraços enormes estavam tatuados com sóis.

— Por que não me contaram, simplesmente?

— Você nunca teria nos deixado ficar tão perto — respondeu Tamar.

Isso era verdade. Mesmo agora eu não sabia o que pensar deles.

— Se acreditam que sou uma Santa, por que não me deixaram morrer na capela? E se meu destino fosse virar uma mártir ali?

— Então você teria morrido — disse Tolya sem hesitação. — Não teríamos encontrado você nos destroços a tempo ou não teríamos conseguido revivê-la.

— Você deixou Maly voltar para me buscar. Depois que me deu sua palavra.

— Ele escapou — disse Tamar.

Levantei uma sobrancelha. O dia em que Maly conseguisse escapar dos braços de Tolya seria certamente um dia de milagres.

Tolya deixou a cabeça cair e sacudiu os ombros gigantes.

— Perdoe-me — disse ele. — Eu não podia ser aquele que o tiraria de você.

Suspirei. Um guerreiro santo e tanto.

— Vocês servem a mim?

— Sim — eles responderam em uníssono.

— Não ao sacerdote?

— Servimos a você — disse Tolya, sua voz retumbando com intensidade.

— Veremos — murmurei, acenando para que fossem embora. Eles se levantaram para sair, mas eu os chamei novamente. — Alguns dos peregrinos começaram a chamar a Genya de *Razrusha'ya*. Avisem-nos uma vez. Se falarem essa palavra de novo, cortem a língua deles.

Eles não piscaram nem hesitaram. Inclinaram-se em um cumprimento e se foram.

A CATEDRAL BRANCA era uma caverna de quartzo de alabastro, tão vasta que podia ter contido uma cidade em suas profundezas de marfim reluzente. Suas paredes estavam úmidas e repletas de cogumelos, lírios de sal, fungos venenosos em formato de estrela. Estava enterrada nas profundezas abaixo de Ravka, em algum lugar ao norte da capital.

Eu queria encontrar o sacerdote erguida, então segurei com força no braço de Maly quando fomos levados a ele, tentando esconder o esforço necessário apenas para ficar de pé e a maneira como meu corpo tremia.

— Sankta Alina — disse o Apparat —, você veio a nós, finalmente.

Em seguida, ele se prostrou de joelhos em seu maltrapilho manto marrom. Ele beijou minha mão, minha bainha. Ele chamou os fiéis, milhares deles reunidos no ventre da caverna. Quando falou, o ar pareceu tremer.

— Nós iremos nos erguer para criar uma nova Ravka, um país livre de tiranos e reis! Nós transbordaremos da terra e empurraremos as sombras de volta em uma maré de justiça!

Abaixo de nós, os peregrinos entoavam *Sankta Alina*.

Havia quartos esculpidos na rocha, câmaras de marfim brilhantes, reluzindo com veios finos de prata. Maly me ajudou a chegar ao meu quarto, obrigou-me a comer algumas porções de sopa de ervilha e me trouxe uma jarra de água fresca para encher a bacia. Um espelho havia sido inserido diretamente na pedra, e quando olhei para mim soltei um pequeno grito. A jarra pesada estilhaçou no chão. Minha pele estava pálida, esticada sobre ossos sobressaltados. Meus olhos eram cavidades escoriadas. Meu cabelo havia ficado completamente branco, uma camada de neve frágil.

Encostei a ponta dos dedos no vidro. O olhar de Maly encontrou o meu no reflexo.

— Eu devia ter te avisado — disse ele.

— Eu pareço um monstro.

— Parece mais um *khitka*.

— Fadinhas comem crianças.

— Só quando estão com fome.

Tentei sorrir, segurar com força esse vislumbre de calor entre nós. Mas notei a distância que ele mantinha, os braços nas costas, como um guarda em serviço. Ele entendeu errado o brilho de lágrimas nos meus olhos.

— Vai melhorar — disse ele. — Quando você usar seu poder.

— É claro — respondi, dando as costas para o espelho, sentindo a exaustão e a dor se instalarem em meus ossos.

Hesitei, depois olhei com cuidado para os homens que o Apparat havia colocado na porta da câmara. Maly se aproximou. Eu queria pressionar meu rosto em seu peito, sentir seus braços em torno de mim, escutar o batimento humano e estável de seu coração. Mas não fiz isso.

Em vez disso, falei bem baixo, mal movendo os lábios.

— Eu tentei — sussurrei. — Algo está errado.

Ele franziu a testa.

— Você não consegue conjurar? — perguntou, hesitante. Havia medo em sua voz? Esperança? Preocupação? Não dava para saber. Tudo que eu conseguia perceber nele era cautela.

— Estou fraca demais. Estamos muito fundo na terra. Eu não sei.

Observei seu rosto, lembrando-me da discussão que tivéramos no bosque de bétulas, quando ele perguntara se eu abriria mão de ser uma Grisha. *Nunca*, eu tinha dito. Nunca.

O desespero ameaçou tomar conta de mim, denso e negro, pesado como a pressão da terra. Eu não queria dizer as palavras, não queria dar voz ao medo que carregara comigo pela longa e escura jornada embaixo da terra, mas me forcei a verbalizá-lo.

— A luz não vem, Maly. Meu poder acabou.

DEPOIS

MAIS UMA VEZ, a garota sonhou com navios, mas desta vez eles voavam. Eles tinham asas brancas feitas de lona, e uma raposa de olhar inteligente atrás da roda do leme. Às vezes a raposa virava um príncipe que beijava seus lábios e oferecia uma coroa encrustada de joias. Às vezes ele era um cão infernal vermelho, espumando em sua focinheira, investindo contra seus calcanhares enquanto ela corria.

De vez em quando, ela sonhava com o pássaro de fogo. Ele a pegava em suas asas flamejantes e a segurava enquanto ela queimava.

Muito antes de os rumores chegarem, ela já sabia que o Darkling havia sobrevivido e que ela havia falhado mais uma vez. Ele fora salvo por seus Grishas e agora governava Ravka em um trono envolto em sombras, cercado de sua horda monstruosa. Se ele se enfraquecera pelo que ela havia feito na capela, ela não sabia. Ele era ancião, e o poder era algo familiar para ele como nunca tinha sido para ela.

Seus guardas *oprichniki* marchavam sobre monastérios e igrejas, arrancando ladrilhos e cavando pisos, procurando pela Conjuradora do Sol. Recompensas foram oferecidas, ameaças foram feitas, e mais uma vez a garota era caçada.

O sacerdote jurou que ela estava segura na teia expandida de passagens que cruzava Ravka como um mapa secreto. Havia aqueles que diziam que os túneis foram esculpidos pelos exércitos de fiéis, que haviam levado centenas de anos para cavá-los com picaretas e machados. Outros diziam que era o trabalho de um monstro, um enorme verme que engolia terra, rocha, raízes e cascalho, que havia cavado as estradas subterrâneas que levavam aos antigos lugares sagrados, onde preces meio esquecidas pelo tempo ainda eram recitadas. A garota só sabia que nenhum lugar os manteria seguros por muito tempo.

Ela olhava para o rosto dos seus seguidores: homens velhos, mulheres jovens, crianças, soldados, fazendeiros, condenados. Tudo o que ela via eram cadáveres, mais corpos para o Darkling deixar aos seus pés.

O Apparat chorava, gritando sua gratidão por a Santa do Sol ainda estar viva, por mais uma vez ela ter sido poupada. Em seu olhar negro selvagem, a garota via uma verdade diferente: uma mártir morta seria menos problemática que uma Santa viva.

As preces dos fiéis subiam em torno do garoto e da garota, ecoando e se multiplicando embaixo da terra, refletidas nas paredes altas de pedra da Catedral Branca. O Apparat dizia que esse era um lugar sagrado, seu refúgio, seu santuário, seu lar.

O garoto sacudiu a cabeça. Ele sabia reconhecer uma cela.

Ele estava errado, claro. A garota sabia pelo jeito como o Apparat a observava quando se esforçava para ficar de pé. Ela ouvia isso em cada batida frágil de seu coração. Esse lugar não era uma prisão. Era um túmulo.

Mas a garota passara muitos anos sendo invisível. Já tivera uma vida de fantasma, escondida do mundo e de si mesma. Melhor do que qualquer pessoa, ela conhecia o poder das coisas enterradas há muito tempo.

De noite, ela ouvia o garoto perambulando do lado de fora do seu quarto, de guarda com os gêmeos de olhar dourado. Ela deitava quieta em sua cama, contando suas respirações, esticando-se em direção à superfície, buscando a luz. Pensava no esquife quebrado, em Novokribirsk, nomes vermelhos enchendo uma parede arqueada de igreja. Ela se lembrava dos pequenos amontoados humanos abandonados sob o domo dourado; do corpo mutilado de Marie; de Fedyor, que um dia salvara sua vida. Ela ouvia as canções e exortações dos peregrinos. Pensava nos volcras e em Genya, encolhida no escuro.

A garota tocava o colar em seu pescoço, a pulseira em seu pulso. Tantos homens haviam tentado torná-la uma rainha. Agora ela entendia que nascera para algo maior.

O Darkling tinha dito a ela que o destino dele era governar. Ele havia conquistado seu trono, e uma parte dela também. Bom proveito para ele. Pelos vivos e pelos mortos, ela mesma faria um ajuste de contas.

Ela ascenderia novamente.

Leia um trecho de ***RUÍNA E ASCENSÃO***,
o próximo volume da série:

Capítulo 1

Eu estava de pé em uma sacada de pedra esculpida, braços esticados, tremendo em meu roupão barato, e tentava dar um bom show. Meu *kefta* era um remendo, costurado a partir de trapos do vestido que usava na noite em que fugimos do palácio e de cortinas espalhafatosas que me disseram ter vindo de um teatro abandonado em algum lugar perto de Sala. Pérolas dos lustres do lobby compunham a barra do traje. O bordado nas mangas já estava se desfazendo. David e Genya tinham feito seu melhor, mas os recursos eram limitados no subterrâneo.

De longe, ele funcionava: ouro brilhante na luz que parecia emanar da palma de minhas mãos, enviando ondas reluzentes sobre os rostos extáticos dos meus seguidores lá embaixo. De perto, eram fios soltos e um brilho falso. Assim como eu, a Santa maltrapilha.

A voz do Apparat ressoou pela Catedral Branca e a multidão se agitou, olhos fechados e mãos erguidas, lembrando um campo de papoulas – braços como hastes pálidas sacudidas por algum vento que eu não conseguia sentir. Segui uma série coreografada de gestos, movendo-me deliberadamente de modo que David e algum Infernal que o ajudava esta manhã pudessem rastrear meus movimentos a partir de suas posições na câmara escondida logo acima da sacada. Eu odiava as orações matinais, mas, de acordo com o sacerdote, essas falsas exibições eram necessárias.

— Isso é um presente que você dá ao seu povo, Santa Alina — disse ele. — Isso é esperança.

Na verdade, era uma ilusão, uma sugestão pálida da luz que um dia eu havia comandado. A névoa dourada era, na verdade, o fogo de um Infernal refletido em um disco espelhado amassado que David tinha confeccionado a partir de vidro quebrado. Era algo parecido com os discos que havíamos usado em nossa tentativa fracassada de afastar as hordas do Darkling na batalha de Os Alta. Tínhamos sido pegos de surpresa, e meu poder, nosso planejamento, toda a engenhosidade de David e os recursos de Nikolai não tinham sido suficientes para impedir a matança. Desde então, eu não havia conseguido evocar nem um raio de sol. Mas a maior parte do rebanho do Apparat nunca tinha visto o que a Santa deles realmente era capaz de fazer, e, por enquanto, esse engodo era suficiente.

O Apparat terminou seu sermão. Aquele era o sinal para o encerramento. O Infernal deixou a chama brilhar ao meu redor. Ela pulou e bruxuleou de modo errático, então finalmente morreu quando baixei os braços. Bem, agora eu sabia quem manejava o fogo ao lado de David. Fiz uma careta para o lado da caverna. *Harshaw*. Ele estava sempre se excedendo. Três Infernais tinham escapado da batalha no Pequeno Palácio, mas um havia morrido apenas alguns dias depois, por causa dos ferimentos. Dos dois que restaram, Harshaw era o mais poderoso e o mais imprevisível.

Eu desci da plataforma, ansiosa para me distanciar do Apparat, mas meus pés falharam e eu cambaleei. O sacerdote agarrou meu braço, me apoiando.

— Tome cuidado, Alina Starkov. Você é imprudente com sua segurança.

— Obrigada — disse eu. Queria me afastar dele, do fedor de solo revirado e incenso que ele carregava a todos os lugares.

— Você está se sentindo indisposta hoje.

— Apenas desajeitada. — Ambos sabíamos que aquilo era mentira. Eu estava mais forte do que quando cheguei à Catedral Branca – meus ossos haviam se reparado e eu conseguia manter as refeições no estômago –, mas ainda me sentia fraca, meu corpo estava infestado de dores e a fadiga era constante.

— Talvez um dia de descanso, então.

Eu cerrei os dentes. Teria outro dia confinada em meus aposentos. Engoli a frustração e sorri debilmente. Eu sabia o que ele queria ver.

— Estou com muito frio — falei. — Algum tempo na Caldeira me faria bem. — Estritamente falando, isso era verdade. As cozinhas ficavam em um lugar da Catedral Branca onde a umidade podia ser tolerada. Àquela hora, pelo menos uma das fogueiras onde se preparava o café da manhã estaria acesa. A grande caverna redonda estaria cheia de aromas de pão assando e do mingau doce que os cozinheiros faziam com as reservas de ervilhas secas e leite em pó fornecidos por aliados na superfície e armazenado pelos peregrinos.

Eu adicionei um arrepio para convencê-lo, mas a única resposta do sacerdote foi um evasivo "hummm".

Um movimento na base da caverna chamou minha atenção: peregrinos recém-chegados. Eu não pude evitar encará-los com um olhar estratégico. Alguns vestiam uniformes que os identificavam como desertores do Primeiro Exército. Todos eram jovens e capazes.

— Nenhum veterano? — perguntei. — Nenhuma viúva?

— É uma jornada difícil no subterrâneo — respondeu o Apparat. — Muitos são velhos ou fracos demais para se mover. Preferem permanecer no conforto de seus lares.

Improvável. Os peregrinos vinham de muletas e bengalas, não importava quão velhos ou doentes estivessem. Mesmo morrendo, vinham ver a Santa do Sol em seus últimos dias. Eu lancei um olhar desconfiado por sobre o ombro. Pude perceber apenas um relance de Guardas Sacerdotais, barbudos e fortemente armados, fazendo a vigilância no arco. Eles eram monges, sacerdotes eruditos como o Apparat, e no subsolo eram os únicos com permissão de carregar armas. Acima, havia os guardiões do portão, identificando e expulsando espiões e descrentes, liberando a entrada no santuário para aqueles que considerassem merecedores. Ultimamente, o número de peregrinos vinha diminuindo, e os que se juntavam às nossas tropas pareciam mais entusiasmados que tementes. O Apparat queria soldados em potencial, não apenas bocas para alimentar.

— Eu poderia ir até os doentes e anciãos. — Eu sabia que o argumento era inútil, mas o disse mesmo assim. Era quase previsível. — Uma Santa deve caminhar entre seu povo, e não se esconder como uma rata em uma toca.

O Apparat sorriu o sorriso benevolente e indulgente que os peregrinos adoravam e que me dava vontade de gritar.

— Em tempos difíceis, muitos animais se refugiam sob a terra. É como eles sobrevivem — disse ele. — Após os tolos travarem suas batalhas, são os ratos que comandam os campos e as cidades.

E se banqueteiam com os mortos, pensei com um tremor. Como se pudesse ler meus pensamentos, ele pressionou uma das mãos no meu ombro. Seus dedos eram longos e brancos, espalhando-se pelo meu braço como uma aranha de cera. Se a intenção do gesto era me confortar, ele falhou.

— Paciência, Alina Starkov. Nós nos ergueremos quando for o momento certo e não antes.

Paciência. Era sempre essa a sua prescrição. Eu resisti ao impulso de tocar meu pulso nu, o espaço vazio onde os ossos do pássaro de fogo deveriam estar. Eu havia reivindicado as escamas do açoite do mar e os chifres do cervo, mas a peça final do quebra-cabeça de Morozova estava faltando. Nós já poderíamos ter o terceiro amplificador se o Apparat tivesse apoiado a caçada ou apenas nos deixado voltar à superfície. Mas essa permissão só viria com um preço.

Leia também:

Criada nos arredores de Los Angeles por sua mãe hippie, Galaxy "Alex" Stern abandonou a escola cedo e se envolveu no perigoso submundo das drogas, entre namorados traficantes e empregos fracassados. Além de tudo isso, aos vinte anos ela é a única sobrevivente de um massacre terrível, para o qual a polícia ainda não encontrou qualquer explicação. Alguns podem dizer que Alex jogou sua vida fora. No entanto, a garota acaba recebendo uma proposta inusitada: frequentar Yale, uma das universidades de maior prestígio do mundo... e com uma bolsa integral. Alex é a caloura mais improvável de uma instituição como essa. Por que logo ela? Ainda em busca de respostas, Alex chega a New Haven encarregada por seus misteriosos benfeitores de monitorar as atividades das sociedades secretas de Yale. Suas oito tumbas sem janelas são os locais mais frequentados pelos ricos e poderosos, desde políticos de alto escalão até os maiores magnatas de Wall Street. Alex descobrirá que as suas atividades ocultas nesses lugares são mais sinistras e extraordinárias do que qualquer imaginação paranoica poderia imaginar. Eles mexem com magia. Eles ressuscitam os mortos. E, às vezes, eles atormentam os vivos.

Acreditamos
nos livros

Este livro foi elaborado pela Editora Planeta
com a fonte Dante MT Std e impresso pela
Geográfica em outubro de 2021.